公元787年，唐封疆大吏马总集诸子精华，编著成《意林》一书6卷，流传至今

意林：始于公元787年，距今1200余年

U0889500

意林

幻青春 意林幻青春

开 启 你 的 传 奇

意林

幻青春

雪鹰领主 Ⅲ

我吃西红柿／著

XUEYING LINGZHU

吉林摄影出版社
· 长春 ·

图书在版编目（CIP）数据

雪鹰领主．Ⅲ / 我吃西红柿著．-- 长春：吉林摄影出版社，2018.8
（意林幻青春）
ISBN 978-7-5498-3738-0

Ⅰ．①雪… Ⅱ．①我… Ⅲ．①长篇小说－中国－当代Ⅳ．① I247.5

中国版本图书馆 CIP 数据核字 (2018) 第 194465 号

雪鹰领主Ⅲ
XUEYING LINGZHU Ⅲ

著　　者　我吃西红柿
出 版 人　孙洪军
主　　编　顾　平　杜普洲
责任编辑　施　岚　孙　瑜
总 策 划　蔡　燕　黄　磊　李　岚
统筹策划　黄　磊
设计总监　资　源
执行编辑　王天颖　肖依然
封面设计　资　源　徐　丹
美术编辑　李雪菲
开　　本　700mm × 1000mm 1/16
字　　数　300千字
印　　张　16.5
版　　次　2018年8月第1版
印　　次　2018年8月第1次印刷

出　　版　吉林摄影出版社
发　　行　吉林摄影出版社
地　　址　长春市泰来街1825号
　　　　　邮　编：130062
电　　话　总编办　0431-86012616
　　　　　发行科　0431-86012602
网　　址　www.jlsycbs.net
经　　销　全国各地新华书店
印　　刷　河北鹏润印刷有限公司

书　　号　ISBN 978-7-5498-3738-0　　　　定　　价：29.80 元

雪鹰领主Ⅲ

目录

CONTENTS

雪鹰领主

目录

CONTENTS

第一章

XUEYING LINGZHU

百年岁月·救治

“雪鹰！”

陈宫主、司空阳、晁青等一众夏族半神个个脸色大变，都疯狂拥上。

在旁边的青甲守卫立即抱住东伯雪鹰，“咻——”身影一闪便已经降落到地面上，手掌一挥，地面被切割平整，他这才将宛如黄金雕塑的东伯雪鹰放下。

“快救他，他撑不了多久了。”青甲守卫急切道，“不能再拖了！”

“贺源，你来，赶紧看看。”陈宫主看向身旁的贺山主。

“嗯。”贺山主轻轻点头，看着眼前躺着的东伯雪鹰，眉头皱起。

东伯雪鹰全身被铠甲保护着，他怎么查？法力也无法渗透进去啊！

“打开他的嘴巴。”贺山主看向青甲守卫。

青甲守卫当即伸手轻轻打开了东伯雪鹰闭着的嘴巴。在战斗时，镏金铠甲保护住东伯雪鹰全身每一处，包括耳朵，乃至嘴唇。在奥兰大长老他们逃窜后，东伯雪鹰出了虚界，曾想开口说话，嘴唇上的镏金便已褪去。但没想到才远远眺望到靖秋的身影，精神一放松，就完全昏迷了，都来不及和陈宫主他们说些什么。

“雪鹰中了巫神剑之毒，贺山主你查看时要小心。”青甲守卫连忙道。

“放心，你退到一旁。”贺山主吩咐道。虽然他不知道巫神剑之毒是什么，可从名字也隐隐猜出，应该和巫神有关。

贺山主刚才让青甲守卫打开东伯雪鹰的嘴巴，也只是要确认东伯雪鹰的嘴巴没有被铠甲封闭，没封闭，这就简单了。嘴唇虽然合着，可还是有着很细微的缝隙。

贺山主用精神力量操纵着一缕法力，开始为东伯雪鹰仔细检查。

“这，这是什么毒啊！”贺山主惊了，“完全渗入雪鹰身体的每一处，连他的丹田气海都完全被渗透，它仿佛成了雪鹰的共生体……除非强大到能够对粒子进行剖析操纵，让粒子碎裂，将其中毒素全部驱逐，而后让粒子重新合为一体……我没有办法。”贺山主声音有些沙哑地说。

“没办法？”夏族诸多半神都一愣。

“这，这……”陈宫主急了，他目光一扫周围的一大群夏族半神，很快将目光落在了角落的那落寞老者身上，“梅山主人，还请你来试试看。”

“好。”梅山主人的一缕超凡斗气立即沿着东伯雪鹰的嘴唇渗透进去，一查看，便也微微摇头，“这巫神剑，应该是巫神的长期佩剑，这已经超出了我们这些超凡的能力范畴。如果你们要救东伯雪鹰，还是去求你们夏族的先辈神灵吧。对了，这巫神剑之毒，正在不断破坏他的身躯。如果我猜得不错，这东伯雪鹰的不死之身最多也只能抵抗一个时辰。”

“什么？一个时辰？”夏族半神们大惊。

“回薪火宫！”陈宫主一声令下，青甲守卫立即抱起了东伯雪鹰，“哗啦啦”，一个个迅速进入上方庞大的丁九战船内。

“长风大哥，带我一起去吧。”在夏族半神旁边，早就站了一群超凡。余靖秋之前不敢出声，只能默默在后面看着，贺山主和梅山主人说的话，让她的眼睛一瞬间就红了。看着躺在那儿宛如金属雕塑的东伯雪鹰，她真的很心疼。

那个一直那么耀眼，似乎没什么事解决不了的强大超凡，如今却生命垂危……

“走。”宫愚师父叹息一声，带着余靖秋一飞冲天。

“你们就别去了，去了也没用，有消息我会通知你们的。”池丘白则看向濮阳波、余风、袁青等人说道。

“呼——”高空中的丁九战船，迅速撕裂空间，在夷风城外的半空消失。

“东伯，你之前救我性命，可现在你自己却又……”濮阳波看着高空中丁九战船离去的方向喃喃道。

“雪鹰他一定会没事的！我夏族先辈神灵若是出手，定能轻松拯救雪鹰的性命。”余风道。

梅山主人则轻轻摇头，暗自叹息：救？要救东伯雪鹰，希望渺茫。

雪石城堡，书房内。

在书桌的一个抽屉里正放着一只传信手环。在不久前，红袍东伯雪鹰还坐在这书桌前，在这只传信手环内留下了给靖秋、给家人的一些遗言。

他做好了死的准备。

在东伯雪鹰本尊遭到巫神剑刺入，身中巫神剑之毒时，东伯雪鹰的这尊斗气分身也瞬间如同沙砾一样，完全分解，在这书房内消失得无影无踪。

丁九战船直接从空间夹层进入了薪火世界，很快来到薪火宫。

“血刃酒馆和大地神殿的，不得入内，见谅。”陈宫主说了句，便带着一群夏族元老进入了薪火宫的一座看似不起眼的大殿。

“轰隆隆——”殿门关闭。

这座大殿内放着一座座雕像。这些雕像个个气度不凡，要么冷酷傲然，要么平和淡然，要么散发滔天霸气……这些都是夏族历史上成神的先辈！

不过这些雕像有一些是放在边缘的，那都是成神后再也没有和夏族联系的，也是让夏族后辈颇为心冷的。不过既然成了神，夏族后辈还是给他们塑了雕像。而其他放在中央的一座座雕像，都是心念夏族的，夏族后辈们也颇为感激。

不过放在中央的一排排雕像虽然超过两百座，可现如今大半都再无气息。

因为……他们死了！

成神，到了广袤的神界，也只是一个开始。他们在神界也需要征战、拼搏。

现如今还有五十二座雕像散发着气息，每一座雕像内都有他们留下的空间标记。其中气息最强大的一共有三位。

"云海先辈，夏族后辈有事请求！"陈宫主恭敬行礼，同时在场其他半神包括余靖秋，也都恭敬行礼。

云海大帝，便是夏族活着的五十二位神灵中实力最强的三位之一。

"何事？"那座白袍长发男子雕像的嘴巴忽然动了。

"我夏族有一位年轻超凡，名为东伯雪鹰。"陈宫主指向了宛如金属雕塑的东伯雪鹰，"他如今身中巫神剑之毒，我们束手无策，还请云海先辈救他一命。"

"巫神剑？巫神？"云海大帝雕像的目光转向了东伯雪鹰，"巫神剑，可是巫神所使用的剑？"

"是。"青甲守卫连忙道。

"那我肯定无法。"云海大帝道，"魔兽一族所信仰的巫神，天赋极高，在巫毒方面极为了得。恐怕只有紫雷帝君出手，方有希望。"

"明白。"陈宫主应道。

云海大帝轻轻点头，他的雕像又恢复了正常。

陈宫主立即激发紫雷帝君雕像的空间标记，在遥远神界中正在苦苦琢磨药草的紫雷帝君心生感应，便立即透过重重世界阻碍，感应直接进入雕像内。

"紫雷先辈，夏族后辈有事请求。"陈宫主恭敬行礼，其他众人也个个行礼。

"有事？"紫雷帝君是一位长相非常和蔼的老者，两撇胡子颇为可爱。他在凡人时就是一个医者，一心救死扶伤，后来觉醒了雷电太古血脉，可他硬是参悟出紫雷真意，让雷电都用来救人性命。不知不觉间，他就成了神。他刚进入神界时，还很不起眼，而后却一一超越其他人，如今已经成为夏族先辈神灵中最强的三位之一，更被血刃神廷吸纳，前途非凡。

"我夏族有一年轻超凡，名为东伯雪鹰，身中巫神剑之毒……"陈宫主说道。

"你是要我救他？"紫雷帝君看向躺在那儿的东伯雪鹰，"巫神剑之毒，这巫神剑是巫神的佩剑？让魔兽一族的某个半神使用的？”

“对。”陈宫主连忙道，“使用巫神剑的是当代魔兽一族大长老。”

“能让半神使用，应该是巫神在神级阶段时佩带的神剑。”紫雷帝君说道，“不过即便是当年的佩剑，也是他修行到神级巅峰时的佩剑了，定是异常厉害，我需要降临投影，亲自查看一番。”

“麻烦紫雷先辈了。”陈宫主激动道。

“哗——”紫雷帝君浩荡汹涌的神力强行透过无数空间的阻碍，一道老者身影开始凝聚形成——世界投影！

“紫雷先辈。”在场的一众夏族半神都有些激动。半神强者一生都没见过夏族先辈的世界投影，是非常正常的。没有重要的事情，夏族后辈们也不会打扰先辈，更不会让先辈付出不小代价来降下投影。

“都让开，让我瞧瞧这小娃娃。”紫雷帝君直接走到了东伯雪鹰身边。

他轻轻一伸手，一道紫色电光就从东伯雪鹰嘴唇缝隙中钻入。

时间一秒秒过去，所有人都等得心焦不已。

“巫神，不愧能够跨出那一步，踏入界神级。”紫雷帝君感叹道，“竟然在神级时就修炼出了‘鬼六怨’巫毒，幸好兵器上的巫毒只有一丝。”

“紫雷先辈，这巫毒叫鬼六怨？”陈宫主忍不住问道。

“对，鬼六怨。”紫雷帝君点头道，“我也是进入血刃神廷后，亲自看到过这种巫毒，才能认出。”

“能解？”陈宫主追问道。

紫雷帝君目光一扫在场的众人，开口道：“在场的，应该是我夏族这一时代几乎所有半神了吧？这个叫东伯雪鹰的小娃娃，中的巫毒很麻烦，要救也并非不能，但是我得先说清楚。”

所有人连忙仔细聆听，那些和东伯雪鹰关系密切的，更是紧张。

“就算我配制药液送下来给他服用，首先，这药液需要长期服用。这东伯雪鹰的身体会渐渐适应巫毒，最长两百年，药液便再无效果，到时他依旧会毙命。

“其次，鬼六怨巫毒在体内，他将长期承受巫毒之苦。他现在之所以昏迷，就是因为太痛苦，所以才会失去意识导致昏迷。他以后喝药，疼痛会减轻，可药液消耗完，疼痛又会逐渐恢复，剧痛下他会忍不住继续喝药，喝得越多，死亡就越快，虽然理论上可以撑两百年，实际上或许一百年都活不到。

“再次，因为鬼六怨巫毒渗透他的身体，所以身体无法修行，不可能觉醒太古血脉，斗气同样无法再修行。他体内的斗气，会用一分少一分，直至体内再无丝毫斗气。

“最后，因为鬼六怨巫毒的剧痛，就算喝药能减轻，可依旧疼痛难忍，这种剧痛下是难以静心去参悟天地奥妙的。

“所以……如果救他，他理论上最多只有两百年寿命，且将日日夜夜承受巫毒之苦，无法再修行。并且送这些药液下来，相当于送一件神器！

“我如今已进入血刃神廷，倒也送得起。只是付出这么大代价，救他一个废人，值得吗？”紫雷帝君看向这一群夏族超凡，“救不救，你们来决定。”

一片寂静。谁都没想到会是这个结果。

“难道就没有办法，让东伯雪鹰完全好起来吗？既然都知道是鬼六怨巫毒了，整个神界，都没有解毒方法吗？”陈宫主问道。

“有！别说是鬼六怨，就是再厉害的巫毒，神界都有方法解，可代价我们夏族付不起！”紫雷帝君说道，“如果东伯雪鹰在神界，我可以轻松救他，可他现在在凡人世界，只能靠药液等外物来治疗。”

陈宫主没敢再问。

“做出决定吧，这小娃娃撑不了太久。”紫雷帝君看向在场所有半神。

余靖秋既焦急又紧张。

夏族半神们彼此眼神交流了一下，没有什么争辩，个个都做出了决定。

“救！”陈宫主开口道。

“救！”贺山主毫不犹豫。

“雪鹰为我夏族立下大功劳，他更是我夏族历史上天赋最高的超凡。原本他前途无量，可是为了我夏族，他历经艰辛，攻破魔神会总部，毁掉大魔神分身肉体。他付出这么多，如今遭到巫神和大魔神派遣之人的围杀，沦落到这一地步，如果不救他，我夏族还是夏族吗？超凡为夏族战死，我夏族便不可愧对任何一个超凡！”

“救！”太叔宫主也道。

“若是需要十件八件神器，需要动摇我夏族根基，我或许会犹豫。可少一件神器，动摇不了我夏族根基！如果不救雪鹰，我夏族就不再是我们愿意为之付出一切的夏族了！”晁青也声音隆隆，双眸如电。

“救！”

“救！”

“救！”

余靖秋听得眼睛都红了。

在场所有的半神，一个个开口，那股意志让紫雷帝君都露出了笑容。

夏族，还是他记忆中的那个夏族！

“好，我这就去准备药材调配药液。”紫雷帝君很欣慰。

“还有，刚才你们提到大魔神分身的事？”紫雷帝君看向陈宫主。

陈宫主立即传音道：“禀紫雷先辈，事情是这样的……”他抓紧时间，迅速传音讲述：“我已经和云海先辈提过这件事，云海先辈也说了，巫神和大魔神有此谋划，就算整个凡人世界的信仰也不值得他们如此，他们的目标只可能是红石山。”

“嗯，定是红石山。”紫雷帝君也传音道，“不过巫神和大魔神虽然都是界神级的，可谋划红石山，但他们的实力并无优势。他们应该就是要攻打夏族……为何攻打我夏族？”

“我猜，巫神和大魔神，应该是谋划着要占领整个夏族世界。如此一来，红石山就是他们的囊中之物。他们联手将这里弄得固若金汤，其他神界强者派遣些半神下来，恐怕都没机会进入红石山！他们可以在漫长岁月中，无数次地派遣半神进去，时间久了，红石山终究会落入他们手中。”

“不过要想占领夏族世界，可没那么容易，我觉得他们应该还有更厉害的后手！这个后手，应该被巫神掌握，这也是他们有信心占领夏族世界的缘由。”紫雷帝君传音道。

陈宫主点头，传音道：“云海先辈也是这么说的，他说，巫神的实力比大魔神要弱得多，大魔神和他合作，巫神肯定有所倚仗。这次我也看到了一位蜘蛛女皇，还看到了巫神剑……魔兽一族隐藏得这么深，不爆发则已，一爆发肯定了不得。”

“这件事怎么一直没告诉我？”紫雷帝君问道。

“在攻打前还不能确认，我们也是刚刚才毁掉大魔神分身。”陈宫主传音道，“这件事我之前只是和云海先辈说了下，一旦确定，自然会禀告诸位先辈。”

“嗯，此事重大，我会和其他几位好好商量，定下办法。”紫雷帝君眉头微皱。

“时间应该还很宽松，大魔神的神之分身肉体被灭，他们应该缺少了一个主要战力。”陈宫主传音道。

“对……他们应该会推迟计划。我们也得立即准备，越充足越好。”紫雷帝君看了眼东伯雪鹰，“幸亏这个小娃娃，否则恐怕他们计划发动我们才能知道，那时候准备就来不及了。”

“你看好东伯雪鹰，他这不死之身如果扛不住，你就用丹药恢复他的生命力，尽量拖着。”紫雷帝君传音道，“我会尽快让时空神殿送下药液。”

“是。”陈宫主应道。

东伯雪鹰浑浑噩噩，意识一片昏暗，隐隐感觉到身体处处疼痛，但疼痛感似乎在迅速降低。

“我……我这是……”

意识渐渐恢复，他想起来了，自己遭到了奥兰大长老等人围杀，虽然自己躲进虚界中，有青甲守卫和镏金铠甲保护，可还是中了很厉害的毒。那毒是真的疼啊……后来夏族攻破了法阵，奥兰大长老他们逃了，自己出了虚界就失去了意识。

“好苦。”东伯雪鹰恢复了对身体的感知，才感觉到嘴里的苦涩。可正是这苦涩药液在体内，压制着那些神秘毒素，才让那疼痛减轻到了他能忍受的地步。

“我的身体，我的身体怎么了？怎么，怎么都……”那毒素依旧渗透在身体中，虽然被药液压制，却丝毫没有减少，并且丹田气海都无法修炼出超凡斗气了！

“这是在哪儿？”东伯雪鹰缓缓睁开眼，看到了床铺的纱帐。

“雪鹰。”一道声音响起。

东伯雪鹰这才转头看去，床边正站着两人，分别是陈宫主和贺山主。

东伯雪鹰连忙坐起来：“陈宫主，贺山主，谢谢，谢谢你们救我性命。”

陈宫主和贺山主都心中一酸。

“别说这些了，你先拿着，这是我夏族先辈紫雷帝君送下来的‘苦百回’。”陈宫主递给东伯雪鹰一个黑色葫芦，“这葫芦内存有小空间，药液颇多，足够你喝上两百年的。”

“两百年？”东伯雪鹰接过这黑色葫芦。

“你的情况，你自己恐怕还不太清楚，我必须得告诉你。”陈宫主皱了皱眉，略犹豫了下，将解毒之事详细告知。

“对不起，雪鹰，我们没办法。”陈宫主说道。

“陈宫主，不必说这些。”东伯雪鹰道，“我都明白。”

手中这药还是紫雷帝君从神界送下来的，都做到这一步了，看得出夏族已尽了他们的全力。

“凡人一生不过百年，我都活了几十年了，还能再活一两百年，又有什么不满足的？”东伯雪鹰道，“好了，我想出去走走。”

他说着便起身走向屋门，体表金甲流转，恢复成正常黑衣，拉开门。

外面正是一处庭院，此刻温暖的阳光洒在他身上，也洒在庭院内，一名穿着深蓝色衣袍女子正站在那儿，阳光透过她的发丝，让她的发丝也都散发着光亮。

好美！东伯雪鹰露出笑容：“靖秋。”

余靖秋听到声音也转过身来。

看着眼前的黑衣男子，余靖秋不由回忆起他们初见时的一幕，那时二人都很年轻，在青河郡城龙山楼第一次见到彼此时，他们俩只是礼貌性地点头微笑，便回到各自的院落。

转眼却已经过去数十年。当初那个锋芒内敛的青年，只能算是青河郡的一个高手，而现如今在整个夏族都已经站在了极高的位置。只是巫神和大魔神的报复，却让他的未来之路断绝。

“雪鹰师兄。”余靖秋走过去，牵住东伯雪鹰的手。

“我们走走吧。”东伯雪鹰笑道。

“嗯。”余靖秋轻轻点头。

“你都知道了？”东伯雪鹰笑着问道。

“都知道了，紫雷帝君降下世界投影时，我也在场。”余靖秋说道，“而且陈宫主对这事也没保密，不单是半神，其他夏族超凡们估计也都知道了。”

东伯雪鹰看着一座座恢宏的宫殿，笑道：“陈宫主这么做没错。魔神会如今也只是发现了一位大祭司，二祭司、三祭司都还是个谜，我夏族半神中恐怕还有一两位是叛徒，既然如此，消息自然没必要再保密。而且我中了巫神剑之毒，恐怕那位巫神是最了解这毒的厉害的，猜都猜出来了。”

余靖秋心中一酸。雪鹰师兄如今遭受如此大的劫难，竟然如此平静，还关心着魔神会和巫神的事。

“前面是赤云山世界，我们进去瞧瞧。”东伯雪鹰笑道，说着便和余靖秋并肩朝前方的瀑布飞去。虽然身体力量和斗气无法再修行，斗气也是用一分少一分，可实际上东伯雪鹰的实力并没有降低，因为他的自身实力主要靠的是真意。

“哗——”身体碰触瀑布，空间扭曲，场景已经变幻，前方是广袤的空间，群山连绵，白云飘飘。

“我还记得当年和师兄一起在赤云山世界修行的日子。”余靖秋看着周围，“只是恶魔降临的事，让这赤云山世界也甚少有人来了。”

“我们随便走走。”东伯雪鹰带着余靖秋，沿着一汪犹如明镜般的巨大湖泊并肩走着。

“赤云山世界，景色真漂亮。”东伯雪鹰忽然赞叹道，并在湖泊旁软软的草地上盘膝坐下，笑道，“说我中了巫神剑之毒后，修行就很难了，我倒要试试看。”

说着便闭上眼睛。

余靖秋也坐在一旁略显紧张地看着。

“极点穿透。”东伯雪鹰闭着眼睛，以精神感应着周围天地之力的波动。

极点穿透真意，在天地间开始施展，只见周围半空中隐隐有空间被穿透，同时东伯雪鹰还在努力去完善，汲取更多奥妙来完善极点穿透真意。

之前靠着意志压制的鬼六怨巫毒的疼痛立即开始发作了，就像一个人在修行，旁边却有人一鞭子一鞭子在身上抽打一样，如何能够静心修行不受干扰？

“冷静，冷静，冷静！”东伯雪鹰努力想要让自己不受影响，可还是得分心压制疼痛，这样参悟真意的速度立即变慢。

随着时间流逝，体内的解药不断被消耗，疼痛感不断加重……

余靖秋在一旁看着，已经两个时辰了，东伯雪鹰还在盘膝修行。

“若是心灵修为够强，或许能够无视一切剧痛，依旧修行？”余靖秋暗暗期待。

只见盘膝坐在那儿的东伯雪鹰，额头忽然开始渗出汗珠，身体也在微微颤抖。

“果真很难。”东伯雪鹰睁开眼。

“怎么样？”余靖秋连忙扶起东伯雪鹰。

“只有刚喝解药时疼痛最轻，勉强还能修行，但半个时辰之后，疼痛加剧，已经很难静心了。”东伯雪鹰摇头，“强撑到现在，已经有些压制不住了。”

此刻不再修行，全力压制疼痛，东伯雪鹰身体倒也不颤抖了，只是脸色有些苍白，些许汗水也被东伯雪鹰瞬间操纵星辰真意给化作虚无了。

“一天只有半个时辰。”东伯雪鹰笑道，“不错了。”

“雪鹰师兄你的心灵磨炼得更厉害，或许能修行得更久。”余靖秋道。

“对，心灵越强，受疼痛干扰或许会更低。”东伯雪鹰也说道。

可他没告诉余靖秋，虽然一天能修行半个时辰，可那半个时辰，效率实际上比过去低很多很多。巫毒之痛的干扰，比预料的还大。

二人继续并肩走着。又走了一个时辰，东伯雪鹰即便全心都在压制疼痛，身体也不由自主地微微发抖了，他已经无法控制了，实在是……太疼了！

“我坐会儿！”东伯雪鹰坐在一块大石上，低着头，努力想要去适应。

只见东伯雪鹰身体颤抖，脸色越加苍白，甚至无法分心操纵星辰真意将汗珠化作虚无了。

“雪鹰师兄。”余靖秋紧张又心疼地看着。

“我们回去吧。”东伯雪鹰嘴唇发白，脸上都是汗水，他知道自己要撑不住了。

“嗯。”余靖秋欲要握住东伯雪鹰的手，东伯雪鹰却让开了，笑道：“都是汗。”说这话时，东伯雪鹰的脸色越加苍白。

余靖秋眼睛一红。

“雪鹰师兄，我们结婚吧。”余靖秋忽然说道。

东伯雪鹰一愣，这一刻他的头脑里一阵轰鸣，似乎连疼痛都一下子远去了。

“你不知道，我只有一两百年寿命吗？或许连一百年都活不到。”东伯雪鹰看着余靖秋。

“那以后，你要一直陪着我，我们一直在一起。我们行走天下，走遍海角天涯，看看我夏族世界的一切。”余靖秋看着他。

“哈哈，那我这个病秧子，以后就要你照顾了。”东伯雪鹰一笑。

余靖秋眼中隐隐有着雾气，她笑了：“好！那你可得听我的。”

“听你的。”东伯雪鹰点头。

二人牵着手并肩飞起，朝赤云山世界出口飞去，隐隐还有交谈传来。

“我们什么时候结婚？”东伯雪鹰的声音。

“就后天吧。”

“好，听你的。”

二人回到薪火宫东伯雪鹰原先的住处，陈宫主和贺山主已经在等待了。

“雪鹰，你还好吧？”陈宫主看到东伯雪鹰脸色苍白，不由得担心道。

“没事，理论上我是能够撑一整天的，这还早得很。”东伯雪鹰笑道。

“嗯。你要记得，让青甲守卫在你陷入昏迷时给你喂药。”陈宫主道，“若你不死之身的恢复力及不上鬼六怨巫毒的破坏力，恐怕只要一个时辰你就毙命了。”

“明白。”东伯雪鹰说道，“对了，我和靖秋准备结婚，就在后天。”

陈宫主、贺山主惊讶地看向眼前二人，余靖秋也抱着东伯雪鹰的手臂，笑着。

“好嘛！你们俩可真快啊，哈哈。”陈宫主大笑道，“大喜事大喜事！”

“我得想想送什么礼物好。”旁边的贺山主也笑道，“是在雪石城堡？”

“对。”东伯雪鹰点头，“我和靖秋都想好了，我们明天就回雪石城堡，一切从简，也无须弄出太大声势来。”

“我懂。”陈宫主道，“好了，你赶紧去歇息吧，有事尽管传信即可。”

“嗯。”东伯雪鹰此刻说话声音都已经有些不够平稳了，他也不逞强，先进屋了。

看着二人进屋，陈宫主和贺山主在廊道上也都微微点头。

“雪鹰明天就回去了，那件宝物的改造你得抓紧。”陈宫主说道，“虽然我觉得巫神和大魔神不太可能再次对雪鹰下手，可还是有备无患！”

“放心，今晚我就改造好。”贺山主点头。

在大型超凡世界“树海世界”，金袍男子虚影和巨大头颅虚影再次碰面了。

“你的消息可真快，看来夏族中还有你魔神会的眼线。”金袍男子虚影说道。

“在夏族，我的消息比你灵通。”大魔神道，“你觉得，这消息会不会有虚假隐瞒的地方？”

“无须怀疑。”金袍男子虚影道，“我当初使用的这一柄佩剑，上面蕴含的正是鬼六怨巫毒！真没想到啊，夏族先辈中竟然有能够被吸纳进‘血刃神廷’的人，还精通药道，能够迅速辨认出巫毒。”

“不过也不足为虑！他们无法亲身降临，只能靠外在药物。‘苦百回’是最低层次的解药了，可送下来的代价也媲美送一件神器。对夏族那群实力弱小的先辈神灵而言，能送下这药已经算是付出很大代价了，不可能治好东伯雪鹰的。”巫神说道，“他估计也就能再活一两百年吧！而且鬼六怨巫毒将日日夜夜折磨他，他也无法修行，无须管他了。”

“不继续下手？”大魔神问道。

“一来，夏族恐怕有所防备，再次下手的成功概率要低得多，这东伯雪鹰能轻易隐藏在虚界或者阴影世界等处，要杀他也很难；二来，这次动手，我们付出的代价已经不小了，如果再次动手，恐怕得付出更高的代价。仅仅为了对付一个不足为虑的超凡，且失败可能性还高，不值得付出那么大的代价。”巫神道。

“对了，紫雷帝君被吸纳进血刃神廷，你怕不怕有麻烦？”大魔神忽然道。

“哼，我身为领主，比他厉害千倍万倍的我都不怕。更何况为了红石山，谁挡我路，我就杀谁！”巫神眼眸中满是凶光，随即身影消散。

薪火宫，属于东伯雪鹰的一间屋子内。他正独自蜷缩在床上，身体颤抖着，汗出如浆。无声无息地，他的内心在痛苦号叫。

屋内别无他人。本来余靖秋是要陪夜的，可东伯雪鹰硬是将她给赶出去了，他不想自己疼痛崩溃的样子被一直看着，毕竟就算靖秋在他身旁，也只能干看着。余靖秋也明白东伯雪鹰内心的骄傲，所以只能点头离开。

黑夜过去，门外亮了起来，朝阳已经升起。

可东伯雪鹰的疼痛感愈加强烈，渐渐地，攀升到极致。

此刻，他体内的药液已经一丝都没有了！鬼六怨巫毒爆发出了最疯狂的威力，它对东伯雪鹰身体的侵蚀，完全超过了他不死之身的恢复力。东伯雪鹰仍在靠不死之身的生命力撑着，每一刹那都那般漫长，可东伯雪鹰只能咬着牙看着前方，死死撑着。

是啊，或许寿命只有一两百年，可只要活得久一点儿，希望总会更大点儿，不是吗？东伯雪鹰骨子里就不是一个轻易低头、轻易认命的人！

“雪鹰，一天时间已满，你可以喝解药了。”青甲守卫的声音响起。

“嗯。”东伯雪鹰哼了声，呼吸都变得很粗重。

顿时，一只黑色葫芦凭空出现，东伯雪鹰操纵着天地之力裹挟着葫芦，一倾倒，“哗——”一道苦百回药液在天地之力的包裹下，直接飞入东伯雪鹰的喉咙中。

好舒服！随着药液进入体内，原本疯狂无比的鬼六怨剧毒立即被全方面压制，疼痛感也迅速降低，此刻只有一种感觉——舒坦，真的舒坦，仿佛从死亡获得新生一般的舒坦！

“呼——”好一会儿，东伯雪鹰才呼出一口气，体表的汗液尽数化作虚无，整个人的脸色都好多了。

“这才第一天，没想到就这么难熬。”东伯雪鹰的嘴角带着一丝笑意。虽然整个人仿佛从死亡中走过来，可不管怎样，这一天他并没有昏迷！虽说只有四个时辰能勉强保持不失态，其他八个时辰都是在床上痛苦无比。他收起旁边飘浮着的黑色葫芦，起身站了起来。

“吱呀——”屋门被开启，东伯雪鹰便看到了外面庭院内坐着的美丽女子，余靖秋显然早就在这儿等着了。

“雪鹰师兄。”余靖秋连忙跑过来，她明亮的眸子中充满关切和担心，“怎么样？这一天熬下来不容易吧？”

“还成，至少没昏迷。”东伯雪鹰笑道，“走，我们去和陈宫主告辞，也差不多该回去了。”

话音刚落，两道身影就瞬间出现在了这儿，正是陈宫主和贺山主。

“哈哈，雪鹰，我们可早就在等你了。”陈宫主笑道。

“陈宫主、贺山主。”东伯雪鹰笑道，“我也是来告辞的。上次在魔神会总部击杀大祭司席云的时候，我得到了不少宝物，一直没机会给。在遭到围杀的时候，我用了几件保命之物，还弄了这么一件护体铠甲，其他的都在这儿。”

东伯雪鹰说着，便将一枚储物戒指扔了过去。

“这……攻破魔神会总部、灭杀大魔神分身等诸多功劳还未曾和你算，而且这些也都是你的战利品……”陈宫主接过后却要递回来。

“陈宫主，你们为了救我，付出的代价已经很大了。魔神会总部的底蕴也颇为深厚，有各种厉害的阵法、特殊宝物乃至大量半神器等。可你也知道，现在我连超凡斗气都无法修行了，要这些又有何用？其实就连我身上这件铠甲，没有超凡斗气催发，威力也是大减的。”东伯雪鹰说道，“这些宝物还是在夏族，更有用处。”

“你选些对你有用的吧，或者选些对靖秋有用的。”贺山主道。

东伯雪鹰和余靖秋相视一眼。

“不必，两百万贡献点已足够了。而且想必陈宫主也猜出，我得到了黑风老祖遗留的宝藏，到时候拿这些宝藏，也可以换些资源，足够靖秋使用了。”东伯雪鹰道。

“好吧。”陈宫主没再拒绝。

的确，如今形势严峻，夏族很需要这些。

“巫神和大魔神恐怕不会死心，我夏族也应当主动一些。到时候我们大军进发，我行走虚界去进行探查。”东伯雪鹰道。

“哈哈，雪鹰，你就别管了。”陈宫主道，“吃过一次亏，巫神和大魔神这等存在，绝对不会再给你机会的！真需要你帮忙的时候，一定请你出手。你啊，现在最重要的是准备明天你们的大喜事。”

东伯雪鹰一笑："嗯，好。"

陈宫主和贺山主都是暗暗感叹。

他们原本以为遭此打击，东伯雪鹰的心态一定会受影响，可他们却看到，东伯雪鹰丝毫不为之气馁、懊恼，甚至还将心思放在夏族上……这让他们也很痛心夏族如此天赋纵横的超凡，为何却沦落到如此地步？

"雪鹰，这是一件宝物。"贺山主一挥手，拿出了直径足足一米的银白色球体，"你炼化一下，就能轻易操纵。"

"这是？"东伯雪鹰疑惑道。

"这球体内原本是一个强大的法阵阵盘，只要激发它，就能够令周围百里范围内的空间完全碎裂！"贺山主介绍道，"这是专门克制空间封锁的宝物。不过激发阵盘需要超凡法力，所以我改造了一下，在里面弄了能量源，可以透过能量源激发，你只要使用精神力量略一激发即可。有了它，你的穿透真意就能够轻易闪躲变化，那巫神剑如果要再对付你，就很难碰到你了。"

东伯雪鹰惊叹——克制空间封锁的宝物？夏族底蕴果真非凡。

"我带着它……"东伯雪鹰犹豫。

"别迟疑了，你拿着。其实我们猜测，巫神和大魔神应该不会再付出大代价来对付你。可你还是带着为好。等将来若是大战爆发，我们需要了，你再给夏族就是。"陈宫主说道。

东伯雪鹰点头。

"雪鹰，你和余靖秋就没点儿什么要求？"陈宫主问道。

东伯雪鹰刚开口，又迟疑了一下："我夏族的超凡七叶花，给我准备五朵吧。"

称号级强者，身体可以进行超凡化，成为伪超凡，寿命八百年。但身体的超凡化，也会有危险。

而超凡七叶花，是能够保证安全地超凡化的特殊药物。

"若是我家人难以跨入超凡，便可使用这超凡七叶花。"东伯雪鹰说道。

"我送你五朵！"陈宫主说道。

超凡七叶花，卖十万斤源石一朵，成本实际上也就一万斤源石左右，这也是夏族积攒源石的手段。

"我贡献点还多着呢。"东伯雪鹰道。

"就这样了，五朵超凡七叶花你就别推辞了。"陈宫主说道。

"哈哈，那也好。陈宫主、贺山主，我也不逗留了，就在这儿告辞了。"东伯雪鹰说道。

"嗯，明天我们去给你贺喜。"

“哗——”借助极点穿透真意和撕裂的空间通道，东伯雪鹰和余靖秋二人来到了雪石城堡上空。

俯瞰下方，如今正是初春时节，一眼望去，满山都是白茫茫的积雪！

“靖秋姑娘，我就知道你们俩一定会结婚，可我还以为你们这些超凡会拖很久，拖到我闭眼都看不到呢。”中午时分，餐桌上，墨阳瑜开心得很，“雪鹰啊，青石也带着他那个女友正在赶回来，估计傍晚就能到！青石也是，一直拖着。”

“这次回来，我也得好好说说青石。总不能一直都把心思放在修行法术上，也得先成婚。”东伯雪鹰笑道，“或许结婚换换心情，青石这小子就能跨入超凡呢。”

“我吃饱了，出去走走。”东伯雪鹰起身。

“靖秋姑娘，来，陪我聊聊。”墨阳瑜今天很开心。

“你就别折腾了，浪费他们的时间。”一旁的东伯烈皱眉道。

“没事的。”余靖秋笑道。

到现在，东伯雪鹰也没将事情告诉父母，他并没有打算说。相信随着时间流逝，父母也会逐渐知道的。

“轰隆——”关闭的练武场大门被东伯雪鹰打开了。

看着眼前积雪已经被扫除的练武场，东伯雪鹰露出了笑容。

在很久以前……在少年时期，自己就是每天在这儿疯魔般地练枪。

东伯雪鹰手一招，手中出现了一杆仿佛火云流动的长枪，随即开始尽情施展起枪法。长枪仿佛一条游龙般随心而动，抽打时呼啸如奔雷，怒刺时如一道闪电。虽然体内的巫毒之痛在缓缓提升，可东伯雪鹰的心思却都在枪法上。

不像参悟真意，需要耗费所有心力去推演。这一刻，他没有别的想法，甚至脑子里都是一片空灵！他只是尽情地施展，痛快地施展，内心深处只有最淳朴的喜悦。

正因为真的喜欢枪法，东伯雪鹰才能在少年时便有那般惊人的成就！甚至摸索出极点穿透真意、虚界真意、星辰真意……可不知道为何，自从掌握了三种二品真意雏形之后，东伯雪鹰便更多地倚仗真意了，他去推演、提升、完善真意。

而此刻，他就仿佛孩子一样，纯粹因为喜欢而练枪，不用再想什么真意，完全凭一颗赤子之心，尽情练枪，这让他觉得更快乐。

因为喜欢，所以我为之痴迷。

第二章

XUEYING LINGZHU

百年岁月·大婚

余靖秋和墨阳瑜聊了许久，天色都渐渐暗了，墨阳瑜还是很开心地抓着余靖秋这个儿媳说着话，最后还是余靖秋主动找了个借口离开，赶紧去找东伯雪鹰。

他们从薪火宫出发到现在已经有四个时辰了。

“雪鹰师兄估计快撑不住了。”余靖秋略一感应，就发现练武场内有东伯雪鹰的气息，这让她很惊讶，“雪鹰师兄还在练枪呢？”

“唰”！身形一闪，宛如幻影一般，余靖秋就已经到了练武场的院门口。

此刻，远处的东伯雪鹰行动并不算快，可枪法威能浩荡。“轰隆隆——”威能尽数控制在周围十米内，可那十米内的空间出现了一道道裂缝，偶尔长枪化作千百条幻影，甚至枪法还造成引力，令空间扭曲……总之那十米范围内简直如毁灭区域一般。

“都四个时辰了，雪鹰师兄竟然还能坚持练枪？他不疼吗？”余靖秋不敢相信。

余靖秋在一旁看着，也不去打扰。

半个时辰，一个时辰……天色渐渐昏暗。

“哥，哥——”青石的喊声，几乎传遍大半个雪石城堡。只见青石很快就来到了练武场，这么些年过去，他明显成熟了许多。不过，因为他已跨入称号级法师的缘故，倒也依旧显得很年轻，一双眼睛也更加迷人。

“哥，你明天就大婚了，现在还在练枪法，也不多陪陪靖秋姐……啊，该称嫂子了。”青石笑眯眯地走过来。

“先别打扰你哥。”余靖秋道。

“哦。”青石应道。

余靖秋继续看着，她很惊讶，非常惊讶。昨天东伯雪鹰才支撑了四个时辰就必须回房了，今天竟然撑到现在还在练枪？

对东伯雪鹰而言，疼痛感的确很强烈，甚至让他很难缜密地去思考，可此刻，他也无须思考，纯粹是因着心中的本能去施展枪法。

“快，快，快，再快都嫌慢，要更快才好！”东伯雪鹰长枪化作千百条，疯狂地刺在前方，每一击都带着极点穿透！可此刻的极点穿透已经明显开始汲取地火水风的一些奥妙，一切目的只有一个，就是为了这一招更快！

“威力太弱，太弱，得更强更猛！”东伯雪鹰枪法一转，双手同时怒刺，竭力将威力发挥到极致，一时间，枪法运转，在利用星辰真意的同时，同时也掺杂极点穿透真意……

长枪横扫，仿佛将天地一分为二；长枪翻飞，更宛如龙蛇奔腾。

完全沉浸在枪法中，连疼痛的影响似乎都降低了许多。不过随着时间的推移，疼痛感越来越强，东伯雪鹰还是被迫停下。

“呼，呼，呼。”东伯雪鹰额头满是汗水。他看到门口的青石，情不自禁地露出笑容，“青石回来了。”

“哥。”青石立即跑过来，“你还挺有兴致的啊，明天大婚，竟然练枪练到天都黑了。刚才已经来人喊吃晚饭了，一起吃啊。”

“今晚就算了。”东伯雪鹰笑道，“我和靖秋还有些事情要谈。”

“哦，那就不打扰你们了。”青石嘿嘿一笑。

东伯雪鹰点头，便走向靖秋，牵着她的手，随即离开。

很快二人便进入屋内。

房门关上，东伯雪鹰的脸色急剧苍白起来，汗水也开始大量渗出。他咧嘴一笑：“差点儿，差点儿在青石面前就露馅了。”

“到现在都五个半时辰了。”余靖秋惊讶道，“比昨天好太多了。”

“因为练枪法。”东伯雪鹰说道。

“练枪法？”余靖秋惊讶。

“练枪法，只需追求让枪法更完美。我不需要花费多少心力去推演真意，只需要让枪法更好。”东伯雪鹰说道，“至于真意，只是追求枪法所附带的而已。”

“雪鹰师兄你的意思是……”余靖秋有些不解，“不修真意，只修枪法？”

“枪法的提升，本就是境界的提升，和真意的提升并不矛盾。”东伯雪鹰说道。

事实上，今天练枪给东伯雪鹰造成的震动非常大。

过去，他没遭受过疼痛折磨，所以一直没有感觉。可这次在疼痛的折磨下，他根本无法花费多少心力去琢磨真意，或琢磨其他。这让东伯雪鹰反而能更加纯粹地、更加不受干扰地去追求枪法！

他没有能力在一瞬间去思考太多，去琢磨真意了，他只能凭借本能。

第二天清晨，雪石城堡就已经张灯结彩。从上午开始，就接连有超凡生命到来。宽阔的大船撕开空间裂缝，飞入云雾中。

“雪石城堡到了！”

大船缓缓下降，一名兽人狮人男子率先走下来，身后跟着一群超凡生命。

“谭石老哥。”同是一身红袍的东伯雪鹰和妻子余靖秋一同前来迎接，“还有诸位海神宫的超凡们。”

“东伯老弟。”谭石笑道，“恭喜恭喜啊，将我们夏族超凡中最美丽的这一朵花给摘到手了。你可不知道，多少超凡在暗中咬牙切齿呢！”

“哈哈，没事，今天让他们都多喝几杯，借酒浇愁嘛。”东伯雪鹰打趣道，“对了，还没恭喜谭石兄，跨入半神境。”

“我也是刚突破，宫主都没让我参加攻打魔神会总部的事。错过这等盛事，遗憾得很。”谭石道。

左丘骑士谭石是刚刚突破，如今正在巩固。他一个半神初期的新晋骑士，去了也帮不了什么忙，陈宫主也未曾允许他参战。毕竟池丘白和谭石是他们那一时期最优秀的两位超凡了。

“有其他超凡来了，我先去迎接，诸位都里面坐！”东伯雪鹰说道，余靖秋也在旁边微笑陪着。

“好。”

海神宫的这一批超凡们尽数入内，东伯雪鹰带着妻子则去迎接另一批超凡。

……

超凡的婚礼，没有凡人那么多的规矩，有一些超凡甚至连仪式都懒得办，毕竟他们个个寿命极长，洒脱得很。

东伯雪鹰和余靖秋的婚礼，同样一切从简。他们俩一起去陪一位位好友、来客喝上几杯，也算是借今天告知大家，他们俩自此正式结为夫妻了。

“来，长风兄，我们夫妻敬你一杯。”东伯雪鹰和余靖秋来到池丘白这儿。

池丘白立即起身，只是他虽然尽力掩饰，可神情还是有些复杂，对此东伯雪鹰二人也了解……超凡们其实也都听说过，池丘白当年是经历过一场情劫的，自那以后，池丘白一夜白头，在修行上却愈加疯狂，突飞猛进。大家都知道他内心的痛楚，一般都不会提及。

“雪鹰，靖秋。”池丘白说道，“你们俩都是我们安阳行省的超凡，我也一直将你们当成兄妹。你遭此一劫，我也难受。不过你能和靖秋有情人终成眷属，却也胜却无数人了，你们也得好好珍惜。”

“嗯。”东伯雪鹰和余靖秋相视一眼，都情不自禁地露出笑容。

“看你们柔情蜜意的样子，我都受不了了，赶紧，赶紧，去陪其他人喝酒去吧。”池丘白连连催促道。

东伯雪鹰二人离开，池丘白则是坐在那儿，虽然刻意掩饰，可还是一杯又一杯地喝着酒，目光深沉而悠远。

“哈哈……雪鹰师弟，靖秋师妹，来来来。”

“哇，雪鹰师弟，你穿着这一身红袍，可真是帅气啊！”

赤云山世界的一群人都在这儿。

东伯雪鹰和余靖秋他们俩都是赤云山的一分子，也熟络得很。

都柔柔师姐笑得咧嘴，文永安依旧笑吟吟，巫苍依旧闷不吭声，只有被敬酒时干巴巴说了句“恭喜”，余风、濮阳波、张鹏他们都热闹得多。

“雪鹰师兄，余师姐，看到你们俩能在一起，我真的好开心，我先干了。”平常话很少的袁青，却难得主动地仰头喝酒。

东伯雪鹰和余靖秋对这个小师弟也是很有好感，都和他多聊了几句，袁青显然有些激动。

“雪鹰师弟，靖秋师妹。”那温柔甜美的声音响起，正是卓依。

余靖秋似笑非笑地看了一眼东伯雪鹰。

卓依对东伯雪鹰有意，在赤云山世界的这群人中可不是秘密。

“看到你们俩在一起，真的很好，师姐也敬你一杯。”卓依说道。她的心思颇为复杂，对眼前这个年轻人，她曾慕其才华，但在他被司空阳观主训斥时，她也敬而远之。而后来他崛起时，她又曾妄图再追求，可东伯雪鹰不管是耀眼还是潦倒，都与她保持着距离。

如今看着他在无比耀眼的时候却成了一个废人，甚至寿命都有限，卓依也感到遗憾。即便如此，卓依也在暗暗想着，如果能嫁给他，即便只有一两百年，但能成为这样在夏族历史上地位很重要的人物的妻子，也很不错吧。

只可惜从头到尾，东伯雪鹰对她都没存一丝心思，他喜欢的是余靖秋师妹。

酒终人散。待到下午时分，超凡们陆续离开了，东伯雪鹰为了保持好的状态，甚至多喝了一次解药。雪石城堡中的超凡越来越少了，陈宫主和东伯雪鹰说了几句，也离开了。

“雪鹰。”最后一个走的是晁青。

“晁副观主。”东伯雪鹰道。

“你也知道红石山吧？”晁青忽然说道。

“嗯。”东伯雪鹰点头。

“我过些日子，就会进入红石山。”晁青说道，“我老了，在大限之前竟然凝聚出了本尊神心，所以得去红石山搏上一搏。虽然希望渺茫，可还是拼拼吧……对于雪鹰你，我其实也颇为痛心。”

东伯雪鹰心中一暖。

“我这样天资平平的，能活到大限，在大限前都能凝聚本尊神心；可雪鹰你这样天赋惊人的，修行不足百年，却会是如此结果……”晁青摇头，他是真的很痛心。

“各人有各人的际遇，无须怨天尤人。”东伯雪鹰说道，“在之前和恶魔的厮杀中，我夏族有许多超凡一一战死，而我至少还活着，还能和自己的妻子在一起过百年，这已经很幸福了。在凡人中，有几个能有我这般幸福的？”

“你的心境，一直是我颇为钦佩的。”晁青点头，“对了，那鬼六怨巫毒，是不是很影响你修行？”

东伯雪鹰点头：“参悟真意，需要动用全部心力。受巫毒的影响，我几乎没办法去参悟真意，还好，还可以练枪法。”

有坏处，也有好处。

坏处是，练枪法时，他可能会走上一些岔路，毕竟如今自己没有足够的心力去全方位判断对错；好处则是，他可以摒弃一切影响，甚至摒弃对真意的顾忌，一心只有一个信念——让枪法更强！

“有妻子相陪，也有喜欢的事去做，不错。”晁青点头，“好了，我走了！今天就算我俩的最后一别了！哈哈，如果我真的能成神，能活着从红石山出来，我们或许还有见面之日。”

“预祝晁老功成。”东伯雪鹰说道。

“呵呵，我知道希望渺茫。不过能在死前去见识见识红石山，还真让我有点儿热血沸腾呢！”晁青哈哈一笑，随即化作流光一飞冲天。

以后还有机会看到这个可爱的老头吗？

不知道为何，东伯雪鹰虽然没有见过爷爷，可在晁青身上，他能找到爷爷的感觉。

“晁老，保重！”东伯雪鹰默默道。

在雪石城堡待了三个月，该安排的都安排了，超凡七叶花也给了父母，跟着在夏天的一天上午时分，东伯雪鹰和余靖秋二人便一同开始浪迹天涯了。

“哥，要经常来信，我会经常去找你们的！”青石高声喊着。

“哈哈……放心！”

在雪石山下山的路上，两匹踏雪马撒开蹄子飞奔着。

“你可是说了，以后一直陪着我，陪我走遍天下每一处，吃各处的美食，看各处的美景，你可千万不能反悔。”

“放心，一切听你的，你让我向左我不敢向右，你让我向前我不敢向后，怎么样，够乖吧？”

“嗯嗯嗯，不错不错。”

日子如流水，淙淙流过。

百年时间可以改变很多很多，对夏族世界的许多凡人而言，“东伯雪鹰”这个名字已经成了传说，甚至已经有一些关于东伯雪鹰的传记小说在流传了。就算是对于夏族的超凡生命而言，百年时间都没见过东伯雪鹰，对他的记忆也变得遥远。

夏族世界，在大陆东南方，有一座美丽的古城——白江城。

白江城内有一家开了十几年的酒楼，名为东渔酒楼。酒楼的主人是一对年轻夫妇，男人似乎有病在身，脸色苍白，不过待客人却很不错。他的妻子颇为漂亮，只是很少在酒楼内出现。

“白江城的春天，真漂亮，和仪水城真是不一样的景致。”在酒楼二楼靠角落的一个位置，一名白衣男子拿着画笔，正坐在那儿，透过窗户沉醉地看着外面的景色，外面有街道，街道旁便是一条河流，河流两岸都有垂柳，万千柳条飞舞，还有一株株梅花和其他一些不知名的花儿在开放。

南方的阳光更加绚烂多彩，照耀在那些绿树红花上，泛着的色彩都那般多姿。

东伯雪鹰在这白江城已经生活了十五年，可还是非常喜欢这座城池。

这些年，他和余靖秋早就走遍了整个夏族世界的每一座城池，不管是郡城还是小城，在一些很喜欢的地方也居住过。他们在沙漠绿洲上生活过，在大草原上生活过，在群山峻岭之巅长期居住过，在海岛上也生活过，还有无数美食更是他们俩的最爱。

比如在白江城开了这家酒楼后，他们俩就挖了两位很喜欢的大厨来，给了极高的待遇。两位大厨每天做的菜很少，除了供应东伯雪鹰夫妻外，只有少量对外，其他大多都是他们的徒弟做菜。即便如此，东渔酒楼十几年来，也在白江城有了不小的名气。

“嗯，白江城最漂亮的就是春天，错过了可就没了。”东伯雪鹰坐在那儿念叨着，一只手按压在纸张上，另一只手拿着画笔，在纸张上作画。画笔如刀，一笔笔精密小巧，将路边的那一株垂柳的树皮沟壑都画得清清楚楚。

“老板，画真不错，这幅画十个金币卖给我吧。”旁边走来了一名银发老者，老者看着画，颇为痴迷。

“一百个金币，少一个不卖。”东伯雪鹰随口念叨，“我说老仇，你就别一直来折腾我了，我卖画的规矩难道你不知道？”

“你不还没画完吗？”银发老者嘀咕道，“咱们都十多年交情了，而且你这画也太贵了，一百个金币都能买一把破星弩、雇用一群骑士了。你看看，十几年了，你才卖出去几幅？就算是一些名传天下的大家的画，也不过一百金币到一千金币。”

“我是没名气，可老仇……一句话，爱买不买！”东伯雪鹰咧嘴一笑。

他看得出来，这个老头是真喜欢他的画。

东伯雪鹰自问，论画画技巧、意境自己绝对不亚于那些凡人口中的“大家”！当然自己的画没经过一些包装吹嘘，也没一点儿名气，自己也就是图个乐子而已。

而且每一幅画，都蕴含着东伯雪鹰对枪法的一些感悟，如果是枪法达到大师境界的人得到这幅画，或许就能体会到一二了。这些年自己卖出去的画，一共只有五幅，其中三幅分别是陈宫主、贺山主和袁青买去的，另外两幅，分别是一位枪法高手以及一位富家公子买去的，那位富家公子还是自己的好友。

自己当酒楼老板，也认识了许多朋友，这个老仇就是其中之一，就是人太小气了，当然也可能是自己的画要价太高。

“哼……”东伯雪鹰忽然一声低哼，额头渗出汗珠，手指也是一颤，顿时一幅画上多了一笔，画糟蹋了。

“唉。”东伯雪鹰起身，拿起来就撕。

“别啊。”银发老者连忙道，“这个给我也好啊。”

可东伯雪鹰两三下就撕碎了：“老仇，没画好，不可能留下的。”

就像练枪追求极致，画画和练枪一样，没画好，宁可毁掉也绝不留下。

“真让人心疼。”银发老者老仇摇头。

东伯雪鹰一笑。等自己和靖秋搬离白江城的时候，就送一幅画给老仇当作礼物吧，不过现在嘛，一切得按照规矩来。

东伯雪鹰起身就朝楼梯处走去，他眉头微微皱着，暗道：“苦百回的效果越来越弱了！”

服用了过百年，他对体内的鬼六怨巫毒逐渐适应，苦百回效果也越来越差了！现在就算刚刚服下，对巫毒的压制效果都很弱了，而且要不了多久药效就完全没了，一个时辰就得服药一次。

东伯雪鹰一次次有喝药的冲动，明知道效果很弱，可终究要舒服一点儿。可他依旧忍住了！

“我终于明白，为什么记载中提到很多中毒的人，都活不过一百年了。扛过一次容易，可要日日夜夜扛……真的很难。”东伯雪鹰暗道，“不过倒也算磨炼我的心灵意志了，恐怕是整个凡人世界里，在心灵意志上我都能排在最前列了吧？”

从当初疼得要打滚，到现如今，最多在极限疼痛下身体出现细微的肌肉抽搐失控……这都是凭意志压制的。

“主人。”倚靠着栏杆悠闲喝酒的灰袍男子立即走过来，低声道。

“刀客，不用管我。”东伯雪鹰说着便往楼下走去。

刀客，正是神界“战兵五影”的老五。

东伯雪鹰和余靖秋在外行走，有一些俗事、烦琐事需要交给手下去做，所以带上了最弱的白雾猿猴和刀客。

走下楼梯，沿着酒楼的后门，便进入一座府邸院落。这里就是东伯雪鹰和余靖秋这十余年的住处。

“喝！哈！”一声声清脆的声音响起。

东伯雪鹰带着笑容，进入了一个练武场。练武场内有一群人正在练枪法，最小的才六七岁，舞起长枪来还有些稚嫩逗趣，而最大的都有二十多岁了，施展起枪法气度不凡。

“师父！”东伯雪鹰到来后，他们个个都停下喊道。

“你们继续，不用管我。”东伯雪鹰微笑着。因为自己免费教枪法，所以邻里会有一些孩子过来学枪法。

不过，自己仅仅教基础枪法，对于其中一些练了几年且很勤奋、很刻苦的，自己虽然传授斗气法门，却也是从表面看起来很普通的斗气法门，至今自己仅仅传授了五位弟子斗气法门。所以来这儿学枪法的人，一直不多。

恐怕很多邻里都认为……这里是帮忙照看孩子的地方。

“雾雷。”东伯雪鹰忽然开口。

“唰——”一名白发老者几乎瞬间就来到这练武场，立即走了过来。这白发老者正是白雾猿猴变化而成。雾雷可化作雾气聚散无常，也可变化成各种模样，在外行走，自然变成人形更好。

“主人。”白发老者恭敬道。那些练枪的少年们看到，也一点儿都不觉得奇怪，因为他们知道，这是府邸的白管家，听说还是一位星辰级高手呢！

“赶紧准备下，陈宫主来了。”东伯雪鹰说道。

“是。”白发老者立即退去。

东伯雪鹰抬头看着远处数百里外的天空，没过多久，那里的空间隐隐出现一道裂缝，一道身影出现，他也朝东伯雪鹰看来，二者目光碰撞，都露出笑意。

跟着这一道身影直接瞬移消失。

东伯雪鹰走到北门，打开门，门外正站着一名黑发老者。

“雪鹰。”黑发老者笑道。

“陈宫主，今天怎么想到来我这儿了？”东伯雪鹰侧身引领，二人并肩往内走。

“当然是有事。我还是第一次来白江城，真不错，很漂亮。”陈宫主笑着赞道，“雪鹰你可真会选地方啊！我们上次见面是三十年前吧？那一次是在海岛的海滩上，那里的景色也真是美，我都感到惊艳。我活了快两千年，许多地方都没去过。”

“所以陈宫主你也得去各地走走，将我们夏族世界都走一个遍。”东伯雪鹰说道，“我也是上次寻找恶魔将军时查探过一遍，你如果想去，我回头给你一个清单。不过说实话，最好还是慢慢地去感受，各地的风俗人情都有些区别，很有意思。”

“哈哈，太忙。”陈宫主摇头。

这时候从府邸的廊道上走来两人，一个是穿着深蓝衣袍的余靖秋，另一个则是跟随在身后的白发老者雾雷。

“主人，准备好了。”雾雷走到东伯雪鹰身侧，低声说了句，东伯雪鹰点了点头。

“靖秋法师，好久不见。”陈宫主笑道，对余靖秋他还是很重视的。

余靖秋因为神器雪前辈的缘故，受到夏族倾力栽培，加上东伯雪鹰也不遗余力地帮她，如今早已成为圣级巅峰法师，甚至在圣榜上名列第九！

而他们的小师弟袁青就更耀眼了！在攻破魔神会总部三十年后，他就掌握了完整的三品真意“光暗真意”，且就在前不久，已经达到光暗真意二重境！论修行速度他虽然不如东伯雪鹰，却也比当年的池丘白要快得多，如今更是名列圣榜第二。

至于圣榜第一，自然是东伯雪鹰了。即便只是百年前展露出的实力，恐怕也只有半神榜前十才能压东伯雪鹰一头而已。

“的确好久不见。陈宫主你过来，都不提前说一下。”余靖秋说道。

他们几个在练武场的边缘说着，东伯雪鹰的徒弟们不敢松懈，个个都在练枪，“喝哈”声一片。

忽然地面震动起来。

“嗯？”东伯雪鹰他们转头朝北门外看去。

北门外的巷子内出现了一群骑士，马匹高大健壮，在一群骑士的簇拥下，一名穿着金袍的雄壮男子走了进来，他身后也跟着一群手下。

“雪鹰，似乎是找你的。”陈宫主笑道。

“嗯。”东伯雪鹰点头。他目光落在了那名雄壮男子身侧的银袍青年身上，那名银袍青年背着枪套，枪套内正是分成两节的长枪，青年脸上隐隐带着一丝傲气。

看到这青年，东伯雪鹰皱眉，心中不由有些愤懑。

“大师兄！”

原本正练枪的一群人，不管大的小的都颇为兴奋地喊道。

“这是我如今的师父，乃是称号级骑士。”银袍青年说道。

“称号级？”

“天哪！”

“这……这……”

这些普通百姓家的少年们都惊呆了，对他们而言，称号级简直就是传说了。

“哇，大师兄，你竟然能拜称号级骑士为师，太厉害了。”这些少年们都很激动。在夏族，拜几个师父是很正常的事。

“东伯兄。”银袍青年看向东伯雪鹰，眼皮一掀，傲然道，“你见到我师父，还不过来行礼？”

“隆天云！”在一群练枪的弟子当中年龄最大的那位红衣青年怒道，“你怎么能这样对师父！你可是跟着师父学枪法足足十二年！你们家欠下巨债，被人讨债，还是师父出面帮你家还清。你好勇斗狠受重伤，也是师父请人救治你……师父供你吃供你喝，养你长大，待你如亲人……”

“你闭嘴！”隆天云怒喝。

“你还有脸让我闭嘴？”红衣青年怒道。

“是他先不仁的！”银袍青年怒道，“我当初是他徒弟，不是畜生！打骂、责罚，简直不将我当人！既然如此，那我就跟他一刀两断！不过我隆天云也会记住他当年的恩德，将来自然会报答。”

“师父责罚你，难道不应该？你拿着师父让你去给师姐置办嫁妆的钱，竟然去喝花酒给用光了，那可是师姐的嫁妆！责罚你难道错了？”

“这点儿钱对师父算什么？为了这点儿钱就那样责罚我？”隆天云冷哼道。

在一旁的陈宫主笑眯眯地道：“雪鹰，看来你教徒弟不行啊。”

“惭愧惭愧。”东伯雪鹰也摇头。

当年自己开了这家酒楼，在练枪之余，也愿意免费教导周围的孩子们练枪，因为自己看起来就是病秧子一个，也没什么人来学，勉强才来了三个，这个隆天云是大徒弟，还有个女孩陈琴已经嫁人了，是二师姐，此刻在和隆天云争吵的，则是三师弟叶青。

东伯雪鹰看着隆天云，暗暗摇头。自己看着他从一个瘦弱少年一步步成长起来。他脾气乖戾，东伯雪鹰就经常引导，奈何恩大成仇，将师妹的嫁妆都挥霍了，自己仅仅施以一次责罚，他就跟自己一刀两断了。

十二年时间，养猫养狗都有感情，更何况人？而且东伯雪鹰如此心境也不至于和一个小家伙置气，只是有些恨铁不成钢而已。没想到他今天看到自己，竟然开口就喊“东伯兄”，真是……完全不把自己当师父，十二年恩情完全没了。

“好了！”东伯雪鹰开口。

他一开口，叶青和隆天云都停下了。

“东伯兄？好一个东伯兄！”东伯雪鹰看着隆天云，“敢问你隆天云如今贵为称号骑士的弟子，来我这儿干什么？”

“喊你一声东伯兄，是我念旧情！”隆天云冷哼道，“至于我来你这儿，当然是有好事，一件对你而言天大的好事！”

“天大的好事？”东伯雪鹰目光一扫眼前这些人，包括那位金袍男子。

金袍男子这时候微笑道：“我沙虎在白江城多年，也早听闻我白江城有一座酒楼，酒楼老板东伯乃是一位了不得的大画师，到今日才得以一见。”

“画师？”陈宫主在一旁笑着，堂堂东伯雪鹰被称作画师，的确有意思。

东伯雪鹰微微点头：“赤焰骑士沙虎，我也早听闻你的大名。不知道你今天来，何事？”

“我师父来这儿……”隆天云一瞪眼。

“天云，闭嘴。”沙虎眉头微皱。

“是。”隆天云立即乖乖闭嘴，听话得很。

沙虎继续微笑道：“我来这儿，是因为你有一个好徒弟叶青。”

“叶青？”东伯雪鹰皱眉。百年来自己只随缘简单教些人枪法，其中有几个弟子自己还颇为喜爱，可天赋真正能入自己眼的只有这个叶青，至于隆天云、陈琴，以及其他徒弟的天赋真的很一般，虽然自己因材施教，可估计他们这辈子跨入称号级的可能性都极低。

“叶青！”沙虎看向了叶青。

“沙前辈，有什么你冲着我来，你找我师父干什么？”叶青怒道。

沙虎道：“我可不是找麻烦的，我来，是收你为徒的。”

“收我为徒？”叶青一愣。

东伯雪鹰也有些错愕。来抢徒弟的？

“哈哈，我真没想到我女儿喜欢的那个青年就是你！”沙虎笑道，“你之前虽然小小得罪过我，可你也是无心的。我女儿既然喜欢你，你的天赋也颇高，那你便直接拜我为师吧！拜入我门下，加入我赤焰堡，我可以保你跨入称号级！我会给你最好的修行斗气法门，让你修行得更快，还会给你更好的兵器！哈哈，之后你更可以成为我的女婿，我们就是一家人了！”

白江城就这么大，叶青实力颇强，自然也入了赤焰骑士沙虎的眼。

这一仔细了解就吓了一跳——这个刚过二十岁的小子，枪法之高，竟然达到了枪法大师之境！枪法大师啊，要知道跨入称号级的强者有不少在战斗技巧上都没有达到大师境界。这个叶青，几乎板上钉钉能跨入称号级。加上沙虎又了解到自己的女儿一直喜欢的就是这个叶青，所以他就动了心思，让隆天云带路直接来到这座东渔酒楼了。

“不可能。”叶青摇头。

“你说什么？”沙虎以为自己听错了。

“师父待我恩重如山。当年拜入师父门下时，我刚十一岁。我没有父亲，母亲又不管我，是师父给我吃的，给我买衣服，教我枪法，教我斗气法门……对我而言，这里就是我的家。”叶青说道。

东伯雪鹰听得心中暖暖的，情不自禁地露出一丝笑容。

“我不可能走，更不可能加入你的赤焰堡。沙前辈，你贵为称号骑士，在整个白江郡都是最顶尖的，我加不加入你的赤焰堡又有何区别？”叶青说道。

“你就在这个地方，陪一群娃娃练这种粗劣的枪法？”沙虎皱眉喝道，“叶青，你应该有更广阔的天地！”

“师父身体不好，我自然得陪着师父。”叶青说道。

东伯雪鹰听得愈加开心。叶青这个闷葫芦，枪法早就练得这么好了，每天还过来一次次和那些小娃娃一起练枪法，原来是看自己身体不好啊。

在这些徒弟中，东伯雪鹰对叶青最是喜爱。

第一次见叶青时，他才十一岁，一个瘦弱的小男孩，看起来就像寻常人家七八岁的小孩。大冬天的都穿得那么破破烂烂。平常也乖巧得很，任劳任怨，最是听话。

真没想到对叶青而言，这东渔酒楼已经成了他的家，自己则成了他的亲人。

“哼！”沙虎怒道，“好了，我没时间和你废话！你喜不喜欢我女儿？”

“自然喜欢。”叶青道。

“那就跟我走！”沙虎怒道，“你敢拒绝，你跟我女儿就永远没可能！而且只要我一声令下，你那病秧子师父的东渔酒楼就开不下去！甚至我稍微示意一下，你师父他们就没有好日子过。”

“你——”叶青愤怒，可他也清楚这个老牌称号骑士沙虎的影响力，在整个白江郡，沙虎都是排在前三的强大称号骑士！

“让我酒楼开不下去，让我没好日子过？这口气真大啊！”东伯雪鹰笑着。

“口气不是一般的大。巫神和大魔神都想要杀你，不一样没杀掉？”旁边的陈宫主也笑道。

沙虎一愣。

巫神？大魔神？

是巫神殿的巫神？魔神会的大魔神吗？他有些发蒙，因为这两位太遥远了，根本就不是夏族世界的生命，而是神界和深渊中的强大神灵啊。

“雾雷，教训下，把他赶出去吧。”东伯雪鹰随意吩咐道。

“是，主人！”雾雷恭敬应道。

练武场上，所有人都愣愣地看着这一幕。

“你……”赤焰骑士沙虎有些错愕，一个老头敢对自己出手？

“敢对主人不敬？”雾雷一伸手，手掌化作白色雾气，瞬间就抓住了这沙虎。

沙虎感觉自己周围都是雾气，他欲要挣扎，却动不了分毫！他可是称号骑士！

被白色雾气的手掌抓着，沙虎直接四肢张开，五体投地，被拍击在地面上。

“砰！砰！砰！砰！砰！”

堂堂赤焰骑士沙虎，面孔对着地面，几乎一瞬间就被拍了过百下，可地面竟然连一点儿凹坑都没有。

雾雷随手一甩，沙虎被摔在一旁，宛如死狗一样。旁边所有人都惊呆了，隆天云更蒙了。

“前辈！”沙虎却是猛地爬起，顾不得受伤，恭敬无比，甚至有些谄媚，“前辈，敢问前辈是？”

沙虎何等老奸巨猾，哪里不知道，这个白发老者是个很厉害的存在，定是一位超凡生命。

雾雷说道：“我？我只是主人最弱的一个仆从罢了。”

这话并不假。在东伯雪鹰麾下的神界战兵之中，雾雷的确是最弱的一个。

“最弱的一个仆从？”沙虎惊恐地看向远处站在一起的东伯雪鹰、余靖秋、陈宫主三人。

“师父！”

忽然一声大喊，“扑通”——隆天云重重地跪在地上，眼睛都红了，闪着泪花，他看向东伯雪鹰，喊道：“师父，我错了！天云错了！”

东伯雪鹰被吓了一跳，自己这个大徒弟再次突破了自己对他的认知！原本就已对他很是失望，可现在已经不单单是失望了，而是对这隆天云完全无语了。人，不能无耻到这地步啊！

“滚出去！”东伯雪鹰猛然挥袖。

“轰！”一股无形的力量瞬间笼罩包括沙虎、隆天云以及外面那些手下，“唰”！这群人瞬间都消失了。

白江城的一座豪奢城堡，方圆有两里多，比雪石城堡都大一圈。在郡城内的府邸都如此庞大，可见其权势。这里便是赤焰堡！

赤焰堡的一个校场上凭空出现一大群人，同时还有一群马匹也凭空出现。

隆天云依旧跪在地面上，沙虎有些发愣，那些士兵们也都错愕了下，跟着就是一片喧哗，马匹都嘶鸣着。

“这是……这是赤焰堡？”沙虎愣住了，这是自己的家，他当然认识。

“到赤焰堡了？”隆天云也蒙了，“只挥了一下衣袖，我们就全部从东渔酒楼到赤焰堡了？”

“神魔手段啊，难道是传说中我夏族的半神？”沙虎咽了口唾沫，几乎吓傻了。

这时候赤焰堡的大群护卫，还有很多家眷都赶了过来。

他们都很吃惊，还很纳闷。

“父亲，你们怎么到这儿来了？啊，父亲，你怎么身上脏兮兮的？”一名明眸皓齿的绿衣少女跑过来。

“小琪，我的乖女儿。”沙虎却是哈哈一笑，“没事，父亲没事，你和叶青的事父亲很赞同，非常赞同！哈哈，有时间你就带叶青到咱们这儿来吧。”

“我和叶青？”少女被突然降临的惊喜弄得有些蒙。

沙虎猛然看向一旁跪在那儿发呆的隆天云，眼中有着厌恶，喝道：“把这隆天云给我扔出去！他休想再进入我赤焰堡一步！”

“是。”顿时一群护卫拥上，抓住了隆天云。

“我师父，我师父他……”隆天云永远忘不了那个病恹恹的师父东伯挥袖的场景，一挥衣袖，天地变化……

在东渔酒楼的北院内，那些少年们都眨巴着眼睛，如果说他们熟悉的白管家出手，随意蹂躏赤焰骑士沙虎，让他们难以置信的话，那他们最熟悉的病恹恹的师父，一挥手，便让那一大群人包括马匹都凭空消失，让他们完全蒙掉了！

“师父，你……”叶青看着东伯雪鹰。不对啊，师父身体的确不好，这都十几年了，自己和师父朝夕相处，不可能看错的，而且师父也没必要一直装病啊。

“其实……东伯只是我的姓。”东伯雪鹰说道，“我的全名是东伯雪鹰。”

“东伯雪鹰？”叶青疑惑，其他人也很疑惑……是谁啊？

陈宫主见状哈哈大笑起来：“雪鹰啊，你这些徒弟可都没听说过你的名字啊，哈哈……”

东伯雪鹰也有些无奈。不过，当年他是称号级的时候，知道的超凡名字也极少。

叶青的实力比自己当年还弱，见识估计也要差一大截，超凡对他来说太遥远了。

“将来你就知道了。”东伯雪鹰笑了笑。

“嗯。”叶青也有些羞愧，为自己连师父名字代表什么都不知道而惭愧。他暗暗下了决心，等会儿一定得好好打听打听，“东伯雪鹰”到底是谁。身为徒弟，怎么能不知道师父的威名呢？

“师父，那大师兄……”叶青说道。

“他不是你大师兄。”东伯雪鹰摇头。

“那隆天云，以后该怎么对他？”叶青问道。

“就当不认识这人吧。”东伯雪鹰说道，“好了，我还有事，你自己忙吧。”

说完转身就陪着陈宫主一道朝走廊走去。

沿着走廊，东伯雪鹰、陈宫主、余靖秋并肩走着，白管家雾雷则跟在后面。

“雪鹰，你教徒弟可真是……选徒弟，心性很重要。”陈宫主在一旁笑道，“要么好好筛选，心性、为人、天赋都确定了才能收徒，要么就从小栽培！”

“我也只是在夏族世界行走各地，随意教些基础枪法罢了。”东伯雪鹰说道，“一切随缘，不必苛求。”

余靖秋则道：“那隆天云当年在这儿学枪法时，岁数最大，本性难改。我早知道他脾气乖戾，也劝过雪鹰将他赶出去，可当时雪鹰觉得这少年太可怜。”

“他脾气乖戾也是他家庭造就的！”东伯雪鹰道，“父亲是赌鬼，肆意打骂折磨他，还有要债的……他身体又弱，还差点儿饿死，来我这儿学枪法也是为了吃一口饱饭。难道就因为脾气乖戾了些就赶他走，让他病死饿死在外面？他既然来这儿学枪法了就是和我有缘，我得拉他一把，出那泥潭！”

“当初他脾气虽然乖戾了些，可也没做什么恶事，在我面前也算乖巧。可没想到越长大，越是让我失望。”东伯雪鹰摇头。

随着实力提升，隆天云将本性缺点也暴露了出来——好勇斗狠、奢侈、讲排场。似乎幼年太苦，反而长大了更奢侈。因为他年龄最大，加上在修行上天赋有限，东伯雪鹰当初想的是好好栽培三徒弟，给二徒弟找个好夫婿，也安排龙山楼照看下，大徒弟嘛，到时候就经营这家酒楼吧。

谁想这大徒弟刚刚接触到钱，就大肆花销。自己也责罚过他，可没想到自己给二徒弟置办嫁妆的钱财，这个大徒弟也敢拿出去喝花酒，还争花魁！一掷千金！

东伯雪鹰那次是真的大怒，狠狠责罚了他一通。隆天云便索性和东伯雪鹰一刀两断，他显然觉得自己翅膀硬了，实力够强，一个人在外面也能混得很好。

“你还是太心软。”陈宫主说道，“不过可以预见，这种忘恩负义之辈没你的看顾，他以后还是会吃大亏，栽大跟头。”

“他年少时我还可以看顾他，现在……随便吧。”东伯雪鹰说道。

陈宫主微微点头。

他算是品出味道来了，东伯雪鹰做事是由着本心的，他觉得该救则救，缘分尽则尽，心中自有准则。

很快，他们三人进入一间客厅，都盘膝坐下，面前条桌上摆着精致的小菜、水果、糕点和美酒。

“我今天来，是有一件很重要的事。”陈宫主坐下便直接道。

“哦？”东伯雪鹰、余靖秋都有些惊讶。

他们俩一个是圣级超凡法师，另一个如今身中巫毒，有什么重要事找他们俩？

“关于红石山。”陈宫主说道。

东伯雪鹰脸色微变，忍不住道：“靖秋需要避开吗？”

寻常夏族半神都是没资格知道红石山的。

“这件事你终究还是得告诉她，所以也没必要避开了。”陈宫主道。

“红石山？”余靖秋在旁边疑惑地听着，“那是哪儿？”

陈宫主笑道：“红石山是一处极为特殊的地方，它在我夏族世界地底十万里深处！”

“地底十万里？”余靖秋意识到事情不一般了。

“雪鹰你也知道，自从红石山从神界降临，坠入我夏族世界，就不断有神界的一些强大存在，派遣一支支半神队伍进入我夏族世界。”陈宫主说道。

东伯雪鹰点头，余靖秋更是心都悬起来了。

“红石山太危险，进入者九死一生。”陈宫主说道，“当初进入红石山，外来的半神死在里面的太多太多。所以最近百万年，夏族世界还算平静，偶尔才有一支队伍进入罢了。”

“可现在不同了。”陈宫主肃容道。

东伯雪鹰皱眉听着。

“巫神和大魔神的谋划，应该被神界深渊的一些强大存在知晓了！所以最近，会接连有异界来客到来，都是请时空神殿送进来的，而且我听说，每一个异界来客都是带着神器来的。”陈宫主深吸一口气，“显然这一次，神界和深渊的强大存在，要放手一搏了。”

“带着神器？”东伯雪鹰一惊。

送那些顶尖半神进来，代价很高，送神器下来代价更高。

而且这些异界来客都带着神器？疯了！

“大地神殿就有一支队伍已经降临我夏族世界。”陈宫主说道，“我已经见过他们，也请他们帮忙，请他们带着你一起去红石山。”

“我去红石山？”东伯雪鹰疑惑了。

“雪鹰，你身中鬼六怨巫毒，如今都过去百年，恐怕解药药效已经很低了，你每天几乎时时刻刻都在折磨中吧？”陈宫主说道，“这种日子你受得了？”

“还好，刚喝下解药要好些的。”东伯雪鹰说道。

“等解药都没什么用，疼得你身体都控制不了，你还怎么战斗？”陈宫主皱眉道，“你现在还能控制好身体，还能够战斗，再拖下去，你恐怕将来殊死一搏的机会都没了。要说有一个地方能救你，我想只有红石山了。”

第三章

XUEYING LINGZHU

东渔酒楼

“红石山的神奇，你应该知道。如今神界和深渊的强大神灵付出巨大代价，派出一支支半神队伍带着神器降临，同样是为了红石山！”陈宫主说道，“黑风老祖当初进去，得到的宝物你自己也看到了。”

东伯雪鹰点头。

“要解鬼六怨巫毒，在红石山，算不了什么。”陈宫主说道，“只是……红石山很危险！我夏族历史上独自进去，且能活着出来的少之又少。唉，晁青进去后也同样没能再出来。”

东伯雪鹰心中微微一痛。

晁老……自己大婚时，他和自己告别，随后就进入了红石山，却至今都没能出来。要知道晁青如果活到现在应该都超过三千岁了，可半神的寿命极限才三千岁。

“晁青的斗气分身留在外界持续了近一年，最终因为斗气耗光而消散。”陈宫主说道，“至少他刚进入红石山的那一年，他都没死！现在虽然已经过了百年时间，可说不定他在红石山内成神了呢。”

东伯雪鹰轻轻点头。这也是随口一说，毕竟成神何其难。他们都知道，晁青还活着的可能性极低极低。

“所以我去拜访了大地神殿的那一支队伍。”陈宫主说道，“大地神殿派遣了一支半神队伍降临，这支半神队伍一共有三位强者，他们个个实力高深莫测，最弱的一位都有镇压一个时代的实力，最强的那位队伍首领更是了不得。和他们聊天时，我能感觉到，另外两位对于那位首领丝毫不敢违逆。”

东伯雪鹰、余靖秋都听得一惊。三位强者，最弱的都能镇压一个时代？

“我们终究只是凡人世界，而这支半神队伍，是大地神殿选出来的真正的精英队伍。”陈宫主说道，“我估摸着红石山前面的一些危险，这支队伍是能够轻松破解的。雪鹰你只要跟着他们，无须出什么力气，相信能够收获不少，或许就能解了鬼六怨巫毒。你只要解了毒，就可以找机会返回了！”

"他们愿意带雪鹰吗？"余靖秋连忙问道，"红石山这么危险，大地神殿的这一支队伍一共才三位强者，他们的配合一定会很好。他们愿意再带上一个人吗？"

人不是越多越好的，有时候一个糟糕的队友，反而会拖累其他人。

"一来，之前攻破魔神会总部，大地神殿也算欠雪鹰你一个人情。"陈宫主说道，"二来，大地神殿这支队伍想要得到我夏族关于红石山的情报，就必须带上雪鹰，否则我们夏族搜集的红石山情报，不可能给他们。有这两个因素在，他们便让雪鹰过去见见面，确定雪鹰不会成为拖累，就应该会带了。以雪鹰的真意奥妙，不成为拖累，应该不是难事。"

东伯雪鹰看向余靖秋，有些犹豫。他是准备一直陪着靖秋的，可这么一去……能成功还好，若失败……可就死在红石山了。

"雪鹰，你现在还有机会一搏，再拖下去，药效更差，又没有这种强大队伍一起闯，你连搏的机会都没了！"陈宫主急切道，"退，你只有死路一条。而去拼，成功了你将受益无穷，以你的天赋将来有很大把握成神。"

他是强烈希望东伯雪鹰去闯的。

夏族历史上最耀眼的绝世天骄，不应该就这么死去的。

"雪鹰，去吧。"余靖秋看向东伯雪鹰，笑道，"我知道你舍不得我，不过我们在一起这么多年，我也很满足了。去拼吧，如果你成功了，我们就可以在一起更久了，你也不必日日夜夜承受那巫毒之苦，我们也可以有一个属于我们的孩子。"

东伯雪鹰微微点头。

孩子……因为身中巫毒，所以他们俩是不可能要孩子的。这些年东伯雪鹰经常收一些孩童教习枪法，也未尝没有这一缘故。他能感觉到，余靖秋内心也是想要一个他们俩的孩子的。

"好！"东伯雪鹰眼中迸发出光彩，"我东伯雪鹰就去拼上一拼！"

要再次拿着长枪，开始战斗了！

这一次，为的是自己的生命，也为了亲人们的期待！

"哈哈哈，就该如此！"陈宫主笑道，"年轻人就该充满斗志！雪鹰，我相信你一定能够活着从红石山出来。到时候的你，可就不一样了。"

"我也期待着那一天。"东伯雪鹰点头，眼神隐隐在燃烧。

既然决定了，那就全力以赴！

东伯雪鹰并没有后顾之忧，家人的事他在很久以前都安排好了，家人中除了靖秋，只有青石是靠自己跨入的超凡。说起来也有趣，东伯雪鹰和余靖秋大婚后，很快青石和戴雅也结婚了，之前青石一直卡在称号级，可完婚的第二天，青石竟然就突破跨入超凡了！现在青石的儿女孙子都有一堆了，父亲母亲对此也颇为欣慰。

而父亲、母亲还有宗叔，都靠超凡七叶花成了伪超凡。至于铜叔，那个粗豪的狮人汉子，因为没能跨入称号级，最终衰老死去了。

第二天，东伯雪鹰就独自出发，前往大地神殿在夏族世界的总部。

同时，在另外一处，也就是那位梅山主人隐居的海外岛屿郡城——

朴素的院落内，落寞老者正在倒着果酒。在桌子旁边还坐着两个人，一位是黑色衣袍男子，眼眸中带着邪意和疯狂；另一位则是貌美白衣少女。此刻这两人脸上都有着一丝兴奋和激动。

“三弟，多久了，我们终于重逢了。”黑色衣袍男子激动道，“自从你脱离时空神殿束缚来到这夏族世界，我们就一直想要来看看你。可你也知道，我们身不由己，真的要刻意来这个世界，代价也太大，不过还好，这一次我们又要一同生死闯荡了。”

“武皇哥哥，你那么帅气，怎么一直是一个老头的样子？”白衣少女说道，“还是变回你原来的样子吧。”

“对啊，堂堂武皇，名震各方，怎么能一直如此暮气沉沉？”黑色衣袍男子也摇头。

“武皇已死，我只是梅山一孤客而已。”落寞老者微微一笑，“如今我自号梅山主人。”

“梅山，梅山……你还真是忘不了梅山，忘不了大姐。”黑色衣袍男子摇头。

“忘？为什么要忘？梅山的日子，是我一生中最开心的日子，虽然短暂却已足够，可时空神殿的束缚，让我等身不由己。”落寞老者眼中有着恨意，“一次次经历生死，萍姐还是死了。这夏族世界的红石山，乃是神界一位大能者遗留下来的，若在其中得些机遇，将来我复活萍姐便有望。”

“你还想复活大姐？”旁边的两位同伴都惊呆了。

“你们以为，萍姐彻底死了？”落寞老者冷笑，“没有，虽然三次惩罚性的地狱级任务，萍姐没度过，可实际上时空神殿只是将萍姐的意识力量带走，并控制着它。时空神殿不压榨光我们所有潜力，怎么可能轻易让我们死？”

“唉，我们也早猜到了。”黑色衣袍男子摇头，“可我们没有勇气像你一样不惜一切代价，就为了一线脱离的希望。一旦答应，签下契约，想要恢复自由，何其难？我等只有勇往直前，成神，乃至成为伟大的界神，方能拥有自由吧。”

“对，勇往直前！”白衣少女也道。

“二哥，小妹，这次我既然答应了时空神殿那位界神的邀请，那我自当全力以赴！我会尽全力帮他得到他想要的。”落寞老者道，“对了，多年未见，你们俩实力进步如何？”

“实力越强进步越难，生死任务效果也越弱，我俩实力如今也只是勉强接近武皇哥哥你当初离开时的层次。”白衣少女说道。

“嗯，不错了。不过红石山危机重重，比你们任何一次任务都要危险恐怖！所以必须跟着我。”梅山主人双眸中闪着冷厉光芒，“这次，没谁能挡住我的路！谁挡，杀谁！”

黑色衣袍男子、白衣少女眼中都有着兴奋和期待。

这才是他们当初的队长，威名远播的武皇！

武皇是诸多时空神殿成员中极为耀眼的一位，当年还做出了很惊人的事——他竟然主动去接了三次地狱级任务！真正超脱！脱离了时空神殿的束缚，恢复自由，成了一个传奇。

他脱离时就要求时空神殿将他放到夏族世界，他在这儿待着，默默蓄积着内心的战意。他在等待，等待着实力足够，等待着一切都水到渠成，便闯入红石山！

没想到这次正有一位时空神殿的高层请他帮忙，并且给了他诸多宝物，梅山主人自然也就点头同意了。前来给他当帮手的，正是他当年的两位生死同伴。而当年一起的九位同伴，活着的也只有他们三位了。

恢宏连绵的深黄色宫殿，这里强者如云，还有一群群神殿的守卫，其中有很多都是伪超凡！

“呼——”高空裂开了一道裂缝，从中走出一名白衣青年，白衣青年脸色还颇为苍白，一迈步就已经到了这座恢宏连绵的宫殿的正门口。

“东伯雪鹰大人。”门口的守卫们不敢怠慢，立即前去传话。

在大地神殿连绵宫殿深处的一处花园内，正有三人在这儿。

其中一人体形雄壮，火红头发，一双眼眸也是火红色，整个人散发着恐怖的霸气，仿佛一座火山。他正躺在一把椅子上，手中拿着酒壶朝嘴里倒酒，还念叨着：“凡人世界就是凡人世界，连酒都一般般。”

“凡人世界乃是物质界，无数神灵都在争夺物质界的信仰，不可小瞧。”旁边全身裹着厚厚衣袍的高瘦男子独自盘膝坐在角落，随意应了句。

而在亭子内，有一金甲少年正独自坐在亭子内吃着各种糕点食物。

“少爷。”那雄壮的红发男子喊道，“听说这次有来自黑暗深渊的半神队伍，有时空神殿那群在生死中挣扎的队伍，我们神界估计也有半神队伍到来，恐怕到时候很有意思呢！”

“是有意思！早听说时空神殿之人都很有趣，我倒要看看，能有多厉害！我们可是在我那一方星域的比试中杀到第一的。”裹着厚厚衣袍的高瘦男子双眸中满是兴奋。

“哼，不来捣乱就罢了，敢和我们争的，杀了就是！”金甲少年冷漠道。忽然他看向天空：“夏族世界的那个叫东伯雪鹰的，来了。”

“东伯雪鹰？这小子天赋是很高，修行不足百年就掌握了两种二品真意，有一种据说可能是阴影真意或者虚界真意呢。”雄壮的红发男子说道，“可惜都只是一重境，这样的实力太弱了，他跟我们一起行动，简直就是个大拖累。”

“百年过去，这东伯雪鹰实力估计也提升了些。”裹着衣袍的高瘦男子说道。

“看看吧，这夏族关于红石山的情报还是很丰富的，能到手是最好的。”金甲少年道，“不过如果真的是拖累，宁可不要那一份情报，也不能留他。”

很快，东伯雪鹰在守卫的引领下，来到了这座花园。

他也看到了这三位大地神殿从神界派遣下来的半神。

“东伯雪鹰，见过三位。”东伯雪鹰说道。

东伯雪鹰看着眼前的三位，在来之前，陈宫主已经将这三位的情报都发给了他。

那个身材魁梧躺在椅子上的红发男子，实力估摸着是最弱的一个，叫博波；旁边全身裹着衣袍的高瘦男子叫巴晗；而那个坐在亭子内吃着糕点的金甲少年则是这支队伍的首领，也是实力最强大的存在，名叫巫马海。

来自神界的半神队伍！

东伯雪鹰只是看到眼前三位，都感受到了无形的压迫感。特别是那巫马海，看似少年模样，可整个人气息幽暗，带着让人心惊的毁灭之意，隐隐代表着周围一切规则奥妙的终极黑暗毁灭。

“最弱的一个都有镇压一个时代的实力，这个巫马海得有多强？”东伯雪鹰暗暗惊叹，“不愧是筛选出来的真正精英。”

“你就是东伯雪鹰？”博波坐直身体，一手拿着酒壶，随意道。

“是。”东伯雪鹰点头。

“听说你是你们夏族世界历史上天赋最高的一个超凡啊，掌握了两种二品真意。”博波问道，“其中有一种真意，听说疑似阴影真意或者虚界真意，不知道到底是哪一种？”

东伯雪鹰一怔，微微一笑：“虚界真意。”

“厉害啊，能掌握虚界真意。”博波赞叹一声，巴晗和巫马海的目光也都落在了东伯雪鹰身上。

东伯雪鹰微笑着站着。既然准备加入，自然得有点儿诚意。

“可惜你修行时间太短，还中了鬼六怨巫毒。”博波继续道，“如果在神界，以你的天赋，估计还是有些神灵愿意帮你的，可在凡人世界就没办法了……哦，只有时空神殿能够轻松地在无数世界行走，对它而言，救你也比较轻松，可时空神殿都是主动抓取或者邀请，求是求不来的。”

“博波，没必要说这些。”巴晗看向东伯雪鹰，“东伯雪鹰，陈宫主已经将你的来意告诉我们，可你也应该知道，这次前往红石山，对我们而言也是拿命在赌，所以容不得一丝意外。”

“明白。”东伯雪鹰点头。

“说实话，你的实力和我们差距太大。”巴晗继续道，“不过既然你能掌握虚界真意，我们倒也可以考虑考虑。”

“对，考虑考虑。”博波随手拿起旁边餐盘上的一个青色果子，“看到了吗？这个果子，就放在这儿！”

说着他一伸手，把青色果子放在了他前方的一块石头上。

“你能够在我面前，将这果子给拿走，那你还勉强有资格跟我们一起行动。如果拿不走……那就没办法了，你该干吗干吗去，我们不可能带着你这个碍事的小家伙。”博波那一双红色的眸子中带着一丝兴奋，“东伯雪鹰，你可准备好了？”

东伯雪鹰明白，考验来了。

“准备好了。”东伯雪鹰点头。

“我说开始，你便可以用尽一切手段。”博波微笑道，“放心，我不会碰触这果子分毫，只会阻拦你。只要你在我的阻拦下，依旧拿走果子，你就成功了。”

巴晗眯着眼饶有兴趣地看着，巫马海的目光也落在了东伯雪鹰身上。

“开始！”博波咧嘴一笑。

话音刚落，博波那双火红色眸子中就有肉眼可见的光线射出，光线笼罩在周围一片虚空，同时博波全身气息开始升腾，整个人就仿佛一个巨大的火球。那惊人的威压和波动让东伯雪鹰都微微吃惊，这股威压和波动已经超过了司空阳观主和贺山主。在自己的记忆中，只有巫神剑的威压超过了他！

这博波，不愧是镇压一个时代的强者啊。

“来吧来吧，让我看看你的实力吧。”博波气息升腾，周围红色光线笼罩，显然正在全方位探察，警惕着一切动静。

“小心！”巫马海忽然眉头一皱，喝道。

“嗯？”原本放在石头上的果子已经消失了！

是的，凭空消失，毫无征兆！而东伯雪鹰自始至终站在那儿一动没动。

“他竟然能感应到。”东伯雪鹰看了眼巫马海，暗道。

“怎么可能？这、这……”博波瞪大眼，全身的温度都在提升，他坐的椅子瞬间焚烧成虚无。

“太快了。”巴晗也不敢相信。

“不愧是虚界真意。”巫马海笑着赞叹道，“本尊无须出手，虚界分身便可以出手了。而且你的虚界分身能虚实变幻如此不露痕迹，只有在发作的一刹那，才能感觉到波动。你的虚界真意，达到二重境了吧？不过应该没到三重境，若是虚界真意三重境，我等掌握二品真意的半神是不可能发现的。”

东伯雪鹰点头：“佩服。的确如巫马海少爷所料，我的虚界真意是二重境。”

“你中了鬼六怨巫毒，百年时间，虚界真意竟然能到二重境？”博波不敢相信。

巫马海则说道：“可惜，你中了巫毒，体内如今没有一丝超凡斗气，你无法跨入半神，更无法使用神器。虽然你虚界真意颇为玄妙，可你的攻击力太弱了。到时候在红石山，遇到一些恐怖敌人，站在那儿任你打，你都伤不了丝毫。”

“对。”博波立即点头，“你行走虚界颇为玄妙，当个探子还算有点儿用，可你的自身攻击力还是太弱。”

东伯雪鹰听着，没有开口。

“带你去红石山，你对我们的帮助微乎其微，可我们却要担风险！这次我们可都是准备充分，又是受神界的强大存在安排前往，拿命去拼。”巴晗道，“这世间很多事都是公平的，我们要带你去，并非不可以，可你需要拿出足够的诚意。”

“哦，不知道我需要付出什么？”东伯雪鹰问道。

“夏族关于红石山完整的情报。当然这条最简单，陈宫主已经答应过，只要我们带你去，他肯定会给我们。其实我们来之前已经有了足够多的情报，关于你们夏族这份情报多这一份少这一份，关系并不大。”巴晗眯着眼，“我们需要你作为我们队伍的探子！我们让你前去探察，你就得在前面探察，不得畏惧不前。对我们而言……你也只有探察这一点儿用处了。”

东伯雪鹰皱眉：“探子？你们让我去，我就必须去？三位，如果明知前面很危险，我还往前冲？那不是送死吗？”

“探察，也并不需要靠得太近，只要探察到即可。”巴晗笑道。

“若是不敢探察，要你有何用？”博波冷哼道。

东伯雪鹰脸色微变。这个博波，倒是够霸道的。

“红石山，乃神界大能者所遗留。你应该也得到了红石山的情报，应该知道，需要你探察的地方极少。”巫马海道，“我们不会太苛求，可你总得付出，毕竟一路上都是我们在战斗。”

“好。”东伯雪鹰点头，“我一定竭尽全力。”

送死，自己肯定不会干。

“最后还有一个要求。”巫马海微笑道，“我们需要十份神级卷轴！”

“什么？”东伯雪鹰脸色大变，眼中隐隐有怒火在燃烧，“三位，过分了吧？”

“十份神级卷轴，必须得拿！”博波冷声道，“这是我们最后的要求，你拿出来，我们必定带你一起进入红石山。你不拿……那就没办法了。”

图穷匕见！他们的真正目的是神级卷轴！

“不可能！”东伯雪鹰低沉道，“而且神级卷轴，我自身一份都没有。”

“你没有，夏族有啊。”巴晗轻声道，“你们夏族虽然成神的很少，可整个历史上加起来还是有一大批的，他们中的法师成神后，应该炼制了些神级卷轴吧？对夏族而言，拿出十份神级卷轴，应该不是难事。听闻当初为了救你，夏族付出的代价可不小，再拿出十份神级卷轴……”

东伯雪鹰怒道：“不可能，你们就别妄想了。”

神级卷轴，每一份，对夏族而言，都是底蕴。

“这样吧，十份或许多了，五份吧。”巫马海说道，“听说夏族当初为了救你，接连攻破魔兽一族布置下的十二座法阵，就用过好几份神级卷轴呢。”

“五份，不能再少了。”博波也道，“拿出来，我们便是同伴，拿不出来，你就回去吧。”

东伯雪鹰强压怒火。自己去红石山，也就是博一线生机。而如今夏族面临大魔神和巫神的威胁，自己怎么可能在这个时候还去和夏族要五份神级卷轴？

别说五份，一份都不行！

“告辞！”东伯雪鹰说了声，转头就要走。

巫马海、巴晗、博波三人都面色微变。

“东伯雪鹰，没有队伍会收你的，我们愿意收你，已经是你莫大的运气了。”巫马海冷声道。

“那我就一个人进去。”东伯雪鹰说道。

“就凭你？哼哼。”巫马海冷笑，“我劝你考虑清楚了，等在红石山面临死亡的那一刻，可没谁能救你，后悔都晚了！”

东伯雪鹰直接朝外走去，笑着道：“多谢巫马海少爷的关心了。”

“小子，你的命，都不值五份神级卷轴？”巴晗高声道，“你只要答应，我们一定全力保你。”

“哈哈……将死之人，还值五份神级卷轴？你们太高估我了。”东伯雪鹰已经走出了远处的园门，迅速消失在三位半神的视线内。

巫马海在亭子中坐了下来，拿起糕点放在嘴里，皱眉道：“真没想到这个东伯雪鹰竟然这么不怕死，一提神级卷轴他就立即拒绝，连谈的余地都没有！对夏族而言，为这么一个绝世超凡，拿出三五份卷轴还是会愿意的，可东伯雪鹰这小子一点儿都不配合。”

“白折腾了！”博波一屁股坐在旁边的石头上，有些恼怒地道。

“算了，就让这小子送死去吧！”巴晗说道，“虚界真意又有何用？在红石山，需要探察的地方极少，主要还是靠一路战斗，他的实力比我们差太多。”

“嗯，安静准备吧，别管他了。”巫马海说道。

他们其实根本没瞧上东伯雪鹰的实力，之前让东伯雪鹰拿走果子，也是为了给他点儿下马威，谁想他竟比他们预料的要强。

可即便如此，他们依旧瞧不上他。

毕竟东伯雪鹰自身攻击力太弱，又没有神器，比博波都弱得多，他们唯一瞧得上的是东伯雪鹰在夏族眼中的价值，可惜还是失败了。

白江城，东渔酒楼依旧热闹，客人往来不绝，东伯雪鹰从酒楼外走了进去。

“老板，又出去画画了？”

“东伯老板好兴致啊。”

那些熟客们和东伯雪鹰打着招呼，东伯雪鹰也笑着说上几句，很快就来到楼上他的专属位置坐下，独自吃着小菜喝着酒。

“雪鹰，”余靖秋坐到了东伯雪鹰的对面，眼中有着忐忑和焦急，“你去找了大地神殿的那支队伍，怎么样？”

“能怎么样。”东伯雪鹰无奈一笑，“没瞧上我呗。”

“没瞧上？”余靖秋立即急了，“他们既然让你去，应该是准备带你去的吧，怎么会没瞧上你？”

“他们从头到尾就没瞧上过我。”东伯雪鹰倒下一杯酒，“他们早知道我的超凡斗气已经没了，也没法使用神器，他们对我的实力根本就没抱期待。我刚去的时候，他们还考验了我一下，我也算很完美地通过他们的考验了，可最后呢？不还是要神级卷轴。”

“神级卷轴？”余靖秋一愣。

“对，他们没那么好心，最终目的就是神级卷轴，一开口就要十份，后来降为五份！”东伯雪鹰冷哼道，“真是痴心妄想！”

有些事，可为！有些事，不可为！

“那怎么办？”余靖秋焦急道。

“凉拌。”东伯雪鹰笑着道，同时夹了一块薄肉递到余靖秋嘴边，“来，张嘴！”

“我还着急呢，你真是。”余靖秋无奈，却还是张嘴咬住。

“没什么好着急的，船头桥头自然直，真的没办法，我就一个人去嘛。黑风老祖当年能活着出来，我觉得我也能活着出来。”东伯雪鹰自信道。

陈宫主也传信来询问，东伯雪鹰没隐瞒，老老实实说了一通，事情讲完他还嘱托了句：“陈宫主，你可千万别偷偷摸摸送给这些外来者神级卷轴！你如果给了，你知道我脾气的。”

“雪鹰啊，你真是……放心放心，我就算真的想要给，五份神级卷轴，这样的大事也不可能我一人决定，是要经过整个元老会同意的。”陈宫主传信道。

如今正是夏族最危急的时刻，面临着巫神和大魔神的威胁，连夏族的先辈神灵们都关注着家乡的动静。要动用五份神级卷轴，这种事不但要通过元老会，还得让夏族先辈神灵都知晓！

“这样就好。”东伯雪鹰露出笑容。

东伯雪鹰在白江城优哉游哉地过着日子，对他而言，同样是去红石山，能跟着一支队伍自然好，可自己去也没什么！

他也在等待着出发的日子，按照陈宫主所说，如今已知的已经有三支队伍降临，分别是大地神殿和血刃酒馆的队伍，以及梅山主人的一支队伍。

“枪法，首重根基！根基都不扎实，根本不可能练好。”

在酒楼后方府邸的北院内，东伯雪鹰正拿着一杆普通的长枪，一招一式演练着枪法。那一群来学枪法的徒弟，小的小，大的大，个个都认认真真地跟着学。

特别是那天见识了东伯雪鹰匪夷所思的手段后，这群徒弟们学得就更认真了，看东伯雪鹰的目光都很狂热。东伯雪鹰也嘱托过，不得外泄消息。其实外泄不外泄，他也不在乎，因为很快他就要离开这里了，到时候靖秋也会离开这座酒楼的。

在离开前，多教教这些孩子们吧。

“呼——”长枪一招一式，朴素自然。

体会物质界最基本的力量运转，对东伯雪鹰掌握枪法奥妙也是有所触动的。

“嗯？”东伯雪鹰忽然眉头微皱。

在距离东渔酒楼八千多里外的一座山沟内，有一个大村落，炊烟袅袅，村落家家户户靠在一起。

“娃娃们，都回家吧，快吃饭了。”

“再不回去，打你们屁股。”

男人们哈哈笑着，一群顽童立即逃得远远的。

而就在这时，一名看似普通，挑着担子来到村落做生意的小贩走到了村口，他一双三角眼正阴冷地看着这个村落：“这个村子挺大的，据说有六千多人，这里又偏僻，离大的郡城很远，不太可能被夏族超凡发现。忍了大半年了，这次就狠狠饱餐一顿吧。”

这个小贩，就是恶魔变化而成。

“父亲父亲，卖好吃的的小贩来了，快来啊，来啊。”在村口的一孩童看到了小贩，立即高声兴奋喊道。

小贩眼中泛起红光，随即整个身体陡然膨胀开来，变成丑陋的足有三米高的长满绿色鳞片的恶魔：“都给我……”一股汹涌狂暴的黑暗魔力从身体里冲出。

此刻，在一群徒弟面前——

“枪法，能出能收，力不可尽。”东伯雪鹰仰身就是一枪往后刺出，长枪一甩，枪杆笔直，枪尖刺向前方。

就在那丑陋高大的绿色鳞片恶魔显形，黑暗魔力刚冲出身体的一刹那。

“呼——”一杆长枪虚影凭空出现，长枪笔直，枪尖刺向前方，刚好刺在了绿色鳞片恶魔的眉心处。接着，它的身体就仿佛沙砾一样粉碎了，包括它坚硬的骨骼与鳞片，乃至它的兵器储物宝物等，化作虚无消失不见。

那甩刺出的长枪虚影同样也跟着消失不见。

东渔酒楼，府邸北院内，东伯雪鹰仰身甩出一枪，跟着收式，暗暗摇头：“这些恶魔潜伏在我夏族世界各处，不显现出原形根本判断不出。”

“你们这些小家伙，都给我多练练！”东伯雪鹰喊道。

“是，师父。”

东伯雪鹰随即坐到一边的凳子上，他的额头上隐隐有些冷汗，巫毒疼痛又上升到极致了。

“雪鹰，雪鹰，好消息，好消息，天大的好消息！血刃酒馆的队伍首领主动提出，愿意带你去红石山！”陈宫主的一则传信到来。

“陈宫主，真是血刃酒馆的队伍首领主动提出的？你没送神级卷轴？”东伯雪鹰也被这消息给惊到了，如果能跟队伍走他当然愿意，毕竟这些队伍实力都非常强大，个个境界高又都拥有神器，估计还有为闯红石山准备的诸多宝物。

而他呢？他真的没什么宝物，只能依靠自身实力，最珍贵的宝物他还要留给夏族！

“你就放心吧！我不可能送神级卷轴，我也没那权力直接送。”陈宫主传信道，“这还是血刃酒馆的队伍首领主动提出来的！”

“我得去拜访下。”东伯雪鹰心中颇为感激。

血刃酒馆的总部，是一座普通郡城内方圆一两里的颇为热闹的超大酒馆。

这酒馆后面有许多庭院，其中一座庭院内就居住着从神界来的一支半神队伍。

“庄主，那个东伯雪鹰只是一个圣级超凡，又中了鬼六怨巫毒，实力再强恐怕在这凡人世界都排不到第一。带他进红石山，不是碍事吗？”一名山羊胡子老者坐在一旁念叨道，他身上脏兮兮的，不修边幅。

他旁边盘膝坐着的光头黄袍老者也点头道：“老贼说的有些道理。庄主，我们可都是拿命去赌、去拼了。我们不指望这东伯雪鹰提供什么帮助，可如果到时候反而影响到我们，那就糟了。”

“老贼、福叔，我也问过了，这东伯雪鹰掌握着虚界真意或者阴影真意，还不至于带来什么麻烦。”说话的是一名青袍中年人。

这中年人气度不凡，整个人气息收敛，不带任何威压，却是这支队伍的首领。

血刃酒馆在神界可是属于三大至强势力之一的血刃神廷，血刃神廷的高层能够找到的厉害半神何其多，能够选中这一支队伍，自然不凡。

“不会带来麻烦，可也带不来什么好处啊！论探察，我的幻象真意可是凝聚出本尊神心了，不比那个小子的虚界真意厉害得多？”山羊胡子老者瞪眼道。

“好了，别叽叽歪歪了。”青袍中年人说道，“那东伯雪鹰已经到了，见见这小子吧，以后毕竟要成同伴，生死与共。”

山羊胡子老者、光头黄袍老者只能无奈依从，他们是改变不了庄主的意志的！

“吱呀”，门开了。一名略显病弱的白衣青年走了进来，超凡强者一般个个气色都很好，东伯雪鹰在巫毒的折磨下，气色自然就显得病弱了。

“巫毒……”青袍中年人看着走进来的东伯雪鹰，却是想起了自己年少刚成为超凡时所娶的妻子。他的妻子就是在巫毒的折磨下撑了三十年，陪他活了三十年，而后死去的。这是他心中永远忘不了的痛。当他知道东伯雪鹰的遭遇后，他就做了这一决定。

能承受鬼六怨巫毒百年，这个年轻人是真不容易。

“东伯雪鹰，对吧？”青袍中年人微笑道，“我叫辰九，以后我们可就是同伴了！”

“见过辰九兄。”东伯雪鹰略微躬身行礼表示敬重。

初次见面，这位辰九也自然释放了些许气息，在超凡的世界里，实力才是最有力的。

东伯雪鹰一感应到他释放出的气息，立即隐隐感受到了八条凶龙在咆哮！八条凶龙，每一条都代表着一种可怕的意志，有的代表着毁灭，有的代表着剧毒，有的代表着暴戾……明明是八条代表各种恐怖的凶龙，却有着无尽生机。或者就是阴极阳生，阳极阴生的道理吧。

“不愧是血刃神廷所派遣的队伍的首领，深不可测。”东伯雪鹰暗道。

在一座普通的郡城内。

“你这恶棍！你既然不想让我活，我就让你也活不下去，死吧，死吧！”一名看起来很老实的汉子正满脸狰狞，和一名壮汉当街争执。

诡异的是，街道上其他人没有谁惊惧，一个个都红着眼，有些彼此怒骂，有些彼此殴打，甚至有的痛下杀手。

一户民居内，一泼皮直接闯进去。妇人凄厉地哭着喊着：“我的孩子，我的孩子。”

……

这座郡城内每一个人都仿佛入了魔，哀号和怨气弥漫在整个郡城。

“这声音真是好听啊，哈哈哈……”在郡城中央的半空中，有一名凶戾气息滔天的瘦弱老者，他凌空而立，手指甲长得很，正抓着一颗奇异的水晶球。

“这里是怎么回事？”半空中出现了另外一道身影，是一名很冷酷寡言的男子，身上的气息也阴冷黑暗。

正是鬼神骑士酆东。

酆东平常再冷酷，此刻也惊呆了，他看着生活着上千万人的郡城竟然变成了一座地狱！

“嗡”！他立即借助天地之力，查探整个郡城，这一看更让他睚眦欲裂，心中充满怒火。

“你是谁？”酆东也发现了郡城中央的那名瘦弱老者，一个瞬移，就已经到了那名老者面前。

酆东满心怒火地看着这名瘦弱老者，他完全明白，这一切就是这老者造成的。

“就是这个水晶球。”酆东能隐隐感知，水晶球正释放着无形的力量笼罩整个郡城，造成了一系列变故。

“给我破！”酆东怒意滔天，立即出手，手中出现一杆长戟，长戟化作一道黑色流光，刺向那水晶球。

“大胆！”瘦弱老者立即愤怒地喝道。

第四章

XUEYING LINGZHU

杀机凛冽

瘦弱老者一手抓着水晶球，同时身影陡然飘忽地一闪，避开了鄄东的一击。

“速度挺快的啊！”满腔怒火下的鄄东实力完全爆发，他同样化作一道诡异虚影，速度甚至比那老者还要快！

“当当当”！瘦弱老者一手拿着水晶球，一手吃力地抵挡着那长戟的一次次劈刺。

“嗞——”长戟化作黑暗幻影，瘦弱老者终于没能挡住，被长戟刺穿了身体。

“没用的。”瘦弱老者刚露出冷笑，忽然脸色一变，他被刺穿的胸口位置竟然“哧哧”作响，身体开始被侵蚀。

“你是恶魔？”鄄东面色微变，“可惜你遇到的是我，我叫鬼神骑士！”

“呼——”水晶球此刻被收入了储物宝物内，对整个郡城的影响也顿时停止了。

“不、不——”

“师父！”

“为什么？为什么会这样？”

幸存的人们完全被他们所做的事，以及眼前处处可见的地狱般的场景给吓傻了，这是噩梦，甚至比他们的噩梦还恐怖！

“你是谁？”鄄东怒道，同时继续狂攻。

瘦弱老者此刻双手同时抵挡依旧吃力得很，却高声道：“我的主人是伟大的诺诺安！你不能杀我！”

“诺诺安？谁？是哪一位异界来客？”鄄东吼道，手中动作依旧不停，长戟接连突破这名瘦弱老者的防御，一次次刺中他的身体。

“嗡——”忽然瘦弱老者身上的气息升腾，在他的背后隐隐显现出了一个巨大的虚影，那是一名双眸泛着绿光的头颅虚影。这头颅虚影发出低吼：“夏族，住手！”

“你就是诺诺安？杀我们夏族子民的时候，你怎么不住手？”鄄东冰冷道，手上丝毫不停，随着长戟的接连攻击，瘦弱老者的身体愈加虚化。

“你是鬼神骑士酆东吧？放过我的仆从，否则必死！”头颅虚影吼道。

“敢在我夏族世界肆意杀戮，只有一个结果——死！”酆东长戟快如闪电，已经更加虚弱的瘦弱老者终于扛不住了，发出凄厉的一声惨叫，“呼——”老者整个身体仿佛雾气一样完全消散，他随身携带的一件储物宝物也凭空出现。

“该死！”伴随着不甘的怒吼，那巨大的头颅虚影也消散了。

酆东一把抓住了那储物宝物，很快从中就取出了那水晶球，直接打碎。无数带着怨气的意识力量出现在天地间，很快在天地规则的运转下，纷纷消失无踪。

酆东降临到下方的郡城内，看着许多哭泣的人们，仿佛看到了当年的自己。

“异族！异族！”酆东低吼道，他愤怒无比，将消息迅速上禀给陈宫主。

在血刃酒馆后面的庭院内，东伯雪鹰正和队伍中的三位成员交谈。他能感觉到另外两位对他不太亲近，而队伍首领辰九对他倒是颇为和善。

“真是怪事，庄主凶名远播，竟然对这东伯雪鹰这么和善，少见啊。”

“是啊，庄主只对一些亲近人才和善吧。”

山羊胡子老者和光头黄袍老者暗中传音交流。

聊了会儿，东伯雪鹰也准备起身告辞了，忽然他脸色一变。

“雪鹰，在我们安阳行省出现了大规模入侵，三座郡城以及大量凡人聚集区都遭到了威胁。”

“东伯兄，我们夏族世界十九座行省，多地都出现动荡。这次的损失太大，太大了！”

“雪鹰……”

一条条信息迅速传来，东伯雪鹰难以置信，都有些蒙了。

“嗯？”辰九忽然眉头微皱，“东伯雪鹰，你们夏族出现了些麻烦？”

“对。”东伯雪鹰一开口，声音都有些喑哑。

辰九眉毛一掀，他能感觉到此刻东伯雪鹰的情绪。

“你们得小心点儿。”辰九说道，“这样大的阵仗，应该是黑暗深渊的那支半神队伍做的。”

“黑暗深渊的半神队伍？”东伯雪鹰看向辰九。

“和凡人世界的半神、神界的半神都不一样……黑暗深渊的土著生命们，被称为恶魔。他们的天赋非常强大，光天赋就能媲美神器。这次到来的，更不会是寻常的恶魔半神，肯定是在无数恶魔半神中筛选出的，顶尖的存在！”辰九说道，“他们敢闹出这么大动静，恐怕就没在乎过你们夏族，你们得小心了。”

“谢谢辰九兄。”东伯雪鹰感激道，“我就不在这儿多留了。”

“嗯，出发时我会通过传讯手环联系你。”辰九说道。这传讯手环是陈宫主派人送给辰九的，是夏族的传讯手环。他们外来的一些传讯手段是没法和夏族的传讯手环联系的。

“好。”东伯雪鹰已经坐不住了，告别后就迅速离去。

一座巍峨的郡城。

东伯雪鹰行走在城外，看着城外一些村落的情况。

这样的场景让东伯雪鹰心中都发寒，发冷！

“该死，该死。”东伯雪鹰咬牙切齿，他当年和妻子就来过这座郡城，还吃过许多小吃，还拿糕点给路边的孩子们。

可现在……整个郡城变成了一座死城。

东伯雪鹰走入郡城内，满目凄惨场景，眼睛隐隐发赤。他受巫毒折磨，离死亡越来越近，可越是这样，他越是热爱生命！他更喜欢孩子，可能是和靖秋一直没孩子，也可能是孩子代表着希望代表着生机，可此刻整个郡城……

“在你们眼中，我夏族就真的仿佛牲畜一样吗？”东伯雪鹰双拳握得关节发白。

“陈宫主，查出来了吗？”东伯雪鹰压抑住满腔的愤怒，传信询问陈宫主。

“可以确定对方来自黑暗深渊，酆东所杀的恶魔的主人，名叫诺诺安！”陈宫主回应道，“我们现在正在查，不过黑暗深渊的队伍到底在哪儿，还没找到。”

“找到了，告诉我。”东伯雪鹰道。

“嗯，雪鹰，你放心，我们夏族绝对不会饶过他们！”陈宫主传信道。

“还有，血刃酒馆队伍首领提醒过我，对黑暗深渊的队伍必须得小心。”东伯雪鹰立即将辰九所说的一番话告诉了陈宫主，很快二人断开传信。

东伯雪鹰站在这座死寂的郡城内，虽然是白天，太阳依旧高照，可风吹来，仿佛带着隐约的哀号声，让东伯雪鹰仿佛身处九幽，倍觉心寒，冷到骨子里。

“来自黑暗深渊的异族！”东伯雪鹰眼中杀机凛冽。

整个夏族超凡们很快都知道了，一个个都愤怒欲狂，欲要寻找。但陈宫主下令，夏族半神们正在查探，其他超凡不得掺和！敌人太强，寻常超凡去掺和也只是送死。

“真是该死。”

“异族，异族！”

“这是我们的家乡，我们夏族的世界！”

一个个夏族超凡都愤怒、痛心，这些异族竟然来到自己的家乡，如此屠杀自己的族人！如何能忍？

在一处寒风呼啸的高山之巅。

一道罩着黑袍的身影平静地站在山巅，他脸庞消瘦仿佛白骨，眼睛泛着绿光，寒风吹拂，令他的黑袍猎猎作响，他便是夏族正在寻找的诺诺安。

“咻——”周围空间裂开，一名妖艳的红衣女子飞来，双手恭敬无比地献上了一颗水晶球，声音中充满自信：“主人，这是您需要的东西！”

很快，接连一道道身影撕裂空间赶到，个个都双手献上水晶球。

“主人，我回来了！”

“主人，没能……”

一个个忐忑无比。他们是得到主人的命令立即返回的。

“好了。”诺诺安一挥手，所有水晶球都被他收起，跟着，他一双眼眸绿光大涨。

“嗡——”顿时，一双眼眸就仿佛通往虚空的两条通道，那一名名仆从个个飞入了他的眼睛中。

“没想到我动作这么快，还是被夏族发现了。”诺诺安低声说着，随即身影一闪便已经进入了不远处的一处火山口内。

从火山口迅速朝下方飞行，很快来到火山深处一片庞大的岩浆湖。

“呼——”诺诺安站在翻滚的岩浆表面，开口道：“库蒙将军，别睡了！”

他的声音朝岩浆湖深处传递进去。

“咕嘟咕嘟——”岩浆湖泛起了无数泡泡，跟着，整个岩浆湖涌动起来。一个庞大的身影从岩浆湖深处冒出。他庞大的头颅就足足有两百米高，仿佛一座小山。

这个巨大头颅张开嘴巴打了个哈欠，一股汹涌的气流便让整个岩浆湖震荡起来。

“诺诺安，我还没睡多久呢！”巨大头颅说着，起身站了起来。只见一具巍峨的身躯在岩浆湖中站起来，这岩浆湖虽然已经很深了，却也只是到这巍峨巨人的腰部。

这巨人，全身没有丝毫毛发，通体银色。只见他迈步行走，同时身体急剧缩小，仅仅行走了十余步，就变成了仅仅三米高的还算“正常”的身高了。

“库蒙将军，该去见领主大人了。”诺诺安说道。

这库蒙将军本是上位恶魔炼狱大恶魔出身，因为一些奇遇，得以修行一门秘术，将身体修炼成如今的模样，最重要的是他境界也极高，周身简直堪称毫无破绽！

“见领主大人？”库蒙将军微微一怔，态度立即恭敬了许多，“我们走。”

出了这座火山，在火山旁边的一片荒原上，有一座普普通通的木屋，木屋内正盘膝坐着一名裹着白布的黑皮肤青年。

“领主大人！”诺诺安、库蒙将军都恭敬喊道。

黑皮肤青年缓缓睁开眼，在一双眼眸的注视下，周围的天地时空都隐隐停滞。

他起身，全身没有任何铠甲，也没有任何衣饰，仅仅以普通的白布裹着。他赤脚行走着，消瘦的黑色手臂裸露着。

可诺诺安、库蒙将军连大气都不敢喘。

领主……要知道，按照黑暗深渊的惯例，一般要先成为魔神，才能成为一方领主。可是这位裹着白布的黑皮肤青年，以半神身份就成了领主！如果不是那位伟大存在亲自出面，威胁逼迫，以他的实力，根本不可能去红石山拼命。

"诺诺安，怎么样？"黑皮肤青年微笑着，他的笑容带着奇异的魅力，整个世界都仿佛因为他的微笑而安静下来。

"原本想要搜集更多的力量，因为中途被黑白神山的鬼神骑士酆东发现，他杀了我麾下的一名鬼仆。我立即命令其他鬼仆尽数撤回，防止被夏族半神们给截住，所以只搜集到这么多。"诺诺安恭敬说道，双手还捧着一颗水晶球。

按照之前领主大人的吩咐，诺诺安只需搜集一部分生灵的力量。其他的则是诺诺安自己需要，只是中途被酆东破坏了。

"呼——"一股强大的吸力出现。

黑皮肤青年张开嘴巴，那颗水晶球立即飞了过去，直接飞进他的嘴巴里。

"以领主大人的实力，我等一定能活着从红石山回来。"诺诺安说道。

"活？"黑皮肤青年眼眸平静，"当然得活！我尤兰一定得回去！走吧，我们先去黑白神山。"

"去黑白神山？"诺诺安、库蒙将军都疑惑了。

黑皮肤青年淡漠道："夏族超凡酆东杀了你的鬼仆，也等于是杀了我的仆从！岂能就这么算了？"

虚界中，正有一道身影在高速穿行。他的速度太快了，每一次闪身都是千里之外，这样的速度在夏族超凡中都是毫无争议的第一。在高速穿行的同时，他的身影偶尔穿行进入真实世界，跟着又回归虚界，在虚界中继续前行。

这一名看起来有些病弱的白衣青年，正是在寻找黑暗深渊队伍的东伯雪鹰。

"或许我杀不了你们，可总得试试，或许就能杀掉，不是吗？"东伯雪鹰默默道，"就算现在杀不掉，等进入红石山，我也会寻找机会。"

他刚才进入真实世界，是为了让传讯手环和外界联系。毕竟如今整个夏族的许多半神们都在寻找黑暗深渊队伍，如果别人找到了，自己自然没必要继续浪费时间找了。不过论寻找效率，能够瞬间探查周围万里范围的东伯雪鹰，同样堪称夏族第一。

显然，百年过后，东伯雪鹰已经不是当初的他了。

虽然这时候，夏族的半神们包括东伯雪鹰都在寻找黑暗深渊这一支队伍的踪迹，寻找那个叫诺诺安的敌人，可他们怎么都想不到，这一支队伍如今已经来到了黑白神山。

高空，出现了一条黑漆漆的幽暗通道。

从幽暗通道中走出来三道身影，为首的正是那名赤脚行走在虚空中，裹着白布的黑皮肤青年，他身后左右两侧分别是诺诺安以及库蒙将军。

“物质界的一切都这么精致美丽，你看这座黑白神山，多秀气。不像我们黑暗深渊，粗鲁野蛮，只知杀戮，不懂得欣赏万物的美丽。”黑皮肤青年的声音带着奇异的韵律，听得人心中宁静，甚至情不自禁想要匍匐追随。

远处，黑白神山的一处大殿之外，出现了四道身影，正是贺山主、臧诺副山主、鬼神骑士酆东和陈宫主的斗气分身。他们正是感应到外界的空间波动，这才出来。

酆东面色冷酷地看着外界，忽然瞳孔一缩，他死死盯着那名黑袍人，那瘦得如同白骨一般的面孔，那散发着绿光的眼眸，这黑袍人的面孔和他看过的诺诺安的头颅虚影一模一样！

“贺山主、陈宫主、臧诺副山主，那个黑袍人就是诺诺安。”酆东连忙传音，愤怒道，“竟然敢直接来到黑白神山。”

“别急。”贺山主连忙传音。

“先等等，他们敢这么来，必定有所恃。黑白神山这边实力不够，再等等，我这就从薪火宫调遣丁九战船出来。”陈宫主也传音道。

远处半空中，三道身影站在那儿，看似普普通通。

为首的那位裹着白布的赤脚黑皮肤青年微笑道：“没想到在这儿看到了贺山主，也看到了陈宫主！这就太好了，我先介绍下，我叫尤兰，你们可以称呼我为尤兰领主。”

“领主？”在大殿前的陈宫主、贺山主都有些疑惑，似乎……魔神才有资格成为领主吧？

“虽然被迫来到夏族世界，可我还是很开心。”尤兰领主微笑着，“只是，你们杀死我的仆从，得罪了我，该怎么赔罪呢？”

“赔罪？尤兰领主，你命令仆人杀死我夏族无数族人，竟然还敢过来让我们赔罪？还真是当我夏族好欺负啊。”陈宫主怒哼道。

“在我面前，陈宫主，你竟然还敢这么放肆。”尤兰领主摇头，“我也不和你计较了，不过你们夏族超凡酆东杀死我麾下仆从，这可不能算了。我的要求很简单，你们赔偿三十份神级卷轴，这件事情就这么算了，我不会和你们夏族计较。可如果不赔偿，这后果恐怕是你们夏族无法承受的了。”

“你、你……杀死我夏族无数族人，还索要三十份神级卷轴？”

陈宫主、贺山主、酆东、臧诺副山主都气得不知道说什么好。

三十份神级卷轴？整个夏族积攒的才多少？开口不是一般的狠！

而且明明刚刚杀了无数夏族族人，竟然还敢主动杀上门来，欺人太甚！

“夏族，我劝你们听领主大人的吩咐，否则嘛，哼哼。”诺诺安冷笑道。

“你们会后悔的。”旁边的库蒙将军也说道。

“对了，还有一件事我差点儿忘了。”尤兰领主忽然一伸手，他的手臂陡然暴长，仿佛一根天柱，直接从远处半空中抓向了黑白神山大殿前，手臂之长简直骇人至极。

这一幕场景让陈宫主等人震惊。

贺山主怒喝道：“住手！”

“轰隆隆——”整个黑白神山的法阵瞬间激发，巨大的黑白光罩凭空显现，将整座黑白神山完全罩住，不留一丝破绽。

尤兰领主嘴角微微上翘，他的手掌上浮现出了金色的符纹，五根手指上更有密密麻麻一圈圈金色符纹。

“噗——”手掌拍在黑白光罩上，“砰”的一声，巨大的黑白光罩瞬间破裂，镇山法阵轻易被穿透。

“什么？”贺山主大惊，“这镇山法阵就算镇压一个时代的超凡都休想破开，可他竟然破得如此轻松，恐怕得是真正成神的强者才能做到如此地步吧。”

真正的神灵？

“快避让开。”陈宫主传音急切道，他们四个立即朝四处分散开。

“黑白月轮！杀！”贺山主立即操纵神器。

“嗡——嗡——”两道耀眼的弯月显现。黑白月轮就仿佛两道流光，引领着黑白神山法阵的力量。

“有点儿意思。”尤兰领主轻声念道，他的手掌直接抓向那奔逃中的鄤东。

忽然，周围一切都变慢了。

不管是奔跑中的鄤东，还是那拦截过来的黑白月轮，速度都变得很慢。唯有尤兰领主那仿佛天柱一般的手臂速度依旧正常，他巨大的手掌轻易就抓住了逃跑中的鄤东，而后迅速收回，手臂变成只有十余米长，五指依旧抓着鄤东的腰部。

“这、这……”贺山主、陈宫主、臧诺副山主他们都蒙了，这样的实力太可怕了！

虽然他们明白，魔兽一族和夏族，只要一方诞生神灵，另一方就会完全退避，放弃整个凡人世界。因为神灵的力量，是超凡根本无法抵抗的。而这一次，这个尤兰领主虽然只是一名半神，却让他们有了一种面对神的感觉。

“鄤东，放心，我不会立即杀你的，因为我还要和你们夏族索要三十份神级卷轴。”尤兰领主看着鄤东，“很简单，你只要向我赔罪求饶，再跪下磕头，我就饶你一命。”

“赔罪求饶？磕头？”酆东感觉到全身力量都被黑暗魔力给封禁住，可他眼中依旧满是怒火。他忘不了郡城内那无数死去的人们，还有他所救下的郡城残存的那些人们，特别是那些少年惊恐的模样。

“你们这些异族，我杀你还来不及，还赔罪求饶？做梦吧！”酆东咬牙切齿。

“你不赔罪求饶，我可会杀了你的。”尤兰领主依旧微笑说着。

“面对异族，只有战死的夏族超凡，没有跪下求饶的夏族超凡！”酆东怒道。

“真是够有骨气。”尤兰领主微微一笑。

“噗——”他的巨大手掌猛然一捏，空间完全粉碎！酆东的身体也随之消失，他看向尤兰领主的眼眸中依旧充满怒意，至死，他都没有低头。

“住手！”黑白神山那边传来焦急的声音。

“别急。”尤兰领主的目光看向远处愤怒欲狂的贺山主等人，微笑道，“他杀了我的仆从，又不肯赔罪求饶，我当然得杀他！对了，三十份神级卷轴，你们赶紧奉上，否则……呵呵，酆东只是一个开始，接下来你们会更接受不了的。”

尤兰领主呵呵笑的时候，露出了洁白的牙齿。

在距离黑白神山八万多里外，正有一艘黑漆漆的千米长的庞大战船停在半空中，正是夏族镇族宝物丁九战船。

周围空间正出现一道道裂缝，一名名夏族半神从中飞出。

“快！都快点儿，黑暗深渊的队伍已经出现在黑白神山。”

丁九战船的舱门开启，夏族半神们接连飞入，因为有陈宫主的统一调令，在两个呼吸时间内，夏族几乎大多数半神都来到了这艘丁九战船内。

在战船的主厅内，贺山主的法力分身也在这儿。

“诸位，那支队伍霸道无比，我们现在赶紧出发。”贺山主的法力分身说道。

“他们屠戮我夏族无数族人，这大仇，不能不报！”

“就算他们实力再强，付出些宝物，也要斩杀他们。”以司空阳、太叔宫主、步城主为首的一众夏族半神们个个充满杀意。

“轰隆隆——”丁九战船撕裂了空间，沿着空间通道，迅速朝黑白神山前进。

“不！”贺山主法力分身忽然脸色大变，露出痛苦神色，“该死！”

“怎么了？”其他十余位夏族半神都看向贺山主。

“酆东已经被杀！”贺山主痛心道，“这支黑暗深渊队伍实力非常强大，黑白神山根本挡不住。他杀了酆东，还索要三十份神级卷轴。”

说着他一挥手，旁边显现出了一幅画面，正是刚刚发生的场景。

战船抵达了黑白神山，可战船主厅内的夏族半神们却个个沉默，脸色难看。

“我夏族超凡，只有站着死，没有跪着生的！”司空阳低吼道，“报仇！”

“一定得报仇！”许多夏族半神眼睛都红了。

空间撕裂开来，丁九战船飞了过来，轻易进入了黑白神山法阵范围内。舱门开启，陈宫主斗气分身、贺山主、臧诺副山主以及黑白神山其他六位超凡都迅速飞向舱门。

“来得好快。”尤兰领主道。

“要杀他们吗？”库蒙将军低吼道。

“来不及了。”尤兰领主轻轻摇头。他很清楚，在丁九战船面前，很难再杀谁、抓谁了。

“到关键时候了。”尤兰领主传音道，“都谨慎点儿，别离我太远。夏族虽然只是凡人世界的一个种族，可历史上一代代成神的先辈留下的宝物多得很，他们要真的不惜一切代价，那可是麻烦事。”

“有领主大人在，夏族反抗不了的。”诺诺安说道。

战船内，夏族半神们都在这儿，黑白神山的其他六位超凡也都在大厅边上。

贺山主环顾左右，感觉到在场众人的悲愤，当即开口道：“大家都很愤怒，我也很愤怒，可是这时候必须得明白敌我实力区别！黑暗深渊的这支队伍，实力非常强大。另外两个强者且不谈，他们中的首领叫尤兰领主，他应该掌握了时间减速真意，并且修炼出了一种很可怕的魔体。”

“时间减速？”

“其他队伍都不敢和我们夏族硬来，就他们敢，原来是仗着时间减速！该死！”

“大家说，怎么办？”

一个个夏族半神彼此相视。

夏族的个体力量虽弱，但底蕴非常雄厚。比如神级卷轴，就像半神级卷轴能发挥出半神威力一样，这神级卷轴发挥出的可都是神级层次的威能！除此以外，夏族还有其他镇族手段。

“其他队伍，都不愿和我夏族硬拼。”陈宫主皱眉说道，“就是担心在我夏族的拼命下，他们会吃亏乃至丧命！可是这个尤兰领主……他掌握着时光减速真意，我们就算使用神级卷轴，他把时间一减慢，就有足够的时间抵挡、躲闪、逃跑了！”

“我们的杀招，不一定能奏效。”

碰不到敌人的杀招，再厉害又有何用？

其实，时间神心，是二品神心，空间神心也是二品神心，唯有时空神心才是一品神心，可时间真意却被定为一品真意！

为何？

就是因为超凡一般是接触不到时间类奥妙的，这就导致了时间类真意，效果奇大！不管是时间加速、时间减速乃至时间静止，在战斗时都有着惊人的奇效！一般只有成神以后，才会接触到一些时间手段，那时候时间的威力就没那么夸张了。

“夏族超凡！”尤兰领主的声音响彻天地。

丁九战船的舱壁开始变得透明，能轻易看到外界的一切，贺山主、陈宫主他们个个都看到外面半空中站着的那三位可怕存在。

“怎么，你们夏族的丁九战船来了，是来送神级卷轴的吗？”尤兰领主继续笑着，“那酆东死前说，你们夏族超凡宁可战死都不会低头，我可不信。在绝对的力量面前，你们夏族会低头的，对吧？”

“我去试试他！”战船内的司空阳恼怒无比。

“嗯，你先去试试。”陈宫主点头。

司空阳立即从舱门飞了出去。

夏族如果还有一位超凡敢正面出去对战的，也只有司空阳了，因为他拥有夏族一件特殊的镇族宝物——九龙火神甲！

“轰！”飞出舱门，站在半空中的司空阳体表浮现出了一套赤红色战甲，战甲上还盘踞着一条条龙，恐怖的威能在他的体表蓄积，同时无比耀眼的火焰也直接升腾。这一刻，司空阳整个人就仿佛一轮太阳，他体表火焰光芒之盛，甚至超越了天空中的那一轮太阳。

如此耀眼，气势汹汹，威能辐射四方！

九龙火神甲，乃是夏族镇族神器之一。它的价值远超寻常神器，就是因为它穿在身上，会让使用者瞬间拥有九龙威能。虽然单纯从威能而言可直接攀升到神级层次，可是境界上还弱得很。

不过有一点好处，就是九龙火神甲是完全庇护全身每一处的，敌人实力再强，也很难伤到司空阳。

“九龙火神甲？”半空中的尤兰领主笑道，“比我的神器还珍贵得多啊，可惜，用的人太弱。”

而在丁九战船内。

“准备，抓住时机，给他致命一击。我夏族的神晶太稀少，是准备应对巫神和大魔神的，最好能一击杀了那尤兰领主！”陈宫主看向贺山主。

“放心。”贺山主也点头，眼眸中也闪烁着火焰。

丁九战船，乃是神界战船，在神界使用战船的，都是神灵！所以平常的能量源威力太弱，是无法真正发挥这艘神界战船的威力的。而神晶乃是神灵们神力的结晶，极为珍贵，用它作为神界战船的能源，发挥出的威力才真正惊人。

“诺诺安，你去挡住他。”尤兰领主看着杀来的司空阳，当即吩咐道。

“是。”诺诺安应道。

面对那仿佛一轮耀眼太阳，火焰熊熊的身影，诺诺安那泛着绿光的眸子带着邪意，随即“嘿嘿”怪笑一声，“呼——”整个人猛然飞扑向了司空阳。在飞扑的同时，诺诺安的身体竟然瞬间完全分解，化作一团团黑雾，足足有上百团，每一团都化出一个恶魔，或是英俊，或是丑陋，或是妖媚，或是诡异。

足足一百个恶魔发出吼声：“司空阳，受死！”

上百个恶魔齐声怒吼，却仿佛一个人在怒吼一样。实际上也的确是那诺诺安在发出怒吼！他的身体已经分解成一百份，加持在每一个恶魔身上，每一个恶魔都是他的化身。在他的身体加持下，这些恶魔的实力自然也都飙升。

“呼啦啦”，百名恶魔同时围向司空阳。

“灭！”司空阳耀眼的金色大手掌正面拍击而出，火焰熊熊。

“哈哈哈……就这点儿力量，太弱太弱了。”

这些恶魔个个环绕着司空阳，任凭司空阳如何攻击，这些恶魔身体都完好无损，他们虽然最强的也只是半神榜前十实力，大多数只是资深半神实力。可都是不死之身，很难被摧毁，一瞬间联手围攻，司空阳根本无法击退他们！

“嗷！”上百名恶魔忽然发出号叫，号叫声欲要钻入心灵。

司空阳体表火焰熊熊，心意一动，几乎完全隔绝了这号叫。

“真是麻烦，这九龙火神甲怎么都打不破，我的一切手段都用不出。”诺诺安气愤得很。

“这么好一件神甲，却浪费在他手上，可惜，夏族这些神器都有他们夏族先辈神灵留下的手段，是无法真正炼化使用的，否则带上几件也好。”尤兰领主嘴上说着，目光却一直在那丁九战船上，他根本没在乎过司空阳。

因为司空阳，不过是镇压一个时代的实力，还威胁不到他。

何为镇压一个时代？三品真意凝聚出本尊神心，或者二品真意三重境，并且执掌神器，就算是镇压一个时代的实力了。威能和规则奥妙二者缺一不可。

但司空阳，借助九龙火神甲，威能是达到神级了，可规则奥妙只是四品神心。

“司空观主被诺诺安给缠住了！”丁九战船舱内主厅，夏族半神们都很焦急。他们原本希望司空阳和尤兰领主交手，让尤兰领主分心的。

“顾不得了！”陈宫主皱眉，“试试看吧，动手。”

“嗯。”贺山主点头。

神晶，是一种四棱形柱体，通体湛蓝，美丽得惊心动魄。

此刻它正镶嵌在丁九战船的动力槽内，由贺山主引导神晶力量，开始催发一座战船上的法阵。法阵无比复杂，乃是神灵层次的法阵，贺山主能够解读的最多，但也只能理解部分，催发部分威能。

“啪——”一道深蓝色雷电，瞬间划过长空。它仿佛一条深蓝色大蛇，在出现的刹那，便让周围天地都隐隐震颤，所过之处，空间都化作虚无，只留下一片黑漆漆的裂缝。它的威力让诺诺安、库蒙将军包括尤兰领主都为之心颤。

这就是夏族神界战船的巅峰一击！

虽然他们已经做好了和夏族硬拼的准备，可面对这一击，他们还是感受到了死亡的威胁！

快！快到极致！

这条可怕的深蓝色大蛇，几乎瞬间就已经到了尤兰领主面前。

“神界战船！”尤兰领主时刻都在警惕，在这一刻瞳孔缩小——他自身以外，特别是深蓝色大蛇袭击来的方向区域，时间流速立即发生变化，开始变得很慢很慢。那道深蓝色雷电在这样的时间流速下，速度也开始变慢。

只是即便变慢，它依旧快得惊人，瞬间扫过了尤兰领主的躯体！

“呼——”尤兰领主的身体这才缓缓幻灭。

在远处数十米外，尤兰领主的身体重新显现出来。

这道深蓝色雷电一路轰击，将远处一座高山的上半截无声无息地化为虚无，一眨眼便穿过足足千里，而后直接冲入地底一千多里处，形成一个幽深的大洞窟，还是在地底无形规则的不断阻碍下才最终消散。

尤兰领主暗暗松了口气，还好，时间减速真意奏效，没逼得自己拿出保命手段。

“该死，他竟然避开了！”

“差一点点！”丁九战船内的一群夏族半神都很不甘。

“丁九战船的法阵太玄妙，我只懂得少许。”贺山主低沉道，“如果我境界更高点儿，发挥出的威能会更强大……”

“贺源，这是神界的战船，就算是神灵，也要好好研究才能完全发挥出它的威力，你已经是我们夏族中发挥战船威力最强的一个了。而且这也不能怪你，他的时间减速真意，真的太麻烦了。”陈宫主也焦急，“我们发动攻击，他都能将时间减速，从容应对！”

丁九战船舱门打开，司空阳迅速返回。他这次出手主要是为了干扰尤兰领主，好让丁九战船的杀招奏效！既然已经失败，他再厮杀下去也没什么用了。

“我们现在该怎么办？”步城主剑眉皱起，急切道，“到底还有什么办法来对付这尤兰领主？”

“最有希望的杀招已经失败了。”陈宫主摇头道，“丁九战船这雷霆电蛇，速度极快，可还是差之一线……我夏族虽然有不少神级卷轴，可由我们来操纵引领，成功的把握很小。唉，可惜我夏族的神级卷轴中，没有能克制时间减速真意的。”

“成神后，才会逐渐接触到时间奥妙。”贺山主说道，“我夏族历代先辈刚刚成神时，对时间感悟都很低，自然炼制不出什么能克制时间减速的神级卷轴！”

“真是憋屈，憋屈啊！”太叔宫主低吼一声，“被杀了亿万族人，酆东兄战死，我们却一点儿办法都没有！”

“恨，只恨我们实力不够！”臧诺副山主低沉道。

这群夏族半神个个愤怒不甘，可没办法。敌人来自黑暗深渊，是伟大存在筛选出来的顶尖的半神，哪里是凡人世界的超凡们能比的？

就在夏族超凡们个个想不出办法时，尤兰领主嘴角翘起，他不想给夏族太多时间，当即开口道：“夏族超凡，你们现在有两个选择——第一个选择，是拿出你们夏族的镇族宝物，还有神级卷轴等一切你们可以用的，尽管来攻击。加上丁九战船，和我尤兰拼死一战！第二个选择，就是乖乖交出三十份神级卷轴，你们冒犯我的事，我就不计较了。”

尤兰领主继续微笑着：“我不想和你们再浪费时间，给你们十个呼吸时间讨论，如果你们还没做出选择，没办法，我只能好好玩一玩了！就算你们躲在丁九战船内，可整个夏族世界的无数凡人躲不进去吧？我会将他们全部杀光，一个不留！别怀疑，这对我而言，非常轻松。”

“你们只有十个呼吸时间，现在开始计时。”尤兰领主说道。

庞大的丁九战船内，一众夏族半神透过透明的舱壁，看着外面那尤兰领主，看起来普普通通的一个黑皮肤青年，也没有寻常恶魔的鳞甲、尖角等，可是所有夏族半神都心中发寒，这才是他们见过的真正恐怖的一位深渊恶魔！

“怎么办？到底怎么办？”

“两个选择，我们是战，还是投降？”

“十个呼吸后，他就要开始屠戮了。”

“到底该怎么办？”夏族中地位极高的陈宫主、贺山主、太叔宫主都急得额头满是汗，脸色也十分难看。

这是非常关键的时刻！

“不能投降，绝对不能投降！我夏族，死都不能向异族投降！”司空阳低吼道。

“不投降，难道战吗？可付出无数宝物……将来面对巫神和大魔神，我们怎么办？”旁边的贺山主痛苦道，“还是不战而逃？眼睁睁看着整个夏族无数凡人被杀？”

“那你说怎么办？”司空阳急道。

“我……我也不知道。”贺山主摇头闭上眼，眼中隐隐有着泪花。

是啊，真想不惜一切拼上一场啊，付出夏族所有底蕴，干掉这个该死的尤兰领主！可是，那样的话，恐怕将来面对巫神和大魔神，夏族就灭族了。图一时间的痛快，却将成为整个夏族的罪人！

“嗯？”忽然，战船内的夏族半神们都转头看去，透过舱壁，只见遥远处半空中撕裂出了一道黑漆漆的空间裂缝。

“什么？这个时候，谁敢直接撕裂空间赶过来？”

正在等待夏族答复的尤兰领主等三位，都转头朝远处看去，这一刻，双方的目光都聚集在那儿。

遥远半空，那一道空间裂缝中，飞出来一名白衣青年！

“哦，是那个东伯雪鹰？”尤兰领主说道，他们被送过来时自然也得到了夏族世界这群强者的情报，东伯雪鹰的情报也在其中。

“这就是那个东伯雪鹰？看他的气色，定是一直受着那巫毒折磨。不过这小子怎么来了，难道准备送死？”诺诺安说道。

“或许知道快死了，所以想要拼一下？”库蒙将军低沉笑道。

而在另一边，夏族却都急了！

要知道，之前夏族半神们都是在远处就集结进入丁九战船的，没谁敢大大咧咧直接来到这儿！这么过来，很容易遭到黑暗深渊这三位半神的袭击。

“你怎么来了？”丁九战船的舱门开启，陈宫主急切无比，“快，快过来。”

“我怎么不能来？”东伯雪鹰微笑道，“陈宫主，这就是你不对了，这次这么大的事，你都不告诉我，我还是从其他超凡那儿才知道黑白神山发生了这么大的事。别忘了……我也是夏族超凡！”

陈宫主听得心中一酸。

“快！你快过来！”陈宫主急切地挥手，可东伯雪鹰根本没理他，反而朝那尤兰领主三位飞过去。

“雪鹰你疯了吗？”陈宫主传信急切道，“你现在去有什么意义？逞一时英雄，却什么用处都没有，还会把自己的命给搭上！黑暗深渊的这三位真的很强，特别是那尤兰领主，那是媲美真正神灵的！你去干什么，啊？你这么死，我只会瞧不起你！”

可任凭他怎么说，都没用。

陈宫主也恨！

早知道，就封禁周围万里区域了！他为了节省丁九战船的能量，仅仅封禁了周围百里，让尤兰领主他们无法直接瞬移进入战船内罢了。

东伯雪鹰飞到了黑白神山前方，凌空而立，面朝尤兰领主他们三位：“三位，我夏族一直礼待你们，不愿得罪你们，你们想要怎么争就怎么争，我夏族不愿掺和。可你们呢？”

东伯雪鹰声音低沉：“你们却将我夏族百姓当成牲畜屠戮，酆东副山主只是不磕头不求饶，你们就将他杀死。他到底犯了什么错？他只是保护我夏族而已！即便如此，你们还不罢休，还要我夏族交出三十份神级卷轴，如果不交出，你们还要将我夏族世界大地上所有人类全部杀死！一个都不留！”

东伯雪鹰声音都微微发颤。

丁九战船内的一群夏族超凡个个痛心愤怒，有的恨得牙齿都快咬碎了。

“你这语气，我很不喜欢。”尤兰领主皱眉说道，“所以，你也可以死了。”

说着他再度伸出右手，手臂再度暴长。

“是你们该死！”

东伯雪鹰低吼道，他手中瞬间出现了一杆长枪，长枪枪杆犹如火云流动。

跟着，东伯雪鹰凭空消失，无影无踪。

“嗯？”正要攻击的尤兰领主皱眉，缓缓收回了手臂，“人呢？”

诺诺安和库蒙将军也都面色微变，仔细感应探察着。

“听说他掌握着阴影真意或者是虚界真意，可如果仅仅是一重境，不可能避开我的感应的。”尤兰领主皱眉感应着四面八方，可任凭他如何感应，周围一片空间除了远处的丁九战船内有一群超凡外，其他地方都是虚无，根本没有任何超凡。

一片虚无。那东伯雪鹰就这么消失了！

“别急，我会一个个对付你们，慢慢来。”熟悉的声音在天地间响起，尤兰领主他们连忙仔细感应，可明明找不到人，声音却依旧响彻耳畔，“诺诺安，你屠戮夏族无数，第一个死的，就是你！”

第五章

XUEYING LINGZHU

天下第一

尤兰领主三人眼前场景变幻，他们的精神被强行拽入了虚界中。

“哼，这点儿虚幻之术还想迷惑我？”尤兰领主冷哼一声，凭借强大的精神意志瞬间摆脱，眼前恢复了现实中的场景。

库蒙将军、诺诺安也都是非凡之辈，均在瞬间摆脱束缚。

“这是……”虽然摆脱了束缚，可他们三个的脸色都微微一变。

因为他们周围出现了无数雾气，白色雾气浩浩荡荡，出现在周围万里范围，万里大雾，遮蔽阳光。

“周围一切，皆为幻域。”尤兰领主的体表荡漾起了波纹，波纹朝四面八方扩散，所过之处，空间开始震颤，白色雾气也都消散，令他周围足足一里范围内，没有任何白色雾气能侵袭。

库蒙将军、诺诺安都站在尤兰领主旁不远的地方，他们俩体表都有规则奥妙护体，也能挡住那波动侵袭。

“我的时间领域范围内，处处都是白雾幻域。”尤兰领主平静地看着周围，“幻域范围至少过千里，他的真意不是阴影真意，而是虚界真意，范围如此广……至少是虚界真意二重境。在他没有出手前，我们根本找不到他的踪迹，只有等他出手……才能趁机将其斩杀！”

一旦出手……就是东伯雪鹰破绽最大的时候！

“领主大人，这东伯雪鹰攻击力太弱，我站在这儿，他都伤不了我。”库蒙将军站在那儿，自信得很。

“嘿嘿嘿，这个东伯雪鹰竟然敢说要杀我，还嚣张地说第一个死的是我，嘿嘿嘿……领主大人，他就交给我了！”诺诺安泛着绿光的眸子看着四方，杀机凛冽。

“嗯。”尤兰领主点头，他凌空而立，一阵阵波动向四方扩散。

库蒙将军也淡定得很，诺诺安的绿色眸子中满是杀意，仔细看向四面八方，同时发出冷笑：“东伯雪鹰，来啊，来啊，让我看看，你多……”

话还没说完，一杆火红长枪从虚无中出现，带着杀意，猛然一刺！瞬间穿过层层空间，直接刺中诺诺安！

诺诺安却狞笑着躲都不躲，任凭这一枪刺入他的眉心。

“给我死！”诺诺安张开嘴发出怒吼。伴随着这一声怒吼，一种无声无息的声浪瞬间循着星石火云枪朝那虚空中渗透过去，直接渗透进虚界！

虚界内。东伯雪鹰冷漠地看着，那声浪进入虚界的同时，威力已经锐减九成，残余的威能连东伯雪鹰体表的星辰真意都无法撼动一丝。

“啊。”诺诺安发出怒吼后，忽然面色大变，“该死！”

“砰”！他的身体陡然炸裂，化作上百个恶魔分散开来。红衣妖媚女子、邪异青年、苍老老者……各种各样的恶魔同时发出低吼：“领主大人，这东伯雪鹰的枪法威力非常恐怖，带着极端毁灭，我的身体扛不住。”

他话音未落，“噗——”一杆长枪再度从虚无中刺出，快如闪电！这一枪除了快，还带着让人心惊的锋芒。

恶魔哀号一声，整个身躯粉碎化作虚无。

“噗！噗！噗！噗！噗！噗！”长枪一次次从虚无中出现，每一次必定刺中一个恶魔，且必定使其幻灭，诺诺安附身都无用。

“厉害，厉害，太厉害了！”丁九战船内的一群夏族超凡看得热血沸腾，他们之前还担心东伯雪鹰的安危呢，现在却发现他完全占据了上风！

“这些恶魔，我都杀不掉，雪鹰却能一枪一个。”司空阳露出惊叹之色，“了不起，空有强大的力量果真只是笑话啊，还得规则奥妙够厉害，否则有力都使不出。”

“没想到雪鹰这些年，实力提升了这么多。”陈宫主露出一丝微笑，他们也猜到东伯雪鹰肯定会有些进步，可现在看来，比他们预估的要强得多。

“竟然一枪就灭杀一尊恶魔分身。”库蒙将军惊诧，“这么强的威力？”

尤兰领主眉头一皱：“有二品真意三重境的威力！不过极点穿透，乃是走极端的攻击性真意，东伯雪鹰应该只是二重境巅峰！”

“极点穿透，就算只是二重境巅峰，也媲美正常的二品真意三重境的破坏力。”库蒙将军担心道，“他和诺诺安相比，只是缺少一件神器而已。”

“你错了，你太小瞧这个被巫毒折磨的夏族超凡了。”尤兰领主郑重道，“他比诺诺安还强大。若是只有极点穿透，他确实是比诺诺安还弱些，可他还有虚界真意！虚界真意配合极点穿透，真是让任何一个敌人都惊颤的真意配合啊。”

“威力……并不是越大越好，而是要发挥出来才好！而他的两种真意配合，就让他的每一枪都毒辣得很。”尤兰领主摇头，“最致命的是，他不出招我们找不到他，且他出枪极快，一出枪就收回，我们都无法围攻！”

“难道诺诺安会被杀死？”库蒙将军传音询问道。

“凭诺诺安的实力，哪里是那么容易就被杀死的？这东伯雪鹰也是两种真意配合才能压制他，要以死相拼……谁生谁死可不一定！”尤兰领主嘴角微微上翘，“你看，诺诺安开始拼命了！能在黑暗深渊活到现在，可没那么简单呢。”

“啊——”一大群恶魔同时发出怒吼，“东伯雪鹰，我要你死！”

忽然一双巨大的、诡异的、泛着绿光的眼睛出现在半空中。

这双眼睛，便是诺诺安拥有的神器！

这双巨大的眼睛绿光大放，形成两条绿光通道，只见密密麻麻的恶魔从绿光眼睛中飞出。周围残存的恶魔也都朝那巨大的绿眼睛会聚过去。

“怎么回事？”虚界内，东伯雪鹰眉头微皱，“怎么会出现这么多恶魔？”

几乎一眨眼时间，已经有上万恶魔铺天盖地地出现了，个个散发着凶戾气息，这些恶魔们的意识似乎都有些混乱，个个号叫着。

紧跟着，这上万恶魔受到无形力量吸引，迅速朝中央会聚起来。

无数恐怖能量涌动，一尊巨大的恶魔出现了。这尊恶魔全身漆黑一片，有着獠牙，双眸泛着绿光，头顶更是有足足九根黑角。他身上散发的无尽凶戾气息席卷天地，让周围的幻域都被绞杀，周围十里范围内都没有白雾幻域能靠近。

“好强。”虚界内的东伯雪鹰暗暗吃惊，“好强大的气息，比一开始强了好多。”

“万鬼之体？诺诺安不是只修行到百鬼之体吗？”库蒙将军吃惊，传音问道。

“他当然不是万鬼之体，他若是修炼到万鬼之体，我都很难赢他了。他豢养着上万恶魔，平常最多操纵百个罢了。现在他是拼命，借助神器，硬是吞噬所有恶魔勉强形成万鬼之体。你看看，他全身力量澎湃，根本没法收敛，显然无法控制。你看他的眼睛，意识都有些混乱了，不过这也足够了。”尤兰领主露出笑容。

尤兰领主当即传音喝道——

“诺诺安！我会帮你，我会操纵你周围的区域时间流速。可东伯雪鹰擅长的是极点穿透，极点穿透是能强行穿透时间空间阻碍，我的时间流速估计只能起到部分作用，主要还是靠你自己。记住，东伯雪鹰有一个致命弱点。”

诺诺安也传音道：“领主大人，放心，我知道他的致命弱点，我的死亡号叫刚好克制他！”

忽然，一杆长枪从诺诺安背后的虚空中出现，周围一切都变得缓慢，可星石火云枪却强行穿透了这种时间流速上的阻碍，只是不可避免地，速度还是慢了些。

诺诺安猛然转头，他的头颅直接转动，身体却没有动。

他张开那血盆大口。

“吼——”同时一双有着黑漆漆指甲的大手快如闪电般拍向长枪。

“噗——”星石火云枪直接刺入百米高处的诺诺安的头颅内，他的头颅都有两米高，被刺入一枪，他的头颅有部分塌陷，可很快又恢复了！

星石火云枪迅速收回！可因为时间流速的影响，依旧被那大手拍到了。

诺诺安一双大手拍击上长枪的力量，传递到虚界时，冲击力被急剧降低，东伯雪鹰抓着枪杆末端的右手感觉到的冲击力都很弱了。

但那一声怒吼，竟然形成了肉眼可见的黑色波纹！

这黑色波纹从真实世界传递进了虚界，威力立即衰减九成，可剩下的一成依旧侵袭到了东伯雪鹰身体，在东伯雪鹰体表则有着护体的星辰真意！

这些年，东伯雪鹰一直钻研枪法，没刻意参悟真意。

只是有时候，不刻意反而效果奇好。就像东伯雪鹰研究枪法，追求枪法的快，越是追求，他的极点穿透进步就越快。

到如今，极点穿透、星辰真意、虚界真意，三者都已经达到二重境巅峰！但每一重境界的跨越很难，东伯雪鹰停在巅峰也有好几年了。

在星辰真意的修炼下，整个人都仿佛一颗星辰，力量和防御是它最擅长的，像引力则只是附带罢了。

“哗哗哗——”体表的星辰真意，犹如大地般浑厚。

这黑色波纹的侵袭，被护体真意完全阻挡住了。

“他死了吗？”诺诺安期待着。

“噗——”一杆如火云流动的长枪再度刺出，让诺诺安失望了。

“竟然没死？”不只诺诺安，连尤兰领主、库蒙将军都很失望。

“一定是因为鬼六怨巫毒！他多年受巫毒折磨，心灵意志得到淬炼，比较能扛。可我有万鬼之体，我可比他能扛，相信十次八次他就死定了！”诺诺安瞬间心定，但面对受到时光流速影响的长枪，他依旧每一次都中招。极点穿透不单单速度快，还能够穿透空间，等出现时就已经来不及躲了。

“吼——吼——吼——”以三品真意死亡真意凝聚出的本尊神心奥妙为核心，以万鬼之体为根本，施展出的死亡号叫，每一次都很可怕。

东伯雪鹰出枪极快，一道道枪影，从四面八方各个角落接连攻击诺诺安。

十枪、二十枪、三十枪……

“怎么还扛得住？”诺诺安的身体在渐渐缩小，每一次被刺中，他体内的能量都在损耗。

“不应该啊，极点穿透真意和虚界真意，都不是专攻防御的真意。他又没有斗气，怎么可能撑得住？”尤兰领主也难以置信。

五十枪、六十枪……

“不、不……”诺诺安的身体缩小得越来越快，他发出惊恐的喊声。

诺诺安无法相信，自己如此强大，怎么会这么轻易死去？

库蒙将军看着远处已经开始绝望的诺诺安，又看了看身旁的尤兰领主。

“领主大人，想办法救救诺诺安吧？”库蒙将军传音道。

“怎么救？东伯雪鹰的攻击毫无征兆，一枪刺出瞬间收回，我没有办法。”尤兰领主淡然道。他其实是有办法的，不过那是用来在红石山中关键时刻保命的，他怎么可能舍得用来保护诺诺安？尤兰领主饶有兴趣地看着：“诺诺安不完整的万鬼之体，一次次的死亡号叫，竟然都没有用，这东伯雪鹰又没有斗气，难道是有某种异宝？还是说他掌握着另外的护体真意？”

“啊——”远处庞大的诺诺安发出凄厉的叫声，他的面孔狰狞，似乎有无数声音在号叫，“我不甘心！不甘心！”

“轰！”庞大的万鬼之体轰然爆炸！蕴含的恐怖威能在一瞬间尽数爆发，辐射向四面八方，这一瞬间的爆发绝对是神级威能了。

“万鬼之体反噬了！”尤兰领主眉头一动，库蒙将军那银色身体挡在尤兰领主身前，用身体硬扛这股冲击，仿佛水中礁石，丝毫不可撼动。

“竟然反噬自爆了。”库蒙将军低沉道。

“很正常。”尤兰领主看着远处的虚无中出现一只手，抓走诺诺安遗留的宝物，语气都没有变化。显然，要抢诺诺安遗物，谁赶得上在虚界中的东伯雪鹰快？

“诺诺安原本境界就不够，勉强维持万鬼之体，也撑不了太久。在东伯雪鹰的攻击下，他越来越绝望，一旦意志动摇，万鬼意志瞬间反噬，万鬼之体便再也无法维持，直接自爆了。”尤兰领主摇头，“他败，最重要的原因还是东伯雪鹰的防御比我们预料的还强，我怀疑他有异宝护体，或者是另外一种厉害的护体真意！”

尤兰领主笑道：“这个夏族超凡真够厉害，不过他太年轻，极点穿透真意、虚界真意估摸着都只有二重境巅峰，伤不了你。”

“嗯。”库蒙将军点头。

他最大的成就，就是他的身躯。单是他的身躯之强横，就足以压诺诺安一头了。

虽然尤兰领主、库蒙将军他们能平静地接受这一切，可在丁九战船内的夏族超凡们却都激动了。他们看到那庞大的诺诺安爆炸开来，那毁天灭地的威能，虽然有丁九战船压制，但依旧让周围近千里范围内的一切尽数化为焦土。当然黑白神山有镇山法阵，面对这种四面八方的冲击，还是扛得住的。

“他……他就这么死了？”

“雪鹰把他杀了？”

夏族半神们透过透明舱壁，看着外面那爆炸的绚烂场景。那里仿佛绽开一朵巨大的烟花！可这一朵烟花，代表的是镇压一个时代的存在的陨落。

“雪鹰，他已经是我夏族第一强者。”贺山主露出笑容，畅快道，“就是奥兰大长老、火魔大帝，乃至魔神会那位神秘的三祭司，也不是雪鹰的对手了，他已经拥有了镇压一个时代的实力！甚至无须倚靠神器，他就已经如此强大！”

“对，除了异族。在我们夏族世界，他已经是最强了。”陈宫主点头。

“哈哈哈……”司空阳更是畅快大笑，“痛快痛快，他可是我水源道观的，在赤云山世界我还是他师父呢！”

“司空观主，你就别显摆了！你当初还训斥雪鹰，让雪鹰参悟水火真意呢。”宫愚在一旁笑眯眯道。

“不过在黑暗深渊这支队伍中，诺诺安应该是最弱的一个。”陈宫主看着远处，“你们看，诺诺安死了，尤兰领主连脸色都没变。”

“嗯。”在场的夏族半神们个个感到心头沉甸甸的。

因为当初尤兰领主动手的场景，他们都见过了，那种轻易碾压黑白神山镇山法阵，轻易捏死酆东的场景，那绝对是神灵层次的力量！和寻常的镇压一个时代的力量，有着本质的区别。

在大地神殿总部，花园内。

“嗯？”从神界到来的这支大地神殿的队伍，博波、巴晗，以及巫马海少爷都转头朝远处一个方向看去。

“好强的波动，是在数十万里外，那里的波动之强，应该能达到神级层次。”巫马海眼眸中闪过一丝精光，随即起身，“走，去瞧瞧，或许就是我们以后进入红石山会碰到的某个对手。”

“走。”巴晗、博波也都站起来，撕裂开一道空间通道，朝黑白神山方向赶去。

不单单是他们，感应到这股波动的其他几支队伍也都一一前往。

虚界中，东伯雪鹰正在查探着诺诺安遗留的宝物。

“神器？”看着那双泛着绿光的眼睛，东伯雪鹰立即将它收入储物宝物内。黑暗深渊那位伟大存在送神器下来，恐怕也是留有手段的，想要炼化恐怕不易。可不管怎样，自己连斗气都没有，根本没法炼化，且放在一边了。

接着他拿起一枚储物戒指，划破手指滴了一滴鲜血渗透进去。认主后一查探，立即发现储物戒指内悬浮着一颗颗水晶球，每一颗水晶球内都有无数力量。

东伯雪鹰脸色铁青，低声道：“真是该死！”

忽然，他有所感应地抬头看去。

在万里外，空间撕裂开，有强者飞来。

最先出现的是梅山主人以及黑色衣袍男子、白衣少女。

另一处空间撕裂开，飞来的是血刃酒馆的队伍首领辰九和两位手下。

紧接着是另外两支队伍，一支是大地神殿的，正是巫马海带着他的两名手下，还有一支队伍则是金衣青年和高大壮汉以及妖媚妇人。

“四支队伍？”东伯雪鹰略微等了等，没有其他队伍再来了。

巍峨的黑白神山，周围却是一片焦土，白雾已经暂时消失。

“哦，这就是黑暗深渊的队伍吧？”最后赶到的那支队伍的首领，是一名带着笑意的金衣青年，他大大咧咧地道，“怎么回事？按照时空神殿的规矩，送一个厉害的半神下来，一般也能搭上两个的，怎么黑暗深渊就只剩下两个了？难不成一个已经死了，死在夏族手里了？”

“夏族虽然弱，可积攒了漫长岁月的底蕴可不好惹，他的手下估计是真的死了。”大地神殿的队伍首领巫马海也邪笑道。

“我叫辰九，诸位是？”血刃酒馆的首领辰九最客气。

“巫马海！”金甲少年道。

金衣青年笑眯眯的目光却落在了远处的梅山主人身上，咧嘴一笑：“武皇，听说你已经摆脱时空神殿的控制，没想到这次也掺和进来了。哈哈，真是好久不见了，当年我们那次对战，我可一直没忘记呢！”

梅山主人眉头微皱：“剑皇，要开战？”

“没必要。我们的敌人是红石山内的危险，我们彼此或许还可以合作呢。”金衣青年嘿嘿笑着。

梅山主人“嗯”了一声没再说话。

他们俩当初都是交过手，但梅山主人现在已经恢复自由。

“愚蠢的诺诺安。”尤兰领主暗骂，“死都引来了其他几个家伙。”

不过他也不担心，闯红石山，他们并不需要彼此厮杀，只需要闯过红石山的诸多危险，就能得到他们想要的，他们甚至可以合作！这也是血刃酒馆队伍愿意带上东伯雪鹰，根本不怕东伯雪鹰抢夺宝物的原因。

尤兰领主目光投向远处的丁九战船，冰冷道：“够了！夏族，你们以为凭一个东伯雪鹰就能威胁到我？哼，我劝你们还是乖乖交出神级卷轴！”

他已经没有耐心了。

“交出神级卷轴？”带着压抑的愤怒的声音响起，一名白衣青年从虚无中出现，正是东伯雪鹰。

“尤兰领主！”东伯雪鹰眼眸中燃着熊熊火焰，他的右手上出现了一颗水晶球，

“啪——”直接碎裂。水晶球内蕴含的力量飞了出去，而后在天地规则的引领下消失无踪。

“看到了吗？”东伯雪鹰拿出一颗又一颗水晶球，捏碎它们，“夏族族人和你们无仇无怨，却被你们屠戮，你还想要神级卷轴？”

东伯雪鹰的声音冰冷，可冰冷之下却仿佛压抑着火山一般。

“哦？忘了说了，你们夏族族人的力量，我还吸收了不少。”尤兰领主故意装出一副十分满意的样子，说。

东伯雪鹰瞳孔一缩，怒气几乎让他的胸膛炸裂。

就在这时候——

“嗡”！尤兰领主、库蒙将军的身旁忽然显现出了一个巨大的头颅虚影，头颅戴着战盔，战盔下一双暗黄色眸子仿佛是无尽的死亡海洋。虽然仅仅是一个头颅虚影，并不是世界投影，但依旧让东伯雪鹰以及其他四支队伍的首领们感到不舒服。

“大魔神。”尤兰领主、库蒙将军都微微躬身。

东伯雪鹰立即明白，这个头颅虚影就是安排尤兰领主他们下来的那位伟大存在了，但是看头颅的模样，和魔神会信仰的大魔神并不是同一位！

战盔头颅虚影盯着东伯雪鹰：“人类，你竟然敢杀我的手下！”

“他们屠戮我夏族无数，我怎么不能杀？”东伯雪鹰冷声道。

“哦，有意思，真有胆色啊，也很有潜力，难怪惹得达尔豪他们想要铲除你。没想到一百年过去，你实力还能提升这么多。真想知道，达尔豪和那个巫神领主知道你实力大增，会是什么表情。真是太有意思了。”战盔头颅虚影哈哈笑着。

“尤兰。”战盔头颅虚影看向尤兰领主，“现在还没进红石山，诺诺安就死了！”

“哼，大魔神你尽管放心，任务不成功，我只有死路一条，我会尽全力的！现在我就是在想办法增加胜算！”尤兰领主皱眉道。

“你明白失败必死就好。”战盔头颅虚影点头。

他们都是签订了深渊誓约的，违背誓约，除非另一方愿意解除，否则必死！

“哗——”战盔头颅虚影消散。

远处观战的四支队伍都很是吃惊，博波惊诧道：“他杀了诺诺安？怎么可能，他有这么强？还是说那个诺诺安实力很弱？”

“好了。”巫马海少爷面色冰冷，“诺诺安的实力不可能弱！之前的爆炸余波你们都感觉到了，都达到神级层次了，诺诺安怎么可能弱？是这东伯雪鹰的实力比我们预料的还强！”

巫马海他们心里都很不是滋味。

“庄主，难怪你邀请东伯雪鹰加入我们的队伍，你早发现他实力颇强了？”山羊胡子老者惊诧道。

“什么？东伯雪鹰加入血刃酒馆的队伍了？”

梅山主人、剑皇队伍还算平静，大地神殿队伍则有些别扭了，毕竟他们之前笃定其他队伍都不会收东伯雪鹰的。

而另一边，遭到战盔头颅虚影的威胁后，尤兰领主眼中冒着煞气，看着远处的东伯雪鹰和丁九战船，冷声道：“我已经没有耐心了！”

“你没耐心，我还没耐心呢！”东伯雪鹰声音低沉，带着无尽杀机，“我之前说过，诺诺安只是第一个！现在我要杀的是第二个！”

尤兰领主、库蒙将军面色微变。

在他们的注视下，远处全身弥漫着杀意的东伯雪鹰瞬间消失无踪。

尤兰领主面色冰冷：“库蒙将军，东伯雪鹰接下来要对付的很可能是你。”

“哼，他敢对付我，我就趁机杀了他！”库蒙将军一双眸子冷漠无情。

“我会控制周围时间流速。”尤兰领主说道。

库蒙将军轻轻点头，跟着，“轰！”他的身躯迅速变大，达到了近乎两千米的惊人高度，简直就是一座移动的高山！他的呼吸产生风雷，他的全身皮肤都是银色，没有一丝毛发，双眸冰冷无情。

“威压提升了！”巫马海仰头遥遥观看那巍峨如山的银色巨人，“黑暗深渊的恶魔在天赋上的优势的确很大，像我们单单凭借神级的秘术根本修炼不到这等层次。一个实力明显比我弱的恶魔，身体变得庞大后，威压却已经达到神级了！”

“不过体形变大，防御却是变弱了。”旁边的巴晗说道。

“再变弱也比我强。”博波摇头嘀咕，“黑暗深渊的这群家伙，魔体太可怕了。”

“纯粹魔体不算什么，规则奥妙才是根本！”巫马海饶有兴趣地道，“好好瞧瞧吧，瞧瞧那东伯雪鹰的实力到底如何。”

“嗯。”博波、巴晗都点头。

不单单是大地神殿队伍，其他几支队伍也都好奇地看着。他们想要借此好好看看黑暗深渊队伍的实力，同时也看看这个夏族世界的天才超凡的实力。

“雪鹰竟然又动手了！”在黑漆漆的丁九战船内，夏族半神们都紧张起来，他们原以为杀死一个诺诺安，东伯雪鹰就该罢手了，没想到他还要继续动手……他真的有把握吗？

“这个银色巨人，似乎比诺诺安要强。”贺山主抬头看着那站在半空中的巍峨银色巨人。

“雪鹰在虚界内，自保应该没问题。”陈宫主说道，“放心吧，雪鹰既然能杀了诺诺安，就不是莽撞之辈。”

尤兰领主以及巍峨的库蒙将军都谨慎以待，没办法，他们都找不到东伯雪鹰的踪迹，只能以静制动，一旦东伯雪鹰攻击就立即反击！

虽然东伯雪鹰最有可能攻击库蒙将军，可尤兰领主也一直保持着警惕。

“这虚界真意真是难缠啊，现在还好，他境界不算高，听说虚界真意凝聚出本尊神心后，就更厉害了，现在需要警惕的只是他的偷袭而已。”尤兰领主暗道。

“呼——”忽然一杆长枪旋转着从虚无中刺出，枪杆犹如游龙，都能看到枪杆周围实质化的极点穿透真意，以及产生的旋涡波浪。长枪从银色巨人背后出现，直接刺向脑后。

时间流速变得很缓慢，让东伯雪鹰的攻击速度也被迫变慢！

“呼——”银色巨人快如闪电一般转身一掌拍击而出，他的一掌甚至产生了无数流光，流光边缘则是无尽的汹涌气流！

“噗——”长枪终究距离更近，刺在了银色巨人的头颅上，仿佛偌大一尊雕塑忽然掉了一块，银色巨人的额头立即碎裂了一小块，同时湮灭。

在长枪收回时，那巨大的手掌终究拍击在了长枪上。

“轰！”二者碰撞，仿佛天地震动！这一击威势太大了，不亚于万鬼之体自爆时的一击！最重要的是它的威能更加集中，直接拍击在长枪上。

“死！”库蒙将军冰冷的双眸中，看到的是无数的粒子流。

他的手掌更是顺着无数粒子流，拍击在长枪枪尖！

他掌握的真意，正是粒子真意！并且是粒子真意凝聚本尊神心！

“嗡——”枪杆都弯曲了。

“好强的威力！”东伯雪鹰惊叹，他抓着枪杆的右手虽然有卸力的动作，可手掌都没有发麻，更别说震颤了。只因有星辰真意加持，并且东伯雪鹰同样力量雄浑。他的力量，在外界或许无法和银色巨人硬拼，可在虚界内却是轻轻松松了。

“竟然没拍飞？”库蒙将军期待地看着那一杆弯曲的长枪，按照他的预估，东伯雪鹰身体弱，自己的全力一掌以粒子真意本尊神心施展出来穿透进虚界，最起码也能震得他抓不住长枪吧？一旦长枪被震飞，自然会落到真实世界中。

“难道他有神界战兵，是靠神界战兵束缚住长枪？”库蒙将军猜测。

“呼——”那杆长枪旋转着再度从虚无中出现，刺向他的后脖颈。

库蒙将军的一举一动，都掀起整个天地间的汹涌狂风，他的身体边缘更是出现了无数流光。

他一掌掌怒拍，在时间减速真意的辅助下，每一次在被刺中的同时，他也能反击给上一巴掌！那威能惊人的一巴掌，寻常镇压一个时代的存在，如诺诺安他们都是不敢硬扛的。

“库蒙，放弃吧！”尤兰领主传音道，“他每次都能刺中你，你再这么反击下去也没用。”

“是。”库蒙将军不敢再这么撑下去了。

“呼——”只见两千米高的庞大身躯迅速缩小，瞬间就变成了仅仅三米高的银色人。

“唰——”又是一枪，快如闪电，瞬间刺穿银色人的脖颈！

可银色人身体隐隐流动，长枪在收回后，伤口自然恢复。

“什么？”虚界中的东伯雪鹰露出惊讶之色，他自己也察觉到了，自己这一枪……竟然一点儿都没伤到这库蒙将军。

而库蒙将军则露出一丝讥讽的笑容。身躯变得庞大，威能提升，身躯缩小后威能下降，可防御却是急剧提升的！他此刻处于防御最强的状态，东伯雪鹰的攻击虽然厉害，可他的魔体更强大，长枪根本伤不了他身躯丝毫。

东伯雪鹰不敢相信地又攻击数次，库蒙将军身体缓缓流动，仍是一点儿都没受伤！

“还是攻击力太弱了。”远处观战的血刃酒馆队伍首领辰九微微点头笑道，“东伯雪鹰的极点穿透，应该是二重境巅峰，如果能突破到三重境，或者他如果能使用神器的话，或许就能击杀库蒙将军了。”

“不能怪他攻击弱。”光头黄袍老者道，“是那位半神魔体太强，如果是我们，可不敢以身体硬扛。”

“我们是不能硬扛，可也没必要硬扛，我们自有我们的手段，以我的幻象造诣，他恐怕都找不到我的真身。”山羊胡子老者不服输。

“可你也伤不了他啊。”光头黄袍老者笑道。

辰九点头：“这东伯雪鹰的实力我们差不多探查清楚了。很不错，各方面都很均衡，虽然无法使用神器，可他的真意配合起来，也是丝毫不好惹，应该和福叔、老贼你们同一个层次，在保命方面他甚至比你们更强一筹。”

“嗯。”山羊胡子老者、光头黄袍老者点头。他们都有各自的手段，可必须承认，在虚界内的东伯雪鹰，进入红石山后就算面对危险，也比他们俩能扛。

“不错的帮手。”辰九露出笑意，他之前只是因为内心深处的感情缘故愿意带上东伯雪鹰，可现在东伯雪鹰能成为一个好帮手，他还是很满意的。

“夏族麻烦了。”梅山主人遥遥看着，“东伯雪鹰是厉害，可奈何不了尤兰领主他们两位。而尤兰领主是肯定不会放弃的，他的手下刚死了一个，他肯定会继续索要神级卷轴，夏族或许得拼命了。”

“武皇哥哥，你能发现那东伯雪鹰吗？”白衣少女问道，“我们察觉不到，似乎尤兰领主他们也察觉不到，以武皇哥哥你的真意应该能吧？”

梅山主人瞥了眼白衣少女，当即传音道：“勉强能感应到。我掌握的是完整空间真意，在感应空间上非常敏锐，对虚界感应也很强，但如果他达到虚界真意三重境，我也无法感应了。”

“哦。”白衣少女松了口气，露出笑容，传音道，“这就好，武皇哥哥你能感应，我们就不怕了。”

从头到尾，在战斗过程中，只能看到一杆长枪从虚无中刺出，根本看不到东伯雪鹰本人。这的确让他们不由得忌惮，真是一个可怕的刺客啊！

根据这一战，各方都已经判断出了东伯雪鹰的实力和威胁程度，他们也都看出来，这一场战斗要结束了，东伯雪鹰的实力或许能击杀一些被他克制的镇压一个时代的超凡，可库蒙将军，至少东伯雪鹰是奈何不了的。

他们现在更好奇的是，夏族要如何应对。

“夏族，东伯雪鹰也帮不了你们！”尤兰领主看着远处悬浮于高空的黑漆漆的丁九战船，“诺诺安身死，他的宝物又被你们夏族的东伯雪鹰给拿走。只要你们交出三十份神级卷轴，这一切我都可以当作没发生过，诺诺安的宝物我都可以不要！可如果你们不交出神级卷轴，那么诺诺安的死，我就一并和你们夏族算了！”

尤兰领主声音冰冷，带着无可撼动的杀意。

“该死！”丁九战船内的气氛完全凝固。

“大家说，怎么办？”太叔宫主皱眉道，“雪鹰已经尽力了，可没办法，敌人太强了。”

“三十份神级卷轴，不能交！”贺山主皱眉。

“唉，他怎么能控制时间流速？该死！”陈宫主更是心急如焚。夏族的宝物再厉害，也是他们这些半神在使用，发挥出的威力自然不如神灵们使用时强！在时间减速下，威慑力就自然下降了。

“我数到十，你们再拖延，整个夏族世界的人类全部得死！”尤兰领主双眸中迸发出恐怖的金光，声音响彻天地。

“一！”

战船内的夏族半神们个个心中发颤，彼此相视。

外面四支队伍的首领们都在观看着这一幕，没有出声。梅山主人虽然有打算，可夏族没有发出求助信号，他自然不会急着主动开口。

“二！”

“三！”

“四！”

尤兰领主冰冷地说出一个个数字。

“怎么办？到底该怎么办啊？”

“要不拼吧，不惜一切，干掉他！”

“痛快一时损失无数，将来就是灭族之祸！”

夏族半神们快疯了。

难道真要低头？比死都难受啊！

“九！”尤兰领主冰冷道，身上杀气越来越重。

“轰！”

忽然一股强大的波动出现。

不管是尤兰领主，还是远处四支队伍，抑或是丁九战船内的夏族半神们都不由得看向了那波动的源头。

那是从虚无中出现的一杆长枪！长枪仿佛火云流动！

这一刻！

尤兰领主他们都隐隐约约仿佛看到了一颗巨大的星辰，星辰上有花草树木，有飞禽走兽。这巨大的星辰猛然膨胀，爆发出耀眼光芒，跟着猛然塌陷！爆发出的耀眼光芒急剧收缩，瞬间化作了一个“点”，这一“点”仿佛是万事万物的初始，又仿佛是一切的终极。

这一点，带着无比恐怖的威压，急剧碾压而来！

“噗——”枪尖刺入库蒙将军的眉心，库蒙将军惊恐地瞪大眼睛。

“咔咔咔——”他的全身就仿佛沙砾一般，瞬间完全粉碎，化作虚无，只有些神器手套等宝物飘落。

库蒙将军，被一击毙命！

所有人，震惊地看着这一幕，瞠目结舌。

“呼——”那刺入库蒙将军眉心的一杆长枪没有收回，而是从虚无中走出了一名白衣青年。

东伯雪鹰面带杀意，手持长枪，挥手就收起了库蒙将军遗留的宝物。

“就剩下你一个了！”东伯雪鹰看着远处的尤兰领主，声音平静，可仅仅几个字却蕴含着谁都无法撼动的浓烈杀机！

第六章

XUEYING LINGZHU

再次邀请

丁九战船内一片寂静，夏族的超凡们愣愣地透过舱壁看着外面半空中那名持着长枪的白衣青年。

“雪鹰他、他竟然……”简直是不可思议的一件事，所有夏族超凡刚才都快急疯了，而现在东伯雪鹰只用一枪……就破了局！

这一幕的震撼程度，比之前尤兰领主轻易攻破黑白神山、杀害酆东有过之而无不及！尤兰领主的手掌是一件特殊的神器，并且他还有强大的魔体，可东伯雪鹰呢？

“绝对是神级！”池丘白也激动无比，“不单单是威能达到神级，最重要的是，规则奥妙也是神级！”

而在旁边观看的四支队伍，受到的惊吓也不轻。

“这……我看错了？幻象？”大地神殿的三个人都被镇住了，博波更是不敢相信，“这样的实力，一枪就杀了那个银色人，如果要杀我，不也是一枪？”

巫马海也瞳孔微缩。虽然不想承认，但是事实就在眼前。这个东伯雪鹰展露出的实力，已经和他一个层次了！这是神灵的层次！

“该死！”巫马海低声道。

和他实力相当的东伯雪鹰欲要加入他的队伍，他却将这样的强者给赶跑了？其他队伍都是只有一个神灵级的强者，而如果他们队伍中有两个神灵级，那提升将是质变的。

可惜，错过了，就是错过了！

“巫马海少爷，你看清了吗，刚才他的实力怎么会提升那么多？”巴晗忍不住问道。

巫马海摇摇头，没说什么。

另一边，黑色衣袍男子询问道：“三弟，你看清了吗？他怎么会那么强？”

“不敢确定……”梅山主人盯着远处的东伯雪鹰，一眨不眨，“我有些不敢相信，不过等他再施展，我应该能确定！”

而在东伯雪鹰施展出那一枪时，剑皇想到了一个传说。

“不可能吧……”剑皇不敢相信，“再看看。”

半空中，东伯雪鹰和尤兰领主遥遥对峙。

“杀了诺诺安，杀了库蒙将军。”尤兰领主身上杀意渐渐升腾，双眸隐隐泛着金光，“难道你以为，你还能杀我？你以为，你能杀一个魔神？”

“你的身体，比库蒙强很多？”东伯雪鹰也盯着尤兰领主，“我能一枪杀了他，就能杀了你！”

“库蒙将军的魔体虽然厉害，可和我比？哼哼。”尤兰领主话刚说到一半，毫无征兆地，双掌同时轰击而出，他的手臂猛然暴长，两条黑色手臂瞬间就已经伸到了东伯雪鹰面前，一双巨大的手上满是金色符纹。

“哗——”东伯雪鹰身体消散，这只是他身体留下的残影。

“轰！”一双巨大手掌虽然猛然停下，可产生的气流竟然压缩形成了两道流光，轰然冲击在远处地面上，令地面出现了两个巨大的凹坑。

“又是虚界！”尤兰领主眉头皱着，黑黝黝的面孔上有的只是怒意。他小心警惕着周围，同时，除了他身体外，周围一片区域的时间流速都变得很慢很慢。

“东伯雪鹰的枪法威力很恐怖，库蒙将军的身体都是一击而灭。我这次来之前，虽然得到大魔神帮助，完善了我的魔体，比库蒙要强些。可若是硬扛那样一击，就算不死，怕也得受伤。”尤兰领主暗道。

“一定得挡住！必须！必须挡住。”尤兰领主全神贯注地感应着四周，不敢有丝毫松懈，一定要保持最快的反应速度！

“就是这儿！”尤兰领主双眸有着金光，他猛然转头看向侧后方，他感应到了，一股强大的力量瞬间从虚界中欲要进入真实世界。

“轰！”一杆如火云流动的长枪从虚无中出现，已经到了尤兰领主背后。

不过在它出现前的一刹那，尤兰领主就已经转身后退，同时挥掌！

这杆长枪……依旧有着惊人的规则奥妙波动，使人仿佛看到浩瀚的星辰，星辰开始猛然膨胀，散发出耀眼光芒，跟着急剧收缩，汇聚成一个点，仿佛一切之初始，又仿佛一切之终极。它在时间减速真意的强烈纠缠下，速度也缓慢了一半，可它的威能和奥妙却丝毫没减！

“嗯？”当一掌拍击时，尤兰领主的脸色却陡然一变，他感觉到了这一枪……就仿佛一个可怕的旋涡，有着极为惊人的引力！

当他的掌法立即随之变化时，“噗——”长枪刺出的速度极快，同时旋涡引力又变为斥力，想要靠近这杆枪似乎都很难。

“裂！”尤兰领主的五根手指陡然暴长，险之又险地以其中两指挡住了枪尖。

枪尖刺在手指上。

尤兰领主猛然一弹手指，手指尖端隐隐有一点金光，空间都塌陷碎裂，直接点在了枪尖上。“咻——”枪尖收回，又消失在虚无中。

“差一点儿。没想到这一枪还有恐怖的引力变化，这引力，简直都能媲美引力真意三重境巅峰了！”尤兰领主有些后怕。

梅山主人和剑皇心中都掀起无尽涛浪：“还真的是……”

“三弟，你看出来了？”黑色衣袍男子和白衣少女都看向梅山主人。

梅山主人轻轻点头，看着远处激烈厮杀的场景。

“看出来了。”梅山主人心中震荡，目光也复杂得很，“秘技！”

“啊！”黑色衣袍男子、白衣少女都震惊无比。

什么是秘技？

简单说，秘技，就是战斗秘术！秘术，就是规则奥妙的特殊运用之法！

靠规则奥妙战斗，运用起来是非常直接的。像东伯雪鹰曾经学过的秘术《魔龙力》，就是将一枚枚魔龙神印融入身体内，身体就会进化，变得强大。

魔龙神印本身蕴含的天地奥妙很普通，可是它构成了极为复杂的神印，且能产生奇效，这就是一种运用。

夏族有很多秘术，像斗气类的秘术，还有身体类秘术，这类都是可以学的，因为它都会形成神印，是固化的、一成不变的，所以只要学会就能运用，令身体进化，或者让斗气发挥出更高效率。

可是，战斗秘术不同！

战斗，是变化的！在战斗时使用出的战斗秘术，并非是那些一成不变的神印，而是一直在变化的一种秘术。因为是大量极为复杂的奥妙的结合，且一直在变化，根本没法学！

战斗秘术，必须靠自己创造！就算是神界大能者，也无法教导弟子学习。

所以，秘术是分成两类的——

一类，是可以传授学习的，是常规的秘术。夏族能学到的，神界能学到的，都属于这一类。通常说的秘术指的就是这一类。

一类，是只能自创的，就是战斗秘术。为了区分，也被称为秘技。

秘技……利用同样的规则奥妙，施展秘技，威力却能暴涨！

“按照时空神殿内的传说。”梅山主人遥遥看着，“一万个二品真意的超凡中，恐怕只有一个能自创秘技！一品真意的超凡，是传说中的传说，想要见到都很难。而自创秘技的天才，虽然也很罕见，可至少我在时空神殿也算见过一次了。”梅山主人感慨，“我也算不错了，可和这种自创秘技的超凡相比，还是差了些。”

另一边，辰九则是摇头："自创秘技！如果他的真意能达到三重境，凭借秘技，恐怕都能斩杀神灵了吧。"

虚界内，东伯雪鹰看着在真实世界中小心谨慎的，裹着白布的黑皮肤青年，皱眉："这尤兰领主太强了，他体表散发出的真意波动无坚不摧！连幻域都无法靠近他，即便我撤销幻域，可他依旧散发着真意波动，让我的虚界分身都无法靠近。"

如今他是能够操纵九尊虚界分身的，战斗的时候，完全能够一下子变出十杆长枪同时围攻！可惜虚界分身太弱，虚界真意本身的攻击力量就弱，九尊虚界分身都勉强是资深半神实力。以这样的实力递出的长枪，根本无法靠近尤兰领主！

"没想到我上百年时间悟出的星辰陨灭击还是杀不了他，看来，只有最后一搏了。"东伯雪鹰皱眉。

当年他身中巫毒，无法全方位参悟真意，所以一心追求枪法，甚至他当时就不自觉地将星辰真意和极点穿透的奥妙开始融合了。因为寿命本就不长，又日日夜夜受折磨，东伯雪鹰再无牵挂和忧虑，完全追求着心中枪法的极致！

管他什么奥妙，枪法厉害，那就是好枪法！于是，星辰陨灭击渐渐形成了。

他甚至没听说过秘技，可是这星辰陨灭击的确是他百年来最大的成就，并且随着极点穿透、星辰真意的提升，这一招秘技还能继续提升。

"陈宫主！"东伯雪鹰开口道。他的声音，透过虚界分身，传递进丁九战船内。

"陈宫主，我要进行最后一搏，希望你们帮忙。听说之前丁九战船释放过一击，差点儿就轰击到尤兰领主，我希望再来一次攻击……或许代价不小，但是我觉得，应该值得。"

"不就是一枚神晶吗，相当于一份神级卷轴而已，没什么。"夏族半神们都很痛快。当初为了救东伯雪鹰，都砸了好几份神级卷轴，一枚神晶，他们还是舍得的。

"好，你们看准机会，在我进攻尤兰领主的时候，给他一击！"东伯雪鹰看了看手中的星石火云枪，长枪的枪尖上有一抹殷红。

尤兰领主凌空而立，谨慎地感应着四周。

"竟然被东伯雪鹰逼到这份儿上，你杀不了我，那我一样能让你后悔。"尤兰领主瞥了眼远处的四支队伍，"看我吃瘪，估计那四支队伍会有谁出手。宁可浪费一份神级卷轴，我也要让夏族知道违逆我的代价！"

从黑暗深渊一步步爬上来，尤兰领主骨子里是睚眦必报的。

他这次来，也是带着五份神级卷轴的！

"若是我在红石山有所际遇，能凝聚出二品神心，成为魔神，也定要夏族付出代价！"尤兰领主咬牙切齿。

“轰！”尤兰领主抵挡着东伯雪鹰长枪的一次次袭击，全力以赴。

“啪”！毫无征兆地，一道深蓝色雷电陡然从远处的丁九战船冲出，所过之处空间化作虚无，只留下一道道黑漆漆的裂缝，几乎瞬间就杀到了他的面前！

“夏族！”尤兰领主惊怒，在东伯雪鹰的逼迫下，他差点儿忘了，丁九战船的攻击才更可怕啊！

“躲，躲开，躲开！”尤兰领主这一刻拼了命地施展速度，他的魔体爆发出了最快的速度，时间减速真意也在努力减缓那深蓝色雷电大蛇的袭来。

“哗——”深蓝色大蛇一闪而过，尤兰领主身影幻灭，在旁边半空又出现了。

“差一点儿，差一点儿。”尤兰领主一阵后怕。可还没来得及放松，“噗——”快到极致的一枪出现在他身旁，距离太近，太快！刚全力以赴勉强躲过深蓝色大蛇的尤兰领主挥动手掌，却依旧没来得及，穿过虚空的一枪已经刺进了他的眉心。

“什么？”远处观战的四支队伍都吃惊地看着眼前这一幕。太快了，刚刚他们还以为东伯雪鹰奈何不了尤兰领主，谁想局势立转！

“不！”尤兰领主感觉到一股恐怖的毁灭奥妙传递进来，疯狂摧毁着他的魔体，几乎瞬间，他的整个头颅都完全化作虚无。

不过只是头颅化作虚无，脖子以下的整个黑色身躯却依旧完好！

他的黑色身躯立即暴退！

在暴退的同时，脖子以上立即生长出了一个新的头颅。

“这样的攻击，只要十次，我的魔体也将完全湮灭。”尤兰领主劫后余生，心中惊骇，刚长出新的头颅，他就脸色大变。

他感觉到，一种神秘的毒素正迅速蔓延。即便是他可媲美魔神的魔体，也无法阻拦这种毒素。毒素侵蚀身体的每一处，包括他修炼黑暗魔力的体内魔海，毒素也一样渗透进去，开始影响他体内魔海的运转。

这也就罢了，毒素还渗透进了头颅！这种渗透，是粒子层面的完全渗透。

“啊——”一股剧痛袭来，这种剧痛是尤兰领主从未感受过的，虽然在黑暗深渊经历了无数厮杀与危险，可痛到这种地步，他都有些措手不及。

这种疼痛超越了肉体，让心灵都在战栗。

“啊——”尤兰领主发出了痛苦的咆哮，面色狰狞，状若疯狂。

“巫毒！鬼六怨巫毒！”尤兰领主的怒吼充满无尽的恨意，他的声音在天地间回响。

“什么？竟然是鬼六怨巫毒！”

“对，一定是东伯雪鹰，他本就身中巫毒，全身处处都是巫毒，定是在战斗前，将巫毒抹在了枪尖上。”

尤兰领主感觉到这种无比的疼痛，心中却是冷静的，因为他知道到了生死时刻！

“是鬼六怨巫毒，不过只是他血液中蕴含的毒素，已经被大大削弱。这巫毒虽然厉害，不过用我魔体的自身恢复力就能抵抗住了。有些麻烦的是……巫毒竟然渗透进我体内魔海，我修行产生黑暗魔力的速度，都要因此减慢五成。”尤兰领主做出判断。

“这巫毒虽被大大削弱，可致命的是，太疼了！我竭尽全力才能保持冷静，可以这样的状态和东伯雪鹰交手，很容易再中招的！”尤兰领主虽然心灵意志很强大，可和百年来日日夜夜受巫毒折磨的东伯雪鹰相比，还是弱一些。

“不能再打了，我现在已经无法保持绝对的专注！”尤兰领主受疼痛折磨，毫不犹豫地拿出一个血色卷轴。

“刺啦——”卷轴撕裂！

“嗡——”他的体表形成了一层奇异的血红色流光，将他全身每一处都保护好。这正是他从黑暗深渊带来的保命神级卷轴之一。

“逃！”尤兰领主立即化作流光，疯狂逃窜！

“想逃？”虚界中的东伯雪鹰速度何等快？他在虚界内能够进行极点穿透，瞬间就是千里！

“死。”一杆长枪从虚无中刺出。

“轰！”尤兰领主保持极限速度逃窜，他几乎所有注意力都在关注着周围，虽然受到疼痛折磨，可还是保持着冷静，立即竭力去抵挡。

险之又险地挡住了这一枪。

东伯雪鹰也不在乎，他继续追逐，继续出枪。

万里区域。

尤兰领主飞了十秒，东伯雪鹰一次次出枪，共有九枪刺中尤兰领主的身体，只是他体表的血色光芒防御颇为强大，竟然连续扛了九枪都没有破灭，只是暗淡许多。

“尤兰领主的护体卷轴，威力应该不亚于我当年的紫雷护壁，甚至更厉害。估摸着再来三五下就能破开了。”东伯雪鹰暗道。

“刺啦——”飞出封锁的空间范围后，尤兰领主立即撕裂空间通道，迅速遁逃。

“轰！”一杆长枪从虚无中刺出，刺中空间通道内的尤兰领主。

论速度，空间通道也一样在虚界映照下，一样可以继续攻击！

“跟上！”观战的四支队伍接连赶上，循着空间波动，轻易在后面跟随着。

“我们也跟上。”陈宫主道。

“好。”贺山主点头。干脆收了对周围空间的封锁，丁九战船立即循着尤兰领主撕裂空间的波动，追了过去。

“他的极点穿透，在速度上也比我快。”尤兰领主飞行在空间通道内，都一次次遭到长枪攻击，很是憋屈！

“不好，得换一件了。”尤兰领主很快就察觉到护体的这一层血光，已经要扛不住了，“该死的疼痛。”

若是绝对专注，他是能挡住的，可这巫毒……真疼啊！

“嗯？”在虚界，同样穿行在空间通道中的东伯雪鹰眉头一皱，“他这空间通道，是通往红石山的？”

即便是在虚界内，东伯雪鹰也感觉到有无形的规则力量开始阻止自己。

“深入三万里，无形规则才开始影响到虚界，开始影响我的穿行速度。”东伯雪鹰暗暗想着，可这点儿阻碍不算什么，东伯雪鹰如今有星辰真意护体，抵抗这点儿束缚还是非常轻松的。

他丝毫不停地继续攻击着，星石火云枪从虚界直接刺入真实世界，攻击向那逃窜中的尤兰领主。

尤兰领主很狼狈。

他竭力地一次次抵挡，忽然他从空间通道中走出，进入正常空间。

这是一片完全为液体的岩浆世界，前后左右上下全被岩浆充斥，至少虚界映照的范围内全都是厚实的、缓缓涌动的岩浆！

尤兰领主进入岩浆后，高速飞行。“唰！”忽然他凭空消失在虚界的范围内。

“我的虚界探测范围那么大，就算他瞬移也不可能一下子消失。”东伯雪鹰心中明悟，“这里应该是红石山！”

按照地图，红石山就在这儿！

不过红石山非常特殊，任何探测手段都无效，除了用眼睛看！就像当初自己找到黑风老祖留下的布袋时一样，似乎一切天地规则都失效了。

“咻——”东伯雪鹰的身影瞬间进入真实世界，进入岩浆当中。

“嗯？”凭借星辰真意，轻易遁行在岩浆中，东伯雪鹰还没行动，就已经感觉到了无形的压迫。他早就得到黑风老祖那边红石山详细的资料，知道是红石山的缘故，立即朝那靠近。

“哇。”一靠近，他立即看到前方有一片虚空。

虚空用肉眼观看很小，似乎仅仅一米范围。一米直径的黑暗虚空，的确很诡异！

这黑暗虚空的中心处，有一个非常非常小的点。它无比微小，微小到似乎比构成身体的最基本的粒子还要小！可它又是那么耀眼夺目，它无形的压迫令周围形成虚空，它的压迫让东伯雪鹰都感到心悸，就仿佛一只蚂蚁面对着浩瀚的海洋，这种差距太大了！

难怪黑风老祖说，一旦有什么变故，它足以轻易摧毁整个夏族世界。

“好奇怪。”

黑暗虚空中心那一个很小的点，当目光落在上面，它仿佛在急剧变大！越来越大！就好像一粒沙砾中有着广袤的世界。这看似很小的点，瞬间就充斥了东伯雪鹰的视野，它仿佛无边无际，山顶之高，似乎穷尽肉眼视力都无法看到尽头，它上面的石头都是火红的，每一块石头似乎都蕴含着无尽的神异。

这是一座庞大的、无边无际的红石山！

东伯雪鹰眨了下眼，不敢再盯着那小点看了，顿时原本充斥视野乃至思维的无尽高山瞬间就恢复成那很小很小的一个点。

“尤兰领主。”东伯雪鹰看着那一米直径的黑暗虚空。

黑暗虚空中正有一个小人，在急速朝红石山飞去。

小人很小，米粒一般！随着他靠近红石山，更是变得越来越小，很快，他就登上了红石山。

东伯雪鹰的目光因为追逐尤兰领主，再度盯着红石山观看。

红石山在视野中立即再度变得无比庞大！无边无际！尤兰领主似乎也恢复正常，有着正常身高了。

“真诡异。”东伯雪鹰暗暗嘀咕。

尤兰领主转头朝外面看了眼，嘴巴动着似乎在说什么，却没有声音。

“他已经登上红石山了？”一支队伍迅速靠近来到身旁，正是梅山主人队伍。很快其他三支队伍也接连到来，同时一艘庞大的丁九战船也排挤开无数岩浆，出现在这黑暗虚空旁边。

“红石山，那是神界大能者死后的遗宝。”辰九来到东伯雪鹰身侧，笑道，“我们在外界的任何攻击手段都无法渗透进这片黑暗虚空，更别说渗透进红石山了。不用管尤兰领主了，他估计很快就会进入红石山内部，开始去闯了。”

“哈哈，走吧，我们靠近瞧瞧。”剑皇笑道。

“现在就进？”辰九看向他。

“当然不！现在太仓促了，我们还需要准备些时日。”剑皇说道。

“我们也需要准备。”博波也嘀咕道。

一群人随意聊着，同时朝黑暗虚空中飞了进去。

东伯雪鹰没感觉自己身体变小，而是感觉黑暗虚空在不断变大。

“哇，真神奇。”

“红石山好大啊。”

四支队伍，包括东伯雪鹰、陈宫主、司空阳等人都飞进来查看，因为黑暗虚空是没有危险的，只有登上红石山才开始有危险。

很快就飞到了红石山的边缘，东伯雪鹰仰头看着。

巍峨！高，看不到尽头！朝两侧看，也看不到尽头。散发的威压让自己都无法呼吸。好大一座红石山！

“这才是红石山真实大小，对我们堪称无边无际。”辰九说道，“因为它太特殊，所以能看上去比一颗粒子还微小。我们神界说‘一叶一世界’，差不多就这意思。”

“尤兰领主快进去了。”梅山主人道。

东伯雪鹰遥遥看着。

一条宽阔的石板路，石板路上偶尔会有炽热的气流，乃至炽热火焰出现。如果只是被气流波及还是有希望活下来的，可一旦被炽热火焰扫中，实力再强都必死无疑。东伯雪鹰估摸着自己就算躲在虚界中，也一样扛不住。

尤兰领主小心翼翼地行走在石板路上，他实力高深，仔细感应，一旦有炽热火焰也是能迅速避开的。

“轰隆——”石板路的尽头，就是一道巨大的暗黑色大门，大门的边缘有着金色纹饰。尤兰领主来到那暗黑色大门前，大门便“轰隆隆”开启，尤兰领主回头冰冷地看了东伯雪鹰一眼，冷笑了下，转头就进入了红石山内。

大门“轰隆隆”关闭。

“他进去了。”辰九道，“他和我们的任务肯定差不多，所以在里面至少也要待三年。东伯雪鹰，至少三年内你就不用担心他了，等你进去后，要不了多久，就会碰到他了。”

“我们什么时候进？”东伯雪鹰问道。

“诸位，什么时候进？”辰九看向旁边。

“我随时可以。”梅山主人道。

“我还需要半个月。”巫马海说道。

“一个月吧。”剑皇道。

“好，那就一个月，一个月后，我们在这儿集合，一起进去。”辰九说道。

他们并不在乎尤兰领主是否先进去，只要闯过红石山的威胁地，到达他们的目的地，都能得到他们想要的！

“尤兰领主会不会突然返回？”东伯雪鹰皱眉道。

“雪鹰，你放心，这一个月，丁九战船会一直守在这儿。”陈宫主笑道，“丁九战船虽然无法封锁红石山，却能封锁黑暗虚空外的那上万里范围。这里无形规则的阻碍更加庞大，尤兰领主在封锁空间的情况下要飞出去，呵呵，那得飞好久！”

东伯雪鹰点头。

行走在白江城熟悉的街道上，远处就是自己的东渔酒楼，看着人来人往，听着街边小贩的叫卖，东伯雪鹰露出一丝笑容。

忽然，“嗡！”周围世界都静止了，一股神秘的威能降临，这股威能东伯雪鹰太熟悉了：“时空神殿？”

东伯雪鹰看着这条街道，眼前的一切都是静止的，又或者说，自己所在区域的时间流速比外界要快很多。

“东伯雪鹰。”雄浑的声音，依旧淡漠，依旧高高在上。

“我时空神殿再次邀请你加入。”雄浑声音道，“这是第二次。以我时空神殿的规矩，邀请，可以有两次，但是绝对不会再给第三次机会。即便将来你掌握一品真意，我时空神殿也不可能第三次邀请你，所以这一次希望你谨慎考虑。

“如果你愿意加入，你身中的鬼六怨巫毒，今天就可以解除！以你如今的境界，你可以立即二次觉醒太古血脉，并且踏入半神境，重新掌握斗气。”雄浑声音道，“并且你依旧能成为金令神使，加入后，就会得到两件最适合你的神器，你的命运将完全改变。若是没有时空神殿，你还没有资本让其他势力愿意为你解毒，你将被巫毒继续折磨，去红石山拼一线生机。”

“去红石山，有望解毒，对吧？”东伯雪鹰笑道。

“是有希望，只是你很可能会死在里面。”雄浑声音继续道，作为时空神殿的器灵，他根本不屑撒谎，“我需要告诉你，鬼六怨巫毒……要解，没你们夏族想的那么容易。”

“但也有很大可能成功，不对吗？”东伯雪鹰反问。

“你准备拒绝？”雄浑声音询问。

“我在谨慎考虑。”东伯雪鹰继续道，“你给的条件，和上次比似乎没什么变化，只多了两件神器而已。这不算什么吧？我缴获的都不止一件神器了。”

“那是因为你和当年相比，没有太大区别。”雄浑声音继续道，“我提醒你，你夏族如今面对一场大的浩劫，你们夏族的敌人是两位界神级存在！而且不是普通的界神，一个是修行到极高深境界的大魔神，另一个更是特殊的物质世界的领主！而你们夏族能依靠的，就只有一些先辈神灵，你们夏族先辈神灵可没有一个成为界神，你们的底蕴是无法和对方相比的。”

“一旦他们计划发动，你们几乎九成九会战败，灭族！”

东伯雪鹰听得瞳孔一缩。

“他们之所以谨慎，除了提防你们夏族，更主要是提防大地神殿。不过我可以告诉你，他们只要付出足够的代价，大地神殿完全可能放弃这一凡人世界的信仰。”

雄浑声音继续道，“而一旦你加入时空神殿，你可以将你的家乡定为平常歇息之地，在任务结束后可随时归来。并且你可以在时空神殿兑换大量宝物，带回家乡。兑换的宝物带回歇息之地可不需要付出代价，而你们夏族先辈要送宝物下来，代价都很大。

“以你的天赋和实力，加上我时空神殿对你的栽培，单单你送下来的宝物，恐怕就会比你们夏族先辈神灵还要多。而且你的实力，也能得到快速提升。到时候战争爆发，你也能对夏族有巨大帮助。好好考虑吧。”

东伯雪鹰皱眉点头：“我听说，一旦加入时空神殿，就很难摆脱控制？”

“时空神殿要将你送往各方，也要迅速带走，自然会有些控制。但一切都有规矩，时空神殿不会随意乱来，否则时空岛也不会成为神界和深渊最顶尖的势力。”雄浑声音解释道，“而且你身为金令神使，本就颇为自由，等成为界神，就更自由了，对这些束缚都可以无视。”

不过……不管谁，都无法拥有绝对的自由。随着实力增强，时空神殿的束缚也是越来越弱的。但稍微付出点儿自由的代价，以及一次次去进行任务冒险，能换取大量资源，让夏族在战争中有望获胜，还是值得的。

“我加入时空神殿后，是不是得进行一次次任务？”东伯雪鹰问道。

“对，在修行早期……对你的栽培是不能松懈的。”雄浑声音道。

“我担心，在我完成任务的时候，巫神和大魔神发动战争。”东伯雪鹰道，“所以我有一个要求，我希望时空神殿能够盯着夏族世界，一旦战争爆发，时空神殿得立即通知我，我必须立即中止任务，返回家乡！至于任务，以后继续完成。”

“中止任务可以，金令神使本就有些特权，但是……我不可能时时刻刻盯着夏族世界。”雄浑声音说道，“我需要不断地探察各个世界，是不可能一直盯着一个世界的。”

东伯雪鹰一愣。

“还有，你得明白，我作为时空神殿，邀请你，只是遵循主人的命令，你是没资格要求我做什么的。就算是神界大能者，我也无须理会，我只会遵循主人的命令。”雄浑声音道，“所以我邀请你进入后，你就得遵循一名金令神使的职责去进行一个项任务，我不会再给你任何特权。”

东伯雪鹰恍然。也对，自己一个小人物，时空神殿器灵根本是不在乎的。

“那能不能将即将赠予我的神器，换成某件宝物？我将其留在夏族，夏族生命一旦捏碎或者激发它，我在进行任务时，就能感应到。”东伯雪鹰问道。

“你的实力已经很高，你的任务几乎都会在黑暗深渊和神界中进行，距离你们凡人世界太遥远了，整个物质界都会形成阻碍，你连斗气分身都无法维持，你又不是神灵，靠宝物根本不可能感应到。”雄浑声音道，“不过你如果在时空神殿内表现够好，是有望换取珍贵的修行分身法的。”

“分身？”东伯雪鹰问道。

“界神，乃至神界大能者，几乎都拥有分身。半神也能修行，在时空神殿内可以换取。”雄浑声音道，“到时候你留有本尊在家乡，分身一样可以去冒险。”

“兑换价如何？”东伯雪鹰问道，“相当于几件普通神器？”

“一百件。”雄浑声音道。

“这么贵？”东伯雪鹰呆滞了。

“修行分身法本就珍贵，能拥有分身的神灵都极为罕见，更别说半神了。在神界，你拿一千件乃至更多神器都换不到，这是金令神使特权。”雄浑声音道。

东伯雪鹰皱眉。

不甘心啊！他愿意加入时空神殿，可是，若战争爆发时，自己在进行任务，等自己回来，战争都结束了，那又有何用？

“我如果帮不到夏族，那我加入时空神殿又有何用？”东伯雪鹰摇头。

“你可以换取宝物给夏族。”雄浑声音道。

东伯雪鹰摇头。

宝物？宝物也是需要人使用的，之前夏族面对尤兰领主不就头痛了？自己的实力现在已经和尤兰领主相当了，将来定会更强！自己的实力，对夏族的帮助是比一些宝物重要得多的。

“如果无法保证夏族战争时，我能立即参战，我只能拒绝。”东伯雪鹰道，“我宁愿去红石山冒险。”

“可你很可能会死在里面。”

“在夏族战争时无法参战，和死没有区别。”

“你要明白，时空神殿不会再给你第三次机会！你一旦拒绝，我时空神殿不可能再邀请你。”

“那就只能说明我和你们时空神殿，无缘了！”

“好。”那股神秘浩瀚的波动迅速退去，离开了夏族世界。

时间流速恢复正常，旁边的小贩叫卖声，路边行人的谈笑声都在耳边响起。

东伯雪鹰抬头看着天空，却感觉心中一片通明。那就一条道走到头吧！去红石山，杀出个未来！一切靠自己手中的长枪！

第七章

XUEYING LINGZHU

唯我真意

东渔酒楼后方府邸院落的花园内，东伯雪鹰、余靖秋正坐在亭子下，喝着温热的果酒。

“师父。”叶青恭敬道。

“叶青。”东伯雪鹰看着自己所有弟子中最满意的一个，不由得露出一丝笑意，“我和你师母就要离开白江城，这座酒楼就交给你了，是卖掉还是如何，随你心意即可。”

白江城的那位赤焰骑士沙虎如今待叶青极为热情，叶青自身实力也很强，相信要不了太久，便能跨入称号级，处理一座酒楼的确是小事了。

“师父师母要走？”叶青急切道。

他从小没父亲，母亲也根本不管他死活，就算如今他实力变强了，他那位见钱眼开的母亲立即又来哄儿子了，可母子二人感情仍然很淡，他反而对师父师母的感情很深，仿佛是自己的父母一样。

“有很重要的事，必须得走。”东伯雪鹰说道，“我也没别的给你，相信你凭自己的实力都能得到，就送你一葫芦果酒。记住，每天喝一两即可。”

说着，东伯雪鹰一挥手，一个红铜色葫芦就飞向了叶青。

“能教的都教了，修行之事，终究要靠自己。”东伯雪鹰道，“顺着心灵的指引，无须迷惑，无须受影响。”

“是。”叶青握着葫芦，眼睛隐隐泛红。

“小叶子，好好修行，别让你师父失望。”余靖秋也嘱托道。

他们夫妻二人，是看着当初瘦瘦弱弱的叶青长大的，虽然刚开始照顾时，叶青已有十一岁，可当时的他瘦弱得和寻常七八岁小孩一样，又任劳任怨，性子淳朴。

“那什么时候能再见师父师母？”叶青连忙道。

“等你成为超凡的时候，就能再见了吧。”东伯雪鹰笑道，“如果有急事，可以去龙山楼，他们能立即联系到我们。”

“是。”叶青点头。

一定，一定得成为超凡，不让师父失望。

“我们走吧。”东伯雪鹰起身，余靖秋也起身，二人瞬间一飞冲天，高空处撕裂开一道空间裂缝，二人进入空间裂缝内消失不见。

叶青抬头看着这一幕：“师父，师母，我们一定能再见的。”

安阳行省青河郡，仪水城的雪石城堡。

如今的雪石城堡已经是东伯家族的祖屋老宅了，这里生活着东伯家族嫡系血脉，这里的法阵防御也比当年高多了，更有多位超凡炼金生物镇守各方，且有一位位神界战兵在这儿。

“大伯！”“大爷爷！”“老祖！”

在雪石城堡内，有不少家族晚辈，东伯雪鹰每次回来都颇为别扭。

这都是弟弟青石那一脉的。青石一共有三个孩子，两个儿子一个女儿。不过他的孩子在修行上的成就都很一般，虽然东伯家族的后辈从婴儿时期开始栽培的都已跨入星辰级，可一个称号级都没有！

不过，他们生的孩子挺多，特别是青石的二儿子东伯风。

东伯雪鹰的父亲，也是家族绝对的老祖宗东伯烈很是欢喜，他觉得这个孙子，让整个东伯家族开枝散叶，很是开心，很庇护这东伯风。

百年下来，东伯家族的嫡系血脉真的很多，能够进入祖宅的，都是颇为优秀的了。

“想什么呢？”余靖秋看着东伯雪鹰。

东伯雪鹰看着远处一群东伯家的少年，笑了笑，转头看向余靖秋：“靖秋，等我从红石山回来，解了鬼六怨巫毒，我们也要个孩子。”

“嗯。”余靖秋脸微红，“你……大庭广众的说这个。”

“哈哈……”东伯雪鹰笑了，在雪石城堡他心情很好，这是他从小生活的地方，整个城堡处处都尽量维持着当年的模样，也让东伯雪鹰生出很多回忆来，当然时间流逝，很多人已不在。

当初熟悉的仆人们，还有白源之法师、铜叔都不在了，但是这里有更多的孩子出生长大。

“回到雪石城堡快一个月了。”东伯雪鹰道，“明天，我就得出发了。”

“在红石山，你小心点儿。”余靖秋道。

“放心，我一定会活着回来。”东伯雪鹰道。

第二天，东伯雪鹰和余靖秋一起离开，告别了父母，告别了青石。他并没有说红石山的事，红石山依旧是个秘密，即便是乘坐丁九战船抵达地底红石山的那些夏族超凡们也个个被下了封口令，必须得保密。

东伯雪鹰夫妻二人先是来到了薪火世界的夏都城。在薪火宫内，他们见到了陈宫主本尊。

“陈宫主。”东伯雪鹰递过去一枚戒指，“这是我杀死诺诺安和库蒙将军得到的一些宝物，其中有两件神器，不过应该都有大魔神留下的手段……他们俩的宝物中，有些寻常的，对我家族有些帮助的，我就留在家族了。”

“这本就是你的战利品。”陈宫主也没拒绝，接过了。

“我从黑风神宫得到七尊神界战兵。”东伯雪鹰道，“有一尊黄金人，当初我被围攻时，被魔兽一族给强行带走了，只剩下六尊。这六尊，我都下了命令，等我和靖秋、青石都不在了，最厉害的两尊都会前往薪火宫，永远守护夏族，其他几个较弱的则永远守护我的家族。”

“谢了。”陈宫主没说太多。

“我原本不打算带青甲守卫进入红石山的。”东伯雪鹰又道，“不过……这次再度受到时空神殿邀请，我还是决定带青甲守卫进去。”

“时空神殿的邀请？”陈宫主吃惊，“那你怎么不答应？”

东伯雪鹰将情况都说了一遍。

“唉，你答应了，巫毒不就解了？”陈宫主摇头。

“可巫神和大魔神，几乎可以肯定会选择我离开夏族世界进行任务时，发动战争。”东伯雪鹰摇头，“不必再说了，反正都已经拒绝了。”

“几乎九成九会战败，灭族？”陈宫主焦急，“时空神殿竟然这么说，巫神和大魔神到底有什么计划，竟然能有这么大胜算？”

东伯雪鹰点头：“我也很着急。青甲守卫，多这一尊少这一尊，对我夏族影响不大，不过我如今没有斗气，半神衣袍用途很小，青甲守卫对我的帮助颇大，所以我决定带着进去。这一次……我一定会全力以赴，解毒，活着出来！”

解毒很重要，解不了毒，活着回来也没用，巫神和大魔神完全可以拖延到东伯雪鹰毒发而死，再发动战争。

“青甲前辈，麻烦你和我一起冒险了。”东伯雪鹰道。

“能为夏族做出贡献，是我存在的意义。”东伯雪鹰手上的青灰色手环发出声音。

随即，东伯雪鹰带着妻子离开薪火宫，很快撕裂空间通道直接来到地底十万里。这里有无形规则束缚，如果是余靖秋一个是根本无法抵达的。

“东伯雪鹰。”血刃酒馆的队伍，辰九他们三人已经到了。

“辰九兄。”东伯雪鹰说道。余靖秋体表也有着一层银白色衣袍，这正是神界战兵变化而成，她也有护体神界战兵的。

“现在就差剑皇的队伍了，已经催过他们了。”辰九说道，“等他们一到，我们就出发。这位就是弟妹了吧？真漂亮，你的眼光可真好，找到这样漂亮的妻子。”

东伯雪鹰和余靖秋相视一笑。

“靖秋，你看，那就是红石山。”东伯雪鹰指着那似乎很小的仅仅一米直径的黑暗虚空，“就是那最中央的一点。”

“好神奇。”余靖秋也发现了。

夫妻二人才聊了几句，空间波动传来，最后一支队伍也赶到了。

“哎呀呀，真是惭愧啊，让诸位等我们。”正是那金衣青年剑皇带着高大壮汉以及妖媚妇人。

“诸位到齐。”巫马海双眸冰冷，整个人锋芒毕露，“那就出发吧。”

说完，他就带着手下的博波、巴晗率先飞入那片黑暗虚空，梅山主人的队伍，剑皇的队伍，以及辰九的队伍，也都尽数朝黑暗虚空中飞去。

“我走了。”东伯雪鹰朝身旁的余靖秋一笑，也朝那黑暗虚空中飞去。

“一定要回来。”一身银白衣袍的余靖秋看着他远去，眼中有着不舍和担心。

她怕，怕这一别，就是永别。

“放心吧，雪鹰一定会回来的。”池丘白、陈宫主法力分身、贺山主、司空阳、太叔宫主他们一个个都站在旁边，也遥遥看着。

辰九、山羊胡子老者、光头黄袍老者、东伯雪鹰四人正一同朝红石山飞去。

“东伯雪鹰，我们以后共生死，福叔和老贼的名字你还不知道吧？哈哈，我给你先介绍下。”辰九笑道，“老贼，叫辰谷，福叔叫辰福。”

“你以后喊我老贼即可。”山羊胡子老者笑道。

“见过东伯雪鹰兄弟，喊我辰福即可。”光头黄袍老者咧嘴笑着，“等进了红石山，还要东伯兄弟你帮忙呢。”

东伯雪鹰当即道：“辰福、老贼，我们共生死，相互帮助吧。”

“他们都是我庄上的人，从小在庄内长大。”辰九微笑道。

“佩服，一座庄子能有如此多高手。”东伯雪鹰赞叹，“我整个夏族的高手都少得很。”

“这不一样。”辰九一边飞行一边说着，“物质界和神界不一样，神界中成为超凡很容易，强者相对就更多。”

“我们飞剑山庄，那也是声名显赫，光半神就有数百位，成神的都有两位，其实庄主根本无须亲自来冒险。”辰谷摇头。

东伯雪鹰听得咋舌。数百位半神？两位神灵？辰九还是庄主？

“我飞剑山庄如今面临大威胁，朝夕之间恐怕就会覆灭，所以我才会立即找上一位强大的界神，愿意为他来冒此风险。”辰九摇头道，“唉，和凡人世界相比，神界是强大了无数倍，可就算我飞剑山庄，一旦遭到觊觎，也是随时可能覆灭。我如今答应那位界神前来冒险，至少他能保我飞剑山庄万年，若是我能成功归来，那就更不一样了，我自然得赌上一赌。”

“都不容易。”东伯雪鹰道。

“你夏族是比我飞剑山庄更麻烦，一个厉害的大魔神，另一个据说还是物质界的领主。”辰九摇头。

“物质界的领主？什么意思？”东伯雪鹰疑惑地问道。

他们飞行在黑暗虚空中，大家都飞得不算快，毕竟都不急，特别是东伯雪鹰他们这支队伍，也算第一次细细交谈，所以落在了最后面。

辰九也知无不言：“你们凡人世界的超凡，成神后，如果能在万年寿命达到之前，接连突破门槛，成为神级巅峰强者，就有望炼化一座凡人世界的世界之心了。只要在被迫离开之前成功炼化，那么整个凡人世界就是你的领地了，你就可以永远生活在这座凡人世界中，这样的神灵，也被称之为领主，物质界的领主！”

“炼化凡人世界？万年内成为神级巅峰，且成功炼化世界之心？”东伯雪鹰疑惑地问道，“物质界的领主，很厉害，很特殊吗？”

神级巅峰，夏族那些已经进入神界的先辈们，如今一共也只有三个达到了！而且都是在进入神界后，得到一些际遇，耗费漫长岁月才达成的。

“很厉害！”辰九道，“能够在短短万年内就做到这一切，是很不可思议的。悟性这么高，时间久了都是能够跨入界神级的！那位巫神虽然很年轻，可也是界神级的伟大存在。你要知道……界神和神灵的区别，就像超凡和凡人的区别。”

“一旦成为领主，只要再弄到一份修行分身法，就可以修行出分身，让分身在神界中冒险，本尊则一直留在家乡。”辰九感叹，“那是绝对安全的。就算是高高在上的神界大能者们，也无法强行降临物质界，所以物质界的领主几乎是不死的！他们在外闯荡的分身就算死了，也能再修炼一个分身出来。他们本尊永远无须冒险。”

“除非这座凡人世界逐渐衰老，直至崩溃。不过既然成为领主，一般都会竭力拖延这个时间。凡人世界都能维持很漫长的岁月，只要他炼化的这座凡人世界不灭，他就是不死的。”辰九说道，“巫神，就是这么一位领主！”

东伯雪鹰心中沉甸甸的。

辰九说道：“这种存在，不动则已，一动……很恐怖的。”

辰九也是将东伯雪鹰当成生死同伴，才细细说明这些。

“可惜。”东伯雪鹰暗暗叹息。夏族虽然诞生过很多神灵，可要在万年内就达到神级巅峰，且炼化世界之心，实在太难，从未有谁做到。

一路聊着，辰九主仆三人和东伯雪鹰来到了红石山的边缘。

巍峨看不到尽头的红石山，东伯雪鹰回头看了看后方，远处正在看着他们的那银白衣袍的女子，正是自己的妻子！还有旁边的陈宫主、池丘白、司空阳、贺山主、步城主等一个个夏族超凡们。

“我会回来的。”东伯雪鹰暗暗说道，随即转头，“走，我们上去。”

辰九、东伯雪鹰四人是四支队伍中的最后一支，他们尽数踏上了红石山上的那条石板路，小心翼翼地前进。整个红石山都散发着无尽的炽热，时而就有炽热气流，或者恐怖的火焰喷出。没多久，辰九、东伯雪鹰他们四位就已经走到了石板路的尽头。

巨大的暗黑色大门又一次“轰隆隆”开启，前面三支队伍都已经接连进去了。

东伯雪鹰没有回头，和辰九他们直接走入了那暗黑色大门。

“轰隆隆——”暗黑色大门再度关闭。

东伯雪鹰、辰九他们四位都看着前方，旁边正是先到达的三支队伍。他们都没急着行动，而是站在这道大门的入口处，遥遥看着远处。

一眼看去……这是一座广阔的岛屿，岛屿之外，便是无尽的星空！

星空璀璨，无数星辰点点，在不断移动变换着轨迹。

看着岛屿外的无尽星空，特别是无数星辰移动的轨迹，东伯雪鹰不由得被吸引，跟着就感到一阵阵眩晕。他立即闭上眼睛，眩晕感才消失。

“真可怕。”东伯雪鹰感叹道，“情报记载的果然不假。”

“这是红石山的主人，改天换地布下的星空场景。”辰九说道，“据说这星空变化蕴含着无比高深的规则奥妙，对界神而言都太过高深，对我们而言更是遥不可及，强行去观看，不但无益，反而有害。不过在闯荡之前，倒也可以见识见识。等会儿开始前进时，就再也不能看星空了。”

“嗯。”东伯雪鹰点头。

这里是大门处，也是绝对安全的地方。

一旦踏出这一片区域，整个岛屿将处处充满危险，时时刻刻都不能松懈。如果这时候还去看星空，看得整个人眩晕，不是找死吗？

“这座浮空岛，布置得真是漂亮。”东伯雪鹰笑着欣赏着这座浮空岛。

岛屿内，有小桥流水，有石板路，有树林，山峰起伏。在远处还有些各色各样的建筑。同时在岛屿各处，有着一座座石雕。石雕或大或小，大多是相当于正常人高度，多数为人形，少数为兽形，有些上面还有雕刻失误的划痕，显然雕刻者算不上雕刻大师。

“是漂亮。”辰九赞叹，“听说很久以前，红石山的主人，也就是那位神界大能者还会居住在浮空岛，那些建筑就是他的居住地。他居住在这儿，操纵星空改天换地，参悟修行。据说那些建筑在最早期，随便一个杯子、一张桌子，都可能是宝物。红石山刚坠落时，那些最早期进来的半神，不少都颇有收获，不过到了现在，呵呵，那些宝物早就被扫荡一空了。”

“再漂亮……也潜藏无数杀机。”旁边的辰谷嘀咕道，他的目光还落在远处几乎遍布岛屿各处的石雕上，“那位神界大能者，雕得又不好，还没事雕这么多干吗？”

浮空岛最危险的就是这些石雕，每一个石雕，都有镇压一个时代的实力。最要命的是，整个岛屿上估摸着有超过十万座石雕，它们还是“一心”的，有一个石雕发现了超凡，其他石雕都会知晓，会立即前来围追堵截。幸亏岛屿够大，也幸亏石雕们在速度上稍微慢了些，这才有一线生机。

否则就不是九死一生了，而是十死无生！

这些石雕，也被称为石雕守卫。

“这些石雕，乃神界大能者雕刻，颇为神异。”辰九说道，“石雕守卫是通过眼睛观看的，它们的眼睛能够看透一切伪装隐藏！不过只要不被眼睛看到，就没问题了。老贼、福叔，你们俩切切小心，如果真的被石雕守卫发现，立即靠速度摆脱，尽量隐藏，千万别和它们交手，一旦被缠住，你们就完了。”

“明白。”老贼和福叔都点头。

“浮空岛的其他危险，你们俩小心点儿都能够应对，只有石雕守卫需要警惕。东伯雪鹰，你也得小心，我俩实力虽然强大些，可一旦被一群石雕守卫困住，会有越来越多的石雕守卫聚集而来，我们就完了。你千万别以为虚界能够躲藏，这些石雕守卫很神异，什么躲藏手段都没用。”辰九道。

“明白。”东伯雪鹰点头。

“你比我们要好很多。”辰九看向远处，“你只要穿过浮空岛，再走过陨石桥，应该就能得到鬼六怨巫毒的解药了。”

“嗯。”东伯雪鹰遥遥看着。

在自己左前方远处岛屿的尽头，就有无数陨石，陨石一个个连接，通往星空的极深处。陨石桥的尽头，就是一根翠绿色的几乎穿过整个星空的长藤。这根长藤一直连接到星空最高处的尽头，长藤上还有着一片片巨大的叶子，叶子比那些星辰还庞大。

“我可不行，我要沿着连天藤，继续往上走。”辰九摇头道，“通过连天藤活着抵达更上一层空间，那里才有界神也渴望得到的宝物。”

“通过连天藤？”东伯雪鹰摇头，“那可不是一般危险。”

“所以是赌命！”辰九道。

闯红石山，分成两段——

第一段，浮空岛和陨石桥，成功穿过就能提出要求，得到所需宝物。

第二段，沿着连天藤进入更上一层的空间，那里的宝物让界神们都渴望。

“这红石山，当年就是那位神界大能者选徒弟用的。”辰九摇头，“但凡来闯红石山的，闯过第一段就能得到奖励，第二段的奖励更高。所以就算成不了那位神界大能者的弟子，也依旧有许多半神来闯红石山。”

“这样选徒弟？”东伯雪鹰摇头一笑。

四支队伍，都很郑重，他们的目标都是要通过连天藤进入更高一层空间。

虽然九死一生，可他们必须去赌！所以从一开始就得小心，队伍成员得尽量活下来，这样到后期就能走得更远一点儿。

“必须通过连天藤，进入更高一层空间。”梅山主人双眸隐隐闪着光芒。为了这一天，他选择完成三次地狱级任务摆脱时空神殿控制，来到夏族世界！

“更高一层空间。”辰九也看着遥远处那几乎穿过整个星空的巨大的连天藤，他的眼眸中也有着杀意，“我必须活着回去，还要兴盛我飞剑山庄，灭杀所有敌人！”

“家族覆灭，我巫马海苟活到今天，这一次九死一生，可只要活下来，我就能扭转一切。”巫马海双拳紧握，握紧的拳头中隐隐有着黑色裂缝。

“这是我们扭转困局的机会，不就九死一生吗？地狱级任务，我们也经历过两次了，不都熬过来了？”那剑皇随意地说着，只是旁边的高大汉子、妖媚妇人都神情严肃，这一次过来，他们俩也是同意的，就是为了这一搏。

东伯雪鹰的压力相对小一点儿，只要解毒，他就算成功了。在解毒之余，他也想要从这红石山中得到足够多的宝物，让夏族在即将到来的战争中增加更多胜算。

“诸位，那些石雕守卫非常危险，一旦被他们围住，可就完了。所以我们在一起行动的人太多也不好。”巫马海说道，“我们就先走一步！”

巫马海说完，便带着麾下的博波和巴晗二人，沿着远处一条看似美丽的石板路，朝树林深处小心翼翼地迅速前进。

巫马海他们消失在树林深处，过了一盏茶时间，远处隐隐传来轰鸣声。

“被发现了。”梅山主人眉毛一掀。

“除了遍布整个浮空岛的石雕守卫外，还潜伏着无数危险，想要悄然穿过，根本不可能。”剑皇轻笑道。

梅山主人点点头，道：“我们也进去。”说完便带着白袍少女、黑色衣袍男子出发了。

“竟然都不问问我们的意见。”剑皇看向东伯雪鹰、辰九这边，“辰九，东伯雪鹰，是你们先，还是我先？”

辰九和东伯雪鹰相视一眼。

“我们不急。”辰九说道。

“好，那我们就第三个了。”剑皇说道，没过多久，剑皇这支队伍也出发了。

浮空岛远处的不同区域，都传来一些声音，显然都发生了战斗。

“差不多了，我们也出发吧。”辰九笑道，“四支队伍前前后后，大家都能分别吸引些敌人，也都能轻松点儿。不过也别大意，一旦大意，我和你都可能栽在浮空岛。”

“明白，我会一直跟随你们，尽管放心。”说着东伯雪鹰已经消失不见，进入虚界之中。

“走。”辰九带着老贼、福叔以及行走虚界的东伯雪鹰，也闯入浮空岛。

虚界内，东伯雪鹰悄然行进，透过虚界映照足足万里范围，并且通过自己的九尊虚界分身可以在高空俯瞰，就算万里之外……也能够俯瞰到大概情形。

这一看，就让东伯雪鹰心生感慨了。

巫马海的队伍，冲在最前面，他们的队伍比较神秘，动静很小，偶有战斗发生。

剑皇的队伍，已经超越了梅山主人的队伍，冲到了第二的位置，他们的队伍比较霸道……不管是石雕守卫，还是其他一些攻击者，剑皇都是隔着数千里就直接攻击！打得那些石雕都有些茫然，甚至找不到敌人。

一直这样远距离扫荡一切敌人，剑皇的队伍前进得非常快。

排在第三的队伍，则是梅山主人的队伍，他们的队伍……最诡异！

他们前进时，空间都在扭曲变幻，队伍一会儿在前，一会儿在后。虽然在红石山内因为强大的封禁无法进行瞬移穿梭，可梅山主人的队伍，在空间上玩得太厉害了，一路前进，竟然没有碰到任何敌人。

“哗——”远处的石雕守卫转头看来，一双眸子隐隐有着金光，目光能够贯穿一切。

东伯雪鹰的虚界，都有被渗透的感觉！

可梅山主人的队伍却不一样，他们让空间扭曲，使得石雕守卫的目光在贯穿这片区域时，也顺着扭曲的空间，目光随之扭曲，自然看不到梅山主人他们了。

东伯雪鹰的队伍也在小心翼翼地前进。

就像巫马海他们也是前进了一盏茶时间才发生战斗一样，这浮空岛上最危险的石雕守卫越靠近陨石桥，数量就越多的。特别是陨石桥边缘那一大片区域，几乎密密麻麻聚集了一半的石雕守卫，而在其他区域就稀疏多了。

东伯雪鹰他们走过一座拱桥，沿着一条河流旁的石板路前进。

危机来得很突然。

“轰！”一条金龙虚影凭空出现。这条金龙前半身很结实，后半身则完全虚化，它挥舞着利爪，极为蛮横地一爪拍击在那从河流中冒出来的深青色异兽头颅上，伴随着“轰”的一声，深青色异兽还没完全从水中冲出来，就被拍下去了。

“我们快走，别纠缠，石雕守卫定会注意到这里。”辰九的声音同时在福叔、老贼耳边以及虚界中响起。

“咻——”他们速度何等快，瞬间就沿着石板路蹿出了数十里，进入了大山深处。那头再度从河流中冒出来的深青色异兽妄图再寻找东伯雪鹰他们时，却已经找不到了，只能发出不甘的吼声。

刚才交手的动静也吸引了石雕守卫看向这里，且朝这里靠近。

辰九的实力的确很强大，他同样能够超远距离出手，隔着数千里强行攻击。每次出手都是一条龙影出现！要么是金龙，要么是黑龙，要么是赤龙……唯一相同的是个个都是凶龙！在应付不同的危险时，不同的龙影出现，迅速消灭危险。

就算是石雕守卫，也会被龙爪拍得翻滚上百圈。

这也让东伯雪鹰他们前进得颇为轻松。

实力强就是不一样。对于镇压一个时代的存在而言，闯浮空岛是九死一生，可对于辰九、剑皇、梅山主人、巫马海他们而言，把握则大多了。

“临近陨石桥，就是最危险的地方，那里聚集着好几万石雕守卫，就堵在桥头。要闯过去，那里才是最难的。”辰九传音道，“所以就算在前期能抵挡危险，也没有任何资格松懈。”

“嗯。”东伯雪鹰通过虚界分身，遥遥俯瞰，是能够看到浮空岛的尽头，也就是陨石桥桥头处的。

那片区域，密密麻麻聚集了最起码五万石雕守卫，彼此间的距离都不超过十里！完全将陨石桥桥头千里范围覆盖。要想穿过去，难！

“巫马海的队伍开始冲了。”东伯雪鹰遥遥看到。

巫马海队伍迅速朝桥头逼近。

“轰！”突如其来地，战斗就发生了！巫马海那支队伍陡然爆发出了耀眼的金光，整支队伍开始狂飙，仅仅两秒就穿过了一千余里的战斗区域。

“巫马海队伍，博波死了！”辰九的声音在虚界中响起。

“博波死了？”东伯雪鹰吃惊。

他一点儿都不怀疑情报的准确性，因为四支队伍的成员都在夏族世界留下了斗气分身或法力分身，这样彼此间也能够更快传递信息。东伯雪鹰因为体内没有斗气，所以是唯一一个没有在夏族世界留下分身的。

博波一死，他的斗气分身自然也会死掉，其他队伍便会立即知道。

“东伯雪鹰，你的虚界分身应该能够悄无声息地远距离观察，巫马海队伍是怎么闯的最后一关？”辰九传音问道。

“靠速度硬闯。”东伯雪鹰也传音道。

“竟然真的这么蛮干？他没撒谎。”辰九皱眉，他也想尽量搜集前面队伍通过的方法，好吸取教训，让自己的队伍通过时更有把握。

时间在一秒秒过去，东伯雪鹰他们的队伍在谨慎地穿行。

一路上，也无须东伯雪鹰出手，单单靠辰九释放出的一道道龙影远距离攻击，就消除了一处处危险。

“剑皇队伍行动了。”东伯雪鹰小心地前进着，可虚界分身在遥遥俯瞰着远处的情形。

“轰！”那支队伍也陡然开始快速前进，密密麻麻的石雕守卫一拥而上，有些石雕守卫还一跃而起，从高空攻击。一时间，铺天盖地的石雕守卫围攻向这支队伍。

这支队伍上空出现了一道奇异的龙龟虚影，护住了整支队伍。可几乎连半秒都没扛住，在密密麻麻的石雕守卫疯狂的攻击下，龙龟虚影瞬间消散。

跟着就是一道耀眼的剑光，剑光璀璨，瞬间一个个石雕守卫或是倒下，或是被击飞，或是和其他石雕守卫撞击在一起，可还有更多的石雕守卫在狂攻。

“太多了。”东伯雪鹰摇头。

战斗持续了大概五秒，剑皇的队伍也终于冲到了陨石桥上，当他们落到那悬浮的巨大陨石上时，石雕守卫们也就不会再攻击了。

夏族世界，一片草地上，一道道身影或盘膝而坐，或走来走去。他们就是这次四支队伍成员的斗气分身、法力分身，有些还蕴含着恶魔力量。

“血薇姐！”剑皇坐在一块大石头上，突然脸色大变，脸上满是难以置信。

“血薇！”旁边的高大壮汉也是身体一颤。

“怎么会，怎么会……”剑皇有些无法承受地直接跪在了草地上，身体都在发颤，“为什么，就差一点儿，就差一点儿我就能救下你了，为什么……”

被抓入时空神殿后，剑皇原本是队伍中最弱的一个，刚刚死去的妖媚妇人血薇当时已经是一个传奇人物，是她看好剑皇，将他吸纳进自己的队伍，并且一直照顾他，二人如同姐弟，感情极深。

“队长。”高大壮汉也悲痛无比，他轻轻拍了拍剑皇的肩膀。

“为什么？为什么会这样……我太自大了，不该答应的，不应该进入红石山的。”剑皇痛恨，虽然他做好了队伍全军覆没的准备，毕竟本来就是殊死一搏，可当一起出生入死的血薇姐真的死在面前时，他依旧难以接受。

“这不怪你，这是我们当初一致同意的，要怪，就怪时空神殿。”高大壮汉低沉道，“是它一直在逼我们，让我们一次次行走在死亡边缘。如果不是它在引导逼迫，我们的队伍哪里会陷入如此困局，让我们最终选择来红石山？”

剑皇站了起来，他终究经历过太多生离死别，强忍住了悲伤。

“武皇。”剑皇看向不远处的梅山主人，“我真羡慕你，有勇气连续接三次地狱级任务，摆脱时空神殿恢复自由。”

“一切往前看吧。”梅山主人看了眼剑皇，没多说什么。

巫马海队伍死了一个博波，剑皇队伍死了一个血薇，这让后面两支队伍都越发紧张。

要冲过去……一靠实力，二靠运气！能在极短时间内从石雕守卫围攻的缝隙中冲过去，那就成了。冲不过去，那就完蛋。

队伍一多，目标就大，要从缝隙中冲过去反而更难。可因为队伍内有辰九、剑皇、巫马海、梅山主人这种实力的，所以同伴还是愿意一起行动的。

“梅山主人他们行动了。”东伯雪鹰一边观看，一边将情况告知辰九。

“我也发现了。”辰九借助自己的真意领域范围，也能探察到战斗情形。

“这！”东伯雪鹰忽然震惊了。

梅山主人的双臂陡然变长，有六米多长，两条手臂正迅速地攻击或抵挡一切来犯的石雕守卫！周围的空间仿佛泥沼，那些石雕守卫越是靠近，速度也越慢。一时间，梅山主人竟然仅仅靠一人之力，就硬是挡住了周围一群石雕守卫的围攻。

虽然周围就那么大范围，石雕守卫们也和寻常人身高相当，一时间也只有上百名石雕守卫能同时围攻，可前后左右上方都有攻击，一双手臂怎么都护不住的。

梅山主人的身体竟处处都是兵器，头部、背部、双腿……都用来攻击，处处强悍无比。

“唯我真意！竟然还有神甲？”辰九的声音传入虚界。

“唯我真意？”东伯雪鹰也吃惊。

二品真意中，唯我真意，是纯粹的身体类真意！它本身没有任何攻击奥妙，也没有其他类奥妙，只有一个效果……将身体发挥到极致！

唯我真意是认为身体本身就是一片天地，就是一个宇宙，蕴含一切无尽奥妙。无须管外界其他，只要悟透自身，一样成神，一样无敌。

这就是唯我！

“唯我，求内；空间，求外。一内一外……这个梅山主人可真是厉害啊，而且他竟然能弄到一副神甲！”辰九传音惊叹。

东伯雪鹰也惊叹。

他也知道，自从红石山降临夏族世界后，神灵想要将神甲送入夏族世界，运输费用急剧飙升，那些伟大存在们，送巫马海、尤兰领主、辰九他们就很不容易了，送一件神甲，几乎等同于再送一个辰九这种级别的半神。他们根本舍不得！

“梅山主人，听说早就在夏族世界了。”辰九传音道，“所以无须付出送他下来的运输费用，神甲遇到一些特殊攻击，作用也有限，一般不太值得送下来，可梅山主人有唯我真意，身体本就强横，再配上神甲……要杀他，太难了。再配合空间真意，他的保命能力，在我们几个中恐怕是最强的一个。”

在梅山主人的正面抵挡下，硬是带着队伍，踏上了陨石桥，也是之前队伍中唯一一个全队都活下来的。

“到我们了。”没多久，辰九、老贼、福叔还有东伯雪鹰也逼近了。

数万石雕守卫，将所有方向都堵死，没有任何漏洞可钻。

东伯雪鹰他们四人也早就商量过对策。

那遍布千里的密密麻麻的石雕守卫，忽然同时转头看向一个方向。只见贺山主、司空阳观主、池丘白、奥兰大长老、魔神会三祭司、青魇王、步城主、东伯雪鹰，还有其他密密麻麻一群超凡高速杀来。

东伯雪鹰的九尊虚界分身，变出了九个自己熟悉的半神，且个个都是行走在虚界内，当然也会被石雕守卫发现，毕竟此刻的虚界分身都已经凝聚了。

而老贼就更厉害了，他可是将幻象真意凝聚出本尊神心的，最擅长的就是幻象分身，此刻更是凝聚出足足三十六尊幻象分身，每一个都有着半神巅峰实力，模样各异，气息各异，估计也是老贼自己认识的各种半神。

“我飞剑山庄半神们来了！”

一大群超凡半神，轰然冲进石雕守卫群中。

第八章

XUEYING LINGZHU

闯陨石桥

东伯雪鹰看着前方密密麻麻的一大片石雕守卫们，很多都猛然跃起，令大地震颤，铺天盖地地围杀过来。每一个石雕守卫的眸子都泛着金光，冰冷地看着外来者。

“轰！”在两方大军碰撞的刹那，东伯雪鹰瞬间从虚界回到现实，看着那一个个金色眸子的石雕守卫，立即施展了星辰真意的引力领域。

“轰隆隆——”巨大的排斥力以东伯雪鹰为中心，朝四面八方弥漫开去！在东伯雪鹰的操纵下，这引力领域的规则奥妙避让开了自己一方人马。

顿时，原本铺天盖地围攻而来的石雕守卫们，都受到了这股狂猛的引力排斥，个个身形一滞，速度都慢了一成。

“哈哈，东伯，不错啊。”辰九见状哈哈大笑。

“外来者，死！”石雕守卫们铺天盖地地围攻着外来者，而虚界分身、幻象分身则是主动去吸引敌人、引导敌人，让东伯雪鹰他们这支队伍受到的攻击尽量少。

“砰砰砰——”在无数石雕守卫的攻击下，一尊尊虚界分身被砸得消散，紧接着再度形成。只见“司空阳”“陈宫主”“奥兰大长老”“池丘白”他们一个个被砸死，又复活，石雕守卫们刚开始还以为这些敌人是有特殊的保命手段，可连续击杀了两三次后，它们就渐渐醒悟过来了。

毕竟不单单是虚界分身，连那一大群幻象分身，也是打死后又活过来！

如果仅仅是一个，还可能是有某种保命的逆天真意，可一大群就不正常了。

“他们是幻影分身之物。”石雕守卫们醒悟了，开始攻向那些没死过的敌人，自然杀向了东伯雪鹰、辰九他们。

不过等它们醒悟过来，东伯雪鹰他们已经在整个石雕守卫群中冲出了五百里的距离，离陨石桥也只剩下五六百里了。

“现在才反应过来？哈哈哈，给我滚！”辰九一声大喝，一瞬间显现出了八条手臂，每一条手臂上都有一层灰色金属。只见他的手臂暴长七八米，朝四面八方攻击过去。

八条手臂，施展着各种强大的攻击，让东伯雪鹰大开眼界。

“竟然能显现出八条手臂，唯我真意果真不凡。”东伯雪鹰暗暗赞叹。他和辰九在之前制订闯浮空岛计划时交流过，也知道队伍中每一个人的真意手段。

他也告诉辰九，自己有极点穿透真意、虚界真意、星辰真意这三种二品真意，且有星辰陨灭击。也是从辰九那儿，东伯雪鹰才知道，星辰陨灭击竟然属于秘技。

辰九也告诉了他老贼和福叔的手段，以及他自身的手段。

辰九掌握的两种真意也很强大，分别是唯我真意和八龙真意。

唯我真意，是追求身体极致的。为了配合八龙真意，他甚至在神界的时候购买了一种神界的八臂生物解剖研究，还找了类似的法门琢磨，最终让自己的身体也能形成八条手臂！

有了八条手臂，配合八龙真意，辰九使得自身的两种真意几乎完美地配合起来，单论近战实力，还在尤兰领主、梅山主人之上！

“轰！”东伯雪鹰施展出星辰陨灭击，每一招都威能汹涌。

辰九八条手臂震慑八方，东伯雪鹰一杆长枪在旁边补漏，加上引力真意排斥，一时间只靠他们二人就几乎挡住了雕像的攻击。

就这样，最后五六百里距离，硬是冲了过去！

“轰！”东伯雪鹰的身体落在悬浮着的巨大陨石上。这陨石直径足有上百里，是块浑然一体的巨大石头，陨石表面还有些纹路。

落在陨石上，东伯雪鹰才松了口气。

而在这块巨大陨石上还有其他三支队伍，正是巫马海、剑皇、梅山主人他们。他们都没有急着再行动，他们看向辰九、东伯雪鹰，都颇为惊叹。

这支队伍的整体实力才是最强的。辰九的实力，比他们预料的还要强大。

四支队伍都停落在漫长陨石桥的第一块巨大陨石上。

“唯我真意竟能修行出八条手臂，佩服佩服。”梅山主人赞叹道，他掌握的两门真意中也有唯我真意，很清楚要修行出八条手臂是何等艰难。

“如果说我们之中谁最有把握通过连天藤，恐怕就是梅山主人你了。”辰九道。

“连天藤？就凭我这神甲吗？”

梅山主人转头遥遥看着陨石桥尽头的那株几乎贯穿整个星空的庞大连天藤：“连天藤，在神界也是一种极为可怕的植物吧？伟大的界神级存在，恐怕大多都不是这连天藤的对手。可在红石山，仅仅是用来考验徒弟的。这条路，太难了。”

“想要成为神界大能者的徒弟，要么是传说中的传说，要么是成神后短时间内就能进化出一品神心的。”巫马海低沉道。

“我们之中恐怕只有东伯雪鹰兄弟有这天赋。”辰九说道。

“说不定东伯雪鹰兄弟能走得最远呢。”梅山主人笑道。

“过誉了。”东伯雪鹰摇头看向陨石桥的尽头，“我只要通过陨石桥，成功解掉我中的鬼六怨巫毒，这就够了。”

“东伯雪鹰说得对，想那么多都没用，现在得闯过陨石桥再说。”巫马海低沉道，“上一次我们是最先闯的，这一次就反过来吧，如何？”

“我们没意见。”剑皇和梅山主人都看向东伯雪鹰和辰九。

“没意见。”东伯雪鹰和辰九相视一眼，说道。

这只是小事。因为不管是夏族情报，还是界神赠予的情报，都非常详细地介绍了红石山中的危险。陨石桥上的危险，更是很明确的，先闯后闯，区别并不大。

东伯雪鹰、辰九、福叔和老贼都在商议办法。

“陨石桥的危险，有两处。”辰九道，“一处在陨石桥的中央，一处在陨石桥的尽头。只要通过这两处危险，就能成功通过陨石桥。”

“陨石桥中央，盘踞着一群神界生物。”辰九道，“是非常常见的飞翼毒蝎。在神界，有神灵专门培育一些特殊生物，甚至培育出数十万的神级飞翼毒蝎，即便是一颗星辰，要不了多久都会被啃噬光。”

“不过陨石桥还没这么危险，陨石桥中央盘踞的飞翼毒蝎，会根据外来者数量派出相应的队伍，一名外来者，它们会派出一支队伍。我们队伍共有四人，就会遭到四支飞翼毒蝎队伍的攻击。一支飞翼毒蝎队伍是由一只神级飞翼毒蝎和十只寻常飞翼毒蝎组成。”辰九道，“对我们而言，要比闯过浮空岛更危险一些。”

东伯雪鹰、老贼、福叔都点头。

陨石桥和浮空岛相比，更加不适合大群人一起闯，单独行动，反而更有利。

穿过方式就是靠速度！

宁可和普通飞翼毒蝎交手，也不要碰神级飞翼毒蝎。拼尽手段，尽快闯到陨石桥的另一端。飞翼毒蝎就不会再追杀了。

“飞翼毒蝎以速度著称，大家小心。”辰九道。队伍中，只有辰九能在速度上跟上神级飞翼毒蝎，东伯雪鹰他们三个都跟不上。寻常飞翼毒蝎的速度能够达到一秒六百里，且变向极快，神级的甚至能达到一秒千里。

“都小心。”东伯雪鹰也深吸口气。只要闯过陨石桥，自己就有望解毒了，相信以红石山对外来者的奖励之多，应该不会让自己失望。

“开始！”

“呼——”东伯雪鹰他们四个瞬间贴着陨石桥高速飞行，而东伯雪鹰这次则是完全进入了虚界内。因为飞翼毒蝎体形相对小，引力领域效果就更弱，而神级飞翼毒蝎威力又太大，一旦被其刺中，自己恐怕也得毙命，所以自然得进入虚界内。

而另外三支队伍遥遥看着东伯雪鹰他们远去。过了一会儿，他们也在后面跟着，保持着近万里距离，好更清楚地观战。

“你说他们怎么样？能不能都活着闯过去？”

“恐怕没那么容易了。”

陨石桥，足有上亿里之遥。前半段都是黑色陨石，后半段都是白色陨石，泾渭分明。东伯雪鹰和辰九他们飞行了一天多时间才渐渐靠近陨石桥中央，也能看到陨石桥另一半的白色陨石了。

“嚓嚓嚓——”忽然很低的声音响起，那是飞翼扇动的声音。从一块庞大的黑色陨石的缝隙中开始飞出一只只飞翼毒蝎。这些毒蝎如果不算那细长的尾巴，个个都有大概半米长，全身漆黑，翅膀则是半透明的，蝎尾弯曲，尖端闪着幽光。

其中还有很显眼的，全身隐隐泛着紫色的毒蝎，体形略小些，这就是神级飞翼毒蝎。红石山的危险也并非不可克服，这种生物只是新晋神灵层次。

四只紫色飞翼毒蝎和一群普通飞翼毒蝎，都飞在半空，它们凸起的眼睛有着冰冷的杀意，盯着东伯雪鹰他们。

这种生物，全身坚硬无比，牙齿极锋利，尾巴上的毒针更恐怖，飞行时变向极快，且越是强大的飞翼毒蝎，体形会越小。在神界中，一些顶尖的通体紫色的飞翼毒蝎，铺天盖地上百万地袭来，就是神级巅峰神灵都会瞬间被吃掉。

东伯雪鹰他们四人也都停下了。

“其他普通飞翼毒蝎应该没有察觉到我，不过神级飞翼毒蝎在观察我。”东伯雪鹰传音。

辰九还没来得及回应，飞翼毒蝎们就已经行动了。

“轰！”非常低沉的飞翼扇动声，这一群飞翼毒蝎瞬间化作一道道流光，仿佛一片流星瞬间划过半空，速度超快，特别是最前面的四道，泛着紫色的流光，快得出奇。

“上！”

辰九、东伯雪鹰、老贼和福叔，都立即迎了上去。

在双方即将交手的刹那，“哗——”凭空出现了一位位半神，九尊虚界分身、三十六尊幻象分身瞬间显现。并且东伯雪鹰他们这一大群人瞬间分流，一队人马从飞翼毒蝎的左边绕过，一队人马从飞翼毒蝎的右边绕过。

辰九、福叔带领九大虚界分身、十六尊幻象分身一起行动。

东伯雪鹰和老贼带着二十尊幻象分身一起行动。

按照他们的计划，辰九和东伯雪鹰倚仗自身实力都是有把握通过的，老贼凭借幻象变幻也比较有把握通过，唯有福叔，得由辰九亲自带着。

"轰！""轰！"这一群飞翼毒蝎也很有智慧，瞬间分成两拨追击，且它们都盯着一开始就出现的辰九、福叔、东伯雪鹰、老贼他们四个。

"哈哈哈，来啊来啊！"老贼得意得很。一对一他根本不惧怕普通飞翼毒蝎，如果遭到围攻，或者遇上神级飞翼毒蝎，他便瞬间切换幻象分身，这群飞翼毒蝎根本伤不了他。

东伯雪鹰也在高速移动。普通飞翼毒蝎根本进入不了虚界，但那两只神级飞翼毒蝎很快就盯上他，竟然羽翼一扇都钻进了虚界内，让东伯雪鹰微微色变。

他也知道，在神灵层次，像时间、虚界这些就已经不再那么神秘了。

不过这两只神级飞翼毒蝎进入虚界后，似乎深陷泥沼，飞行速度大减，只有一秒六七百里的速度，和东伯雪鹰也相差无几。

东伯雪鹰不敢恋战，迅速朝陨石桥的另一边冲去，一杆长枪接连抵挡着神级飞翼毒蝎。幸好，这神级飞翼毒蝎在攻击技巧上还比较弱，只能依靠自身灵活性以及那蝎尾的偷袭，且攻击力在虚界的压制下也削弱了不少，东伯雪鹰抵挡起来还是颇为轻松的。

两秒时间，东伯雪鹰行走虚界就冲到了陨石桥的后半段，那一颗颗巨大的白色陨石形成的长桥，让东伯雪鹰心情都好了许多。

"哈哈，这一次感觉比在浮空岛还轻松啊。"老贼也到了白色陨石上，笑道，"东伯雪鹰，谢啦，幸亏你吸引住那两只神级飞翼毒蝎，否则我更麻烦些。"

"神级飞翼毒蝎也是攻击你却攻击不到，才都来对付我的。"东伯雪鹰说道。

"哎，一次攻击不到，十次百次呢？它们速度太快，攻击角度又刁钻，我的幻象分身要变换身体必须在百米内。百米距离对神级飞翼毒蝎而言只是一瞬间的事，它如果刚好攻击到我要变换的幻象分身，我恐怕根本反应不过来。"老贼感叹道。

"他们也来了。"东伯雪鹰看着另一边。

福叔的身体释放着道道金光，周围地面都在金光的照耀下，隐隐显现出无数符纹图案。而辰九双眸中有着杀意，八条手臂都变成十米长，横扫八方。他完全是在正面抵挡那些神级飞翼毒蝎，两只神级飞翼毒蝎都被他抵挡住了。

就这样，他们比东伯雪鹰、老贼多消耗了几秒，也落在了白色陨石上。

原本追杀他们的飞翼毒蝎也都停下了。

"哈哈哈，你们俩可真快。"福叔大笑着，辰九则是带着一丝浅笑，显然也是心情颇好。

"别高兴得太早，陨石桥尽头的最后阻碍，才是最难的。"辰九说道，"不管是浮空岛的石雕守卫，还是飞翼毒蝎，在攻击的规则奥妙上都很一般，可陨石桥的尽头……我们的对手，可是在规则奥妙上极厉害的。"

“嗯。”东伯雪鹰点头。

最后的阻碍。通过陨石桥自己应该就能解毒了。只要解了毒，以自己如今的境界必能立即二次觉醒太古血脉，跨入半神级。由半神级斗气催发自己的铠甲，自己的防御能力就会大大提升。并且没有了巫毒，自己也能全身心去推演真意。

如今他的三门真意皆在二重境巅峰，都是修行枪法时自然提升的。只要自己能够全身心推演，或许能一举突破，达到三重境！

“只要解了毒，我或许可以利用红石山的特殊性进行修炼！”东伯雪鹰心中早有计划。红石山内部很庞大，有许多特殊区域，夏族早就有许多半神前来探寻过。

东伯雪鹰他们安然通过，后面三支队伍也开始穿行。

先是梅山主人的队伍。

“厉害。”东伯雪鹰、辰九他们几个人遥遥看着。

黑衣男子双手套着黑色的爪子，仿佛带着无尽的黑暗气息，能够吞噬一切。白袍少女手持一柄剑，剑光璀璨夺目，抵挡住了那些飞翼毒蝎。

最厉害的还是梅山主人。

梅山主人身周空间扭曲，飞翼毒蝎的攻击都偏离了，它们一旦靠近他就如陷入泥沼一样难以逃脱。梅山主人的每一次攻击都无比精准，几乎媲美能八臂的辰九。

梅山主人的队伍，再次安然通过！

“恭喜。”梅山主人队伍到来时，东伯雪鹰和辰九齐声说道。

“同喜。”梅山主人微微一笑，转身看向后面的队伍。

不过这一次——

“天岚，你先走！”

剑皇的剑光纵横四方，仅凭一己之力就缠住了两只神级飞翼毒蝎，一些普通飞翼毒蝎也被他挡住。可那名高大壮汉实力虽然很强，在速度上就弱多了，仅仅十二只普通的飞翼毒蝎就令他无法穿行。

“快！”剑皇急了。

“呼——”迟则生变。一只神级飞翼毒蝎虽然被剑皇的剑光纠缠，可它猛然甩出了尾巴。那毒蝎的尾巴足足有七八米长，一甩直接刺入壮汉的背部，蝎尾尖端贯穿了铠甲，毒性瞬间蔓延到了他的全身。

“不——”剑皇状若疯狂。

最终，只有剑皇来到了白色陨石所在的位置。

“唉。”东伯雪鹰和梅山主人等人都暗暗叹息。

这剑皇，真是可怜。

两个同伴接连栽在了浮空岛和陨石桥上，而唯一一个超凡法师血薇死在石雕守卫的围攻下。如果血薇还在，完全可以使用神级卷轴，那名叫天岚的高大壮汉只要将速度提升上去，抵挡飞翼毒蝎就轻松多了。

“大哥，大哥。”剑皇跪在地面上，膝下的陨石冰凉，他的心更冷。

“怎么会这样？不应该的，不应该是这样的。”剑皇身体微微颤抖。他的眼睛泛红，他们都死了，他一个人就算活下来又能怎样？

梅山主人在一旁暗暗叹息。时空神殿的成员许多都容易走极端，就是因为在生死边缘被逼得太狠了。当初他的挚爱死去，他在悲恸欲绝之下才决定脱离时空神殿，连接三次地狱级任务。

梅山主人叹息道：“剑皇，传说中的神界大能者能超越时空，打破一切规则的束缚，无所不能。即便死去，也能从时光长河中复活。别泄气，只要活着，一切都有希望！”

剑皇身体一颤，原本已经血红的眼眸渐渐恢复，他低声道：“对，只要活着，就还有希望！”

剑皇看向梅山主人：“谢谢了。”

“没什么好谢的，时空神殿内的，大多是可怜人。”梅山主人摇头，“被强行抓去经历无数生死危机，许多人都已入魔，没入魔的大多都呈病态。可对时空神殿而言，这根本不算什么，它要的就是从中筛选出强者来。”

“唉，真羡慕武皇兄你。”剑皇说道，“摆脱了它的束缚。”

“我也是看透了，心冷了，宁死也要连接三次地狱级任务。”梅山主人说道。

剑皇受的打击虽大，却也强忍下悲痛，再度鼓起斗志。他想要在这条路上继续走下去，走得更远，这样将来就能复活这些生死与共的同伴们。

东伯雪鹰则是在一旁看着。

对于时空神殿这种强行逼迫他人的策略，他并不喜欢。好在他天赋够高，时空神殿无法强迫，只能邀请他。

在剑皇与梅山主人谈话时，最后一支队伍，也就是巫马海的队伍也闯过了飞翼毒蝎群，走到了陨石桥的后半段。

“厉害。”东伯雪鹰是第一次近距离看到巫马海出手，只能用一个字来形容他的速度——快！

巫马海战斗时化作了一道金光，快得惊人，在这几支队伍的队长中，巫马海的速度绝对是第一。

除了快以外，巫马海的攻击还带着毁灭性的力量。他的兵器是两柄刀！

那个巴晗，修行了黑暗魔力，实力颇强，在两个人的配合下，都没使用神级卷轴就成功通过了。

“又是一个攻击超强的。”东伯雪鹰看着巫马海，暗暗惊叹，这几人没有一个是好惹的。

东伯雪鹰赞叹着别人，却不知那几人也对他惊叹得很。

四支队伍贴着一颗颗巨大的白色陨石的表面高速飞行。白色陨石中大的直径有数百里，小的直径只有数里，它们彼此连接着，通往遥远的尽头。在尽头就能看到一株巍峨的连天藤，高度难以计算，几乎贯穿了整个星空。

东伯雪鹰的队伍飞在最前面。

时间流逝，东伯雪鹰等人已经飞了好几个时辰，还没有到尽头。

“比整个夏族世界都大得多。”东伯雪鹰看了看旁边黑暗的虚空。

陨石桥旁边的黑暗虚空，看似普普通通，实则暗流汹涌！那暗流威力极大，夏族的先辈们曾经尝试扔出一些超凡兵器、材料等物，就算扔得再远，都会被星空暗流撞击成粉末，最终化作虚无。

“最后的阻碍了。”东伯雪鹰看着这由无数白色陨石构成的长桥，长桥尽头就是最后，也是难度最大的阻碍——刀客！

如果自己单独行动，那么面对的就是一名银甲刀客，四人一起行动则是四名。

这刀客，可媲美新晋神灵的神界战兵，掌握着太阴神心的规则奥妙！他的力量速度已经达到了惊人的地步，全身又坚不可摧，再配合上这等规则奥妙，不亚于真正的神灵。

幸好他们无须击败刀客，只要想办法通过陨石桥即可。

“辰九兄，面对银甲刀客，我恐怕难以分心照顾。”东伯雪鹰说道，“我会施展虚界分身尽量迷惑对方，其他恐怕就没办法了。”

“明白。”辰九微笑着点头。

他们接连不断地飞了一天多，才终于抵达尽头。

在白色陨石桥的尽头，正站着四名身着银甲的刀客。刀客身上银甲的颜色和白色陨石很像，他们的面容犹如刀刻斧凿一般，每个人背上都有一柄战刀。

四名银甲刀客并肩站着，彼此相隔一里，皆冷漠地看着来人。

“单独行动，你们的把握还大些。四个一起行动，我们配合起来……哼！”一名银甲刀客开口道。

东伯雪鹰等人都没有吭声。如果单独行动，他们俩是很轻松，可福叔和老贼就危险了。一起行动，辰九至少能庇护同伴，东伯雪鹰也不会分心。

“呼”，东伯雪鹰他们四个瞬间化作流光冲上，同时出现了一群幻象分身、虚界分身，进入了虚界。

“虚界？这个交给我！”其中一名银甲刀客身体一晃，作为神级的神界战兵，他的身体是被炼制过的，轻松进入了虚界。

东伯雪鹰也不和他纠缠，身影化作流光迅速朝陨石桥外冲去。

“唰”！银甲刀客速度极快，迎着东伯雪鹰身形一闪，两个人就靠近了，紧接着而来的就是仿佛一轮残月的冰冷刀光！在这残月般的刀光亮起时，虚界内的空间都开始冻结，刀光直接斩向东伯雪鹰的喉咙。

“滚开！”长枪猛然发出“轰”的一声，仿佛星辰猛然膨胀，爆发出耀眼光芒，随后猛然塌陷，爆发出的耀眼光芒收缩，化为一个点。

这一个点，化作了这一杆长枪的枪尖！

枪尖蕴含着旋涡般的引力，吸引着那残月刀光朝他靠近！

这时，旋涡引力又陡然转为斥力！那残月刀光在引力斥力的急速转化下，攻击的方向都受到了影响。

“哧——”长枪枪杆擦着刀光，枪尖刺在了银甲刀客的胸膛上。

“当”的一声，银甲刀客往后踉跄了一下。他不由得惊异地看了这名超凡一眼，虽说虚界不同于真实世界，可是那一枪的奥妙，他必须得承认，已经在他的刀法之上！

东伯雪鹰感觉到体表的星辰真意在寒气的侵袭下微微震颤，不过还好，护体星辰真意并未崩溃，更何况自己还有青甲守卫化成的衣甲。

“太阴，不愧是至阴至寒！仅是外放的寒气就如此惊人，一旦被劈中，恐怕会被活活冻死吧？”东伯雪鹰脑中掠过这一念头，身法却丝毫不停，高速朝陨石桥冲去。

“别想走！”银甲刀客立即挥刀扑上。刚才是没经验，现在他知道了对方枪法的诡异，自然有了准备。

“福叔、老贼，快，快，你们俩快走！”

辰九八条灰色金属手臂隐隐都显现出了龙首虚影，他的攻击手段精妙无比。

另外三位银甲刀客也是在简单交手后就立即判断出，他们虽在力量和速度上占优，可辰九在规则奥妙上更强，且身有八臂，就算他们三个一起上，恐怕也只能压制住这个半神，根本难以取胜，所以他们立即去对付福叔和老贼。

“别想走！”辰九悍勇无比，迅速靠近老贼、福叔，八条手臂同时去纠缠银甲守卫。

银甲刀客的实力在虚界会被削弱，在真实世界内可不会，每一次交手，辰九都被震得往后退缩。一时间他也只是勉强缠住了两名银甲守卫，还有一名杀向了福叔。

“哗——”福叔体表有着一层流转的黑色光芒，手中则是抓着一面盾牌，他用盾牌硬扛了那银甲刀客的一击。

因为这一击的冲击力，福叔反而借力朝陨石桥那头更快飞去。

“想走？”银甲刀客冷笑着迅速追上，再次挥舞手中战刀。福叔虽然靠盾牌竭力抵挡，可银甲刀客的刀法诡异莫测，很快就被劈中了三刀。他体表的护体黑光开始震颤，三刀后，护体黑光就完全溃散了。

“老光头！”老贼变幻出幻象分身，在一旁迷惑银甲刀客。

然而没用，银甲刀客只是盯着福叔，根本不管他。

“砰”！福叔手中的半神级盾牌被银甲刀客打飞，他的双手都有些麻木。福叔实在是无计可施，他身体中了三刀，盾牌扛住了十余次攻击，那每一击的威能都比辰九、尤兰领主他们的更强啊！

“哗——”又是一刀劈来！

福叔面露绝望之色。太快了，他连神级卷轴都来不及使用。

“就要这么死了？不，神级卷轴还在我身上啊。”福叔焦急无比，他是队伍中唯一一位超凡法师。

“福叔。”辰九焦急赶来，却根本来不及。

就在这时，福叔身前忽然出现了一道身影。

是老贼！只有他，才能在瞬间借助幻象分身切换。

“喝！”老贼手持着匕首闪电般迎向那一刀。

“砰”！挡住了！

残月般的弯刀劈在那匕首上，威能爆发，直接压着匕首，劈在了老贼身上。虽然老贼身上穿着半神级衣袍，可这一刀蕴含着的惊人力量依旧透过衣袍打在老贼身上，他整个人往后飞去，眼睛瞪得滚圆。

这一次来挡的可是老贼本尊啊，幻象分身根本不可能挡得住的。

迅速赶来的辰九立即挥动手臂，怒拍向那银甲刀客，银甲刀客一刀挡住却往后踉跄了几步。

这时候福叔抱着老贼，立即朝陨石桥那头飞去，刹那间，便已经逃出去了。

“走。”辰九也立即飞逃。

东伯雪鹰最先抵达陨石桥的另一端，跟着的就是抱着老贼的福叔。

“老贼。”福叔抱着老贼，焦急无比。

“老贼，你怎么样？”辰九连忙赶来。

老贼咧嘴一笑：“帮庄主……”刚说了几个字，老贼的身体就完全崩解，化作虚无。

“你怎么……怎么就这么笨啊，明明知道挡不住还来挡！老贼啊，老贼！”福叔眼中都是泪花，“我知道，这老贼是认为我这个超凡法师对庄主你更有用。”

辰九眼睛微微泛红。福叔是他的长辈，老贼也是他的长辈……该死，如果实力更强点儿，能够缠住三个银甲刀客就好了。

随后，后面的队伍也一一闯来。

梅山主人他们的队伍是分散开的，黑衣男子使用神级卷轴独自行动，成功通过，梅山主人则带着白袍少女成功通过。

剑皇独自一人，自然通过了。

最后的巫马海，他的同伴巴晗也死在了银甲刀客手中。巫马海终究不是八臂，又不擅长远攻，只能对付一个银甲刀客。而那巴晗虽然实力颇强，可都快到桥头了，还是被一刀斩杀。

四支队伍，梅山主人的队伍完好；东伯雪鹰、辰九的队伍，损失一人；巫马海和剑皇队伍，都只剩他们一个。

“都来了。”气氛很压抑，梅山主人开口道，“大家都明白，进入红石山，就是九死一生，就是来赌命的！现在我们已经通过了陨石桥，前面……也就是连天藤，那里，我们应该能够得到一些所需的东西。”

“走吧。”看着前方幽暗的大地，以及远处那一株看不到头的巍峨连天藤，东伯雪鹰开口道。

虽然损失很大，可在来之前，他们都已经想到了。既然发生了，就只能接受，继续前进！

土地散发着泥土的腥味，周围长着杂草野花。

分别从神界、时空神殿、凡人世界来的八人，走向了那巍峨的连天藤。

连天藤无数扭曲的根部从泥土中冒了出来，仿佛一条条大蛇，更多的根部则是深深扎入泥土深处。

八人终于停下。他们看着前方，等待着。东伯雪鹰此刻更是强压心头的情绪。

忽然，眼前连天藤数万里粗的主干上，渐渐浮现出了一道身影。她容貌美丽绝伦，有着绿色的头发，绿色的皮肤，全身覆盖着绿色树叶变成的衣服，散发着温和的气息。这名绿发女子赤着脚，单论容貌，就在东伯雪鹰见过的一切生灵之上。

这绿发女子还有着很特殊的气息，仿佛整个人就是一个神秘的世界。

“年轻的超凡们。”绿发女子缓缓落在地面上，面带微笑，“我叫奚薇。恭喜你们来到我的面前。奉圣主令，能够来到我面前的超凡们都有机会得到他赠予的一份礼物。告诉我，你们想要什么？兵器、宝物、秘术，还是修行洞天？只要你们想要的，都可以提出来，能满足你们的我会尽量满足。”

“奚薇前辈。”巫马海恭敬行礼，“我想要观看一次开天辟地。”

他们都不敢有丝毫放肆。这位奚薇前辈，实际上就是连天藤的一个化身。这连天藤可是界神级生物，在界神当中都是极厉害的，寻常界神碰到它都无法抗衡，他们这些小超凡又哪里敢放肆？

“观看一次开天辟地？”奚薇前辈笑了笑，“小家伙还真会选。去吧！”

“嗡——”一股波动笼罩了巫马海，紧接着他就凭空消失了。

“你们呢？”奚薇看向其他人。

“奚薇前辈，我也想要观看一次开天辟地。”白袍少女恭敬道。

“开天辟地。”

“我也想观看一次开天辟地。”

“开天辟地……”

来者一个个迅速做出选择，都毫不犹豫地选择了观看一次所谓的“开天辟地”。

传说，神界大能者拥有匪夷所思的能力，能够超越一切规则。比如，不能念他们的真名，一旦念出他们就能感应到，不管隔着怎样的空间距离都能将其瞬间灭杀。连时空神殿这堪称最顶尖的神器，也无法在大能者面前庇护自己人。

大能者们同样能开天辟地，开辟出一个崭新世界来。在开天辟地时，一个崭新世界的无数规则奥妙都会逐渐形成……这是非常好的参悟机会！

当然要亲眼观看到一位神界大能者开天辟地很难。在红石山内要求观看，是原本红石山的那位主人自己留下的一份印记。只要用精神去感应，就能“观看”到开天辟地的场景了。虽然不如亲眼观看，可这样的机会也很难得了。

“小家伙，就剩下你一个了。”奚薇看向东伯雪鹰。

东伯雪鹰深吸一口气，而后道：“奚薇前辈，我想要一份解药……解掉我身上的鬼六怨巫毒！”

“解毒？”奚薇轻轻摇头，“鬼六怨巫毒，是神级巅峰的巫毒大师才能配制出的巫毒，而你们通过浮空岛陨石桥，这只是最基本最简单的考验……圣祖虽然会给你们一份礼物，可这份礼物都是些半神级宝物罢了。而这解药已经超出了我能给你的礼物的价值。”

“我虽然中的是鬼六怨巫毒，但只是被巫神剑刺中，毒性要弱得多，并非是原始的巫毒。”东伯雪鹰连忙道。他也清楚礼物的价值，如果是原始的鬼六怨巫毒，肯定没指望，可自己这是削弱版的！

“小家伙，我一眼就能看透你中的巫毒。”奚薇说道，“你无须解释，虽然不是原始巫毒，可它的解药……也超出了礼物的价值，我没办法。”

第九章

XUEYING LINGZHU

开天辟地

“不一定要解药，只要能解毒，什么办法都行。”东伯雪鹰急切道，“甚至压制毒性都行。”

“压制毒性，你不是正在服用苦百回吗？这已经是最适合的压制方法了。”奚薇摇头。

“难道你们红石山，连削弱的鬼六怨巫毒都解不了？”东伯雪鹰真的急了。

“除了解药，当然还有办法解毒。”奚薇道，“不过那几种办法，都远超解药的价值了。”

“我……我……”东伯雪鹰不知道该说什么好，再问道，“真没办法？”

“没有。”

听到这一回答，东伯雪鹰沉默了。其实他也做过心理准备，可他总觉得红石山神秘又强大，小小的鬼六怨巫毒应该能搞定的，可事实证明他错了。

看来只有进行另外的计划了。东伯雪鹰暗道。

他为什么想要和其他队伍一起行动？就是担心通过陨石桥后无法解毒！

他有过诸多计划。第一计划，也是最容易的，就是通过基本的考验，在连天藤下成功解毒！随后东伯雪鹰就会先修行，尽快突破到三重境，而后就在连天藤的第一藤叶世界中冒险，想办法得到诸多宝物。

连天藤一共有五片巨大的藤叶，每片藤叶世界，比一片星辰都大得多。

其中第一片藤叶世界，有危险，也有无数奇遇。像黑风老祖的那些神界战兵、神界生物尸体都是在这第一片藤叶内得到的。可后来遇到危险，黑风老祖捏碎了符牌，随即被保护着送出了红石山。

符牌，是每一个人通过基本考验后，在闯连天藤前，都会从奚薇这儿得到的一件宝物。在遇到危险时是可以捏碎符牌选择放弃的，放弃了，就能活命离开。

我希望能在第一片藤叶世界内，突破到三重境。东伯雪鹰暗道，如果不行，那么就在第二片藤叶世界找到时间流速快的地方，宁可和辰九他们分开，我留下来修行，也必须达到三重境再前进！

第二片藤叶世界内，有的地方时间流速很慢，有的地方时间流速很快。快的地方，里面时间流逝一个月，可能外界才一天！

东伯雪鹰想要借助这样的环境，修行十年二十年。毕竟中了鬼六怨巫毒，理论上自己是能撑两百年的，自己现在才活百年而已。保持战斗力，估计也能再撑五十年！

一旦极点穿透真意、虚界真意、星辰真意，都跨入三重境，自己的实力是会有所蜕变的。

至于达到三重境巅峰，时间上来不及，达到三重境就够了。到那时，自己的实力超越辰九、梅山主人等人，到达虚界真意三重境后便能够如老贼一样身体和虚界分身切换。这样自己的保命能力大增，也就有底气闯过连天藤了。

东伯雪鹰站在那儿，脑中急速思考着。

奚薇则是微微摇头："小家伙，我无法给你解毒，不过你还是可以选择一件礼物。要不观看一次开天辟地？这在神界都是很难得的。要么选择修行洞天也很不错，这是我红石山给护法弟子修行的地方，对修行大有助力。"

"我看你天赋颇高，应该是夏族世界的超凡吧？能创出秘技，在神界和深渊恐怕早就解毒了。"奚薇道，"你去修行洞天还是不错的，你的巫毒离完全控制不住还早得很，完全可以进入修行洞天修行五十年。你们夏族百年前不是有一个快到寿命大限的超凡进来过吗？他选的就是修行洞天，最后非常走运地成功开辟神海，成为神灵了。"

东伯雪鹰完全愣住了，脑中一片空白。

"他……他是不是叫晁青？"东伯雪鹰很快恢复精神，焦急问道。

"这我就不知道了。"奚薇惊讶道，"怎么，难道他成神的事，你还不知道？他和你应该都是夏族的吧？"

"是。"东伯雪鹰连忙点头，顾不得其他，立即一挥手，天地力量在奚薇面前迅速凝聚，显现出晁青的图像。

"是他吗？"东伯雪鹰再度问道。

"嗯。"奚薇点头。

东伯雪鹰内心被无尽的狂喜所充斥。晁青开辟神海，成为神灵了？

"太好了！太好了！真是太好了！"东伯雪鹰激动无比，就算自己成功解毒恐怕都不会如此狂喜，"我夏族如今有一位神灵了，巫神和大魔神就算发动战争，我夏族也有真正可以抵挡的力量了！"

"有晁青前辈在，就有源源不断的神力，可以尽情地催发丁九战船了。"东伯雪鹰激动不已，“奚薇前辈，他出去了吗？还是依旧在红石山？”

“早就出去了。”奚薇说道，“原本可以在修行洞天内持续修行千年的，不过他一成神，就出了修行洞天。而且他的实力又无法进行神灵级的考验，自然出了红石山。他应该回归夏族了吧。”

红石山除了半神级考验，还有神灵级考验，当然得是真正的神灵才行。像神之分身这种被压制在半神极限威能的是算不上真正神灵的，也不能算半神。

“出了红石山，回夏族了？”东伯雪鹰疑惑道，“他什么时候成神的？”

“你问这么多，你和他有仇？”奚薇皱眉，她也觉得不对劲了，明明晁青已经成神了，难道这个夏族小子不知道？她没再细说。

东伯雪鹰思索着，晁青前辈三千年寿命有限，必定是在寿命大限前成神的。也就是说，应该早在数十年前就回归夏族了才对！

“可是我从来没有听说他回来了，面对尤兰领主他们的挑衅时，晁青前辈也没有出现。”东伯雪鹰思索，“可他明明又出去了……晁青前辈拥有神之领域，在夏族世界不可能悄无声息地死去。他稍微释放一点儿神力威能，就能惊动整个夏族世界。”

“那么只能说明一点，他是故意隐匿！”

东伯雪鹰眼睛放光，面露喜色。

隐藏的杀招，威力才够大！

“奚薇前辈。”东伯雪鹰笑容灿烂，“我选择去观看一次开天辟地。”

这时候，东伯雪鹰无比轻松。之前他一直压力很大，挂心着整个夏族的存亡。现在一下子轻松了好多，心情十分好。

“好。”奚薇点头，随即一挥手，一股空间波动笼罩下来，东伯雪鹰瞬间消失不见。

夏族世界，洁白的沙滩旁，一艘木船在海面上漂荡着，木船上有着一名衣着破烂的老头正在钓鱼。

他看似是在平静地钓鱼，实则已经释放了神之领域，仔细感应着周围世界，整个凡人世界……规模稍微大一点儿的战斗，他都能感应到！论感应能力，作为掌握神之领域的神灵，他才是如今这凡人世界中最厉害的一个。

神之分身，那降临的意识力量都是界神级伟大的存在。

虽说威能被凡人世界强行压制在半神极限，论威能也不过在半神榜前三，甚至比不上镇压一个时代的库蒙将军、诺诺安等人。然而规则奥妙太过高深，威能虽弱，依旧能斩杀新晋神灵，尤兰领主、东伯雪鹰等人在神之分身面前，也是一样会被斩杀的。

主要是规则奥妙的差距太大。

“幸好雪鹰这小子够厉害，关键时刻挡住了那个叫尤兰领主的半神。”老头钓着鱼，“否则那尤兰领主真的要屠戮整个夏族，我恐怕必须得暴露了。”

“那一支支的队伍都去了红石山，雪鹰也去了，希望雪鹰能够在里面解掉巫毒，一飞冲天。我成神，对巫神和大魔神虽有威胁，但不是致命的。若是雪鹰能成神，他们就输定了。”晁青老头默默期待着，期待着东伯雪鹰能在红石山内有所突破。

红石山内，一处隐秘区域。

东伯雪鹰、福叔、辰九、梅山主人等人都已在峡谷外。

“东伯雪鹰，你也来了？”辰九惊讶道，“你也选择开天辟地？”

“怎么都在这儿站着？”东伯雪鹰好奇道。

“进不去。”旁边的福叔说道，“观看开天辟地，得轮流来，巫马海正在里面。”

东伯雪鹰恍然点头。

辰九立即反应过来，连忙低声问道：“东伯雪鹰，你中的巫毒……”

“解不了。”东伯雪鹰摇头，“奚薇前辈说了，鬼六怨巫毒是神级巅峰的巫毒，解药太过珍贵，远超过一份礼物的价值了。”

“可你这不是原始巫毒啊。”辰九追问。

“就算是削弱的，解药价值依旧远超一份礼物。”东伯雪鹰摇头。

“巫毒……唉，毕竟太厉害了。”辰九叹息，他的挚爱就是中巫毒死去的，飞剑山庄也没法救，“擅长巫毒的神级强者在神界也很可怕。只是我没想到，他巫神剑所携带的巫毒在红石山也没得解。”

“毕竟是神级巅峰巫毒。”梅山主人在一旁开口道，“诸位难道没发现，这红石山给予的礼物其实花费都很低，他们连一件神器都不肯给，给的全是半神级的宝物。而价值极高的开天辟地和修行洞天，对他们而言又没有任何损失。”

确实，真正给的宝物价值都不高。开天辟地？看看而已。修行洞天？外人去修行对洞天又没有任何影响。

“对，就是靠开天辟地和修行洞天吸引人呢。”辰九摇头一笑，总要给半神们足够的吸引力，否则来冒险的半神就太少了。

“不能怪红石山小气。”东伯雪鹰道，“无数半神乃至神级强者去闯，如果拿出的礼物太多，时间久了红石山也扛不住，自然得控制礼物的价值。只有开天辟地、修行洞天这类不需要什么成本的，他们才能大方点儿。”

“嗯。”在场众人皆点头。

“东伯雪鹰，没想到你没能解毒，还能如此看得开。”剑皇道，“佩服佩服。”

东伯雪鹰一笑，没有解释。之前自己也有些焦急和不甘，不过晁青前辈成神的事让他心情大好，也轻松了许多，所以就看开了。人总得往前看，不能总是奢望运气。

巫马海在峡谷内观看着开天辟地，半个时辰后，白袍少女进去了。每人都是半个时辰。

“哗——”眼前有着无形力量笼罩的峡谷忽然不再有阻碍，此刻峡谷口只剩下东伯雪鹰一个人了，他迈步入内。

峡谷寂静，东伯雪鹰看到了前方远处正站着的一名黑袍老者。

“年轻的超凡。”黑袍老者看向东伯雪鹰，冷漠道，“观看开天辟地的时间不长，一般人观看后都会陷入感悟，不过半个时辰后我依旧会将你送回奚薇那儿去，这点你得明白。”

“是，前辈。”东伯雪鹰恭敬行礼。

“这就是开天辟地的印记。”黑袍老者指向峡谷旁边的一面崖壁。

东伯雪鹰转头看去。崖壁上原本有着无形力量阻挡，可现在这无形力量迅速撤去，露出了崖壁上一个巨大的凹坑，凹坑里还有着手指纹路。东伯雪鹰一眼就能判断出来，这应该是一根巨大的手指点在这崖壁上造成的。

“无须多想，用精神去感应。”黑袍老者提示道。

“是。”东伯雪鹰盘膝坐下，随即意识力量弥漫，向那一凹坑渗透而去。

当碰触凹坑的刹那，东伯雪鹰“看到”了。

那是一片广袤而寂静的黑暗虚空，虚空中正站着一名红发红袍老者。那老者整个人仿佛是一团无比耀眼的火焰，他的头发、眉毛、胡须都是火红色的，包括他的一双眸子。他站在那儿，无形的威压仿佛让那黑暗虚空都震颤了。东伯雪鹰即便只是透过印记“看到”，都发自内心地产生了敬畏之感。

这红发红袍老者伸出右手食指，朝前方黑暗虚空点出。

他的食指仿佛瞬间骤然变大，充斥视野，又仿佛很小很小，渗透进黑暗虚空的最内部。

“极点！”东伯雪鹰瞬间明悟。那一根手指的指尖……就仿佛一颗极点！代表着万事万物的终结，也代表着万事万物的起始的极点！

“轰！”一根指头点出，虚空裂开，天地的初始能量涌动，一座世界在这“一点”下开始逐渐扩张成形。

时间、空间开始在这世界内显现，还有一丝神秘的波动在整个世界内弥漫，最耀眼的火光笼罩着世界……世界开始形成。

这是一个庞大的世界，植物开始生长，奇虫异兽诞生，虽然是异于夏族世界的另外一个世界，可这个世界一样有万事万物。

“哗——”一切结束，崖壁上再次出现无形的力量，令东伯雪鹰无法继续观看。

东伯雪鹰盘膝坐在峡谷内，完全沉迷了。刚才显现了整个天地世界的诸多最根本的规则奥妙，特别是自己颇有研究的极点穿透，那位红发红袍的老者就是用一根手指开天辟地的！

东伯雪鹰脑海中一时间生出无数想法，他情不自禁地用手指一次次尝试，或是手指犹如枪尖刺出，或是一掌拍击而出……

旁边的黑袍老者面无表情地看着东伯雪鹰，他早就习惯了。在神界，不知道多少超凡，甚至是神灵在这儿观看后变得如痴如魔。

总之，不管他们多么沉迷，半个时辰一到，即便会打扰到他们，他也依旧会强行将他们送走。

峡谷内，东伯雪鹰盘膝坐在崖壁前，黑袍老者仿佛枯木般站在旁边。

随着时间流逝，东伯雪鹰情不自禁地皱了皱眉头。

“该死。”疼痛逐渐强烈。

虽说在进入峡谷观看开天辟地前，东伯雪鹰就喝了一次解药，可是到了如今，在外正常生活的东伯雪鹰必须一个时辰喝一次解药。而在红石山内，为了不影响战斗，半个时辰就必须喝一次解药。

可是参悟和战斗是不一样的。

参悟，是需要完全沉浸其中的，疼痛加剧，还是影响到了东伯雪鹰。

不过东伯雪鹰却不愿意停下。开天辟地实在太震撼了，让他有了无数想法，他要趁这些灵光没有散去之前，一一迅速验证尝试。

“太神奇了，天地规则竟然如此浩瀚，我过去所感悟的真的只是沧海一粟罢了。”东伯雪鹰满心激动。

东伯雪鹰再也没有丝毫骄傲，他感受到了仿佛天堑一样的差距！

“时间到了！”冷漠的声音响起。

“嗡！”一股波动强行笼罩东伯雪鹰，随后他被强行扔出了这片空间。

东伯雪鹰眼前场景变幻，空间强行挪移的感觉让他颇为难受，头脑也一阵眩晕：“奚薇前辈挪移的时候那么温柔，这个黑袍老者却这么粗鲁。”

“东伯。”辰九的声音传来。

东伯雪鹰发现自己回到了连天藤底部，旁边正是辰九等人。

“辰九兄。”东伯雪鹰微笑道。

“哈哈……被强行扔出来，颇为难受吧？”辰九笑着打趣，“我也不舒服得很，被扔出来，原本许多想法就遗忘了大半，不过收获还是挺大。你感觉如何？”

“震撼。”东伯雪鹰说道。

“是啊，开天辟地，这是大能者才能做到的。”辰九点头，“如果能多看几次就好了。”

“次数多了，只怕效果就弱了。”东伯雪鹰说道。

“我们准备在这儿修行三天，三天后就开始沿着连天藤往上走。”辰九笑道，“看来，你还是要和我们一起走了。”

“当然一起。”东伯雪鹰道。

随即，东伯雪鹰他们一行八人就在连天藤脚下开始参悟修行，尽量消化之前的感悟，希望能有所突破。

在修行前，奚薇送给他们每人一个符牌。

“轰！”连天藤脚下，虚界内，东伯雪鹰喝了解药后就练起了枪法。

“轰！”“轰！”“轰！”东伯雪鹰的一杆长枪快得化出无数幻影，每一击，枪尖隐隐都有着黑点。枪法之快，比刚进入红石山时明显提升了一大截。

“痛快，痛快，达到三重境就是不一样。”东伯雪鹰面露喜色。

极点穿透，突破到三重境。

“嗡——”“哗啦——”长枪如游龙，无数枪影时而犹如雪花降落，时而仿佛神龙摆尾。

不知不觉中，三天已过。

“还是差些感觉。”东伯雪鹰有些遗憾。接连三天练习枪法，也只是在极点穿透真意上有所突破，在星辰真意和虚界真意上还是差了些。

“我们走。”东伯雪鹰一行八人沿着无比粗大的连天藤主干迅速往上飞去。

连天藤主干之粗，近距离之下肉眼难以看清。东伯雪鹰他们都是贴着连天藤主干往上飞的，离主干越远，感觉到的黑暗星空中的暗流就越强。

这一次，他们足足飞了九天。

因为知道在飞行途中不会有危险，东伯雪鹰控制自己每一个时辰喝一次解药。

“第一片藤叶世界。”东伯雪鹰等人再往上飞，就感觉到了无形的阻碍，那阻碍仿佛一层屏障一般挡住了他们。

俯瞰旁边，这连天藤主干上长出了一片奇大无比的藤叶。从远处看，这片藤叶的面积似乎比夏族世界还要大！

“年轻的超凡们。”奚薇在旁边的主干上浮现出来。

“奚薇前辈。”东伯雪鹰等人都恭敬行礼。

“五片藤叶世界，是圣主给超凡们定下的考验。”奚薇说道，“前面的太简单，这里才是真正的筛选考验。完全通过的人，将会成为圣主的护法弟子，拥有护法弟子的诸多特权。”

在场八人，包括东伯雪鹰心中都充满期待。

成为护法弟子，是能够得到些宝物的，其中就有对界神有很强吸引力的宝物。

“你们应该知道通过第一片藤叶的办法。”奚薇遥遥指向这片巨大无比的藤叶的中央，“在最中央处，有一根长藤，长藤直接连接着连天藤上方的主干。”

“只要抵达那根长藤，你们就成功了，沿着长藤便可前往第二片藤叶世界。不过第一片藤叶世界中有无数奇遇，也有无数危机，在抵达那根长藤之前，你们都得小心。”奚薇说完后微微一笑，“祝你们好运，希望能够在第二片藤叶上看到你们。”

语毕，奚薇的身影随即消失在了连天藤主干。

“我们先走一步。”梅山主人说完，带着白袍少女、黑衣男子俯冲而下，飞向那片巨大的藤叶。

“哎！”剑皇刚要开口，梅山主人他们已经出发了，随即他看向辰九的队伍，“辰九兄，我们一起走吧。”

巫马海也转头看向旁边的辰九等人，努力挤出笑容：“辰九，东伯雪鹰，一起走吧！”

“我们队伍的人够多了。”辰九说道。

“我有神级卷轴，都给你们。”巫马海挤出笑容，努力劝说，“放心，等会儿我一定在前面探路，战斗时也会顶在最前面。”

剑皇看向辰九和东伯雪鹰：“神级卷轴，我也愿意给辰九兄。”

东伯雪鹰在一旁看着，心想，这事还是让辰九决定吧。

神级卷轴？对，是很有用。可剑皇、巫马海都是超凡骑士，都用不了卷轴啊！拿了也白拿！

“我们队伍有神级卷轴，而且你们应该明白，队伍中人越多，就会越危险。抱歉，没办法。我们走。”辰九说道，随后辰九、东伯雪鹰、福叔三人都朝下方俯冲而去。

“哼。”巫马海看着下方，眼中有着怒气。

“不带我们才是正常的。巫马海，要不我们联手吧？第一片藤叶世界诡异莫测，随时可能出现危机，两人联手，更能抵挡危险。”剑皇道。

“可两人一起行动，危险也更大，死的可能性更高！”巫马海冷哼一声，“我们还是单独行动吧。”

“咻——”巫马海也俯冲下去。

剑皇则独自站在半空中，轻轻摇头。

“我一定能成功，一定会。”剑皇暗道，随即也俯冲而下。

东伯雪鹰、辰九、福叔他们三人降落在第一片藤叶世界的边缘。

看了眼远处半空中分开的两道身影，东伯雪鹰暗暗松了一口气。

“辰九兄，这第一片藤叶世界和第二片藤叶世界就要麻烦你了。”东伯雪鹰道。

“也需要东伯雪鹰兄的虚界分身帮忙探察了。”辰九也说道。

二人相视一笑。

红石山的重重危机，越是往后，越是针对每个人！

像连天藤的五片藤叶世界，第一片、第二片藤叶世界他们还能一起行动，但从第三片藤叶世界开始，则是完全考验个人了，他们无法再一起战斗。

当然，因为和辰九他们一起行动，在前两片藤叶世界里东伯雪鹰会轻松很多。

“关于这第一片藤叶世界，东伯，你们夏族的情报更详细啊。”辰九遥遥看着。这巨大的藤叶世界上，有着连绵起伏的山脉，还有些平整的道路，也有着荒野，甚至远处还伫立着奇异的金属建筑。

“我夏族的半神前辈们不敢奢望闯过整个连天藤，就来这第一片藤叶世界寻找奇遇。”东伯雪鹰笑道，“所以对这片世界的记载就格外详细。”

“我们这次可不能乱冒险。”辰九道，“我们是三人一起行动，遇到的危险也会更多，尽量别惹麻烦。”

“明白。”东伯雪鹰点头。

按照原先的第一计划，如果在奚薇前辈那儿解毒了，那么东伯雪鹰就会在第一片藤叶世界里尽量长时间地停留，探寻每一处区域，尽量带更多宝物离开。可现在不能这么做了，他得尽量少招惹麻烦！

“看那座塔。”辰九遥指。

东伯雪鹰和福叔都看了过去，一眼就看到远处杂草中隐约有一座银灰色的金字塔。

“七阶星塔？”福叔惊呼，“庄主！这可是星塔，七阶的星塔！”

“眼馋了？”辰九摇头，“我也眼馋，它比我们整个飞剑山庄无数年积累的宝物还要宝贵，把它卖掉足够买一两个神级巅峰的奴隶了。可这第一片藤叶世界有一个规矩，奇遇越大，危险就越大啊。”

东伯雪鹰听得咋舌，买神级巅峰的……奴隶？

“神界有奴隶？神灵当奴隶？”东伯雪鹰忍不住问道。

“神界？”辰九看了看东伯雪鹰，感慨，“神界比你想象的要残酷得多。”

东伯雪鹰若有所思。

“听说，红石山在神界的时候，第一片藤叶世界里的宝物没有这么多。”辰九说道，“那位大能者死后，红石山坠落在凡人世界，反而在第一片藤叶世界放了许多极珍贵的宝物，估计就是想吸引更多更强的半神进来。”

东伯雪鹰虽然心动，可夏族的情报早就记载了，越是显眼夺目的珍贵宝物，越不能去碰。

“准备出发。”辰九说道，“福叔，施展法术吧。”

“嗯。”福叔拿出了一份灰蒙蒙的神级卷轴，然后轻轻捏碎。

“嗡——”两道灰蒙蒙的气流立即钻进了福叔的眼睛，他的眼睛随即蒙上了深层的灰色，仿佛能看尽一切。

“空间之眸。”辰九说道，“有了这法术，我们就安全多了。”

神级卷轴空间之眸，是专门为第一片藤叶世界准备的。

“东伯，就麻烦你用虚界分身在前面探察了。”辰九道。

“小事。”东伯雪鹰点头。

“走。”东伯雪鹰幻化出九个虚界分身，分散在前后左右数千里范围。

辰九、福叔和东伯雪鹰本尊开始朝第一片藤叶世界的中央地带前进。

最中央，距离那根长藤数十里外的丘陵旁，有着几块乱石。

乱石内，看似空无一物，就算有人探查，也探查不到。因为这里的空间有所重叠，除了正常空间，还有一个隐藏空间。重叠的隐藏空间内，一名裹着白布的黑皮肤青年正盘膝坐着，他正是比东伯雪鹰他们早一个月进入红石山的尤兰领主！

“咚——”远处隐隐有波动传来。

“战斗？”尤兰领主睁开了那双隐隐泛着金光的眼睛，咧嘴一笑，露出了洁白的牙齿，“来了吗？终于来了吗？”

“东伯雪鹰，你杀了诺诺安和库蒙，又害我中了巫毒，时时刻刻受疼痛折磨，我岂能放过你？”尤兰领主眼中满是杀意。他虽然中了巫毒，但毒性比东伯雪鹰的要弱，适应了这么久，已经不影响战斗了。

“我早来一个月，辛苦地在这儿搜集了一些宝贝，就等你到来！在你抵达终点的时候，也就是你……殒命的时候！”尤兰领主冷哼一声，随即闭上眼睛默默等待。

天空永远是黑夜，夜空中也永远有着星辰，当然这些都是红石山主人布置的。

在夜空下，巨大的藤叶世界内，东伯雪鹰三人正在一座荒山脚下点燃篝火，烤着肉。他们时不时割下来一块大口吃着，喝着美味果酒，偶尔抬头看看夜空中那绚烂的星辰，竟然有些发晕。

“舒坦。”东伯雪鹰露出一丝笑容，“六天了，总算能放松一下了。”

“多亏了雪鹰兄弟。若非你和庄主，我可能早就死了。”一旁的福叔笑呵呵地说道。

“哎，各有分工。如果不是福叔你能够远距离发现敌人，我们可没这么轻松。”东伯雪鹰说道。

旁边的辰九点头：“我们这六天，一共遭到十五次袭击，除了六次是突然来袭，其他九次都是从远距离杀过来的。按照情报，我们现在到藤叶世界中央的那根长藤处的路上应该再无危险。还剩下三十多万里，等会儿吃完喝完，我们一口气飞过去！”

“嗯。”东伯雪鹰、福叔都点头。

东伯雪鹰暗暗庆幸，幸亏有福叔的空间之眸，能够提前发现敌人，让他们有所准备。

“我们走吧。”辰九起身。

东伯雪鹰接连两口吃完手中的肉，又一翻手拿出了一个酒壶，仰头喝了一口解药。

“东伯，你受巫毒折磨，吃肉喝酒，有感觉吗？”辰九不由笑问。

“当然有感觉！不信你可以试试。”东伯雪鹰打趣道。

“我可不想试。尤兰领主号叫的样子，我可忘不了。”辰九说道。

三人在夜空下又开始迅速飞行赶路了。一路飞行，一路闲聊，轻松得很。因为他们知道，在这第一片藤叶世界中，除了奇遇危险外，再无其他危险，自然很轻松！

一路飞行，离中央的长藤越来越近。

第一片藤叶世界还算轻松。东伯雪鹰暗道，虽然有些小麻烦，但他和辰九联手，自然颇为轻松。

就在东伯雪鹰心情极好时，忽然，“嗡”！东伯雪鹰三人撞在一片空间涟漪上，跟着，他们三个同时消失了。

“怎么回事？”东伯雪鹰、辰九、福叔脸色大变。

上一刻他们明明还在飞行赶路，速度也不快，否则不会六百万里路飞了整整六天。现在怎么会突然来到这儿了？

“这里是？”东伯雪鹰仔细查看，发现此处是一座巨大的密封舱室，有千米长，三百米宽，高也有三百米。

密封舱室内空荡荡的，只有远处角落立着一尊雕像，摆放着一个箱子。

雕像是一名拿着狼牙棒的肥胖战士，箱子则是一个黑色金属箱子。

“不应该啊，这路明明是虚界分身经过的，虚界分身没进来，我们怎么进来了？”福叔疑惑。

“奇遇！”辰九皱眉，“我们遇到奇遇了。”

“麻烦了。”东伯雪鹰也皱眉。

福叔微微色变：“我们一路上都在避开奇遇，竟然还是遇到了。”

“奇遇，除了许多显现在外面的，还有很多是隐藏的，另外有些不但隐藏而且在一直移动着。”辰九无奈道，“我们运气太好，碰到了一个。都小心点儿，危险随时可能降临。”

“嗯。”东伯雪鹰点头。

辰九、东伯雪鹰、福叔三人的目光都落在那肥胖战士雕像以及黑色金属箱子上。因为这里除此以外别无他物！雕像和箱子，很可能是奇遇的战利品！他们不怕战利品太普通，就怕战利品太珍贵。

“如果我没看错，那雕像只是一尊神界战兵。”辰九说道，“在第一片藤叶世界的神界战兵，几乎都是半神级别的。”

“只是一尊神界战兵？”东伯雪鹰心弦略微一松，这算很简单的奇遇了，黑风老祖都弄到了五影等好些神界战兵呢。

“不对。”东伯雪鹰瞳孔一缩。

“或许箱子内还有什么。”辰九道，忽然他也发现了东伯雪鹰的表情变化。

东伯雪鹰立即传音：“看那神界战兵的兵器铠甲。”

辰九立即仔细看去，甚至透过八龙真意的无形规则领域去探查，他立即色变。

这肥胖战士雕像穿着的铠甲，以及手中拿着的狼牙棒般的兵器，竟然都是神器！

辰九、东伯雪鹰相视一眼，都紧张了。

普通神器，确实是比半神级神界战兵价值高些，但也有限。

可是，铠甲和狼牙棒的价值是完全不同的。一件防御铠甲类神器，一般相当于十件攻击类神器，这都是按照它们都是神级下品来计算的。

“还有防御神器，这下麻烦了。”辰九皱眉传音，“东伯，你让虚界分身立即去看看，那箱子里有什么。”

“一旦碰触箱子，很可能惊动那一尊神界战兵，恐怕危机就会降临。”东伯雪鹰道。

“嗯。”辰九也做好了准备。

东伯雪鹰点头，随即心念一动，一尊虚界分身凭空出现在了那雕像的旁边，闪电般地一伸手就抓向了那箱子，欲要打开。

“滚！”旁边的肥胖战士雕像忽然眼中光芒暴涨，手中的狼牙棒猛然一挥，直接打在了虚界分身身上。

“轰！”虚界分身只有半神实力，当即倒飞开去，胸口处出现了一个大窟窿。

“这神界战兵没什么威胁。”东伯雪鹰传音道。肥胖战士雕像估计只有半神榜前五的水准，至于神器，神界战兵催发不了神器，神器在他身上就是样子货。

“小心！”东伯雪鹰脸色陡然大变。

“怎么了？”辰九、福叔都十分疑惑，他们都竭力探查过，却没发现异常。

“哗——”一根手臂粗细的深青色触手从虚无中凭空伸出。触手猛然一甩，仿佛鞭子般抽向了辰九！威力之大，让整个封闭舱室都震荡起来。

第十章

XUEYING LINGZHU

虚界生物

辰九眼中闪过一丝暴戾，右手握拳直接砸出。跟随着这一拳，隐隐有一条黑龙在咆哮，辰九这一拳的威能内敛，没有引起一丝波动。

“砰”！当他的拳头和那深青色的触手碰撞的刹那，威能立即爆发。

一股阴毒的力量瞬间沿着触手，传向隐藏在虚无中的未知生物。

“小心！是虚界生物，有八根触手。”东伯雪鹰立即传音，同时身形一晃，也进入了虚界当中。

“轰隆隆——”正面交手没占到便宜，那虚界生物愤怒了。瞬间，一根根深青色触手从虚无中挥舞而出，一瞬间足足五根长长的触手同时袭向了辰九！

辰九面色狰狞，身体陡然显现出了八条手臂！

“砰！”“轰！”“嚓！”

“喝！”正面抵挡住那一根根触手，辰九两只手抓住了一根触手，猛然发力往外拽，“给我出来！”

“啪！”那根触手竟然受力断了，其他触手迅速收回。

那断掉的触手掉落在封闭舱室地面上，挣扎了几下就迅速钻进了虚界。

“虚界生物？”辰九皱眉，传音道，“东伯，看来得靠你了。”

“交给我吧。”东伯雪鹰的声音在舱室内回荡。

虚界内，一袭白衣的东伯雪鹰舔了下嘴角，嘴里还有些苦涩，这是解药苦百回的味道。他手持一杆火红色长枪，看着前方那仿佛八爪章鱼的生物。

它那条断掉的触手此刻回到虚界，又连接回去了。那虚界生物悬浮着，八条触手随意伸展，笼罩着周围八九十尺的范围，一双赤色眼眸正盯着东伯雪鹰。

这还是东伯雪鹰等人在进入红石山后第一次遇到虚界生物。虽然之前也遇到了一些能进入虚界的生物，如石雕守卫、神级飞翼毒蝎等，可它们都不是真正的虚界生命。它们在虚界内会受到很大的阻碍，可虚界生物不同。它们在虚界内自由自在，没有任何阻碍，就像掌握了虚界真意的超凡。

“虚界真意？”那八爪生物看着东伯雪鹰，发出低吼，“超凡，你的虚界真意真弱啊，还无法达到和虚界一体。”

“你不是也没达到？”东伯雪鹰手持长枪。

“我靠的是天赋，和你不一样。你的实力恐怕远不如外面那个八臂超凡吧？”八爪虚界生物低沉道。它和辰九短暂交手，就对辰九有了忌惮。不过它在虚界内，那个八臂超凡也奈何不了它。

“外面的八臂超凡确实是厉害，至于我的实力嘛，你试试不就知道了。”东伯雪鹰道。

“呼——”八爪虚界生物挥动着它的触手，八根触手袭了过来，个个威势浩荡。

“能和辰九正面碰撞，这八爪虚界生物在力量上绝对达到了神级。不过似乎在规则奥妙上弱了些。”东伯雪鹰身影一动。

“咻——”这一动就让八爪虚界生物大吃一惊，好快！

极点穿透达到三重境，东伯雪鹰的移动速度飙升到瞬间千里的水准，在近距离战斗下，动作自然快得多。

“轰！”长枪枪杆旋转着，划过一道弧线，仿佛庞大的星辰陡然膨胀爆发出耀眼光芒，跟着急剧缩小成了一个点。

八爪虚界生物还妄图抵挡，可东伯雪鹰这一枪带着旋涡般的引力和超快的速度，它的触手没能挡住，就被一枪刺在了丑陋的头颅上，头颅瞬间爆开。

可很快，它的八根触手迅速后退，头颅再度长出。

“好强的生命力。”东伯雪鹰暗暗惊叹 。

八爪虚界生物也被这一枪给惊住了，接着它更加狂暴地向东伯雪鹰冲去，这一次它的八根触手配合得更完美，努力不留破绽。

“咻！”“咻！”“咻！”东伯雪鹰化作无数残影，这八爪生物的触手虽快，可仍在东伯雪鹰的承受范围内。长枪一次次袭击，八爪虚界生物被刺中了五枪后，终于嚎叫着逃走了。

“逃？”东伯雪鹰追上去，杀招连出。

八爪虚界生物的身体被一次次毁坏，在受了十二枪之后，终于完全化作虚无。

辰九、福叔都焦急地等待着，他们隐隐感觉到虚界内的波动，显然战斗颇为激烈。这时，一袭白衣的东伯雪鹰从虚无中走了出来，露出笑容：“解决了。”

“哈哈。”辰九、福叔顿时面露喜色。

“幸亏有东伯兄，那虚界生物当真难缠得很。”辰九慨叹。

“嗯。”东伯雪鹰也点头，“辰九兄近战技巧堪称完美，若是换成别人，在这虚界生物的偷袭下，也很难活命。”

“先看看战利品吧。”福叔说道。

东伯雪鹰、辰九、福叔都看向了那肥胖战士，那名肥胖战士这时候正被一条锁链捆着，锁链的另一端在辰九手里。

东伯雪鹰心意一动，一尊虚界分身出现，走向黑色金属箱子。

“嗯？”辰九、福叔脸色忽然一变。

“怎么了？”东伯雪鹰看向他们。

“巫马海死了。”辰九低沉道，“就在刚刚。”

“什么？”东伯雪鹰有些吃惊，“在第一片藤叶世界，他就死了？”

“对。”福叔也说道，“就在刚才，他在夏族世界的斗气分身在我们面前直接溃散，死前还很不甘心。”

辰九点点头。他刚才看到冷酷的巫马海在死前疯狂的模样，让他有了兔死狐悲之感。在第一片藤叶世界巫马海就死了，那他呢？他辰九呢？真的能够活着通过五片藤叶世界的考验，成为红石山的护法弟子吗？

“唉。”东伯雪鹰轻轻摇头。

“他和剑皇都无法使用神级卷轴，在第一片藤叶世界很危险。之前我就听剑皇说过，他已经战斗过三十五场了！”辰九道，“巫马海虽然寡言少语，估计战斗次数也很多。我们算上这次和虚界生物交手，一共才十六场战斗。”

福叔也道：“战斗这么多，应该都是无意中进入了危险之地。”

没有类似空间之眸的法术，又没东伯雪鹰的虚界分身探查，巫马海死了也很正常。相对而言，剑皇在远距离的感应攻击上要更厉害些，虽然不如空间之眸，估摸着也能发现些敌人。

巫马海的死，让东伯雪鹰、辰九、福叔心中那根松了的弦又紧了起来。

“看一下这箱内有什么。”虚界分身走到黑色金属箱子前，一扭，箱子就被打开了。箱子内空荡荡的，只有一块青铜色的符令。

“是战兵符令。”辰九点头，“一头擅长刺杀的虚界生物，虽然只有神级战力，不过能有一件攻击神器、一件防御铠甲神器，再算上一个神界战兵，不错了。”

东伯雪鹰点头。

“东伯兄，这次是你的功劳。”辰九说道，“是你杀了那虚界生物，按理说，这战利品应该都归东伯兄你。不过……我厚颜请东伯兄将这防御铠甲神器先借给我一用，如何？若是我活着出去，这铠甲神器定会归还！若是我死了……想还，也要看运气了。”

“不必多说，我在藤叶世界也受辰九兄照顾，我又没有斗气，神器拿着也无法催发。辰九兄你且拿着。如果能活着离开红石山，你可得将神器给我。”东伯雪鹰打趣道。

“一定一定。”辰九面露喜色。

在红石山内，若有一件防御铠甲，生存能力就大大提升了。如果能活着出去，那要铠甲又有何用？到时候都回神界了，在神界，他飞剑山庄就有防御神器！更何况他立下如此功劳，界神级存在可是在誓约上定下了惊人的奖励的。

其实，辰九也明白，他有很大可能会死在途中。

“我就不多说了。”辰九连忙道，“东伯兄还请赶紧炼化这战兵符令。”

“嗯。”东伯雪鹰一伸手，那青铜色符令立即飞了过来，他直接滴血炼化。

原本还挣扎着的肥胖战士立即停下了，辰九便收回了锁链。

“拜见主人。”肥胖战士恭敬道。

“你叫什么？”东伯雪鹰问道。

“主人，我叫屠双！”肥胖战士连忙道，“被炼制成功后没多久，我就被奚薇前辈挪移到藤叶世界了。”

“把两件神器放下吧，你拿着也没法用。”东伯雪鹰道。

“是。”肥胖战士迅速放下狼牙棒，脱下铠甲，“这本来就不是我的，我也不喜欢这兵器。”

东伯雪鹰挥手收了狼牙棒，辰九笑着立即炼化那件防御铠甲。

红石山内的神器有一个好处，就是全都是无主的，轻易就能炼化！

辰九身上立刻浮现出了一层银灰色铠甲。

“你惯用什么兵器？”东伯雪鹰问道。神器他可不敢给这神界战兵使用，战斗时被夺走就后悔莫及了，他得带回夏族。

“盾牌，大斧。”肥胖战士连忙道。

“我这有盾牌，并无大斧。”东伯雪鹰一挥手，将一面盾牌和一柄战刀扔了过去，“先拿着吧。”

“是。”肥胖战士立即开心地一手抓着盾牌，另一手抓着战刀，“主人，我屠双一定誓死效忠主人，为主人征战！”

一直像一座雕像一般一动不动地待着，他都憋坏了！

东伯雪鹰见状一笑：“有你战斗的时候。”

“主人要出去吧？我来开门。”屠双说道。他迅速走到舱壁旁，手掌轻轻放在一处舱壁上。“咔咔咔——”封闭舱室的舱门缓缓开启，露出了外面的山野景色。

“战斗时会让你出来的。”东伯雪鹰一挥手，暂时收起了屠双。

“走。”东伯雪鹰、辰九、福叔往外走去。

刚走出舱室，东伯雪鹰他们再回头看，却看不到舱室了。

他们没有犹豫，虚界分身探路，福叔探察四方，三人迅速朝核心的长藤赶去，十万里、五万里、三万里……

在一座植物茂密的高山上，一棵大树遥遥对着远处。

“嗯？”这棵大树的树干上显现出了眼睛，它遥遥俯瞰，看到了远处正在朝这儿赶路的东伯雪鹰、辰九和福叔三人。

“主人，发现东伯雪鹰。”

隐藏空间内，裹着白布的尤兰领主忽然睁开了眼：“来了吗？”

他起身，朝那一方向遥遥看去。

他在隐藏空间内，能看到外界，外界之人却发现不了他，除非他走出这隐藏空间。

“看到了。”尤兰领主也看到了，在六千多里外，有三道身影正迅速赶来。

“小宝贝们，行动吧。”尤兰领主咧嘴一笑。

在核心长藤的左侧大概一千三百里处，有一座低矮的山头。山腹处，忽然传来轰鸣——“杀！杀了他！”

山腹内忽然传出汹涌的波动，一头仓皇逃窜的四蹄异兽瞬间被虚无中伸出来的十余根深青色触手缠住，而后被撕裂。其他在远处的一头头四蹄异兽正仓皇逃窜，正是朝着东伯雪鹰他们的方向奔去。

东伯雪鹰三人在赶路中，心情都很好，前方那高大的核心长藤已经无比清晰了。

“嗯？”东伯雪鹰面色一变，他转头遥遥看向核心长藤的左侧一千三百里处。第一片藤叶世界空间诡异，有许多能潜行过来的敌人，他的虚界分身也无法发现。可是虚界生物，他还是能够发现的。

只见那山腹口处的虚界内，正有着一头头八爪虚界生物冲出，个个实力都不亚于之前的那个。足足一百多头八爪虚界生物冲出，追杀着一群四蹄异兽正朝自己所在的方向冲来。

“八爪虚界生物！”东伯雪鹰面色大变，焦急地传音，“一百三十九头！正在朝我们杀来，赶紧逃！”

第一片藤叶世界的生物对外来者是一律杀无赦的。

“一百三十九头？”辰九瞪大了眼睛。

“怎么会有这么多虚界生物，还专门杀向我们？”福叔不敢相信，却也不敢迟疑，转头就逃。

此刻，远处半空中出现了一道身影，正是裹着白布赤着脚的尤兰领主。他撕裂了手中的一份卷轴，一股恐怖的力量瞬间笼罩了周围数万里范围。只见无数的金色丝线出现，它们在尤兰领主的操纵下，疯狂地涌向东伯雪鹰三人。

东伯雪鹰、辰九、福叔三人感觉到无处不在的金色丝线，不由大急，转头看去，就看到了远处半空中的尤兰领主。

“尤兰领主！”东伯雪鹰眼中杀意浮现。

“尤兰，我一定会杀你！”辰九也双眸赤红。

“哈哈哈，杀我？从一百三十九头虚界生物的围攻下活下来再说吧。”远处半空中的尤兰领主冷笑着，他的声音在东伯雪鹰三人的周围响起。

一群四蹄异兽正仓皇飞奔，跟随它们的则是隐藏在虚界中的一百三十九头达到神级的八爪虚界生命。只见一根根深青色触手从虚无中伸出，快如闪电，且威力无穷。或是抽打，或是缠绕，一头头四蹄异兽迅速被灭杀。

尤兰领主自己都看得心惊，立即转身朝数十里外的核心长藤冲去，刹那间落到了那核心长藤上。

原本在虚界中注意到他的八爪生物，只能放弃了。

因为在第一片藤叶世界有一个规矩：只要成功踏上核心长藤，便算成功通过第一片藤叶世界的考验，不会再遭到攻击。当然，半神超凡们彼此自相残杀不被禁止！

“嘿嘿嘿。”尤兰领主咧嘴露出洁白的牙齿，兴奋地怪笑着，“这些八爪虚界生物规则奥妙虽然弱了些，可力量和速度都是神级，每一个都比库蒙将军强，还是从虚界中偷袭！一对一，连我都很吃力，更别说这么多一起围攻了。

“辰九，你近战虽厉害，但恐怕只要十头八爪虚界生命围攻，你就必败无疑了。至于东伯雪鹰，不就是藏在虚界，让别人难以攻击吗？可惜啊，这群八爪虚界生物都是虚界生命啊！”

尤兰领主早就等着这一天了。从他的仆从探察到那山腹内的群八爪虚界生命后，尤兰领主就无比激动地谋划着这一刻了。

东伯雪鹰、辰九、福叔他们瞬间明白，这一百多头八爪虚界生物，根本不是他们所能抵抗的，所以他们第一时间都想要逃开！

“该死。”东伯雪鹰感觉到身上缠绕着的无数金色丝线令他的速度只能达到五六成。这样的速度，根本摆脱不掉那群八爪虚界生物。

“尤兰！”辰九也快气疯了。

他身上背负着的不只是自己的生命，还有整个飞剑山庄！

“福叔，你快走，捏碎符牌快走！”辰九急切传音道，“你在夏族世界等我，只要我活着出去，我们再一起回神界。”

福叔这一刻也急了，他立即拿出了一份份神级卷轴开始使用。

“不用给我，给东伯，给他加持。”辰九传音道，“我有神器铠甲，防御无须担心，东伯他扛不住。”

“嗯。”福叔虽然心中完全倾向于自己的庄主，可他也明白庄主说得对。

辰九已经有神器铠甲了，而这虚界生物又无法无视铠甲直接攻击，那么神级卷轴的防御加持用在辰九身上也只是浪费。

“哗——”“哗——”福叔接连撕裂两份神级卷轴，一道红色流光和一道白色雾气都笼罩在东伯雪鹰身上，仿佛给他披上了一层红白色的薄纱。

“锁！”福叔又撕裂了一个神级卷轴。

无形的灰色气流渗透进虚界，向那头八爪虚界生物缠绕而去。此刻八爪虚界生物已经杀死了那群四蹄异兽，转而盯上了东伯雪鹰三人，正冲着他们杀过来，双方的距离只剩下三千里。

“唉。”福叔非常焦急。

这是大范围控制法阵，可束缚各个层面的敌人。可同时束缚一百三十九头虚界生物会让法阵力量分散，只能令每一头虚界生物的速度减半而已。

“该死，该死。”福叔气得双眸通红。虽然自己身上还有神级卷轴，但已经无法起到什么作用了。

“快走！”正在飞速逃窜的辰九传音喝道。

“庄主，小心啊。”福叔一咬牙，捏碎了手中的符牌。

顿时一股无形力量降临，笼罩在了福叔身上。

“呼——”福叔凭空消失，被送出了红石山。

只要出了红石山，福叔也就无法帮忙了。虽说按照规矩也是能够再次进来的，可一来，红石山也有规矩，两次进来时间间隔至少百年！二来，通过陨石桥得到的礼物以及符牌只能使用一次。

“辰九，只剩下八百里了。”东伯雪鹰在一旁传音道。他也在跟着辰九一起逃，并没有进入虚界。

“逃也没用了，战吧。”辰九停了下来，东伯雪鹰也随之停了下来。

他们受到金色丝线的影响，根本无法甩开这些虚界生物，只能正面迎战。

“来了。”东伯雪鹰开口。

“轰！”引力领域释放，规则奥妙从辰九身旁避让开，并不会影响到辰九。

“这些超凡，竟然敢和我们动手。”

“人类，别挣扎了，乖乖受死吧！”

八爪虚界生物的声音传到真实世界，与此同时一根根深绿色的触手从四面八方袭击过来，一时间数十根长长的触手化作幻影，向东伯雪鹰和辰九笼罩而去。辰九显现出八臂，小心地抵挡着四方的攻击，东伯雪鹰也手持长枪抵挡着，他们只隔了三五米。

八爪虚界生物体形较大，能挤在一起围攻东伯雪鹰和辰九的，也只有十几头。

“东伯，你自己小心，我顾不上你。”辰九艰难地挥动着八条手臂，拼命地抵挡着对方的攻击。他的手臂和手掌都变大了不少，仿佛八面盾牌，几乎将周围的攻击全部挡住。可是那一根根从虚无中伸出来的深青色触手却想要缠住辰九！

“滚。”东伯雪鹰这边的情况要稍微好一点儿，他能够清晰地观察到虚界中的每一头八爪虚界生物。可惜啊，这些八爪虚界生物体形比较大，自己的引力领域却不够强，在引力的排斥下，它们的速度估计只能削弱一成而已。

可每一头八爪虚界生物都是八根触手啊！只见周围数十根长长的触手从虚界中出来围攻自己，辰九也帮不上忙。

“轰！”“砰！”东伯雪鹰一次次施展着枪法。他仅仅施展了一次星辰陨灭击，就被四面八方围攻而来的触手逼得不敢施展了。因为星辰陨灭击不够连贯，招式必须不能停顿才行，比如快如闪电的极点穿透。

就在这时，一根触手突破了长枪的防御，抽打在东伯雪鹰的背部。一股汹涌的力量将东伯雪鹰击飞，而前面就是迅速笼罩过来的密密麻麻的触手！

“东伯！”八条手臂的辰九此刻还在勉强支撑着，见到这一幕不由得焦急起来。

“哈哈哈，死吧！”站在远处观战的尤兰领主双眸放光，他激动地期待着。他自问如果身处这样的危局，别说他一个，就算有三五个他都只有毙命这一个结果。

“嗯？”此时尤兰领主忽然眉头一皱——那被触手抽飞出去的东伯雪鹰竟然凭空消失了！

“进入虚界了？”尤兰领主皱眉，“进入虚界也没用，这些八爪虚界生物在虚界内的实力一样不受影响。只可惜我看不到你死的样子了。”

虚界内，原本围攻东伯雪鹰的八爪虚界生物，以及一些同族都惊愕地看着虚界中出现的东伯雪鹰。

这人类也跑到虚界里面来了？

“哧！”东伯雪鹰将手掌在长枪枪刃上划了一下，留下了一抹殷红。他此刻已经被逼到绝境，想不到其他办法了。

“就算进入虚界，你也得死！”一群八爪虚界生物继续围攻过去，一根根深青色触手从四面八方向东伯雪鹰笼罩而去。

“噗！”“噗！”“噗！”长枪化作幻影，寒星点点，每一击都刺在那些围攻来的触手上，虽然仅使触手破皮，对它们身体的损害低到可以忽略，可是——

“呜！”一头头八爪虚界生物接连疼痛地嚎叫起来。只需要刺中一根触手，就会让这头八爪虚界生物疼得将其他触手收回去，甚至翻滚起来。

东伯雪鹰见状，连忙开始攻击那些围攻辰九的八爪虚界生物。

“噗噗噗！”枪尖寒光中带着一丝殷红，每一刺都让八爪虚界生物们嚎叫不断。

真实世界内，原本都快扛不住了的辰九一愣，发现从虚界中伸出来攻击他的触手竟然大大减少了。

"辰九，快，快朝核心长藤那里逃！这些虚界生物中了巫毒后疼痛不已，可过不了多久它们就会适应了。"东伯雪鹰传音，同时他也急切地朝核心长藤冲去，顺便在枪刃上多抹了些自己的血液。

可是八爪虚界生物足足有一百三十九头，其他没有遭到东伯雪鹰攻击的八爪虚界生物怒吼着追去。东伯雪鹰依旧接连出招，一头头八爪虚界生物在巫毒的影响下，一瞬间都嚎叫起来。

"该死的人类！这是什么毒？"

"杀了他！"

疼痛无法削减，但八爪虚界生物很快就适应了，毕竟它们也是到达了神级的生物，这种疼痛让它们杀意更浓！

东伯雪鹰辛辛苦苦地刺中了一百一十头八爪虚界生物，可最早被刺中的八爪虚界生物已经适应了疼痛，再度展开攻击。

"这么快？"

不但东伯雪鹰再度遭到攻击，连原本已经逃开的辰九也再度遭到攻击。

因为没有东伯雪鹰帮他分担，十几头八爪虚界生物同时围攻他一个，过百根的深青色触手铺天盖地围攻而来，辰九脸上露出了绝望之色。

他的八条手臂虽然防御得很完美，可也经不住大量的触手一次次从四面八方缠绕而来，像大网一样将他缠绕。辰九在挣扎，努力想要破解，可这次的触手比刚才多了近乎一倍，仅在瞬间就将他完全包裹了，形成了一个触手缠绕而成的球！

"完了。"辰九绝望了。

虽然有神器铠甲，他还死不了，可是……他会被带到这些怪物的老巢的！那样他根本逃不了，也就无法通过第一片藤叶世界的考验！

界神级存在让他下来，也是有时间限制的。因为要不了多久，巫神和大魔神就会发动战争，到时候他们就没有机会进红石山了。

这次必须成功！

虚界内，东伯雪鹰还在撑着。

"噗！"长枪刺在围攻而来的触手上。

"呜！"八爪虚界生物立即嚎叫一声。当它们再一次被刺中，带有巫毒的血液让这些八爪虚界生物体内的毒素浓度提升，疼痛感自然加剧了。

所以，即便它们越加愤怒，可在东伯雪鹰的抵抗下，八爪虚界生物们也还是受到了影响。

“我的毒素威力终究较弱，这样下去对战斗的影响会越来越低的。”东伯雪鹰焦急无比，“我答应过靖秋的，我一定会回去……夏族，战争要不了多久就会爆发。不能败，不能！”

东伯雪鹰看到辰九被八爪虚界生物捆缚起来拽入虚界，也明白没有神器铠甲的自己败了只会更惨！

“星辰真意和虚界真意，只要突破任意一个我就有希望。”东伯雪鹰在疯狂施展极点穿透的同时，脑海中则努力回忆起开天辟地的场景。他强行压制体内鬼六怨巫毒的影响，想办法推演星辰真意和虚界真意。

必须突破！不突破，就是死！

“砰！”一条触手突破防御，抽打在东伯雪鹰身上。东伯雪鹰受力倒飞出去，他立即往后刺出一枪，刺在那欲要缠住自己的一根触手上。

“嗷！”那头八爪虚界生物巨大的身体颤抖了一下，很快再度攻击过来。

幸亏福叔之前将加持防御的神级卷轴都用在了自己身上，否则自己在神级威能的正面冲击下，恐怕不死也得重伤。照这样下去，要不了几次，自己就完了。

“星辰……虚界……”东伯雪鹰快急疯了。脑海中浮现出那位红石山主人一根手指点出，整个世界诞生的场景，那世界内有植物花草，有飞禽走兽……

在想到那无比广袤的大地时，东伯雪鹰心中陡然一动。

“轰！”只见原本在体表的星辰真意陡然凝集，周围的引力领域威力也同样暴增！

强大的引力瞬间横扫周围攻来的八爪虚界生物。它们体形本就巨大，只是之前东伯雪鹰的引力领域威力弱，令它们的速度减慢了一成，可现在引力领域陡然提升，令周围的这群八爪虚界生物身体一窒，速度猛然一缓。

“星辰真意突破了。”东伯雪鹰激动得都快流泪了，在生死关头，竟然真的突破了，“天不亡我，天不亡我！”

虽然自己的星辰真意、虚界真意早就达到二重境极限，观看开天辟地后也有了许多感悟，感觉随时可能突破，可这“随时”是不可控的！

刚才他在无比焦急的关头，本能地迸发出最强的求生欲望，连巫毒的影响都迅速减弱，当时头脑中推演真意的速度飙升，就算没有巫毒影响，恐怕自己的推演速度都无法做到这么快。

生死压力下确实更容易突破，可这种情况还是越少越好。东伯雪鹰一点儿都不喜欢那种绝望的感觉。

“轰！”引力领域排斥着所有八爪虚界生物，它们的一举一动都在引力的排斥下速度锐减，比之前的速度又降低了两三成。

“杀！”东伯雪鹰挥舞着手中长枪，释放出毁天灭地的气息，枪杆上的旋涡引力更强，汇聚成一点后也更加自然，速度也更快。一闪过后，枪尖就刺在了一根深青色的触手上。

“嗡！”这一枪蕴含的恐怖毁灭奥妙立即传递到了一头八爪虚界生物的全身，它瞬间就化作飞灰，消散在虚无中。

星辰陨灭击，一枪毙命！

之前的日子东伯雪鹰一直在琢磨秘技，却一直没有完善。在星辰真意、极点穿透真意都达到了三重境后配合得却非常顺畅，非常自然，虽然算不上绝对完美，但也足够了。这一击，论威能比过去强，规则奥妙也更高。

星辰陨灭击的速度也接近极点穿透了，八爪虚界生物在引力的影响下攻击的速度更慢了。东伯雪鹰每一次出枪，一头怪物就会毙命。长枪翻飞，周围一头头八爪虚界生物接连湮灭，吓得其他八爪虚界生物有些发蒙。

“逃，逃，逃！”八爪虚界生物反应过来后开始仓皇逃窜。

“想逃？”这时候，东伯雪鹰的引力领域立即反过来，产生了强烈的吸力，令它们逃离的速度慢了很多。

“辰九！”东伯雪鹰直奔向那几头捆缚着辰九的八爪虚界生物。看到东伯雪鹰追过来，那几头八爪虚界生物立即明白这个白衣人类是要救他的同伴，它们立即放开触手，将被完全捆缚的辰九放开，接着四散奔逃。

东伯雪鹰这才停下，没再继续追杀。

“怎么……怎么回事？”辰九有些迷茫地看向周围，他已经被排斥出虚界，回到了真实世界。周围空荡荡的，远处正是核心长藤，核心长藤上站着的尤兰领主看到这里也是一脸错愕。

“哗！”虚无中走出一道白衣身影，正是东伯雪鹰。

“东伯，是你？”辰九有些激动。

“侥幸在生死时刻突破了，真是走运。”东伯雪鹰现在都觉得无比庆幸，有一种劫后余生的感觉。

“哈哈哈，这也是我走运啊。”辰九此刻也难掩激动之情。

二人转头看向远处的核心长藤，看着长藤上的尤兰领主，眼中杀机弥漫。

“尤兰，受死！”东伯雪鹰低吼一声，随后化作流光杀了过去，辰九紧随其后。

“竟然没死？他们……他们竟然没死？从一百三十九头八爪虚界生物的围攻下活下来了？”尤兰领主不敢相信眼前的这一幕。

当辰九和东伯雪鹰杀气腾腾地冲过来时，尤兰领主毫不犹豫地沿着长藤，迅速朝第二片藤叶世界方向飞奔而去。

“辰九在虚界中根本无法战斗，看来是东伯雪鹰解决了那些虚界生物。他的实力根本不够啊，难道是突破了？”尤兰领主气得牙痒痒，“没能杀了他，竟然还让他提升了实力！该死！”

虽然心中愤怒无比，尤兰领主飞奔的速度却达到了极致。

东伯雪鹰、辰九二人此刻还被金色丝线缠绕着，当他们冲到核心长藤处的时候，尤兰领主已经跑出去老远。

“算了，追不上了。”辰九说道。

“这个祸患，必须得除掉。”东伯雪鹰恨声道。

“嗯，有机会一定得除掉，否则说不定他还会暗算我们。”辰九点头，“不过放心，接下来越往后，他想要暗算我们就越难。”

东伯雪鹰一想到后面的考验，不由得点头。

“走，去那些八爪虚界生物的老巢瞧瞧。”东伯雪鹰心中有着一丝期待，指向一千三百里外一处低矮山头的山腹，“就在那儿。”

“哈哈哈，上次只消灭了一头八爪虚界生物，就得到了两件神器和一尊神界战兵，这次比之前的威胁大太多了，奇遇宝物定是更多。”辰九也有点儿期待，“不过别急，等缠绕在我们身上的这些束缚消散再说。”

“嗯。”东伯雪鹰点头。

金色丝线已经越来越弱了，东伯雪鹰和辰九体表真意涌动，加大力量削弱束缚。

“我让虚界分身先去探察一下。”东伯雪鹰心意一动，一尊和东伯雪鹰一模一样的虚界分身就出现在了山腹口处，而后走了进去。

那些逃回老巢的八爪虚界生物看到那个白衣人类青年竟然走了进来，顿时吓得继续逃窜。

很快东伯雪鹰和辰九身上的金色丝线就完全消散了，二人接着来到了山腹口处。

在山腹外，东伯雪鹰留下了三尊虚界分身，分散在三个方向，监视着周围的动静。

他们俩则是步入了山腹内。

山腹内空荡荡的，面积非常大，足有五六里。里面生长着一些植物野花，地上还有溪水流动，而在山腹的角落，却飘浮着一块晶玉。

东伯雪鹰和辰九的目光都落在那块晶玉上。

“我就不去了。”辰九笑道，这次能活命他就很庆幸了，不可能再跟东伯雪鹰分宝贝了。当然，如果东伯雪鹰用不到，又主动赠予他的话，他还是愿意收的。

东伯雪鹰也不推辞，这些宝贝，就算自己现在用不了，送回夏族也是好的。

东伯雪鹰走到山腹的角落，深吸一口气，伸手抓向那一块晶玉。他谨慎地并未用手掌直接碰触，而是用天地之力包裹着这块晶玉，可这晶玉一被移动，就忽然射出一道流光，直接钻入了东伯雪鹰的眉心，东伯雪鹰吓了一跳，想要闪躲却来不及了。

自己身上的神级卷轴加持的力量，还有青甲守卫都没能阻挡这道流光。

“血蔓花：连天藤的伴生植物，天生的神级植物生命。晶玉内珍藏着一粒血蔓花的种子，只需炼化晶玉，释放出种子，种子就能吸收天地力量开始生长。刚出生时就能媲美半神级超凡，一百年就能成长到神级，一千年达到神级中期，一万年达到神级后期，十万年达到神级巅峰，此刻便是最完美的成熟体。如果用源石、神晶等蕴含能量之物喂养，可促进其生长。培育它的详细方法……操纵之法……战斗擅长……”

大量信息在东伯雪鹰的脑海中显现出来。东伯雪鹰双眼放光，激动不已。这株血蔓花，只要自己培养得当，完全可以在战争爆发时，为夏族添上一个神级战力！而且作为神级植物生命，要比正常的神灵更加难缠，它的生命力要强大得多。

“炼化。”东伯雪鹰立即将自己的一缕意识力量注入晶玉，晶玉表面浮现出了符纹，整个晶玉也逐渐变得透明，显现出它内部的一枚黑色种子。黑色种子逐渐苏醒，开始有绿色根茎长出，根茎上还有绿色叶子。这娇嫩的叶子迅速汲取着周围的能量，而晶玉急剧缩小，很快就被这黑色种子上的小小绿藤给吞食了。

“呼呼呼——”周围天地力量涌动，这绿藤上的一片片绿叶生长出来，绿叶摇曳生姿，绿藤不断生长，原本的黑色种子渐渐干瘪，最终化为粉末。

眨眼工夫，这绿藤的最顶端长出了一朵美丽的红色花骨朵。

“乖，过来。”东伯雪鹰露出笑容，伸出右手，这株悬浮在半空的血蔓花瞬间就飞到了东伯雪鹰的掌心，而后乖巧地缠绕在他的手腕上，看上去就像一个藤蔓护腕。虽然化作护腕，可它依旧在汲取着天地力量。

“这是血蔓花？”辰九也走过来，震惊无比，“不愧是神界大能者，这手笔也太大了。听说植物生命，一般都得从种子阶段开始炼化控制，否则成长后是很难真正掌控的。”

“嗯。”东伯雪鹰点头，露出笑容，“对，我也是炼化了那晶玉，才掌控了这血蔓花。”

“可惜啊，东伯，你如果不炼化，这晶玉带种子，完全可以对外售卖。”辰九说道，“让那些大势力送一份鬼六怨解药进入凡人世界，也未尝没有可能。可惜你已经炼化了，这血蔓花已经开始培育，很难易主了。”

“啊……换解药？”东伯雪鹰哑然，“算了，既然已经炼化了，也就罢了，更何况它将来在巫神和大魔神掀起的战争中，对夏族也能有极大助力。”

就算自己最终因为巫毒死去，也能命令血蔓花守护夏族！

“你看得开就好。你的实力一直在提升，说不定你最终能成功通过连天藤五大藤叶世界呢。”辰九感慨。

“反正尽力一拼就好了。”东伯雪鹰道。

东伯雪鹰和辰九二人化作两道流光，顺着核心长藤高速飞行起来。

“东伯，你一直说巫神和大魔神会掀起战争，你可知道，战争将会在什么时候爆发？”辰九问道。

“不知道。”东伯雪鹰摇头，“不过当初我们夏族毁掉的那尊大魔神分身成长状态离完美也差不多了，我猜测，他们的准备应该已经很充分了，随时可能掀起战争。”

辰九微微一笑：“我可以告诉你一个情报。”

“嗯？”东伯雪鹰看向他。

“战争应该在二十年后爆发。”辰九道，“准确时间不敢确定，但是应该会在二十年后！”

“二十年后？”东伯雪鹰一惊，连忙问道，“为什么这么说？”

辰九解释道：“你应该知道，我是接受了一位伟大的界神级存在的命令才进入你们夏族世界的。当初我和他订下誓约，其中就有命令，必须在进入夏族世界二十年内进入红石山。而且那位界神也吩咐我，最好别拖延，一旦战争爆发，红石山将会被巫神、大魔神封禁，那就没有机会了。”

“不光是我，还有其他的队伍。估计他们背后的界神存在、大魔神级存在都得到了一些情报。”辰九道。

东伯雪鹰郑重点头。

“二十年。”东伯雪鹰心中有了许多想法。

东伯雪鹰和辰九二人一路飞行，很快沿着核心长藤，飞到了连天藤的主干上，而后继续朝上方飞行。

飞行了八天之后，他们终于飞到了第二片藤叶世界。这几天，东伯雪鹰和辰九一直都在赶路，想要追到尤兰领主，可没想到一直没有发现他的踪迹。

“这尤兰领主逃得挺快。”辰九冷声道。

“到了第二片藤叶世界，我就不信他还逃得掉。”东伯雪鹰道。

第十一章

XUEYING LINGZHU

虚无之体

“恭喜你们。”奚薇忽然从旁边的主干上浮现出来。

“奚薇前辈。”东伯雪鹰和辰九恭敬行礼。

“这是第二片藤叶世界。”奚薇俯瞰着广阔的第二片藤叶世界，“你们应该知道规矩。在第二片藤叶世界内，连绵的群山中有巡山兽，你们每个超凡必定会遭到一头巡山兽的袭击。如果在第二片藤叶世界的停留时间超过十天，则会同时遭到两头巡山兽攻击，以此类推，巡山兽会越来越多。”

“一旦在五头巡山兽的攻击下活下来，那么在第二片藤叶世界停留再久，都不会再有危险。当然你们超凡之间的自相残杀不算在内。”奚薇解释道。

“明白。”东伯雪鹰和辰九点头。

“第一片藤叶世界和第二片藤叶世界的经历都能挖掘出你们的潜力，好好把握机会，尽量提升实力吧。”奚薇说完微微一笑，消失在了主干内。

东伯雪鹰、辰九二人俯冲而下，落在巨大藤叶的边缘。

“东伯，福叔已经捏碎符牌出了红石山，我们无法再使用神级卷轴了。”辰九说道，“面对巡山兽恐怕会有些麻烦，你确定我们还一起行动？”

“当然一起！这样遇到尤兰领主，杀他才有把握。”东伯雪鹰说道，“至于巡山兽，虽然没了神级卷轴，但我的星辰真意已经突破到三重境，引力领域对它有克制之效。”

辰九面露喜色：“好，这星辰真意还真够厉害，遇到什么危险情况，都能发挥些作用。”

东伯雪鹰点头。

真意，有些偏极端，有些则偏平衡。星辰真意在攻击方面只能算是正常水准，但它还有领域类的引力。有这一门真意在身，的确够全面了。

特别是由星辰真意和极点穿透真意结合而成的星辰陨灭击，这一秘技才是真正完美，既有超强的力量，又有惊人的毁灭破坏奥妙。

第二片藤叶世界是一片广袤的群山，山脉连绵不断。

东伯雪鹰和辰九二人此刻来到了一条巨大峡谷的入口，这第二片藤叶世界就是要一直沿着这条峡谷前进，直至尽头。

“梅山主人他们的队伍最快，比我们提前了一天。”辰九说道，“至于尤兰，应该比我们快不了多少，我们说不定还能追到他。”

“追！”东伯雪鹰点头，二人立即沿着峡谷前进。

在他们进入峡谷一个多时辰后，远处一座大山的山洞中走出了一道身影，他正是尤兰领主。他遥遥地看着远处的大峡谷入口，眼中满是讥讽：“两个蠢货，还想要追杀我，却不知道我在你们后面，任你们怎么追，都是追不到我的！”

这条大峡谷，贯穿了连绵的群山，长约九百万里。

东伯雪鹰和辰九二人速度极快。一路上，他们看到旁边的峡谷崖壁上刻着各种图案，有时候也会情不自禁地停下来细看，可还是用了短短半个时辰就飞出了百万里。

“咦？”远处崖壁前的草地上，梅山主人、白袍少女、黑衣男子正在查看崖壁，只见崖壁上面刻有一些剑术图案。

“东伯雪鹰、辰九，你们来得好快啊。”梅山主人转头看着东伯雪鹰二人，一迈步，走出了他们所在的那片草地。那片草地范围内的时间流速非常快。这第二片藤叶世界有许多时间流速很快的地方，这样可以让超凡们借助时间流速，有更充足的时间去慢慢参悟。

比如超过十天，就会遭到两头巡山兽攻击。而如果在时间流速十倍的地方，十天时间，就相当于一百天了！而逗留超过十天，指的是外部的正常时间。

梅山主人笑道：“我们也是前一天才来到第二片藤叶世界，没想到你们这么快就追上来了。怎么，途中诸多崖壁，上面有许多前辈留下的规则奥妙施展，诸多拳法、枪法、剑术、刀法，你们就没有参悟？”

“不急。”辰九笑道，“我们先追杀那尤兰领主，等杀了他，再回头慢慢参悟。”

“梅山主人，你有没有看到尤兰领主？”东伯雪鹰问道。

梅山主人摇头：“没看到，他肯定没到这儿，不然我肯定能发现！”

东伯雪鹰、辰九二人闻言面面相觑。

“他在后面！”东伯雪鹰道，“这个尤兰领主一定知道我们在追杀他，所以他在抵达第二片藤叶世界的时候，没进入峡谷，而是藏匿在大山的某一处。”

“现在怎么办？”辰九道，“我们返回，去杀他？”

“不急。”东伯雪鹰摇头，“谁知道尤兰领主要在大山中藏多久，他终究会进入大峡谷的，我们只需慢慢修行，慢慢等他，等他入网。”

辰九点头笑道：“也好，刚才看到几处有趣的地方，都没停下来修行。”

“走走走，回去看看。”东伯雪鹰此刻也心痒难耐。

“谢了，我们先走了。”东伯雪鹰、辰九立即和梅山主人告别。

二人转身就走，谈论着之前看到的崖壁雕刻，很快就选中了二人都有兴趣的一处地方，停了下来。

崖壁上刻着由无数线条构成的图案，图案仿佛是一个巨大的火山口，火山口有无数球体飞出，每一个球体都带着毁灭性的气息。那火山口更是深得看不到底，似乎蕴含着毁灭一切的源头。

东伯雪鹰、辰九二人立即找到了这崖壁前时间流速最快的区域——一处靠着溪流的水岸，时间流速估计有九倍。

“小家伙，你尽管汲取吧。”东伯雪鹰看了眼手腕上的血蔓花手环，它正在不停地汲取着天地力量。

东伯雪鹰和辰九静下心抬头看着崖壁。

当然，东伯雪鹰也分出了一点儿心神，在虚界监察着周围的情况，辰九也透过八龙真意探察着周围万里范围内的动静。如果尤兰领主来了，他们好有所准备。

外界时间在不知不觉中过去了一天多，东伯雪鹰和辰九仍然沉浸在崖壁的图案中。

“原来如此，这些神界高手对规则奥妙的领悟比我们这些超凡深刻多了。”东伯雪鹰越是参悟，就越是发现更多让他惊叹的地方，对极点穿透也有了更多的感悟。

此时在东伯雪鹰和辰九身后的一面崖壁上，忽然浮现出了两头庞然大物，它们仿佛金石铸就，身长十余米，嘴中獠牙森森，四蹄强劲有力。

“呼！”“呼！”两头凶兽猛然冲出，快得像是两道风。

“小心！”

东伯雪鹰和辰九二人时刻感应着周围的动静，自然在它们出现的第一时间就感应到了，可二人应对起来依然很仓促。

“好快，怕有瞬间两千里的速度吧。”东伯雪鹰对它们的速度感到震惊。这两头庞然大物从他们背后的崖壁扑来，距离太近，东伯雪鹰先是释放出引力领域，澎湃的引力轰然作用在那两头凶兽身上，令它们速度锐减，即便这样，它们仍然很快。

东伯雪鹰凭空消失，进入虚界当中。

“太快了！”辰九立即转身，显现出了八臂。

“轰！”其中一头凶兽直接和辰九正面撞击在了一起。

那原本杀向东伯雪鹰的另外一头凶兽似乎透过虚界看到了东伯雪鹰，却略微改变方向，转头杀向了辰九！

东伯雪鹰人在虚界，一旦它追入虚界，实力就会受到影响，还不如先干掉一个！

“砰”！被凶兽撞击后，辰九化作一道流光摔到了身后雕刻着火山口的崖壁上，崖壁有无形的屏障保护着，辰九整个人被震得难受得很，立刻喷出了一口鲜血。

“东伯，帮帮忙！”辰九立即喊道。

“有神器铠甲，又修行了唯我真意，竟然被撞到吐血？”东伯雪鹰震惊不已，他不再迟疑，连忙去拦截其中一头巡山兽。

第二片藤叶世界，就只有这一种危险——巡山兽！

如果在里面逗留不超过十天，那么一名超凡只会遭到一头巡山兽的攻击。只要赢了，这第二片藤叶世界就算通过了。听起来很简单，可正因为巡山兽是唯一的危险，所以格外恐怖，也只有辰九这种有神器铠甲的超凡才敢正面硬扛。

“辰九，你身体强，多扛扛。”东伯雪鹰传音道，他看得出，辰九至少还没有出现身体部分湮灭的情况。

“你这家伙。”辰九背靠崖壁，八臂环绕身周，盯着眼前的两头巡山兽，“来啊！来啊！”

“吼！”两头巡山兽大声咆哮，再度化作一阵风，向辰九冲去。

辰九这次不敢正面硬碰硬了，而是施展精妙的战斗技巧，尽量卸力，尽量撑久点儿，同时传音：“东伯，我吸引它俩的注意，攻击就靠你了。”

“好。”

“哗！”东伯雪鹰从虚无中很是突兀地刺出一枪，长枪带着星辰陨灭的毁灭气息。不过那头巡山兽也是能够观察到虚界的，它猛然一甩尾巴，便和东伯雪鹰的长枪正面碰撞上了。

“这巡山兽，真是拥有着神山一样的力量。”东伯雪鹰看到巡山兽的尾巴和自己的长枪撞击后，竟然轻易地卸掉了自己的攻击力。星辰陨灭击是何等威能？就这么被轻易卸掉了，“这还只是尾巴，如果它正面攻击，威能恐怕还得提升一个层次吧。”

“吼——”虽然挡下了攻击，可那巡山兽还是感觉到了疼痛，它转头看向了虚界中的东伯雪鹰，发出了一声低吼。另外一头巡山兽闻声停止了对辰九的攻击，两头巡山兽相视一眼，同时跃入了虚界当中。

“竟然都杀到虚界里来了。”东伯雪鹰立即释放引力领域，努力阻挡着它们，一边小心警惕着。

“东伯，你能不能扛住？扛不住就回到真实世界，我帮你一起扛。”辰九传音道。

“我先试试，才两头巡山兽而已……过十天可就是四头了，最后更是有十头呢。解决了十头，我们才能长时间在这儿修行。”东伯雪鹰手持一杆长枪，小心地看着这两头巡山兽。

两头巡山兽也在盯着东伯雪鹰，它们正是发现这两名超凡中那个躲在虚界内的超凡对它们威胁更大，才决定先进来杀了他。

“你还想解决四头？十头？疯了吧，我可不会跟你一起疯。”辰九传音喊道。

虚界内，两头巡山兽踏着虚空，盯着东伯雪鹰，东伯雪鹰手持一杆长枪，谨慎以待。

他自问，自己的实力已经提升了不少，目前又是在虚界内，面对两头巡山兽的攻击应该能撑一撑的，这也是磨炼自己枪法的机会。

“呼——”“呼——”两头巡山兽化作两阵风，直扑向东伯雪鹰。

在虚界和引力领域的双重阻碍下，两头巡山兽达到了瞬间一千三四百里的速度。虽然依然比自己要快，可至少不像之前那样让自己连反应都很吃力了。

东伯雪鹰也不硬碰硬，而是在每次巡山兽冲来时，他都闪身避开。灵活性是巡山兽的一个弱点，辰九也是瞅准了巡山兽的这个弱点，才一次次勉强扛住的。

长枪一次次旋转着刺出，带着星辰陨灭的毁灭气息，或是刺在巡山兽的腹部，或是刺在巡山兽的蹄上。

双方搏杀着。两头巡山兽彼此配合着一次次飞扑冲杀，它们的尾巴也一次次诡异地甩出，东伯雪鹰仗着枪法精妙，努力撑着。他的枪法施展得也越发迅猛，星辰陨灭击开始逐渐在实战中吸取经验，完善起来。

搏杀持续了大概一盏茶时间，一头巡山兽在飞蹿的同时，忽然凭空分解消散，另一头巡山兽在和东伯雪鹰又搏杀了十几个回合后，同样分解消散。

“痛快痛快。”东伯雪鹰从虚界中走出，回到了真实世界。

“赢了？”辰九说道。

“还是很吃力啊。”东伯雪鹰笑道，“幸好巡山兽不是真正的生命，只要受到的攻击累积到一定程度，就会自然溃散。”

巡山兽，是红石山主人定下的考验，由法阵凝聚而成，就像黑风神宫的法阵凝聚出的黑甲守卫一样，只是巡山兽的攻击力更强大而已。

“怎么样，还打算对付四头吗？”辰九问道。

“在虚界内，三头巡山兽应该能扛住，四头肯定不行。”东伯雪鹰说道，“可在真实世界，没有虚界的阻碍，巡山兽的实力会更强，我应对两头巡山兽都会很吃力。”

“有你的引力领域帮忙，两头巡山兽我没问题，三头都能撑住。”辰九说道，“你我联手，四头应该能扛住，十头是肯定不行了。”

“嗯。”东伯雪鹰点头。

“我们在大峡谷内的时间不能超过一个月。”辰九道，“我们已经在这儿待了一天多了，再去其他地方瞧瞧。大峡谷的许多崖壁都有神界前辈留下的痕迹。”

在大峡谷的第八天。

“梅山主人，你的同伴呢？”东伯雪鹰和辰九再次碰到了梅山主人。

盘膝坐在一块大石上的梅山主人摇头道：“山轩和燕清已经捏碎符牌离开了。面对三头巡山兽，我实在庇护不了他们，他们俩只能先离开了。”

“面对三头巡山兽，你还想庇护他们？佩服佩服。”辰九打趣道，“说起来，现在红石山内剩下的就我、东伯、你，还有剑皇以及尤兰领主了。”

“嗯。”梅山主人点头，“不过第一片藤叶世界和第二片藤叶世界本来就是意在挖掘超凡们的潜力，还不算太危险。从第三片藤叶世界开始，才是越来越危险。”

东伯雪鹰暗暗感慨，在红石山内的人，的确越来越少了。现在就剩下五个，自己和辰九还想干掉尤兰！一旦成功，那就只剩下四个了。

第三片藤叶世界、第四片藤叶世界、第五片藤叶世界……到时候又有几人能到达第五片藤叶世界？又有几人能通过连天藤，抵达更高一层的空间？

又或者说，一个都没有？

“走。”东伯雪鹰、辰九继续前进。

他们二人在看到对自己有帮助的崖壁时，就短暂停留，看到双方都有触动的地方才会较长时间停留。

在大峡谷的第十一天。

“这……”东伯雪鹰和辰九都震惊地看着面前的崖壁。

崖壁上方是一片白色，崖壁下方是一片黑暗，在崖壁中央，则是一道刀痕！

“太……”东伯雪鹰看到崖壁中央那横切的巨大刀痕，甚至能够想象到在很久以前，一位拥有不可思议威能的存在随意从鞘中拔刀，横切而过，在崖壁上留下了这么一道刀痕。刀痕出，崖壁自然发生了改变。

“极点穿透？这一刀，简直包含我能想象到的一切规则。”

“星辰？一刀出，天地生，星辰和天地一比，简直渺小得很。”

“虚界？虚界，和这完整的天地世界又如何相比？”

东伯雪鹰完全被震撼了。

在他看来，这一刀带给自己的震撼，甚至能媲美自己观看开天辟地印记时的感觉了。旁边的辰九同样完全痴迷了。太不可思议了，这样的刀法，简直不可想象。

他们俩毫不犹豫地选择了周围时间流速最快的一片区域。辰九坐在草地上，东伯雪鹰则是站在一旁，看着看着便忍不住拿出了星石火云枪，演练起来。两人如痴如醉，在他们看来，眼前的刀痕比之前看到的诸多崖壁雕刻高明了不知道多少。

第二片藤叶世界，连绵的群山。

群山之巅，有一名鹤发童颜的老者，他身体颇为消瘦，脸上皮肤却有着婴儿般的红润，一双眼睛很亮。他俯瞰着下方，看到了如痴如狂的东伯雪鹰和辰九。辰九盘膝坐在那儿无意识地念念叨叨，东伯雪鹰则是手持长枪一次次施展枪法。

“这两个小家伙。”老者摇头，“看到这刀法，简直手舞足蹈。”

“这刀法，是慧明留下的吧？可惜传播信仰太多，反受信仰束缚，可惜可惜。当初这红石山那般热闹，如今空荡荡的，他们一个个都不见了。”

老者坐在山巅，手中出现了一个青色酒壶，轻轻喝了一口，遥遥看着，似乎在发呆。

在崖壁刀痕前。

“一切奥妙可归于一刀，一刀，就是天地。我这身体，何尝不是一个完整的天地？我的八龙真意，也可以归一……”辰九喃喃自语，脑海中在急速推演着。

东伯雪鹰练着枪法，旁边忽然出现了九尊虚界分身，个个手持长枪，也都练着枪法。或带着可怕的摧毁意境，或沉重得仿佛星辰大地，或飘忽诡异，还产生了诸多幻影。

“一刀分天地，一为天，一为地；一刀分阴阳，有阴，则有阳；一刀分开真实虚幻，有真实，有虚幻。”

东伯雪鹰自言自语着，枪法也越加虚幻，甚至整个人都变得有些透明，九尊虚界分身一尊尊走向东伯雪鹰本尊。

本尊和分身碰触，分身消失，本尊却越加透明，很快九尊虚界分身尽数消失。

“真也是虚，虚也是真。”东伯雪鹰微微一笑，近乎透明的本尊完全消失不见。

东伯雪鹰站在虚界内，整个人完全分散。

以之前东伯雪鹰所在位置，周围十万里范围的巨大的虚界内，此刻东伯雪鹰无比清晰地感受着，因为他的身体完全粒子化，并且和整个虚界融为一体。

他就是虚界，虚界就是他！至少在半径十万里的范围内的虚界，就是他！

“我就是虚界，虚界就是我，这就是虚界之身？也就是所谓的虚无之体？”东伯雪鹰依旧在思考。他的星辰真意达到三重境的时候，按理说是能够修炼出星辰不灭体的。但是星辰不灭体的原理，是吸收天地间力量或者超凡斗气，按照星辰真意的规则奥妙强化身体每一处。

可自己的身体时时刻刻受到巫毒折磨，体内没有超凡斗气，天地力量被吸引来都用来恢复身体的损耗了，且巫毒渗透每一个粒子，根本无法强化！

星辰不灭体，防御强大，力量强横。或许比唯我之躯要弱一些，但是应该能媲美库蒙将军的魔体了。可惜，东伯雪鹰无法修炼。

虚无之体不同。它是整个身体分解，和虚界合为一体。巫毒是否渗透，并不影响。

“这才算得上不死之身啊。”东伯雪鹰感慨，“寻常的不死之身，都是靠生命力，生命力够强就能恢复。而虚无之体靠的是由规则奥妙形成的不死之身。要攻击我，我的身体分散在周围十万里虚界，得攻击整个虚界，才相当于攻击我。”

随着虚界真意的提升，东伯雪鹰能掌控的虚界范围会继续扩张，到时候要杀他会更加难。

“呼——”原本分散在十万里的身体，瞬间合一。白衣东伯雪鹰显现出来，他随即走出虚界。

“东伯。”参悟中的辰九也停下了，他有些疑惑地看向东伯雪鹰，“刚才似乎有什么特殊的波动？”

“哦？”东伯雪鹰一笑，“是有波动……小心，巡山兽！”

东伯雪鹰开始怀疑，巡山兽的偷袭，是不是暗中有谁在操纵？不然怎么会这么巧，自己刚突破，就有巡山兽来袭了？是奚薇前辈在操纵？还是谁？

“四头巡山兽。东伯，赶紧靠近我，我们联手。”辰九也立即严阵以待，显现出八条手臂，手臂且都暴长至七八米长，环绕左右。

东伯雪鹰转身看向远处显现出的四头庞大的巡山兽，巡山兽们依旧低吼着化作一阵风冲了过来，速度的确很快。

“轰！”引力领域直接笼罩在那四头巡山兽身上。

跟着，周围出现了一个个东伯雪鹰，一眼看去，多出了足足三十六个东伯雪鹰。

“这是？”辰九大吃一惊，老贼当初就是有三十六尊分身的，东伯雪鹰也能施展这么多虚界分身？

虽说这些虚界分身每一个实力都大涨，有半神巅峰战力，可面对巡山兽，却根本不可能阻挡。

“哼。”这些虚界分身开始攻击巡山兽。

巡山兽们飞冲起来，速度快得惊人，可旁边一尊虚界分身一杆长枪带着毁灭气息，直接刺在了一头巡山兽的蹄上，顿时那头巡山兽一个踉跄，直接摔飞了出去。

“砰！”一杆长枪又绊倒了一头飞奔的巡山兽。

“哧——”凭空出现的一尊虚界分身，一枪上挑在巡山兽腹部，巡山兽被挑飞起来，在半空中却很快稳定住。

“吼——”“吼——”四头巡山兽都有些慌乱了，它们看向那一尊尊虚界分身，怎么每一尊虚界分身都能突然爆发出那么强的实力？

三十六尊虚界分身分散在周围，并且时刻变幻。有的虚界分身消散开，有的地方凭空凝聚出新的虚界分身。

东伯雪鹰不像老贼，老贼自身攻击力太弱，东伯雪鹰的攻击力甚至还在辰九、梅山主人他们之上！所以他的身体随意切换各处，就仿佛瞬移一样。

虽仅仅一人，却轻易将四头巡山兽玩弄于股掌之中。

“东伯雪鹰的虚界真意突破了。”一旁的辰九都无须出手了，他看得惊叹无比。

真实与虚幻交替。

处处都可能攻击，这使得东伯雪鹰原本毁灭性极强的星辰陨灭击的威胁暴涨！

巡山兽们一次次中招，没多久，四头巡山兽就接连完全崩解、消散。

“东伯。”辰九感叹，“你的实力，已经完全超越我们几个了，其实我们都知道，你能创出秘技，且是两种规则奥妙混合的秘技，你的天赋远在我们之上。现在你三门真意都突破了，谁都不是你对手了。”

东伯雪鹰摇头：“也就高一点儿罢了。在这大峡谷，说不定谁就能凝聚出二品神心了。”

“嗯。”辰九立即点头，充满斗志，“那就得辛苦你了，到时候十头巡山兽，我可解决不了。”

“我来解决！不过估计会有三四头漏网之鱼，你得扛一会儿。”东伯雪鹰笑道。

“哈哈，尽管放心，我别的不行，硬扛、保命最擅长。”辰九哈哈一笑。

只要解决十头巡山兽，在这大峡谷内逗留的时间就没有限制了。

东伯雪鹰也乐得在此多逗留，让自己的三门真意都多提升一些。自己的实力提升得越多，闯连天藤的把握才越大，将来在应对巫神和大魔神的战争中，帮助也才能越多。

时间一天天过去。

东伯雪鹰、辰九二人虽然对崖壁刀痕充满无尽崇拜，可还是沿着大峡谷不断前进，去观看一处处新的崖壁痕迹。谁知道后面有没有更高、更适合自己的？

转眼，已经是一个月的最后期限了。

“呼——”一道金光身影穿行在大峡谷中。

“啊！”这金光身影陡然停下，正是尤兰领主。他此刻正看着旁边的崖壁，崖壁上正是东伯雪鹰他们曾经看过的那崖壁刀痕！

“竟然还有如此崖壁痕迹。”尤兰领主露出懊恼之色，咬牙切齿，“该死该死啊，我就怕东伯雪鹰和辰九二人联手要对付我，才一直在后面逗留，甚至不敢前进太多，没想到这里竟然有如此不可思议的刀法！早知道……早点儿抵达这里，在这里待上近一个月也好啊！说不定我能够突破，或者自创秘技，或者凝聚出二品神心。”

“我还有时间，就在这儿再逗留半个时辰。”尤兰领主实在忍耐不住，立即进入旁边时间流速最快的草地上，饥渴无比地观看、琢磨起来。

即便这里是十五倍时间加速，半个时辰在外界时间也就相当于七个时辰多点儿。

太短了。刚沉浸在参悟中，就被迫停止。因为再拖延下去，就没有足够的时间冲出大峡谷了，到时候攻击他的就是五头巡山兽了！

“这东伯雪鹰，辰九，坏我际遇。”尤兰领主对东伯雪鹰、辰九二人越加厌恶，甚至连带着对夏族也越加厌恶，“这些该死的凡人世界的种族，等我成为红石山护法弟子，出去的时候，要让你们知道……什么叫后悔！”

尤兰领主最后不甘心地看了眼崖壁刀痕，而后迅速化作一道流光继续赶路了。

在一片宽阔的峡谷。

东伯雪鹰和辰九二人在琢磨着崖壁上的一套剑法。对于超凡、神灵而言，不管前辈留下的是剑法、刀法还是枪法，他们观看的只是其中蕴含的规则奥妙。毕竟和完整运转的整个天地自然相比，强者施展的招数中规则奥妙更加直接、清晰。

血蔓花如今已经有三米多高，除了主干绿藤外，还有大量的细藤，细藤上也爬满了绿叶，一朵朵红花，摇曳生姿，美丽得很。

虽然在大峡谷才近一个月，可因为不同地方的时间流速，血蔓花吸收天地力量已超过一年了。

“嗯？”东伯雪鹰忽然转头看向左方，看向峡谷难以看到的尽头。

“辰九，辰九。”东伯雪鹰连连喊道。

“怎么了？”辰九停下。

“我发现尤兰领主了。”东伯雪鹰嘴角微微上翘，“他正高速朝这儿赶来，离我们还有近九万里。”

他的虚界，是能够探察整整十万里范围的，尤兰领主一进入他的虚界探察范围，就被发现了。

“尤兰？他终于来了？哈哈哈……”辰九眼中有着寒意，“来得好。”

“他的时间减速，也是能够笼罩一片领域的。”东伯雪鹰说道，“估摸着达近万里范围，一旦靠近，很容易发现我们俩，我得带你进入虚界。不过你没掌握虚界真意，无法在虚界内进行战斗，只能听我摆布了。”

“哈哈，我的命都是你救的，带我进虚界吧。”辰九毫不犹豫。

“哈哈，好。”被同伴如此信任，东伯雪鹰还是很开心的。当即，他一伸手抓住辰九的手腕，同时另一只手召唤，“血蔓，过来。”

那株尽情摇曳的血蔓花，立即乖乖化作流光飞向东伯雪鹰的手腕，化作一只藤蔓手环。“呼——”一迈步，东伯雪鹰带着辰九进入了虚界当中。

辰九好奇地看着这片和真实世界几乎一模一样的世界，只是这世界有一种排斥感，如果没有东伯雪鹰拽着，他恐怕会立即被排斥出去。

“真神奇。”辰九赞叹。

“等你成了神灵，乃至更强，恐怕有一天也能进入虚界。”东伯雪鹰说道。

“就算能进，也无法像你们这些掌握了虚界真意的人一样自由自在地战斗。”辰九感慨，“听说达到虚界神心境，那就更厉害了，连战斗都无须自己出手。”

“真也是虚，虚也是真。”东伯雪鹰说道，“我现在三重境，算达到‘真也是虚’的地步，而只有达到虚界神心境，才能算是‘虚也是真’。”

真也是虚，就是身体能够化作虚无之体！

虚也是真，能够让一尊虚界分身完全真实化，并拥有和本尊一样的实力！就算战死，也能够瞬间再度凝聚。

“每一门二品真意，一旦达到神心境，都很厉害。”东伯雪鹰又道，“你的唯我真意、八龙真意，任何一门达到神心境，实力都会有一个质变的。”

“可惜要跨出这一步却难得很。”辰九轻轻摇头。

“来了。”东伯雪鹰忽然道。

尤兰领主正高速飞行在苍茫的大峡谷当中，旁边崖壁上的一处处痕迹，让他心痛得很。但再心痛，他也得小心前进。

“嗯？”尤兰领主有所察觉地猛然转头。

旁边，从虚无中走出来两道身影，正是东伯雪鹰和辰九。二人并肩而立，目光都落在尤兰领主身上。他们没有一丝焦急，因为他们有十足的信心在这儿除掉尤兰领主！

“你们怎么……”尤兰领主看到东伯雪鹰和辰九二人同时出现，吓得心猛然一颤。怕什么，就来什么啊！

“怎么会这样……我没发现他们，他们却到了我面前？”尤兰领主焦急无比，怎么办？怎样才能活命？

脑海中无数念头掠过。

尤兰领主心中一定，想到了办法，当即咧嘴挤出笑容：“两位，何必呢？我们来到红石山，最重要的就是成功通过连天藤。恐怕两位也知道，以我们的实力想要通过连天藤，希望很渺茫。可如今在红石山，我尤兰应该是唯一一个能够使用神级卷轴的吧？”

“嗯？”东伯雪鹰、辰九都心中一动，意识到这一问题。

东伯雪鹰、辰九、梅山主人、剑皇，都是超凡骑士，唯有来自黑暗深渊的尤兰领主能够使用神级卷轴！

“第三片藤叶世界的考验，可危险得很。我可以帮你们使用神级卷轴，给你们加持。”尤兰领主笑着露出雪白的牙齿，“这样，你们通过第三片藤叶世界的把握就大多了，不是吗？”

“和杀我相比，通过连天藤，更重要吧？”尤兰看着眼前两位。

“你说的很有道理。”东伯雪鹰看向尤兰领主。

尤兰领主挤出笑容，努力表现自己的友好。

“可是……你还是得死！”东伯雪鹰的声音变得冰冷，手中的一杆火红色长枪瞬间划过长空，在空中留下一道火红色的痕迹，直接斩杀向尤兰领主。

“你……”尤兰领主毫不犹豫地撕裂了一份神级卷轴，这也是他最后一份神级卷轴了。

“死吧！”尤兰领主眼中有着疯狂，只见一道黑色火焰凭空出现，笼罩向东伯雪鹰。

放出这黑色火焰后，尤兰领主甚至顾不得看结果，立即化作流光要逃。

“哗哗哗——”只见一尊尊东伯雪鹰的虚界分身，出现在四面八方。

“你以为你逃得掉？”所有的虚界分身同时开口，那黑色火焰扫过的东伯雪鹰本尊却轻易化作虚无。

“这是……”尤兰领主看到旁边足足三十六尊虚界分身，心中猛地冰冷，他想到了一个可怕的可能。心头惊恐，尤兰领主更加拼命地逃窜。

“轰！”周围产生了强大的引力，尤兰领主感觉到无形的力量在拖拽着他，让他的飞行速度立即减缓。

“死。”他身边凭空出现了东伯雪鹰，一枪朝他刺来。

尤兰立即挥手阻挡，周围时间流速都变慢了。

“呼——”那一枪靠近，却直接崩解了。

“呼——”又是一尊虚界分身，又是一枪刺来，气势恢宏。

“难道又是假的，故意拖慢我的速度？”尤兰领主只是顺手一巴掌拍击过去，尽量不影响速度。

“轰！”长枪带着毁灭气息，旋转着，且带着强大的引力旋涡，尤兰领主一巴掌竟然没能挡住。他陡然色变：“是真的！”

这一枪，比当初在黑白神山外的那次交手，要更快、更雄浑、更诡异！别说只是随意一掌，就算真的全力以赴，能不能挡住也是难说。

“噗——”长枪旋转着从尤兰领主的左胸口刺入。

尤兰领主的身体瞬间裂成两半！

左胸口这片区域的身体，瞬间分离开来，带着极端毁灭的奥妙直接摧毁了这一小半躯体，提前分裂开的大半魔体……却立即恢复完好。

“你的魔体，分裂得挺快的。”东伯雪鹰的声音回荡在周围，“我看你能分裂几次。”

只见尤兰领主周围环绕着一群东伯雪鹰，个个出枪。

尤兰领主分不清哪个是真哪个是假，如今东伯雪鹰的虚界分身也达到了半神巅峰实力，并不是他仅仅外放的规则奥妙就能灭杀的。

“东伯雪鹰，我能帮你的，能帮你的！”尤兰领主双手变大，仿佛两面巨大的盾牌努力抵挡着。

可星石火云枪，再次洞穿尤兰领主的身体。

洞穿时，他身体就立即分裂成一片片，在被一枪毁灭近半后，残余的身体部分立即汇合。

他这身体，真是分合随心，大小随心。东伯雪鹰暗道，可惜还是得死。

“没有我，你们都使用不了神级卷轴啊！”尤兰领主绝望了，急切地传音喊道，声音在周围处处回荡，“辰九，辰九，你来阻止东伯雪鹰啊！”

这次他是真的感觉到死亡的气息了。

“啊，怎么办，我还不想死，不能死！捏碎符牌？不不，一旦捏碎符牌放弃，就会遭到深渊誓约的惩罚，一样要死。”

尤兰非常焦急。

虽然握有符牌，可实际上辰九、梅山主人、尤兰等一个个都是立下了誓约的，界神级存在既然让他们下来，自然不会给他们一点儿退路。不成功，就是死！

“别杀我，你要我做什么，都好说！”尤兰连忙喊道。

“噗——”最后一枪刺来。

已经虚弱到快无法维持身体的尤兰领主，绝望地看着这一枪刺穿了他的身体。

“哗——”整个身体瞬间遭到完全的摧毁，尽数湮灭。“当当当”，一副半透明的手套掉落在地面上，还有储物手环跌落，发出清脆的响声。

东伯雪鹰这才露出一丝笑容——终于干掉他了！

第十二章

XUEYING LINGZHU

黑铁砲军

一眼看不到尽头的大峡谷内，一袭白衣的东伯雪鹰抬头看着眼前的崖壁刀痕。

“真不知道这一生，能不能达到这般境界？”东伯雪鹰看着刀痕，喃喃低语。突然他的身体微微颤抖，当即一翻手拿出黑色酒葫芦喝了一口，苦涩的解药瞬间沁入心田，让疼痛感降低不少，“之前半个时辰只需要喝一次解药，现在半个时辰需要喝两次了。”

“外界一年，不过在大峡谷内，我却度过了十八年。”东伯雪鹰感慨。

十八年，他看遍了整个大峡谷的每一处痕迹，细细体会、观摩过每一处，最终还是来到这一道刀痕前，大半时间都在参悟这道刀痕，从中体会规则奥妙。

“该走了。”东伯雪鹰很清楚自身的变化。大峡谷内十八年的修行，让他的眼界大开，积累也无比浑厚。

“呼——”东伯雪鹰化作一道流光，迅速沿着蜿蜒曲折的大峡谷前进。飞行了一百二十万里后，就看到了一株巍峨的足有千米高的巨大的血蔓花。血蔓花有着巨大的绿藤，以及无数细藤，细藤笼罩了周围数千米范围，还有一朵朵美丽的红色花朵。

“血蔓。”东伯雪鹰开口。

“主人。”青涩的声音响起，巨大的血蔓花瞬间缩小，朝东伯雪鹰飞来，很快就缠绕在东伯雪鹰手腕上变成了一只手环。

“主人，我……我感觉快要突破了。”一股波动传入东伯雪鹰的脑海。

东伯雪鹰露出笑容：“不急不急，能突破也别突破，等进入夏族世界你再突破到神级。”

“嗯。”血蔓花很乖巧。

在刚刚培育时它还很稚嫩，现在已经能和东伯雪鹰交流了。在大峡谷内，东伯雪鹰选了一处时间流速最快的地方让它成长，它所在的地方时间流速足足有百倍，如今离突破到神级也不远了。

不过夏族世界是凡人世界，如果是这一世界原本的超凡跨入神灵，平常受世界意志的眷顾，达到万年才会被赶走。甚至万年内如果境界够高，更有望炼化整个凡人世界，成为这个世界的主人。

但外来者是根本不可能炼化世界意志的，世界意志不会乖乖让其慢慢炼化。

所以外来者的实力必须低于神级！

而在夏族世界的世界意志面前，血蔓花并不是夏族世界生命，自然会遭到排斥，一旦跨入神级，将无法再进入夏族世界。

带着血蔓花，东伯雪鹰继续前进，很快就找到了依旧沉浸在修行中的辰九。

“东伯，你来了。”辰九起身，看着面前崖壁上的一幅幅人体雕刻，蕴含的正是唯我真意的奥妙，“还真是舍不得这里。”

“你如果舍不得，等后面的藤叶世界你通过不了，可以返回这里继续修行。”东伯雪鹰打趣道。

“别咒我，我可一定会顺利通过连天藤的。”辰九连忙道。

“哈哈，嗯，我们一起通过。”东伯雪鹰笑道，“走吧，该去第三片藤叶世界了。剑皇和梅山主人还一直困在第三片藤叶世界吗？”

“在我的斗气分身消散时，他们俩还没通过。”辰九道。

第三片藤叶世界，很简单，只有两座擂台，击败了就可以进入第四片藤叶世界了。

其中一座擂台上正盘膝坐着三名唇红齿白的孩童，这三名孩童个个穿着肚兜，各自身旁都放着两柄大锤！

而另一座擂台上，正有着一名穿着铠甲的肥胖巨汉在呼呼大睡。

在两座擂台前，剑皇、梅山主人同时转头看向半空中，和奚薇前辈简单交谈完的东伯雪鹰和辰九，正降落下来。

“你们俩总算来了。”剑皇感慨道，“真是痛快，在大峡谷待了整整一年。”

“你们还困在这儿呢？”辰九看着这两座擂台，“它们就这么难？”

“你可以试试。”剑皇懒得辩解。

“肥胖巨汉和那三个孩童，都是由法阵形成的，”梅山主人开口，“且实力是恒定的。我借助空间真意，让那三个孩童无法形成围攻，才勉强击败他们，可是，那个肥胖巨汉却容不得我躲避，必须正面迎战，还是差了些。”

“我两个都试过了。”旁边的剑皇摇头，“武皇还能赢下一场擂台，我却一场都赢不了，愁得头发都白了。”

“你的头发不是黑的吗？”辰九打趣。

“你看。”剑皇指着自己头发，“唰”！满头黑发瞬间全部变成白发，跟着又变回黑发，“唉，都是白的，只是我变成了黑色而已。”

“两场擂台战都赢不了，还有心情在这儿开玩笑。”辰九笑道。

东伯雪鹰也有些佩服了。要知道，他们都有誓言约束，任务失败，那都是必死无疑的。

“这算什么？在时空神殿的一次次任务中，多少次面对死亡？”剑皇笑道，“如果任务失败会死，为何要苦着脸死？笑着开开心心死，不更好？”

“好吧好吧，你厉害。”辰九一跃而起，直接蹿向那个肥胖巨汉的擂台，“我来试试他。”

说着辰九显现出八臂，八条手臂隐隐化作八条不同巨龙的龙头，直接杀去。

梅山主人立即捂脸。

“可怜。”剑皇也道。

“砰！”原本躺在那儿的肥胖巨汉，猛然挥动了手掌。他的手掌仿佛蒲扇一样，快如闪电，和袭来的八条手臂的其中两个巴掌撞击在一起。

辰九立即表情大变，眼睛瞪得滚圆。

“咻——”他冲上去很快，可倒飞出来时更快！

辰九直接被那肥胖巨汉一巴掌给抽得倒飞出擂台，摔在藤叶地面，巨大无比的藤叶表面微微震颤，却是丝毫无损。

“我……”辰九瞪眼。

“你竟然敢跟他硬拼？”梅山主人摇头，“自取其辱。”

“不试试怎么知道？”辰九反驳，不过他表情也有些凝重了。

麻烦了，这才到第三片藤叶世界啊！

“砰！”再度去尝试的辰九，再次被肥胖巨汉给轰了下来。辰九接连尝试三次，不由得摇摇头。肥胖巨汉的攻击看似简简单单，实则大巧不工。

“我再试试这一座擂台。”辰九立即一跃而上，落在另一座擂台上，擂台上原本盘膝坐着的三名可爱的孩童同时睁开了眼睛，他们看向辰九，眼神都颇为冷厉。

“好冷酷的小娃娃。”辰九瞬间显现出八条手臂。手臂粗壮有力，手臂上也显现出灰色金属，一股澎湃的气息散发开来，隐隐有八个不同的龙首在咆哮，遥遥盯着那三名孩童。

“上。”其中一个孩童冷喝道。

“嗖嗖嗖！”三名孩童个个双手持着大锤，一瞬间就化作幻影飞扑过来。

“好快。”下方观战的东伯雪鹰吃了一惊。这三个孩童单论速度绝对超过他们四人，个个如同风一样，连身影都显得有些虚化。

擂台上的辰九也是丝毫不慌，八个手掌变大，仿佛巨大的蒲扇一般。他的手掌，时而成拳，时而成爪，时而成指……各种攻击，或是阴柔，或是刚猛……

“轰轰轰！”三个孩童已经完全化作了风，身影尽数虚化，那六柄大锤彼此完美地配合，轮流疯狂地砸了过来，让人无法喘息。

“这辰九还真是厉害啊！”梅山主人慨叹，“能够将唯我真意修炼到生出八条手臂，且每条手臂都能发挥出完美的实力，必须得佩服他。”

他也是修炼唯我真意的，可也没多出一条胳膊，多出个翅膀来。

因为天生的身体就已经很完美了，要在这基础上，再多出些肢体来……一般来说会很不协调，实力甚至不增反减。所以能弄出八条手臂来，且每条手臂都能完美发挥，是非常了不起的。

“喝！”辰九猛然一声暴喝，面色狰狞。他开始越发疯狂地攻击了，甚至宁可用身体承受一两次大锤的攻击，也要全力攻击敌人。

“砰砰砰！”终于一名孩童暴退，跟着身体完全消散开去。

随着一名孩童战败，其他两名孩童很快也一一战败，尽数消散。

“呼——呼——”辰九在擂台上，脸色有些发白，嘴里也吐出了一口鲜血。刚才他前前后后扛了十几锤，幸亏有神器铠甲以及他自身强横的唯我之躯，才能扛下。

“怎么样？”辰九看向擂台下，颇为得意。

“别得意。”剑皇嗤笑道，“有本事把那肥胖巨汉给赢了，我才佩服你。”

辰九顿时苦了脸。

“我再试一次。”辰九刚刚获胜，气势正盛，当即一咬牙化作流光冲上了肥胖巨汉所在的擂台。

“砰！”肥胖巨汉又是一巴掌拍击过来。辰九这次不敢硬碰硬，连忙避让闪躲。

“砰砰砰！”肥胖巨汉的手掌快如闪电，大巴掌一次次笼罩过来。躲得了一次却躲不了十次，很快，辰九就被巨汉的一个巴掌直接拍击在手臂上，而后巨掌拍在他的身体上，辰九一瞪眼整个人往后倒飞出去，便飞出了擂台。

“唉，这次输得更快。”辰九不甘道。

“你之前刚刚获胜，太过急切了。”梅山主人摇头，“和他交手，不能急，得有耐心，而且丝毫不能硬碰硬。一硬碰硬，我们就败了。”

“我知道。”辰九烦恼得很。

剑皇笑道：“看来我们还得好好参悟，如果实力没有大的提升，恐怕很难通过这第三片藤叶世界，更不用想第四片藤叶世界和第五片藤叶世界了。”

梅山主人、辰九也都点头。

“东伯雪鹰。”梅山主人看向旁边沉思中的东伯雪鹰，“无须想太多，先上去试试，败了可以再战。”

“东伯可没这么容易败。”辰九道。

“辰九，你对东伯雪鹰信心很足啊。”剑皇惊诧。

"我上去试试。"东伯雪鹰开口。

他在旁边观看了一会儿，已对两个擂台有所了解，心中也有了些想法。但成不成，还是得战过才知道！

东伯雪鹰一跃而上，落在了那三个孩童的擂台上。

擂台上已经凝聚出了三名新的孩童，和之前的一模一样，个个可爱得很，却都盘膝闭眼坐着，身旁各放着两柄大锤。当东伯雪鹰落在擂台上时，这三个孩童也都睁开了眼睛，看向东伯雪鹰。

"攻！"三个孩童拿起了身旁的大锤，跟着就化作幻影，笼罩过来。

东伯雪鹰平静地站在那儿，任由三个孩童联手攻来。

"呼——"手中的火红色长枪猛然一挑，长枪犹如一道旋转的弧线，带着星辰陨灭的毁灭气息，瞬间产生了强大的旋涡引力吸引着三名孩童，一枪已然刺了过去。

那六柄大锤彼此配合得精妙无比，宛如运转的精密机械，铺天盖地地笼罩而来。

所谓双拳难敌四手，也只有八臂的辰九才能自如地应对这样疯狂的攻击，就算是东伯雪鹰，也无法一杆长枪应对那快得惊人的六柄大锤。

"轰！"东伯雪鹰不闪不躲，就是一枪刺出。

长枪刺出时，周围隐隐有星辰膨胀，化作耀眼的火焰，跟着急剧缩小，塌陷为极微小的一点。这奇异的场景虽然有些模糊，但是肉眼还是能够清晰看到的！

这一枪的出枪速度之快，更是让旁观者个个露出了惊色。

"噗——"其中离得最近的一柄大锤竭力去挡。

可在旋涡引力急剧变化的影响下，以及长枪旋转的轨迹下，最终也没能挡下，长枪擦着大锤的边缘，戳中了一个孩童，那孩童瞬间消散化作虚无。

"轰轰轰！"其他四柄大锤已经笼罩而来。

东伯雪鹰的身体陡然融入虚无中，进入了虚界。

"太快了，这枪法太快了！"剑皇惊叹道，"不但快，还带着一种大势！"

"这是堪称完美的一枪。不管是速度、力量，还是规则奥妙，都让人惊叹。"梅山主人也道，"没想到东伯雪鹰的实力，这么快就已经超越我们了。"

"比我上次见他杀尤兰时，更加厉害了。"辰九则是赞叹。

十八年时间，东伯雪鹰可没有虚度！

那剩下的两名孩童没有进入虚界，因为在虚界，他们俩发挥出的实力会削减，所以宁愿留在真实世界。

"呼——呼——"枪法从虚界中刺出，杀入真实世界。枪法周围还带着虚影，那是星辰膨胀塌陷陨灭的虚影，这惊人的威势，让剩下的两名孩童抵挡得更加艰难。虽然他们仍在全力防御，可东伯雪鹰一枪震开他们俩的配合，第二枪击杀一位，第三枪击杀最后一位，赢了这擂台战。

东伯雪鹰从虚界中走出，走下擂台。

“厉害厉害。”剑皇赞叹，“东伯雪鹰，在黑白神山前我看你施展出秘技，就知道你的天赋远超我等！可我还是没想到，距离黑白神山一战没有多久，你的实力又突破了，已经真正超越我等了。”

“嗯。”梅山主人也赞叹。

虽然他们俩一个是现如今的时空神殿内的成员，另一个是已经摆脱的前成员，可他们见过的天才也很多，东伯雪鹰绝对是顶尖的那一列了。

东伯雪鹰没有丝毫骄傲。星辰陨灭击确实很厉害，可也有许多缺点。比如它是纯粹攻击性的枪法，而且星辰陨灭击已经到了东伯雪鹰暂时无法再完善的地步了，虽然出枪之快，还在极点穿透之上，可是它并不够连贯！

这世界上，本就没有一种招式是绝对完美的。又攻击、又防御、又诡异、又阴柔、又刚猛……这不符合逻辑！

所以枪法、刀法等都有“一套”，有的擅长这个，有的擅长那个。

不过能创出星辰陨灭击已经很不容易了，想要再创出秘技，可不是件容易的事。

“我再试试这最后一座擂台。”东伯雪鹰一迈步，“嗖——”化作一道幻影蹿上了擂台。

他并没有急着抢攻，而是手持一杆长枪站在那儿，看着远处呼呼大睡的肥胖巨汉。

肥胖巨汉慢吞吞地爬了起来。他穿着贴身的铠甲，身体又肥胖又巨大，仿佛一座小山站在那儿。他看着眼前的东伯雪鹰，开口道：“你小子，是我遇到的无数超凡中实力算不错的，竟然能够轻易赢下三娃他们。”

“竟然说话了。”剑皇惊诧，“之前面对我们他一直不吭声，哦，最多说一些‘滚’‘杀’之类。”

“说明他还没瞧上我们。”梅山主人则是摇头。

辰九也叹息。是啊，他们都是被巨汉碾压，实力上的差距很明显。

“接招！”东伯雪鹰一声冷喝，手中长枪一挑，就划过一道旋转的弧线，带着强大的威能袭击了过去，长枪周围还显现出了星辰陨灭为极点的场景……

“砰！”肥胖巨汉又是一掌拍击而出。

他的手掌拍出，准确说是推出，仿佛是一座巍峨的大山正面冲撞过来。

“轰！”长枪枪尖和巨大的手掌撞击在一起。

东伯雪鹰不由得踉跄着往后连退十余步，每一步都令地面震颤，而肥胖巨汉只是身上的肥肉略微震动了下。

“好惊人的力量。”东伯雪鹰又退了一步，身体凭空消失，进入了虚界。

“哼哼。”肥胖巨汉冷笑一声，巨大的手掌猛然一挥，便伸进了虚界。

“轰！”虚界内轰鸣。东伯雪鹰又从虚无中走出，眉头微皱。刚才肥胖巨汉的一巴掌直接进入虚界，实力根本没受到影响，说明即便自己进虚界战斗也没用。

“藏身虚界对我来说没有用。”肥胖巨汉说道，“你已达到虚界三重境，身体应该可以在真实和虚幻间轻松变换！这可是非常厉害的能力。来吧，让我看看你的实力！我从黑铁砲军退役后，已经很久没有和擅长虚界的超凡小家伙交过手了。放心，我借助这法阵凝聚的躯体，实力被压制着，不会超出圣主定下的界限，你还是有希望击败我的。”

“黑铁砲军？”擂台下的辰九露出震惊之色，“他竟然曾经是血刃神廷黑铁砲军的成员？”

“什么黑铁砲军？”旁边的梅山主人、剑皇都好奇地问道。

“血刃神廷统治无限广袤神界约三成疆域。”从小在神界长大的辰九解释道，“为了震慑统治疆域麾下各地，自然有一支支强大的军队，黑铁砲军就是其中一支名气很大的军队。这支军队中最普通阶层的成员，都是神级巅峰。”

梅山主人、剑皇听得暗暗惊叹。

最普通阶层成员都是神级巅峰？真不愧是能和时空岛媲美的最巅峰势力啊！

“他们加入黑铁砲军后，身体都会经历秘术改造。”辰九传音介绍道，“是血刃神廷不外传的秘术。经过改造后，他们每一个单凭身体就能站在神级巅峰！在神界的时候都是披着完全封闭的特殊的超重型铠甲，只是露出一双眼睛而已。他们的破坏力比寻常的神级巅峰还要厉害些。”

“擂台上的那个对手，他的意识应该是一名黑铁砲军成员的意识。”辰九抬头看着，“他仅仅借助这躯体，实力被压制，可已经有了几分风范。”

擂台上，东伯雪鹰看着眼前的肥胖巨汉，惊诧地问道：“原来你是真正的生命。”

“当然，我就生活在红石山。”肥胖巨汉看着东伯雪鹰，咧嘴一笑，手指指向上方，“就在连天藤上面的一层空间里。”

“哦。”东伯雪鹰恍然。

红石山内，除了奚薇前辈，似乎还有不少真正的生命呢。

“我只是降临在这儿，应付你们这些超凡而已。来来来，看我在圣主定下的界限内，能不能击败你这个掌握虚界分身变幻的小家伙。”

“前辈，那你可得小心了。”东伯雪鹰咧嘴一笑，顿时擂台上出现了一个个东伯雪鹰的虚界分身，足足三十六个，个个手持一杆长枪，分散成三圈，围绕着那肥胖巨汉，对他咧嘴笑着，“我可要攻击了。”

“来吧。”肥胖巨汉谨慎以待。

“呼——”东伯雪鹰本尊瞬间消失不见，已经融入某个虚界分身内。

“轰！”一杆长枪猛然一挑，仿佛一条长龙，旋转着呼啸刺来，周围还有星辰膨胀塌陷陨灭为极点的绚烂场景，枪尖就是塌陷的那一极点，带着汹涌的宛如旋涡的引力，且因为是近距离突然出枪，肥胖巨汉即便有所准备，速度也仍然快到让他心惊，连忙挥手拍击过去。

“砰！”肥胖巨汉出手也快得很，即便是仓促应对，也依旧挡了下来。

“前辈，虚界分身可没这么简单。”一道声音回荡在擂台周围。

另外一名虚界分身也出枪，此刻他已然是本尊。

“轰！”“轰！”“轰！”东伯雪鹰从肥胖巨汉的四面八方接连出枪，他借助虚界分身变幻无踪，出手又快又突兀，每一枪都快且狠辣。

辰九三人看得惊叹不已。

上面的肥胖巨汉则是全力以赴地防御着，他的一双手掌疯狂笼罩着四面八方，一次次挡下东伯雪鹰的长枪。

正所谓久攻必破，次数多了，终究会中招的。

“刺啦——”这一枪擦着肥胖巨汉的手掌边缘刺出，沿着肥胖巨汉的手臂内臂擦过，而后刺在那层看似普通的铠甲上，“噗”的一声刺入了肥胖巨汉的腹部。

“嗯？”东伯雪鹰眉头一皱，他这带着毁灭奥妙的一枪刺入肥胖巨汉的腹部后，就感觉到了极大的阻碍，仅仅刺入一寸就停下了。

“砰！”肥胖巨汉双手猛然朝身前一挥。

东伯雪鹰连忙拔出长枪暴退，同时本尊变幻到另一尊虚界分身中。

肥胖巨汉的一双手掌呼啸着拍击过东伯雪鹰原本的位置，这才停下，他低头看了看腹部铠甲上的洞，皱了皱眉，猛然将上身的铠甲拽掉，一把甩飞，落在擂台远处，发出一记沉重的声响。

“这能量凝聚的铠甲，一点儿用都没有。”肥胖巨汉嘀咕道，“若是黑铁砲军甲在身……”

他赤裸的上身肥而壮硕，腹部的伤口迅速愈合。

“小子，有点儿本事啊。”肥胖巨汉看向东伯雪鹰的目光中隐隐有着凶光，只见他的体表浮现出黑色的符纹，整个人的气息都变得凶戾了。

“开始最后的爆发了。”辰九等三人屏息看着。

东伯雪鹰咧嘴一笑：“到最后了吗？”

他也得到了辰九和他分享的红石山情报，知道这肥胖巨汉到了最后时刻就会爆发，这也是最后的反扑！

“接招！”一时间东伯雪鹰出现在肥胖巨汉的四面八方，一次次出枪。

“哈哈哈……”肥胖巨汉赤裸着上半身，全身满是符纹，狰狞无比。他疯狂地朝四面八方拍击，他手掌的挥舞速度比之前要快得多，几乎一瞬间，周围一圈几乎都被他的掌法威势所笼罩。

东伯雪鹰一时间竟然被压制住了，甚至他刚变幻到一尊虚界分身体内，那肥胖巨汉的一掌就刚好拍击过来。

实在太快了，战斗到这种速度，本能的战斗反应已经超越意识反应的速度了。

东伯雪鹰被拍得猛然倒飞开去。

“中招了？”肥胖巨汉面露喜色。

“哗——”东伯雪鹰在半空中的身体猛然消散，消失无踪。

“虚无之体？”肥胖巨汉皱眉。

“前辈，接下我的全力一招吧。”东伯雪鹰的声音回荡在周围半空。

只见肥胖巨汉周围又出现了三十六个白衣东伯雪鹰，同时出枪攻击，个个显现出星辰膨胀塌陷陨灭为极点的场景，个个攻向肥胖巨汉！

三十六个，根本看不出来哪个是真的。

肥胖巨汉立即高速移动，尽量不被围攻，同时竭力抵挡四面八方每一道枪影。

无数枪影笼罩下！

“噗——”一杆长枪再度刺入他的身体。

“噗——噗——噗——”随着三十六道枪影的一次次围攻，长枪接连刺入肥胖巨汉身体，“哗——”肥胖巨汉露出一丝无奈的笑容，身体完全消散成虚无。

赢了！这一场擂台战，也赢了！

第三片藤叶世界通过了！

东伯雪鹰露出了兴奋之色，一跃飞下了这擂台。

“好啊！我就知道你会赢。”辰九走过来，狠狠拍了下东伯雪鹰的肩膀。

“拍这么重，故意报复吧。”东伯雪鹰嘀咕道。

这时候擂台上已经重新凝聚出了那名肥胖巨汉，肥胖巨汉看着擂台下，也喊道:“小子，你能赢我，不是因为你那虚界分身够多够迷惑，而是因为你的枪法够快！你那枪法，是秘技吧，叫什么？”

“星辰陨灭击。”东伯雪鹰转头说道。

“名字不错，真够厉害，才真意三重境就能创出这样的秘技。”肥胖巨汉摇头，“现在的小家伙，真厉害，厉害。”

东伯雪鹰一笑。

“东伯雪鹰，恭喜。”梅山主人走来。

“恭喜了。”剑皇也说道。

他们俩心情都很复杂。

“我相信三位只要实力再有突破，也能赢。”东伯雪鹰道。

“好了，别废话了，赶紧出发吧。”辰九说道，“别太得意，上面还有第四片藤叶世界和第五片藤叶世界呢。”

“嗯。”东伯雪鹰难得没有出言反击。

他和辰九虽然只是一同进来，可二人性情相投，接触下来，他能感觉到，辰九面冷心热，是个值得相交的朋友。

“三位，我就先继续前进了。”东伯雪鹰说道。

看着眼前站成一排的三位，辰九、梅山主人、剑皇……东伯雪鹰的心情很复杂。

“路上小心。”辰九忽然说道。

“嗯。”东伯雪鹰点头，“我先走一步，相信在上面也能再和你们相遇。”

“那是一定的。”剑皇喊道。

“呼——”东伯雪鹰转头就朝远处的连天藤主干飞去，而后顺着主干，一飞冲天，朝上方第四片藤叶世界方向飞去。

辰九、梅山主人、剑皇三人抬头看着，各怀心事。

如今……他们三个都被阻挡在这儿，只有东伯雪鹰一人在继续前进。

东伯雪鹰顺着连天藤主干不断地朝上方飞行，下方的第三片巨大的藤叶也在以非常缓慢的速度“变小”。

那第三片巨大藤叶世界上，那两座擂台，擂台旁的辰九、梅山主人、剑皇的身影也越来越小，直到肉眼难以再看到。

“保重。”东伯雪鹰默默道，随即抬头看向上方第四片藤叶世界，“真没想到，闯这红石山，我却闯在了最前面。”

随着不断飞行，一天，两天，三天……距离越来越近，东伯雪鹰心中也隐隐感到了压力。论死亡的可能性，第四片藤叶世界是远远高于前面三个藤叶世界的。

“我没有退路，必须赢。”东伯雪鹰一边飞行，一边拿着黑色酒葫芦仰头喝了一口，随即收起。苦涩的解药弥漫在全身，他早就习惯了这种苦涩，甚至喜欢上了这种苦涩。

独自贴着庞大的连天藤主干飞行了九天多时间，东伯雪鹰终于来到了第四片藤叶世界。奚薇从连天藤主干内浮现出来。

“年轻的超凡，恭喜你能活着来到第四片藤叶世界。”奚薇看向东伯雪鹰，“你的提升速度比我预料的还要快。”

“能活着通过五片藤叶世界才值得恭喜。”东伯雪鹰说道。

“你能够如此清醒，这很好。”奚薇点头，“最后两片藤叶世界，将更考验你的生死搏杀以及其他方面。”奚薇说道，“且随时可能死。”

“我明白。”东伯雪鹰点头。

“你看那边。”奚薇指向下方无比巨大的藤叶，这片巨大的藤叶上，别无他物，只有一座恢宏大气的建筑，整个建筑的主色调是黑色和金色，线条优美，“那就是在神界较为常见的血战台。”

“在神界，很多为了宝物资源的修行者，不惜赌上自己的性命，进入血战台进行血战。”奚薇说道，“一入血战台，只有一方能活着出来，另一方则会死在里面。”

“因为是真正的血战赌命，在神界，血战台给予参与者的奖励极高，也吸引了很多神级强者乃至界神参加。”

“这是仿造的一座普通的血战台。”奚薇指着那巨大的建筑，“你这次进去，将会遇到你的对手。一个‘时间沙’后，会有另一批对手加入！再过一个时间沙，又会有第三批对手加入。要么这三批对手死，要么就是你死。规则明白了吗？”

“明白。”东伯雪鹰点头。

自己是一个人，对手则是分成三批！所以自己得尽量在一个时间沙内干掉一批对手，才能轻松点应对第二批。否则三批对手一联手，自己就必死无疑了。

“去吧。”奚薇点头，“祝你好运。”说完便又没入了连天藤主干内。

东伯雪鹰俯瞰着下方那座血战台，当即俯冲下去，降落在庞大的藤叶表面。

“咕咚”，东伯雪鹰拿起黑色葫芦，仰头喝了一口解药，让自己的状态恢复到最好。

“杀！”东伯雪鹰眼眸中杀气澎湃，手中也出现了一杆火红色长枪，当即迈步穿过了一条幽深通道，来到了巨大的血战台上。

血战台，呈正方形，长宽为万里。

“哗——”血战台周围忽然出现了一片无形的空间屏障，隔绝一切。

在神界中，这是为了防止血战台上的战斗波及周围看台，当然还有一个原因——让参战的双方想要逃都逃不了。

双方只有一方能活着离开！

“哗——”半空中出现了沙漏，沙漏内正是泛着光芒的时间沙。

随着时间沙缓缓朝下方流动，“吼——”这血战台中便凝聚出现了九道身影，个个都是有着银白毛发的四蹄异兽，这些异兽都有金色独角，金色双眸，一同盯着东伯雪鹰。

时间沙开始流动，就代表战斗已经开始！一旦这时间沙流逝光了，那么第二批对手就会出现。

"该死。"东伯雪鹰眉头一皱，虽然他得到了很多情报，可依旧没能认出这九头独角金瞳异兽的来历，"顾不得了。"

"吼——"伴随着吼声，九头独角金瞳异兽瞬间化作九道金光，同时围攻过来。

东伯雪鹰手持星石火云枪，却是一迈步就消失不见。

虚界内，东伯雪鹰看到九头独角金瞳异兽都转过头看向他，目光穿过了虚界，只是似乎它们都犹豫了。

"很好，看来，它们进入虚界，实力会受到影响。"东伯雪鹰在虚界中瞬间靠近一头独角金瞳异兽，手中长枪上来就是杀招，快得不可思议的星辰陨灭击已经施展了出去，枪杆旋转着，枪尖带着旋涡引力以及穿透力刺向了最近的那头独角金瞳异兽。

那独角金瞳异兽身体也极快地欲要闪躲开，同时挥动爪子欲要抵挡，但东伯雪鹰这一枪可没那么容易抵挡，仅仅和爪子碰擦了下，便旋转着从独角金瞳异兽的腹部位置刺了进去。

一头独角金瞳异兽，被斩杀！

"吼——"其他八头独角金瞳异兽顿时受到触动，它们不但不恐惧，反而尽数一跃进入了虚界。

八头独角金瞳异兽联合，一同化作金光杀向东伯雪鹰，可在虚界内，它们的速度显然慢了一成。

"哼。"东伯雪鹰手持一杆长枪站在那儿丝毫不躲，一股强大的引力波及四面八方，也排斥着那八头独角金瞳异兽，它们的速度又慢了少许。

"呼——"东伯雪鹰脚下移动，瞬间出枪。

"吼——""吼——"

这些独角金瞳异兽同时攻击，或高或低，或左或右，一拥而上。

东伯雪鹰没有丝毫犹豫，强悍的一枪已然刺出，速度丝毫无减！带着星辰陨灭为极点的场景，旋转着的长枪刺入了一头独角金瞳异兽的体内，它的身体开始崩解消散。

虽然它们身体很强横，却也扛不住东伯雪鹰这有着极致破坏力的秘技杀招！

"哗——"七头独角金瞳异兽瞬间围杀而过，东伯雪鹰身影消散。

在百米外另一处东伯雪鹰的身影重新出现，且紧靠着一头独角金瞳异兽，毫不犹豫地一枪刺出，再杀一头！

"唰！""唰！""唰！"东伯雪鹰的身影肆意变幻，一个个东伯雪鹰出现，却又如同梦幻泡影般消散。

"噗——"一杆长枪从一头独角金瞳异兽的背部刺入，那独角金瞳异兽竭力反抗，却还是晚了。

“吼——”“吼——”剩下的独角金瞳异兽都咆哮起来，个个毫不犹豫地钻出了虚界，朝四面八方逃窜。

“逃？打不过就逃？”东伯雪鹰面色一变，必须抓紧时间除掉这第一批对手。

他立即进入真实世界，释放开引力领域，竭力吸引着这些独角金瞳异兽朝他靠近，并且施展开速度配合虚界分身的变换，一眨眼就追上最近的一头独角金瞳异兽，瞬间将其击杀。

这么一个个追下去，越往后距离会越远。东伯雪鹰心意一动，“哗哗哗——”四面八方出现了三十六尊虚界分身，个个手持长枪，高速追杀，周围甚至出现了浓浓的白色雾气，遮蔽视线范围，让那些独角金瞳异兽无法发现同伴。

“呼——”东伯雪鹰终于一枪将最后一头独角金瞳异兽扎死在血战台上。

“幸亏身体化作虚无，和虚界合一，才能让这些独角金瞳异兽发现不了。”东伯雪鹰松了口气，“总算在一时间沙内解决了。”

“来了。”

半空中的那盏沙漏终于流逝光了，沙漏直接掉转，时间沙继续开始流逝。

在血战台上凝聚出了六道身影，是六名由水流凝聚而成的人形存在。他们全身都是深蓝色铠甲，脸上戴着面具，兵器各异，同时散发着澎湃的水之波动，那波动气息浩浩荡荡，笼罩在整个血战台。

东伯雪鹰脸色微变，这六个深蓝人的气息比尤兰、剑皇他们都要强些。

“唰！”六个深蓝人瞬间化作六道水流，围攻过来，速度还在东伯雪鹰之上。

“哗——”东伯雪鹰立即身影一动，进入虚界内。

而那飞杀过来的六道水流也瞬间钻入虚界，在虚界内的飞行速度丝毫无减，这让东伯雪鹰心中一沉：不好，虚界对他们没有阻碍，麻烦了。

东伯雪鹰手持一杆长枪，也不逃避，正面应对那六个杀来的深蓝人：第二批对手就这么厉害了，第三批定会更难缠，必须得在一个时间沙内解决他们……我得示敌以弱，让他们靠近我，这样才能更快地杀掉他们。不过他们的手段我还不清楚，得小心，别栽在这些深蓝人手里。

“轰！”隔着数十里，还是水流形态的六名深蓝人就陡然出招了。那水流中延伸出一条长长的手臂，手臂暴长数十里，挥舞着一柄巨大的兵器，向东伯雪鹰攻击过来。

第十三章

XUEYING LINGZHU

鹤发老者

虚界内，东伯雪鹰挥舞着一杆长枪吃力地抵挡着深蓝人的兵器攻击，甚至有时候被迫施展虚界分身变幻，靠瞬间变换位置来躲避杀招。

“这超凡实力并不算高，就是虚界手段能够让身体变换位置比较麻烦。大家联手近距离围攻，攻击遍布周围百米，他就算借助虚界分身出现，一样杀他。”这些深蓝人虽然是由法阵凝聚出的生命，却也有着简单的智慧。他们迅速拥上来，攻势更加凌厉了。

东伯雪鹰也打得更加吃力了，他一次次变换位置，竭力闪躲。

噗——交手数十次，东伯雪鹰才“勉强”“侥幸”地通过一尊虚界分身变换位置，出其不意地一枪刺中了一名深蓝人的身体。那名深蓝人露出惊怒之色，跟着身体就崩解消散了。在星辰陨灭击下，他的身体也扛不住。

“小心，他的枪法力量虽然和我们相当，可规则奥妙破坏力却极大，一旦中招，我们就会毙命。”

“对，都小心点儿。只要我们找到机会，瞬间击中他的本尊所在，就是他战败身死之时！”

这些深蓝人彼此交流，一个个愈加疯狂地攻向东伯雪鹰。

“噗——”第二名深蓝人也中招了，身体崩溃消散。

“配合好！他每次都是在震荡开我们的兵器的时候，立即通过虚界分身变换位置。只要不让他有足够的空间转移……”剩下的四名深蓝人依旧对胜利充满渴望。

可不知道为什么，东伯雪鹰的运气很好，总是能够险之又险地挡住攻击。

“噗——”当第三名深蓝人也中招的时候，剩下的那三个终于意识到不太对了。

“这超凡在隐藏实力，快逃！”

“快分散开逃，和下面一批人联手，再杀这超凡！”

“现在逃？”东伯雪鹰眼中寒芒一闪，在对方逃窜的刹那，速度飙升，直扑向其中一名深蓝人，在引力领域和虚界的阻碍下，东伯雪鹰瞬间追上，长枪旋转着刺出，星辰陨灭场景也再次显现。

只是这一次，出枪速度比之前要快太多了！

那名深蓝人持着一杆长戟竭力抵挡都没挡住，长枪擦着长戟刺入了他的体内。再杀一个！

“这才是星辰陨灭击的速度，刚才只是陪你们玩玩而已。”东伯雪鹰眼中满是杀意，立即扑向另一位，可这时候另外两名深蓝人已经出了虚界，分头逃窜了。

“逃得掉吗？”东伯雪鹰身体立即分散，和整个虚界合一。随即以虚化状态迅速前进，悄无声息地逼近一名深蓝人。“噗——”又是很突兀但致命的一枪！

最后逃走的两个，被东伯雪鹰轻轻松松地解决。

东伯雪鹰走出虚界，看着血战台半空中那盏沙漏内的时间沙还有小半在缓缓流逝，不由得露出一丝笑容：“示敌以弱，果真轻松多了。”

“还有最后一批。”东伯雪鹰站在这血战台上，默默等待。

终于，沙漏内的时间沙尽数流光，再次开始新的一次流逝。在这冰冷的血战台上凝聚出了三道身影，他们三个通体精瘦，呈人形，约莫一米五高，手臂颇长，且有一双颇为显眼的利爪！他们的皮肤泛着深青色，腰间仅仅有着破布缠绕。

东伯雪鹰的心顿时一沉，面色都变了：“狩猎者！”

怎么会是狩猎者？为什么不是嘶吼战将？为什么不是雷霆使者？东伯雪鹰脑海中掠过无数念头，怎么办？怎么应对？

狩猎者是东伯雪鹰非常不愿遇到的对手，因为他们擅长的技法，正好克制东伯雪鹰！

狩猎者，同样是由法阵凝聚而成的生物，不过他们的战斗技巧更高，甚至掌握了二品神心微子神心！寻常的铠甲、神兵守卫、斗气这类物质防御，在微子神心的攻击下，都是完全无效的！

虽然东伯雪鹰如今已经掌握了虚无之体，防御能力也大大提升，可严格来说，攻击、身法、防御等多方面比较起来，他的防御依旧是最弱的一个。

“来吧。”就算知道很麻烦，东伯雪鹰也没有退路了。

进入血战台，要么他死，要么就是他的对手死，没有其他可能。

“幸好掌握了虚无之体，还能搏上一搏，否则恐怕一照面就死了。”东伯雪鹰暗道。如果没有虚界手段，他连第三片藤叶世界的那个肥胖巨汉也对付不了。显然能走到这里，东伯雪鹰还是有资格一战的。

三个啊。东伯雪鹰急速思考着，一对一，他都很吃力，一对三？

三名瘦小狩猎者暗黄的眸子彼此相视，随即身影模糊，变成三道虚影划过三条曲线，迅速靠近。

东伯雪鹰没有进入虚界，因为他很清楚，掌握完整微子神心的狩猎者是能够轻易穿行在真实世界和虚界的，虚界对他们没有任何束缚之效，而且在速度方面，狩猎者也达到了一秒一千六百里的速度，完全在他之上。

“轰！”周围空间隐隐有无形引力扭曲，疯狂排斥着这三名狩猎者。

狩猎者的身影都虚化了，杀来的动静也很轻微。

忽然其中一名狩猎者挥动了利爪，似乎是非常轻柔地随意挥动，空间仍然很平静，没有产生任何波动。

“微子神心，不愧是细致入微啊。”东伯雪鹰手持星石火云枪，当三名狩猎者逼近时，他陡然高速移动主动迎向其中一个，毫不犹豫地一枪刺了过去。

对攻？自己可不怕！

“噗——”那名遭到攻击的狩猎者立即挥动两只利爪抵挡。初次接招，他也受到了旋涡般引力的影响，可他的一对利爪动作非常细致的一个微调，在旋涡吸引力变为排斥力时，他的利爪同样再度变化，一切都那么轻柔。

这一枪，除了枪法本身的诡异旋转外，更主要的是速度！超快的速度！

或许东伯雪鹰的身法移动不及他们，可枪法速度却在对方的挥爪速度之上。

“当！”一对利爪合拢，挡住了这一枪。

狩猎者战斗起来有着难以言喻的美感，一举一动都达到了极致，即便将他们的动作放慢十万倍百万倍，都很难找到什么破绽。而且天地间的力量也被他们无比精妙地利用起来，这种操控力让人心惊！这就是微子真意，而且是达到了神心境的！

长枪和利爪碰撞，利爪中蕴含的极为内敛的力量在迅速渗透，一切物质防御在这种渗透面前都是无效的。

可长枪中蕴含的代表极致破坏的规则奥妙也在传递！这可是星辰真意和极点穿透结合后创出的秘技，破坏性还在极点穿透之上，如今经过十八年修行完善后，几乎能够和极点穿透神心相媲美，单论攻击自然超越对手。

双方的规则奥妙在碰撞，那利爪中蕴含的力量瞬间被摧毁。

“嗯？”那名狩猎者身体微微一震，便卸去了冲击力。

这时候另外两名狩猎者已然逼近。

现！东伯雪鹰心意一动，周围顿时出现了三十六尊虚界分身，本尊也跟着消失。

三名狩猎者同时释放开波动，微子真意波动笼罩了整个血战台！

整个空间处处都在无形的渗透攻击下，虽然仅仅是简单的规则奥妙波动，却也不是东伯雪鹰的那些虚界分身能够抵挡的，只见一尊尊虚界分身开始崩溃消散……东伯雪鹰自从达到三重境后，他的虚界分身一般很难被大范围解决掉，可狩猎者做到了！

唯有一尊东伯雪鹰没有消散，那就是本尊。他一杆长枪刺出，很突兀地刺向了那名攻来的狩猎者，那名狩猎者在遭到突然袭击的情况下，连忙竭力防御，终于其中一只利爪挡住了这一枪。

“杀！”另外两名狩猎者也立即出手攻击。

“唰！”东伯雪鹰立即消散开去，和整个虚界融为一体。

“和虚界融为一体？”三名狩猎者都看向虚界。完整的微子神心境界让他们轻易看透了整个虚界，甚至连和虚界融为一体的东伯雪鹰都看到了。

三名狩猎者面面相觑：“攻击他，等于要攻击万里范围的整个虚界？”

“攻！”仅仅刹那，三名狩猎者便不再犹豫，直接攻击了。

因为不攻击，他们也没有别的办法。

“轰轰轰！”疯狂的攻击，攻击到一处处虚界。

“真疼啊。”东伯雪鹰身体虚无化，和整个血战台范围的虚界融为一体，自然也笼罩了那三名狩猎者，感觉到他们的一次次攻击强行渗透破坏。

这种情况，已经是他的防御极限了。

可他的身体每遭到一轮攻击，生命力量就消耗了万分之一。要知道，他们的攻击速度是非常快的！如果任其攻击，要不了多久，就能攻击上万轮了。

“咻——”在其中一名狩猎者身旁，东伯雪鹰凭空出现，很是突兀地一枪刺出。

“当——”被挡下了？

在三名狩猎者围攻前，东伯雪鹰立即消失，再度和虚界融为一体。

在血战台的上空，奚薇和一名鹤发童颜的老者正俯瞰着下方。

“这个小家伙，不是疯魔之辈，就算到了生死关头，都极为冷静。”老者笑着说道，“他宁可强忍生命力的损耗，也在寻找机会，而后偷袭出手。”

奚薇点头：“老祖说得对。”

即便高傲如她，在这老者面前都很恭敬，整个红石山内，虽然大家都出不去，可对这老祖都是很恭敬的。

“老祖，你认为这个年轻超凡能赢吗？”奚薇问道，“他现在生命力的损耗已经超过三成了，要不了一会儿就会达一半。”

老者俯瞰下方：“真是好苗子啊。我看得出来，他还很年轻，修行才两百年左右就有如此实力和定性，真是了不起。你说他能不能赢，我觉得……”

话还没说完，只见下方血战台上，东伯雪鹰再一次偷袭。

“噗——”非常突兀的从侧后方的一次偷袭，遭到袭击的狩猎者之前还在全力攻击虚界，这时候虽竭力抵挡，可东伯雪鹰的枪法太快，这一次它差了一点点……便是生和死的界限。

长枪刺入那瘦小的躯体，那具躯体立即崩解。

东伯雪鹰也露出了激动之色。生命力都已经损耗过半，总算成功了。

“成功了一次。”老者露出笑意，“接下来就简单多了。”

两名狩猎者夹攻的威胁性大降。东伯雪鹰每次偷袭都是接连攻击数次才退去融入虚界，又损耗了一成生命力后，东伯雪鹰又击杀了一位狩猎者！

最后只剩下一位。

东伯雪鹰无须逃了，一对一与其搏杀起来。

“老祖，你说他能通过第五片藤叶世界吗？”奚薇问道。

“未来没谁能说得准的。”老者淡淡道，声音中有着一丝怅然。

奚薇默默点头。是啊，在圣主死之前，谁能想到圣主这样的大能者会死？过去已定，可未来终究有无数可能。

“噗——”东伯雪鹰的长枪刺入了那最后一名狩猎者的肋下，那狩猎者瞪大眼睛，不甘地盯着东伯雪鹰，而后才崩溃消散。

“赢了，哈哈哈，我赢了！终于还是我赢了！我就知道，一定会赢，一定会！”东伯雪鹰站在血战台上，激动地持着长枪发出了怒吼。刚才自己生命力不断损耗，不断接近死亡的时候，他压力也很大，只是一直努力保持着绝对冷静，他相信自己的战斗策略是对的。

这也是他唯一把握较大的方式。他能做的就是寻找更好的出枪时机，以及努力更快、更完美地出枪。而最终他成功了，闯过了第四片藤叶世界！

奚薇和鹤发童颜老者俯瞰着下方那个激动得吼叫起来的白衣青年，都不由得露出笑意。

“终究还是个小家伙，年轻啊。”老者笑道，随即转身，一迈步便已经破空离去。

东伯雪鹰抬头看着周围，深吸一口气。

战斗过后心情一松，无尽疲倦涌上心头。

这种放松感和疲倦感让东伯雪鹰情不自禁地咧嘴露出笑容，他跪下来抚摸着冰冷的血战台，感受着冰冷的触感，低语道：“我赢了。血战台又怎么样？我还是赢了！第四片藤叶世界已经闯过了，现在就剩下第五片藤叶世界了。靖秋，等我，我会回来的！”

随即他猛然起身，摸了摸手中的星石火云枪，正是这杆长枪陪他一直闯到现在。

“我们继续闯，一直闯过去。”东伯雪鹰笑了笑，便朝血战台外走去。

“嗖——”出了血战台，东伯雪鹰立即一飞冲天，继续顺着连天藤主干朝上方飞去。

周围是无尽黑暗的星空，远处有着无数星辰，一片寂静。

东伯雪鹰看着这寂寞的场景，边飞边笑着，随着巫毒疼痛越来越强烈，东伯雪鹰拿出黑色葫芦喝了口解药。

一路飞行，又是漫长的八天。东伯雪鹰几乎飞到了这个空间的顶部。他抬头往上看，便看到了无形的空间膜壁，显然在上方，就是另外一个空间了。连天藤的主干则是继续延伸，钻进了空间膜壁，一直延伸到更高一层空间世界。

只要通过这第五片藤叶世界，我就能顺着连天藤进入更高一层空间，成为红石山护法弟子，得到许多我想要的，甚至高高在上的伟大界神们也眼馋的宝物。东伯雪鹰很期待那一天，只剩下最后一个阻碍了。

东伯雪鹰目光落在旁边的一片巨大藤叶上，这便是第五片藤叶世界。

藤叶上空荡荡的什么都没有，除了叶子本身，空无一物。

“夏族的超凡。”连天藤主干上浮现出奚薇的身影。奚薇看着东伯雪鹰，眼眸中有着一丝期待，“恭喜你来到第五片藤叶世界，这里似乎是所有藤叶中最简单的一个，可也似乎是最难的一个，因人而异。”

东伯雪鹰点头。

“你只要降落在第五片藤叶上，只要身体碰触到第五片藤叶，你便会听不见、看不见，甚至感知不到任何外物，你要做的就是在第五片藤叶世界中，生活三年。”

“活下来，你就胜了，你就能成为我红石山的护法弟子。活不下来，你的意识会崩溃，自然身死。”奚薇看着他，“你明白了吗？”

“明白。”东伯雪鹰点头，他早已清楚这第五片藤叶世界的情况。这是所有藤叶世界中唯一一个不需要战斗的世界，但当初在神界，就有不少天赋横溢的超凡止步于第五片藤叶世界，在这里意识崩溃而死。

“去吧。”奚薇眼中有着期待。太久了，主人死后，已经太久没有护法弟子诞生了。

东伯雪鹰先拿出黑色葫芦喝了一口苦百回解药，随即俯冲而下，冲向那第五片藤叶世界。

奚薇也俯瞰着，轻声低语：“他们几个，论天赋潜力，这东伯雪鹰是最高的一个，可和另外三个相比，东伯雪鹰却也太年轻，经历的磨炼相对要少，这第五片藤叶世界也不知道他能不能闯过。希望这个天才超凡，别栽在这儿。”

她有心帮忙，却没有那权力。一切都是圣主定下的，必须遵循规矩。

“呼——”东伯雪鹰俯冲而下，当靠近巨大的藤叶时才减速，而后缓慢地双脚落地。

在双脚碰触藤叶的一刹那，一片漆黑！一片寂静！

眼睛看不见了，耳朵听不见了，一切规则奥妙都无法感知了。东伯雪鹰感觉到无比枯寂，一切外在都感觉不到，只有自己的心跳，自己体内血液的流动还能察觉。当然还有那缓缓增强的巫毒疼痛。就好像，天地间只剩下自己，其他一切皆无。

东伯雪鹰盘膝坐下，默默坐着，习惯着这种绝对的枯寂。

渐渐地，时间似乎变得很慢很慢，幸亏能够通过心跳和巫毒疼痛的加剧来判断时间，否则自己不知道过去了多久。

东伯雪鹰的内心的确很强大，他从八岁开始就独自疯魔般地练枪，从小便习惯了孤独，二十二岁起，他在黑风渊谷底的黑风神宫大殿内孤独地生活了六年，且后来鬼六怨巫毒可是足足折磨了他百年。在这之前，东伯雪鹰几乎每天都是拖延到最后一刻才服用解药的。

每一天都要和自己斗争，每一次都要扛到极限！在这种折磨下，东伯雪鹰的内心意志简直强悍得离谱。

一切外在都感觉不到……寻常凡人恐怕一盏茶时间就会崩溃发疯，就算寻常超凡也很难扛得住一个月。这比单纯的刑罚折磨更难挨，在绝对的枯寂中，连思维都会变得很慢，仿佛整个世界都是一片虚无，一片空。

东伯雪鹰在第五片藤叶世界盘膝坐着，根据巫毒疼痛估算时间，每次到极限时，他便一次次喝解药。

一年时间下来，他很平静！

这种平静，让暗中观看的奚薇都很惊叹："这个年轻超凡，才修行两百年，就能有如此定性？就算鬼六怨巫毒的折磨同样能锻炼内心意志，可在绝对枯寂下，一年时间，他就这么扛下来了？"

"呼——"连天藤主干，有一道身影贴着主干飞了上来，正是梅山主人。

梅山主人飞到高处，也看到了已经在第五片藤叶世界盘膝坐着的东伯雪鹰，不由露出惊叹之色："东伯雪鹰比我早上来一年，在第五片藤叶世界的死关下，一年过去，看其表情依旧平静得很，真是了不起。"

一般随着内心的波动，表情也会有变化的，但东伯雪鹰面部平静，显然一年的死关，对他的影响很小。

"恭喜你。"奚薇平静地看着梅山主人，"这是最后的第五片藤叶世界。"

奚薇内心也有所偏向，这个梅山主人虽然也成功来到第五片藤叶世界，且因为修行岁月够久，通过死关的可能性也比较高，可她就是更倾向于东伯雪鹰，毕竟他的天赋潜力更高。她和梅山主人简单说了几句规则，梅山主人便降落在那第五片藤叶，也盘膝坐下。

时间一天天过去，在绝对的枯寂下，东伯雪鹰也控制不住地渐渐烦躁。虽然通过巫毒疼痛的发作以及心跳，能够判断出时间才过去两年多，可在绝对孤寂下……感觉比之前受巫毒折磨的一百年还难挨。之前虽然受巫毒折磨，可好歹能看到阳光，能感受到微风，能看到夜空，能吃到热腾腾的包子，能和靖秋一起行走各方……可现在只有虚无！

快了，已经过了两年半了，离三年已经很近了。东伯雪鹰默默想着，他的面部表情却已经无法保持平静了，时而眉头皱起，时而有些狰狞。“第五片藤叶世界的考验，又叫死关，特别是三年期满的一刹那……一刹那撑过了，就能活下来，没撑过，就死了。”

奚薇遥遥看着，她也在计算着时间：“三年即将圆满，最后的一刹那，切勿功亏一篑。”

在巨大的第五片藤叶世界内，东伯雪鹰的面部表情狰狞愤怒，显然有些要疯狂的样子，可他强行逼迫着自己，没让自己肆意地攻击周围。

“嗡——”一股波动降临，东伯雪鹰的面部表情忽然变得无比平静。

“来了。”奚薇盯着他。

东伯雪鹰也瞬间明白：“最后关头了吗？一定要撑过去！”

他的意识被拖曳着进入了一个虚幻的世界。

这个虚幻世界，在情报中被称作“刹那世界”。在这虚幻世界内或许会度过很长时间，可在外界却仅仅一刹那！在虚幻世界内，记忆会被蒙蔽，自己都不知道自己原本的身份、实力，什么都忘了！没有了记忆，仿佛开始了新的生活。

在这个世界……从新生到老死，如果没有从这刹那世界中挣扎出来，那么意识也会在这虚幻世界内溃散。

在三年的绝对孤寂下，即便一些绝世超凡能扛住，但心性已经受影响了，在这样的状态下，意识被拖入虚幻世界，想要在老死之前自我觉醒，可没那么容易。

这个世界有着高高在上的皇帝，有着豪门贵族，有着无数的城池，而东伯雪鹰是穷山村内的一个孤儿，平常以上山砍柴、打猎为生。

“啊，救命，救命。”大山内一个女子在哭喊。

穿着兽皮的东伯雪鹰扛着野鸡、野兔，耳朵动了动，便立即赶过去，同时喊道：“小白，跟上来。”旁边一条雪白的猎犬在飞奔。

一人一狗，灵活穿行在大山内，很快看到了一个女子正在杂草丛中，她的腿断了，衣服破破烂烂的。

“救我，救我。”女子看到人，连忙喊道。

东伯雪鹰却傻傻地看着这女子，都有些呆了。她的皮肤娇嫩如同白玉，美丽得简直……简直和天上的仙子一样。

“你看什么看？”女子羞愤道。

“哦哦哦。”东伯雪鹰毛手毛脚地过去帮忙。

“啊！”

“你的腿断了。”

“我动不了，你背我吧。放心吧，我一定会感谢你的，给你建一座大宅子，会你找个漂亮老婆。”

“嗯嗯。”淳朴的东伯雪鹰虽然有些害羞，可还是背起了这姑娘。

“你叫什么？”

“我叫雪鹰。”

“你姓雪？这姓氏很少啊。”

“不知道，我是孤儿，村里人都叫我雪鹰，所以我就叫雪鹰了。”

“哦……对了，从这里怎么出山啊？我是从山崖上掉下来的。”

“哇，山崖上？那儿高数千米呢，你能活下来？”

“是有护符，你不懂啦，总之我活下来了。从这里怎么出山到城里？”

“这就麻烦了，大山大得很呢，又没有大路，需要翻过一座座大山，山里还有豺狼虎豹……”

“你直接说怎么出山，别说这么多。”

“我没出过山，不知道。”

“你没出去过？你长这么大都没有出去过？”

“嗯。”

“可我要回家。”

“哦……我问问村长，放心，我会帮你的。对了，你叫什么？”

“你就叫我……仙女吧。”

雪鹰照顾着这女子，等她腿好后更是带着从村长那儿要到的地图，带着她一起往外走。

“雪鹰啊，从大山里出去可难得很啊！你还是别出去了，回头找个女人，就在村里生娃吧。这一出去，就算你是我们村里最厉害的猎人，也很有可能死在路上哩。”

“谢谢村长了，我还是想出去看看。”

雪鹰带着这个叫仙女的姑娘往外走。姑娘竟然颇懂些剑术，不过和山村里的猎人雪鹰的刀法相比，却还差了不少。

雪鹰一路带着她，经历了诸多危险，斩杀了山林间许多野兽，其间雪鹰还中过毒、受过伤，不过他都撑过来了。这些日子二人相依相偎，渐渐生出情愫，雪鹰也知道了仙女真正的名字——徐灵。

经历了足足三个多月的艰苦跋涉，他们终于从大山里活着走出去了，来到了一座雄伟的城池，进入了一座豪奢的府邸——徐府，那是仙女的家。

“小妹！”

“灵儿妹妹！”

徐家一群人欢喜无比，可很快他们就震怒了。

“什么？一个山野穷小子，你要嫁给他？疯了吧？”

“我就要嫁！”

“你的婚姻我和你母亲早就定好了！来人，把那穷小子给我抓起来！”

雪鹰持着一柄砍柴刀反抗，可一个照面就被一个侍卫击败，被抓起来关进了地牢，任凭那个姑娘怎么反抗、怎么哭喊都没有用。

“他是我的救命恩人，他辛辛苦苦带着我从大山里出来……父亲、母亲，你们不能这样。”

“正因为是你的救命恩人，我们才没有杀他。你若不乖乖听话，他就得死！”

……

“把这毒药每日放一点儿在饭里让他吃下去，等大半年后，他自然而然就病死了。”

“是，族长。”

……

“你一定得嫁！你不嫁，那个穷小子就得死！你嫁了，第二天我就放那小子离开，并给他一大笔钱。”

“我……好。”

……

“三小姐今天要出嫁了。”

“哇，好热闹。”

在地牢里，雪鹰听到了外面的谈话声，顿时有些疯狂了。他在看守送饭时，拼命打昏了看守，抢了钥匙就出了这私牢。

外面热闹得很。

在徐灵的闺房内，她穿着大红衣袍坐在床边。

“灵儿。”穿着破烂的雪鹰冲了过来。

“你怎么会在这儿？”旁边的侍女们惊呼。

“雪鹰大哥。”一身嫁衣的徐灵看着雪鹰，眼睛都红了。

很快周围就骚动起来。

“新郎来接亲了。”

“这里是怎么回事？”

“快，给我拿下这野小子！”

院落内打斗了起来。

淳朴的山野小子疯狂起来竟颇为难缠，似乎实力一下子提升很多。

“怎么还没拿下？都给我上！”徐府的族长下令，顿时更多好手拥上，其中就有两位使用长枪的。

“呼啦——”长枪刺来。

雪鹰竭力仰头躲过，长枪从他胸口前划过。看着枪尖呼啸而过，雪鹰的眼睛动了动。他忽然感觉到，这长枪好熟悉，和手中的刀相比，他对枪似乎更熟悉。

他一伸手，猛然就抓住了那杆长枪，一发力，枪杆猛然震动，颇为巧妙地震开了对方的手。

“呼啦——”长枪在手，雪鹰竟然很自然地就施展出了非常精妙的枪法。只见一杆长枪犹如游龙，肆意地奔腾游走，一时间周围一个个护卫尽数被打倒。

“你们怎么这么没用？”徐家族长焦急道。

“轰隆——”天地都开始震颤。只见长枪一挥，横扫千军，前方的一面墙壁整个崩塌，甚至墙壁后上千米范围内的区域都尽数被无形冲击波扫荡而过。

所有人都惊愕地看着雪鹰。这……这简直不是人啊！

雪鹰整个人渐渐凌空而立，他抚摸着手中长枪，又看了看远处的徐灵，徐灵的容貌和余靖秋一模一样，这虚幻世界其实也是他内心许多影像的自然投影，这才能让被拽入的超凡更加难以“觉醒”。

“刹那世界，终究只是虚幻。”

“枪。”东伯雪鹰抚摸着长枪，“还是最熟悉的长枪啊，让我总算觉醒过来。”

“轰轰轰！”整个虚幻世界开始崩塌，东伯雪鹰的意识也开始回归……

东伯雪鹰睁开了眼。

他看到了巨大的藤叶，也看到远处雄伟巍峨的连天藤主干，更看到远处浩瀚的黑暗星空。一切都那么寂静，那么熟悉。

虽然很熟悉，可似乎一切景色都发生了变化。

“世界没变，我变了。”东伯雪鹰微笑着站了起来，“而我，将改变世界。”

“靖秋，我成功了。连天藤五座世界，我闯过了！”

东伯雪鹰抬头看着上方，心中澎湃。他知道，一切都将开始发生大的变化。

东伯雪鹰回头看了眼在广阔藤叶上盘膝坐着的另一道身影，正是梅山主人。他的表情平静得很，这让东伯雪鹰暗暗赞叹。东伯雪鹰知道，梅山主人经历的比自己多得多，他曾在时空神殿内经历无数生死，而后更义无反顾地脱离了时空神殿，来到夏族这么多年，就为了进来做准备。

这样的人，内心何等强大？

只有梅山主人来了？东伯雪鹰暗道，也不知道辰九他们现在怎么样了。

脑海中掠过诸多念头，随即东伯雪鹰一飞冲天。

想再多也无用，辰九、剑皇他们还是得靠自身！

“呼——”沿着连天藤主干往上飞，上方就是空间膜壁了。

“东伯雪鹰。”随着非常好听且温柔的声音，奚薇从庞大的主干上浮现。

“奚薇前辈。”东伯雪鹰连忙停下恭敬行礼。

“恭喜你，闯过圣主定下的考验，成为护法弟子。”奚薇微笑着，“作为红石山护法弟子，你能得到的将会很多，你之前一直牵挂的鬼六怨巫毒也只是小事了。”

东伯雪鹰点头：“奚薇前辈，不知辰九还有剑皇，现在情况如何？”

奚薇道：“和你一同进入红石山的辰九、剑皇，依旧未能通过第三片藤叶世界。只有那个叫梅山主人的，空间真意突破到空间神心境，才接连闯到第五片藤叶世界。”

“空间神心？”东伯雪鹰暗暗吃惊。二品神心，据说只要愿意，便可以立即开辟神海成神了。

“没什么好奇怪的。”奚薇淡然道，“当初在神界，红石山对外收徒，无数星域的超凡乃至神灵赶来经历重重考验筛选，都想要成为红石山护法弟子。所以红石山的护法弟子，能成神是必须的！梅山主人、剑皇、辰九他们三个都修行很久了，如果连二品神心都凝结不了，哪有资格成为护法弟子？”

“在神界时，红石山的考验，有时候还得加大难度，就是因为来闯的超凡太多。”奚薇说道，“现在降落到凡人世界，这样的难度已经是最普通的了。”

东伯雪鹰暗暗嘀咕，在神界有时还加大难度？真是实力强才能如此任性！

不过那位圣主已死，红石山又降落到凡人世界，已经没有任性的资格了。

“走吧，我送你上去。”奚薇微微一笑。她对东伯雪鹰和对其他三人的态度完全不同，在她看来，梅山主人他们就算能成护法弟子，也是属于踉踉跄跄跨入门槛的，属于底层的那种护法弟子。而东伯雪鹰天赋则高多了，如果培养得好，经历得多，甚至有可能冲刺传说中的一品真意呢！

“呼——”奚薇和东伯雪鹰二人并肩朝上方飞去。

当碰触到那空间膜壁时，膜壁自然分开。

“哗——”穿过膜壁，东伯雪鹰感觉眼前色彩改变，他看到周围是无尽的岩石、泥土。连天藤穿过这些岩石、泥土，往上生长，东伯雪鹰和奚薇继续前进。

大地层约莫有百万里。在奚薇的携带下，东伯雪鹰此刻飞行速度轻轻松松突破一秒万里，这还是照顾东伯雪鹰，让东伯雪鹰可以细致地观察一切。否则以奚薇的实力，恐怕可以挪移空间直达目的地了。

“呼——”终于突破了大地层，连天藤也突破了大地，继续朝上方生长！

东伯雪鹰环顾周围。这片大地苍茫无边，隐隐有无数生物在生存，远处更有些强大得让他心颤的气息！

“整个大地有超过十亿里范围，这里生活着无数生命。”奚薇解释道，“有人类，也有虫兽等，神级的过亿计。”

东伯雪鹰听得发蒙。

十亿里范围的大地也就罢了，过亿的神灵？

神灵，也能用“亿”来做量词吗？不过仔细想想也对，据说整个物质界就有亿万凡人世界，每一个凡人世界历史上都能诞生不少神灵，这加起来就有很多了，更别说还有修行条件更好的神界、黑暗深渊，神级强者的数量的确可能多得离谱。

之前辰九也说过，神灵和界神的区别，是凡人和超凡的区别！想想凡人的数量，也能推算出来神灵数量是何等多。

“再多又能如何？受整个物质界的排斥，根本无法离开红石山。”奚薇说道，“红石山护法弟子的地位要比寻常神灵高得多，并不是生活在这片大地上，而是在空中，跟我来。”

“空中？”东伯雪鹰跟随奚薇，继续沿着连天藤往上飞。

又飞了上亿里高度便遇到了浓厚的云层，穿过云层再往上飞，飞了许久又是云层……足足穿过了六层云层，来到了一片白雾茫茫的空间，连天藤的顶部也真正看到了。

“看！”奚薇指向不远处。

东伯雪鹰也看到了一座悬浮着的美丽岛屿，岛屿上有山脉，有仿佛白练的瀑布，建筑也是美轮美奂。整个悬浮岛屿目测超过十万里范围。

“那就是红尘岛。下至护法弟子，上至圣主的亲传弟子，都是在那儿修行。”奚薇说道，“跟我来吧。”

“呼呼——”二者并肩飞行，很快就飞到了这座美丽的岛屿。岛屿内景色虽然绝美，却空无一人，冷冷清清的。

“自从降临凡人世界后，红石山再无外人进来，红尘岛也冷清得很。圣主死去，没谁来指点修行，那些弟子一个个都下界去了。下界有难以计数的人类、虫兽，连神灵都过亿，至少还算热闹。”

随即，二人降落在了一座雅致的楼阁前。从楼阁内走出来一名穿着颇为华美的男子，男子的笑容带着奇异的魅力。

“这位就是红石前辈。”奚薇介绍道。

“什么前辈，也不过是一个器灵而已。”男子笑道，“如今红尘岛上别无他人，所以我这个器灵便在这儿主持一切。”

东伯雪鹰当即恭敬行礼：“东伯雪鹰拜见红石前辈。”

华美男子看着东伯雪鹰，微笑着点头：“下界十亿里，也没诞生出让我入眼的超凡，没想到一个凡人世界竟能诞生如此超凡，难得难得。”

“那些界神从神界、黑暗深渊送下来的超凡，也都不如东伯雪鹰。”奚薇也说道，“如东伯雪鹰这等天赋的，岂是那般好找的？”

东伯雪鹰虽然受到时空神殿两次邀请，也知道自己算是天赋了得，可被奚薇和红石前辈当面说起，东伯雪鹰只能沉默地站在那儿，不过还是很开心的。

“中了鬼六怨巫毒？”华美男子看了看，笑道，“小事而已，不急，先随我去拜师圣主，拜师完毕你才算是真正的护法弟子。”

红石转头步入了那精致的楼阁内，东伯雪鹰和奚薇也跟着进入。

顺着走廊，几人走到后面的一间屋子前。红石推开了屋门，屋子里空荡荡的，只有一个蒲团，墙壁上挂着一幅画，画上是一名红袍红发老者，他的红色胡须翘起，一双眸子幽深难测，整个人散发着澎湃的气息。东伯雪鹰感觉到画卷上的这位红袍红发老者，比星空还要浩瀚广阔。

“这就是圣主。”红石说道，“过去收护法弟子都会跪拜圣主，不过圣主已死，你就跪拜下这画像吧。”

“是。”东伯雪鹰当即跪拜。虽说圣主已死，可东伯雪鹰内心还是很钦佩的，他观看过开天辟地，那就是圣主施展时的场景，真的太了不起了。

红石微微点头：“圣主自号‘红尘’，喜游历无数世界，遇到看不惯的事情，也经常出手。圣主他不忍许多超凡埋没，甚至大开红石山，愿收无数弟子。其实到了圣主这等境界，早就已经是永恒不灭、亘古长存，收些天赋极高，或者拥有一品真意的绝世超凡也就罢了，寻常些的超凡根本不值得花费心思，不过圣主还是愿意给这些超凡机会。”

东伯雪鹰听得有些惊讶。是个好人啊！

“在神界和黑暗深渊，受圣主恩惠者极多。可正因为圣主遇到看不惯的就出手，不管其背景多大，最终就是和一位神界大能者起了冲突，中了暗算，乃至身死。”红石摇头，“能成为大能者，早就俯视整个神界，几乎听不到他们身死的消息。圣主如果能够稍微隐忍一点儿，和其他大能者少点儿冲突，或许便不会有如此结局。”

“哼，为什么得隐忍？”奚薇皱眉喝道，“圣主一生受不得气，就算这次身死也是中了暗算。否则就算不敌，保命也是没问题的。”

“过刚易折。”红石摇头，“就算贵为大能者，也并非无敌。”

“你现在说这些有什么用？圣主的脾气，你不知道？多少人劝过，有些圣主还能应付两句，有些可是直接翻脸的。”奚薇冷笑，“更何况，我更喜欢圣主这样的性子！圣主之死，要怪，就怪圣主大意了，没想到对方真的打算要他的命！”

东伯雪鹰乖乖听着。

“好了好了，我们没必要争这些。”红石笑道，他的脾气相对而言还是比较柔和的，“而且东伯雪鹰还在这儿听着呢。”

奚薇这才忍下。她内心还是很崇拜圣主的。

“东伯雪鹰。”红石看向东伯雪鹰，说道，“作为圣主门下的护法弟子，可在红尘岛修行，并且你可以获得一套神器、任选一门界神级秘术以及任选一件清单内有记载的宝物。”

“这是清单。”红石一挥手，一张青色纸张飘了过来，上面记载着一件件宝物。

东伯雪鹰拿起来看了看，清单上一列列记载了许多宝物，比如“十万神晶”“一份界神级秘术传承”“赤火蚁巢”……

东伯雪鹰看了看，其中大多宝物的价值他都不懂。

“红石前辈。”东伯雪鹰连忙问道，“神界和深渊的伟大界神们都派遣超凡进入红石山，他们为的是什么？”

“为了界神级秘术。”奚薇说道。

“界神级秘术，对界神而言，很珍贵吗？”东伯雪鹰询问道。

奚薇点头：“当然。神级秘术，都是界神们创造出来的，而界神级秘术，都是大能者们创造出来的。这是能够让界神们修行，实力大增的秘术。”

“难怪。”东伯雪鹰恍然，“难怪我夏族一直得不到神级秘术。”

“界神想要学到界神级秘术，也很难。若是能拜在大能者门下，或许能学到两三种，若是没能拜在大能者门下，要想学就难了。”奚薇说道，“界神级秘术有很多种，就算学过一两种的，也愿意再多弄到一门界神级秘术，所以自然会派遣超凡进红石山。”

东伯雪鹰皱眉：“红石山允许界神级秘术外泄？”

“护法弟子，可得一套神器，可任选一门界神级秘术。这任选的界神级秘术必须是自己学，无法外泄的。”奚薇指向东伯雪鹰手中的纸张，“清单内任选一件宝物，其中就可以任选一份界神级秘术的传承，可以将这份传承送给他人。”

旁边的红石前辈感慨：“其他神界大能者，大多都断绝外泄可能。而圣主这样做，一来让门下的护法弟子能够从界神那儿换取足够多宝物；二来，让那些界神也有望学到秘术。所以在神界，圣主的名声非常好，受到无数神灵崇拜。”

东伯雪鹰、奚薇以及红石前辈走出了楼阁，行走在红尘岛的其他地方。

“红石前辈。”东伯雪鹰看着周围美景，还是忍不住道，“那我怎样才能解毒？难道我选择清单中的十万神晶，而后购买解药？”

“你如果想这样选，也可以。”红石笑了，“不过嘛，我倒是建议你……你不是能任选一门界神级秘术吗？你可以选择我红石山十八门界神级秘术中，保命第一的《万劫混元经》。这是圣主的一位老友所创，只要入门，你的鬼六怨巫毒就能轻易解掉！”

东伯雪鹰疑惑：“《万劫混元经》？红石山不是有十八门界神级秘术吗？其他的我都不知道呢。”

夏族即将面临大威胁，界神级秘术是自己实力提升的重要保障，东伯雪鹰内心更倾向于选一些能够帮助到夏族的。

“哈哈，其他的？”红石笑了起来。

“其他的你就别想了。”旁边的奚薇也笑了，“东伯，界神级秘术入门是非常难的，神级秘术入门，或许普通超凡就可以，可界神级秘术……即便只是入门，对境界的要求都很苛刻，一般都是成神后才有希望。当然你的境界也不亚于一些新晋神灵，可十八门界神级秘术，以你如今的境界，唯有《万劫混元经》能入门，这还是你练成了虚无之体的缘故。”

东伯雪鹰恍然，又问：“《万劫混元经》很厉害吗？”

“极为厉害。”奚薇道，“只要入门，即便是原始的鬼六怨巫毒进入你的体内，你都能轻易排斥掉。你站在那儿，任凭寻常新晋神灵攻击，他们都伤不了你丝毫。”

“啊？”东伯雪鹰吃惊了。一入门，连新晋神灵都伤不了？

“否则怎么会是界神们都眼馋的秘术呢？”奚薇说道，“你决定了吗，选不选这《万劫混元经》？”

第十四章

XUEYING LINGZHU

祛除巫毒

奚薇和红石两位前辈，都看着东伯雪鹰。

东伯雪鹰思索了下，说道："就它了。"

"小子，你的选择没错的。"红石笑道，"甭管你实力多强，首先得能活下来，才有希望。"

"走，从这边走。"红石带着东伯雪鹰，三人穿行在红尘岛上，飞行速度一秒百里，也能悠闲地观看各处景色。

"那座峡谷……"东伯雪鹰一眼就看到了远处一座峡谷入口，自己之前观看开天辟地印记就在那儿。

"那里留下了许多印记。"红石说道，"包括开天辟地印记在内的种种印记，也有许多界神留下的印记，我红石山的弟子，都可以一次次去观看，你也可以。"

飞行了上万里，红石一挥手，原本前方是一座森林，可突然出现了一座湖泊，湖泊中央则是一座雕像。

"呼呼呼——"三人降落在湖面上，踏着水面朝雕像走了过去。

"看到那雕像了吗？"红石指着那雕像。

雕像和常人一样高度，负手而立，踏在水面上。雕像通体黑色，是一名飘散着长发的男子，双眸有着无尽神采。

"这是《万劫混元经》修炼到大成的一尊万劫混元体。"红石介绍道。

"万劫混元体？"东伯雪鹰疑惑，"是尸体？"

旁边的奚薇忍不住捂嘴笑了："你这小子还真够大胆。这是《万劫混元经》的创造者凝聚神力形成的一尊大成的法身，凝聚在此，送给我家圣主。这具万劫混元体，可以源源不断地传授《万劫混元经》的修行法门。"

"这位大能者是谁？"东伯雪鹰好奇地问道。

"不能说，不能说。"红石摇头。

奚薇也摇头："东伯，你记住，任何一位大能者的名字，都不能说。一旦说出来，不管你是在物质界，还是在神界，或是在深渊……大能者们都能立即感应到！大能者们如果正是心情不好之时，说不定一个念头，就算隔着无数空间，也会让你瞬间殒命。”

东伯雪鹰撇嘴。

“好了，你来接受传承吧。站在雕像的正前方，靠近它。”红石说道。

东伯雪鹰点头，当即上前，靠近这一尊通体黑色的雕像，彼此眼神相对。当距离到两米左右时，“嗡——”一股波动透过雕像的眼睛射出，瞬间进入东伯雪鹰的眼睛。

在这一刹那，东伯雪鹰只感觉头脑轰鸣，大量信息涌入脑海。

“我，东伯雪鹰，在血刃神帝陛下的见证下起誓……”东伯雪鹰不由自主地说出誓约，周围半空更隐隐有巨大的誓约文字显现。这雕像内有着誓约阵法，每一个接受传承的都必须立下誓约，而誓约的见证者就是血刃神帝。

血刃神帝，乃血刃神廷的最高统治者。

东伯雪鹰隐隐感觉到一股遥远而恢宏的波动传递过来，在他周身扫了下便退去。东伯雪鹰虽然不由自主地说着誓约，可他的心中还是什么都明白的，他也知道，刚才应该就是血刃神帝陛下朝这儿略微查探了一下。

誓约立下，东伯雪鹰的脑海中大量信息不断汇聚，渐渐形成整体。最终，在他的脑海中显现出了一座黑色雕像，正是这万劫混元体。这座雕像屹立在识海虚空中，仿佛一切的中心，周围隐隐有无数符纹流动。

“原来如此。”东伯雪鹰也知道了部分信息。

《万劫混元经》太过浩瀚，自己一个小小超凡根本无法完全接收。所以现在它是雕像形态，自己仅仅接收到最开篇的信息以及第一层修炼内容。

《万劫混元经》共分九层。修炼出的身体，在神界，是被尊称为法身的，名叫“万劫混元体”，有身体犹如混元，万劫不灭之意。一旦大成，一个呼吸恐怕就能毁掉夏族世界这般大小的世界，即便是大能者出手，想要毁掉这一尊法身都很难。

“轰！”一袭白衣的东伯雪鹰站在湖面上，陡然完全消散。

“开始修炼了？这小子还真是忍耐不住。”红石一笑，他和奚薇就站在那儿耐心地等着。

虚无之体，整个身体化作无数粒子和整个虚界融为一体。

“万劫混元！”东伯雪鹰脑海中观想起了极为复杂的神印，神印呈立体模样，乃是盘膝而坐的人形神印。随着观想参悟，东伯雪鹰的身体完全分散开，和虚界融为一体的每一个粒子都开始受到影响，渐渐发生变化。

在寻常凡人乃至许多超凡眼中，粒子乃是身体的最基本构成，可鬼六怨巫毒能渗透进每一个粒子，就是因为粒子依旧可以剖析！

粒子，乃是由“微子”构成。

所以粒子真意，也只是三品真意。微子真意，乃是二品真意。

《万劫混元经》这一门界神级秘术，入门就很难，幸好东伯雪鹰练成了虚无之体，身体可以完全分散和虚界融合。借助虚界，以及《万劫混元经》的观想，可以细微地影响每一个粒子。

透过观想，渗透进粒子更深层次，影响微子构成。

“轰轰轰！”随着对微子层面的改变，东伯雪鹰体内的每一个粒子都在震颤，那些粒子表面都逐渐有毒素被排挤出来，这些毒素正是鬼六怨巫毒！显然粒子内部崭新的微子结构，已经不容许这些巫毒继续盘踞了。

这样的身体，就算是原始的鬼六怨巫毒也渗透不了。

“这感觉真是……太爽了！”东伯雪鹰感觉到自己正进行着脱胎换骨的变化，每一个粒子内部的结构变化，让他的皮肤、肌肉、筋骨、脏腑器官都在急剧蜕变。

这是最深层次的蜕变，每一个粒子内部新的结构，导致身体处处都在发生急剧的变化，东伯雪鹰的头发都比许多珍贵的超凡材料还坚韧，骨骼甚至可以用来打造神器，比许多神灵的神体都要强悍得多。毕竟就算成了神，得到珍贵的《万劫混元经》修炼入门，也不过和现在的东伯雪鹰一样而已。

由此可以想象，如今东伯雪鹰的身体是何等惊人。

也不知过去多久，东伯雪鹰睁开眼。

“这……”东伯雪鹰愣愣地看着远处，红尘岛上万里外一座高山上的石级路，有一只小蜈蚣爬过，蜈蚣一条条细足上的绒毛，都清晰可见。

耳朵中更是听到无数的声音，声音的频率或高或低，以声波的形态撞击在山壁上，而后声波反弹，或者是撞击在树木上，声波朝其他方向发散。声波的传递，是混乱的，每一个阻碍物都会令它们出现细微的变化。

无数的声波，或高或低。有些声波是东伯雪鹰过去用耳朵听不见的，比如植物的呼吸。并且根据无数声波的碰撞，东伯雪鹰甚至能够清晰地感知到每一株小草的位置，能够感知到上千里外的一颗碎石子的位置。

“只靠耳朵听，周围千里范围的一切，都能听出来？”东伯雪鹰不敢相信，他闭上眼睛。

的确，一切无比清晰，这是一个声波的世界。

无数的声波，让这个世界有着别样的精彩，无数物品都能清晰地感知到。

一下子听到无数声波，会累吗？

不会累的。就像普通人的目光一扫能看到无数人，耳朵听到无数声音，头脑中强大的本能轻易过滤一切，根本不会有丝毫疲劳感。

“这就是神的感觉。”奚薇开口说道，“成神后，神力凝聚成神体，你就会发现自身的变化。你的万劫混元体，虽然才只是第一层，却也比寻常的神体强很多，所以你的感知会更加敏锐。”

“真是神奇。”东伯雪鹰睁开眼，“我原本以为得掌握波动真意等类似的规则奥妙，才能这样感受声波。可没想到我仅仅靠耳朵听，就能做到这一步。”

“随着修行，你的生命层次会不断强大。”旁边的红石说道，“自然而然会拥有许多匪夷所思的手段。比如时间，在超凡时想要控制时间很难，可成神后，拥有神之领域，对时间的感知会愈加敏锐，甚至能够逐渐地影响时间。只要你变得强大，一切都有可能。”

“嗯。”东伯雪鹰点头。

站在湖面上，虽然依旧一袭白衣，可东伯雪鹰感觉到了自己脱胎换骨的变化。他伸出右手，缓缓张开，而后猛然一握。

“砰！”掌心内的空气被瞬间压缩，发出低沉的轰鸣。单单握掌这一动作，恐怕能够轻易捏死尤兰领主他们。

“太强了，这身体太强了。”东伯雪鹰虽然心中有所准备，可万劫混元体初步入门后，他依旧被震撼了。

“万劫混元体，可是有资格被称作法身的，界神级存在们都渴望得到这样的秘术。”红石微微一笑，“虽仅仅是最浅显的第一层，已经不凡。”

“我怎么感觉不到我的太古血脉了？”东伯雪鹰又问道。

“太古血脉？”奚薇道，“东伯小子，你以为血脉是什么？”

“血脉？”东伯雪鹰一愣。

“血脉潜伏，一旦激发，也是让身体重新构成，使你拥有强大的力量和速度……甚至能引导雷电，或者对空间有影响……”奚薇嗤笑，“而你现在，身体的每一个粒子构成都发生了变化，你已经有翻天覆地的变化了。你们夏族世界的太古生命，甚至是黑暗深渊的恶魔，你听说过他们的身体，赶得上你现在身体百分之一的吗？”

“你现在就拥有着你们夏族世界有史以来最强大的血脉！”红石哈哈笑道，“你的血脉，远远超越一切太古血脉，乃至上位恶魔血脉！”

东伯雪鹰愕然，继而笑道：“我之前还想着星辰真意三重境，能够修炼成所谓的星辰不灭体，还引导力量欲要强化身体，可发现，一点儿用都没有。”

“你这等于是在钢铁上抹泥巴！星辰不灭体？这名字真嚣张啊，一个超凡阶段的连秘术都算不上的强化身体之法，也敢称为不灭？”红石轻轻摇摇头，满是不屑。

“很正常。超凡中，不就有很多称皇、称帝的吗？”奚薇也说道。

东伯雪鹰在旁边微笑着听着。

他的心情非常好，之前也没想到成为护法弟子，实力能一下子飙升这么多！

“两位前辈。”东伯雪鹰连忙道，“护法弟子，可得一套神器、任选秘术以及任选清单上一宝物。秘术我已选了，神器也放在一旁，现在就是清单上的宝物，我有些烦恼。”

东伯雪鹰看向眼前二位：“两位前辈可知，我夏族世界如今正面临着巫神和大魔神的威胁，他们很可能发动一场战争，覆灭我夏族，永远占领整个夏族世界，这样也能禁止任何外来者进入红石山，从而能够独占红石山。”

“我们知道这事。”红石点头。

“他们俩，一个是物质界领主，一个据说是二重天大魔神。”奚薇也道，“不过这对我们没影响，要最终拥有红石山，一样得派遣超凡进来经历考验。”

东伯雪鹰苦笑：“对红石山没影响，可对我夏族却是灭顶之灾。”

“我想问问，我到底该怎么选清单上的宝物，才能有最大希望抵挡住巫神和大魔神？”东伯雪鹰问道。

“东伯小子。”奚薇看着东伯雪鹰，摇头道，“我和你说实话，你们夏族原本一点儿胜算都没有，不过现在嘛，应该有希望固守在你们的薪火世界了。这还是有你帮忙，如果没有你的出现，连薪火世界都是守不住的。”

“对，那个什么巫神和大魔神，他们其实并不在乎你们夏族，他们真正忌惮的是大地神殿。”红石也说道，“否则哪里需要准备这么久。”

东伯雪鹰听得脸色微变：“我如今实力大增，难道也挡不住？”

“你知道巫神和大魔神最大的倚仗是什么吗？”奚薇问道。

“神之分身？”东伯雪鹰问道。

“哼哼，这算是重要倚仗，并非最大倚仗。”奚薇说道，“大地神殿也能弄出神之分身，血刃酒馆如果愿意的话，也能在你们夏族世界弄出一尊神之分身。可为何他们都不敢说占领夏族世界，独占红石山，而巫神和大魔神却敢这么干？”

东伯雪鹰皱眉。

“你要知道，神之分身一旦苏醒，在凡人世界最多逗留三千年。”奚薇说道，“三千年后，神之分身将自然死去。没了神之分身，就无法镇守整个夏族世界了。难道每三千年就弄一尊神之分身？这代价也太大了。”

东伯雪鹰点头。是啊，占领夏族世界一时相对容易，而想永远占领就难了！

“两位前辈，他们的最大倚仗，到底是什么？”东伯雪鹰急切地问道。

“如果我猜的不错，巫神和大魔神最大的倚仗只可能是一种。”奚薇说道，“红石山坠落到夏族世界已经过了百万年。那个巫神，估计很早就开始谋划，他在这百万年间，应该占领了一两座凡人世界，且是距离你们夏族世界比较近的凡人世界。而后以那座占领的凡人世界为跳板，再建造一条稳定的空间通道，连接你们夏族世界和他占领的世界。”

“如此一来，只要通道一建立，他准备的大量资源、战争堡垒等都会源源不断地通过固定的空间通道，进入你们夏族世界，轻易建造稳定根基！”奚薇道，“而后以根基扩散，迅速占领夏族世界，横扫一切。他的资源，无须通过时空神殿运输，因为他是物质界领主，自己便可以从神界带资源进入物质界。再通过一条条空间通道，通过他占领的凡人世界，传递进你们夏族世界。”

“他忍耐这么久……就是为了这一天。只要他们愿意，他们可以将整个夏族世界经营得仿佛一座大型堡垒！谁都无法再掺和进来。”奚薇道，“我只想到这一种可能，能够绝对且永久地占领夏族世界。”

东伯雪鹰听得心底发寒。这……真不敢想象。

“明白了吧？他们唯一忌惮的就是大地神殿。”奚薇笑道，“你们夏族世界的信仰，是归属于大地神殿的。他们要占领这儿，等于抢了大地神殿的肉，大地神殿岂会轻易答应？大地神殿应该有一具沉睡中的肉身可以供界神降临！大地神殿降临的，一定是位极厉害的界神，甚至可能是三重天界神。这样的神之分身，完全有希望在第一时间摧毁稳定空间通道。”

“所以巫神和大魔神需要准备。准备得足够充分，而后一举碾压一切。”奚薇道，“甚至为了以防万一，他们很可能会和大地神殿达成协议。”

东伯雪鹰忍不住道：“大地神殿会帮他们？”

“这不太可能。”奚薇摇头，“大地神殿，毕竟在你们夏族世界传播信仰，他们不敢明着背叛信仰他们的子民。不过只旁观不出手，却是有可能的。”

“那我夏族怎么办？”东伯雪鹰问道。

“他们没想到，在关键时刻，夏族出现了你这样的超凡。”奚薇摇头，“如果他们失败，最大的原因就是放过了你。”

东伯雪鹰无奈。

他们已经付出很大代价来对付自己了，还让自己中了鬼六怨巫毒，在无法建立稳定的空间通道前，巫神和大魔神也没什么对付自己的好办法了。

“你们夏族可以固守薪火世界。”奚薇道，“放弃夏族世界，躲在薪火世界，这样希望更大。你在清单上可以换取十万神晶，十万神晶可以购买到许多宝物，让薪火世界更稳固，再加上你的帮忙……就算面对巫神和大魔神不惜一切地狂攻，也是有很大希望守住的。”

“守住薪火世界，你且安然修行。等你成为神灵，只要在万年寿命内依旧能进入夏族世界……你完全可以将他们一举摧毁！就算他们将夏族世界经营得难以摧毁，你只要万年内炼化了夏族世界的世界之心，成为领主，他们也必败无疑！”奚薇说道。

东伯雪鹰皱眉。

放弃整个夏族世界？等自己实力强大了再反攻？如果实在是没办法，也只能走这条路了。夏族历史上，也曾不止一次被逼迫得退守到薪火世界。

“固守薪火世界，也没有绝对把握吧？”东伯雪鹰问道。

“战争，没有绝对，毕竟你的对手可以利用的资源远胜于你。”奚薇道，“你们夏族唯一的优势，就是你个人而已。”

东伯雪鹰点头，他已经明白了困境。

“可整个夏族世界无数人类，就这么被屠戮？没有办法守住，将他们击退吗？”东伯雪鹰问道。

“固守薪火世界，都要你拼命了，还想要将他们完全击退？”奚薇道，“你得更强大！拥有更多资源！”

“有什么办法？”东伯雪鹰眼睛一亮。

“成为红石山内门弟子。”奚薇道。

“内门弟子？”东伯雪鹰心中一动。

奚薇看着他，嘴角微微上翘：“圣主收弟子，分为护法弟子、内门弟子以及亲传弟子。亲传弟子地位最高，其次是内门弟子，最后才是护法弟子。不过就算是圣主活了漫长岁月，他也一共只收了三位亲传弟子。要成为亲传弟子，条件很苛刻——要么是掌握了一品真意的超凡，要么是修行万年内掌握一品神心，符合二者之一，圣主会主动去收徒的。”

东伯雪鹰暗暗嘀咕，一品真意超凡？难得离谱。万年内掌握一品神心，相对要容易些，毕竟可以先凝聚出二品神心，再突破到一品。

“圣主所收的三位亲传弟子，有一位是掌握了一品真意的超凡，一位是万年内掌握了一品神心，还有一位……是圣主极为喜爱的，破例收为亲传弟子。”奚薇道，“圣主已死，自然无法再破例，所以要成为圣主的亲传弟子也很简单，只要你掌握一品真意，或者万年内掌握一品神心即可。”

东伯雪鹰无奈道：“若是我能掌握一品真意，恐怕夏族灾祸早就解了吧。”

奚薇一怔，随即明白这个东伯雪鹰最关心的还是夏族的灾祸。

“对，你若是能掌握一品真意，你自身的实力将更胜你现在，完全能够在第一时间就击溃巫神和大魔神的军队，毁掉那条稳定的空间通道。”奚薇点头，“甚至只要消息稍微泄露出去，定会有神界大能者来主动收你为徒。不过若真的掌握了一品真意也最好别泄露，因为你不管拜谁为师，都会被敌对方视作眼中钉，会被全力铲除的。”

东伯雪鹰点头。一品真意……自己也很想掌握啊！可要突破何其难？这种事强求不得，只能顺其自然，自己在修行时尽全力就好，其他的想太多反而会影响自身心境。

“亲传弟子不敢强求。”东伯雪鹰问道，“那怎么能成为内门弟子？”

“跟我来。”红石开口道。

这是一条漫长的石级路，一级级石级，一直通往远处一座高山山巅。

“看。”红石、奚薇、东伯雪鹰都来到石级路的旁边，红石伸手指向远处，“这就是问心路，是考验你的内心的，比连天藤第五片藤叶世界的考验要艰难得多。问心路一共分成三段，超凡只需要走过第一段，就达到了内门弟子门槛。”

东伯雪鹰看着这条问心路，若有所思。看来神界大能者对于修行者的内心还是很重视的啊。

很快红石和奚薇又带着东伯雪鹰来到了一座九层塔楼前。

“这就是登云塔。”红石指着眼前这座九层塔楼，“超凡进去，是超凡级战斗，神级进去，是神级的战斗！你只要能够通过六层，就达到了内门弟子的门槛。”

“通过问心路第一段以及登云塔第六层，你都做到了，就自然成了内门弟子。”红石看着东伯雪鹰，“这是圣主定下的条件，谁也无法更改。”

“我明白了。”东伯雪鹰点头。

“很难的，你的境界还差很多。”红石摇头，“等你去尝试就知道了。你现在还需苦修，努力在战争爆发前成为内门弟子吧。”

“嗯。”东伯雪鹰点头，自己现在成了护法弟子，已经让夏族有了一拼的希望，不过自己还得更强大！

红石轻轻指向虚空，虚空中凝结出密密麻麻的文字。

东伯雪鹰抬头一看，不由得面露喜色。

“如果在战争爆发时你依旧是护法弟子，就按照这一方案来做吧。”红石说道，“先换取十万神晶，而后用十万神晶换取诸多宝物。”

东伯雪鹰眉头一皱：“十万神晶中的三万神晶，用来购买大量的神体？”

“为了培育你的血蔓花。”

红石道：“血蔓花是植物生命，体型庞大，生命力极强，是非常适合的战争武器。让它吸收天地力量太慢了，吸收神晶又太奢侈，还是神体最好。神体蕴含的能量极强，又比神晶便宜得多，三万神晶购买的神体已经足够血蔓花生长到神级后期。不过我预估十年内只能到神级中期，得三十年才能到神级后期。但血蔓花就算只是神级中期，它也和普通的神灵不一样，它体形庞大，无数藤蔓环绕遍布万里范围，想要轰杀它，比杀死神级后期强者都难。”

东伯雪鹰点头，植物生命的优势就是生命力超强。

“你得赶紧将血蔓花送到夏族世界。”红石说道，“它毕竟不是夏族世界土著生命，只有在夏族世界内成神，才不会被排斥。”

“那送过去，血蔓花一旦突破成神，恐怕各方就会知晓……有神灵诞生了吧？”东伯雪鹰皱眉。

“知晓才好。”奚薇得意道，“如果巫神和大魔神犹豫了，想要延迟万年发动战争，那么你就有足够时间修行了。”

东伯雪鹰皱眉：“听你们之前一说，巫神和大魔神既然底气十足，恐怕不会因为一个神灵的诞生，就推迟战争。”

“不推迟，他们也会想办法弄清楚夏族的底细，更想要知道你是生是死。”奚薇说道，“而你只要一直留在红石山内，他们想要查到也是非常难的。”

“我一直不回夏族世界？”东伯雪鹰忍不住道，“那我怎么和夏族联系？”

“红石山相当于独立的一个世界，和夏族世界是非常近的两个世界，所以通过传信宝物，即可传信。”红石说道，“不需要太多，只要一百神晶即可。我会在上面加持些红石山材料，可以隔绝一切规则探查，除非神界大能者亲自出手，否则时空神殿也无法渗透这传信宝物。”

“你可以传讯，随时和夏族联系。但是你，乃至你的斗气分身，都别回去。那么时空神殿就算时光倒流查探过去，也查探不出你从红石山出来！它要确定你的生死，必须通过血蔓花，而血蔓花已经跨入神级，对一个神级植物生命进行查探，是非常难的，它会对巫神和大魔神开出惊人的情报价格。”红石微笑。

东伯雪鹰仔细思考后，也觉得没问题。

当天，东伯雪鹰就安排好了一切。

在夏族世界，安阳行省青河郡仪水城境内的雪石城堡，余靖秋正长居在这儿。她认定了自己丈夫一旦回来，肯定会先回雪石城堡。

“四年多了。”余靖秋扶着栏杆，看着一片积雪的雪石山，心中却沉重得很。

她不敢相信，也不愿接受那个可怕的结果。

“一定会回来的，一定会。”余靖秋默默道。

余靖秋走出住处，行走在雪石城堡内。城堡内的东伯家族的孩子们个个都恭敬得很，老远就站着恭敬地行礼，那些仆人、护卫也都不敢靠近。如今在雪石城堡内，余靖秋的地位是最特殊的，因为她是东伯雪鹰的妻子，也是城堡内最厉害的超凡。

“这些孩子……”余靖秋看着东伯家族的一个个孩童，嘴角不由得泛起一丝笑意，“雪鹰，你说过的，我们也会有孩子的。”

很快，她就走出了城堡，行走在山顶上。

“嗯？”余靖秋有所察觉地看向远处半空，不由得心生期待。只见远处半空中出现一道裂缝，飞出一名红皮肤的可爱女娃娃。

“她是？”余靖秋有些疑惑。

“这是雪石城堡，不得擅闯！”半空中有白雾凝聚成一只猿猴阻挡在女娃娃面前。

“哈哈。”女娃娃顿时大喜，“我要找的就是雪石城堡啊，我血蔓太聪明了，一下子就找到了。对了，余靖秋法师在哪儿，我要见她！”

“你是谁？”白雾猿猴皱眉，这个能轻易撕裂空间穿梭过来的女娃娃，应该有半神实力，它哪里敢轻易放她过去？

“东伯雪鹰是我的主人，我是奉主人的命令来的。”女娃娃说道。

白雾猿猴大惊。

“你奉雪鹰的命令来的？”旁边半空凝聚出一道身影，正是余靖秋的身影。余靖秋本尊依旧在远处山顶上，只是借助雪石城堡的镇守大阵在这儿凝聚出一个能量之体而已。

血蔓一看，顿时面露喜色，当即跪在半空：“血蔓拜见主母！”

“你有何凭证？”余靖秋没有立即相信。

“主母请看。”血蔓一挥手，手中出现了一杆火红色长枪。

余靖秋情不自禁地伸手抓过，抚摸着这杆长枪，喃喃低语：“星石火云枪？他的兵器怎么会在这儿？雪鹰出事了？”

对一个高手而言，兵器何等重要？

不过如今的东伯雪鹰已除去巫毒，丹田气海早就生出半神斗气，也能使用神器，自然在红尘岛选了更好的兵器。这星石火云枪也暂且当作信物送了回来。

“主母，你炼化了它，就知道了。”血蔓扔过去一枚漂亮的红色戒指。

“哗——”红色戒指很快飞到远处山顶的余靖秋本尊处，她伸出纤细的手指，轻易炼化，戴上了这枚戒指，用精神力量感知，立即在戒指内部感应到了画面。

“靖秋。”白衣的东伯雪鹰正笑着和她说话。

“雪鹰，你、你……你这是留下的影像，还是在和我对话？”余靖秋有些忐忑。

“当然是在和你对话。”东伯雪鹰道。

听到这回答，余靖秋的眼泪“哗”地流了下来。

“别哭。”东伯雪鹰连忙道。

“嗯嗯嗯。”余靖秋点头，“你现在怎么样？”

“我成功了！”东伯雪鹰露出笑容，“闯过连天藤，成了红石山护法弟子，巫毒也祛除了！我可是第一个成为护法弟子的，不出意外，梅山主人应该也能成为护法弟子。”

余靖秋此刻满心欢喜。之前她一直很担心，陈宫主他们也很担心，虽然大家都不说，可内心深处都隐隐感觉情况不容乐观，毕竟时间已经过去太久了。

“你让血蔓将储物宝物给你。”东伯雪鹰道。

“好。”余靖秋立即去索要。

血蔓早就飞到了山顶，恭敬地献上了一只翡翠手环，余靖秋炼化手环后就立即感知到里面的大量宝物。

“靖秋，事情很重要，接下来你仔细听我说……”东伯雪鹰将大量事情一一说出，让自己妻子去办。

“嗯，我知道……十五年……好，明白……这些宝物，价值八千神晶……血蔓花，这么厉害？要购买那么多神体给她？……好……”余靖秋一一应着，正事说了足足半个时辰。

“雪鹰，我发现你变啰唆了。”余靖秋笑着打趣。

“事关整个夏族，不得不小心。”东伯雪鹰说道。

“放心吧，事情一定办得妥妥的，办完后我向你一一汇报。”余靖秋微笑。

“我当然相信我妻子，我妻子可是千年来最厉害的超凡法师。”东伯雪鹰赞叹道。他说的没错，余靖秋虽然比东伯雪鹰、袁青他们稍微晚一些成为超凡，可她依旧很年轻，法师本就更注重积累，从法师的角度而言，余靖秋的修行速度已经很快了。

“这么久没见，你通过传信之物联系我，‘噼里啪啦’说了一大堆正事，就没有什么……要和我说的？”余靖秋问道。

“呃……”东伯雪鹰迅速思考，随即一笑，“我已经解毒了，等我出去，我们一起生个孩子，不，生一堆孩子！”

余靖秋脸红彤彤的：“还一堆？”

“你放心，我们的孩子，一定是夏族有史以来最厉害的血脉。”东伯雪鹰自信无比。开玩笑，自己可是万劫混元体入门！

当天余靖秋就出发前往薪火世界。在薪火宫内，她见到了陈宫主。

“靖秋，你怎么来了？”陈宫主有些惊讶，“有事？”

“雪鹰让我通知你，”余靖秋道，“巫神和大魔神的战争，应该会在十五年后爆发！”

陈宫主顿时大惊：“雪鹰回来了？”

"他还在红石山，是让其他生命帮忙带话的。"余靖秋道。

"他是生是死？"陈宫主问道。

"我也不知道。"余靖秋道。

这也是东伯雪鹰嘱托的，他成为护法弟子的消息，除了余靖秋知道外，不要再泄露给其他任何人。

"雪鹰在里面也得到些消息，他说巫神是物质界的领主……"余靖秋说了一堆，说得陈宫主脸色也变了，"雪鹰也得到些宝物，送了出来，其中有些是对修行有帮助的。陈宫主，你来分配。让我夏族顶尖的几个半神服用，说不定能诞生一位神灵。"

"嗯。"陈宫主点头，很快，陈宫主就开始安排。

原本夏族世界早就暗中开始了一些迁移，现在消息知道得更多，明白战争将比他们预料的还要残酷，且知道了战争爆发的大概时间，夏族的迁移行动就更加快且干脆了。

没有谁再有侥幸心理。

红尘岛。属于护法弟子的一座修行洞天内，修行洞天自成空间，除了护法弟子，其他人都不得入内。

修行洞天内的一座静室内。

静室呈八边形，室内顶部呈锥形，上有无数金色神纹，还镶嵌着十八枚碧玉心、九枚泛着淡金色的龙髓珠，以及中央的一块仿佛正方体般的血玉。碧玉心乃是神界一些特殊的通体寒冰覆盖的星球深处方才有望凝结出的珍宝，这淡金色龙髓珠更是神级巅峰的神龙才有，而最珍贵的血玉，那是黑暗深渊传说中的血海深渊海底极深处才有的玉石切割出来的，这一小块的价值就超过五十万神晶。

单单这座静室的造价，就超过三百万神晶，足以让一些寻常界神都囊中空空。当然东伯雪鹰只有使用权！

"真舒服。"东伯雪鹰盘膝坐在静室内，感觉到前所未有的舒坦，无形的能量不断地渗透进体内，渗透进灵魂，这种感觉不亚于吃灵果奇珍。而且周围天地之力隐隐呈雾态，可轻易吸纳，吸收效果不亚于吸收源石。

"难怪晁青观主进入修行洞天修行，能够开辟体内神海。"东伯雪鹰环顾左右，赞叹道，"实在是这条件，超乎想象。"

"时间加速，十倍！"东伯雪鹰开口。

"嗡——"静室内的时间流速立即加快，外界正常一天，这静室内却已经过去十天。

"时间加速，百倍！"东伯雪鹰仔细感受着，在连天藤第二片藤叶世界的峡谷中他已经感受过时间流速百倍了。

“时间加速，千倍！”

静室内时间流速立即再度暴增，东伯雪鹰脸色微变。

他感觉到周围空间都隐隐扭曲，天地间规则也都扭曲变化。

“时间加速，万倍！”东伯雪鹰喊出了护法弟子所能拥有的最高操纵时间流速的特权。

“轰！”整个静室的空间，仿佛陡然凝滞住了。

一切天地规则似乎都混乱了，强大的时间力量完全破坏了天地规则的平衡。

“难怪啊。”东伯雪鹰摇头，“之前奚薇前辈他们和我说的果然不假，时间加速并没有想象中的那么好，加速万倍，连天地规则平衡都遭到破坏了。”

“难怪第二片藤叶世界最多也不过时间加速百倍。”东伯雪鹰点头，“时间加速在百倍之内，天地规则的扭曲还不算太厉害，至少研究秘术、琢磨秘技不受影响。不过如果要突破瓶颈，真的感悟天地规则奥妙，还是得在正常的时间流速下，在最完美的天地规则下修行参悟。”

“不过已经很好了。”东伯雪鹰露出笑容，“我的枪法秘技，才创出星辰陨灭击一招，一招哪里能算枪法？我完全可以继续研究其他秘技。”

时间加速百倍下，研究秘技；寻常时间流速下，去提升真意。

“呼——”随即，他闭上眼，开始静心修行。至于夏族世界内因为他的传话而发生什么，他也无法分心。他现在一门心思只想尽量提升实力，最好能成为内门弟子。

“真的不一样啊！”

修成万劫混元体入门，解去了巫毒，在静室内，修行效果更是奇佳！

三方面结合，让东伯雪鹰此刻修行起来，无比顺畅。他琢磨着真意奥妙，过去的许多迷惑处，他现在可以开始疯狂地推演，不断地破解明悟，偶尔起身拿出一杆黑色长枪，开始演练验证。

这杆通体黝黑的长枪，乃是神阶下品的神器。没办法，半神级超凡虽然能使用神器，可也只能催发神阶下品的神器！除非是血炼神兵刚好和自己的心灵产生共鸣，才能有望施展神阶极品。

就像奥兰大长老催发巫神剑，像余靖秋和雪前辈产生共鸣……巫神剑和雪前辈都是完善到神阶极品的神器！

东伯雪鹰可没那么幸运，能找到和自己心灵产生共鸣的，只能选择了这一杆材料极佳的神阶下品长枪，名为玄乌枪，据说枪杆是由一头叫玄乌的生物的骨头炼制而成，韧性极好。

红尘岛上，只有他孤零零的一个人。当初圣主死时，在红石山修行的弟子都下界了，哦，严格来说，红尘岛除了他东伯雪鹰，还有器灵红石前辈。

“问心路。”

东伯雪鹰停下脚步，抬头看着前方。前方便是一条漫长的石级路，一级级石级，一直延伸向远处的高山之巅。

“要成内门弟子，问心路得走过第一段，登云塔得通过第六层。”东伯雪鹰当即踏上了石级。

右脚刚踏上第一级石级，就感觉身体一沉。

虚弱感立即弥漫全身，弥漫整个心灵。好累，似乎很难再迈出第二步。

“有点儿意思。”东伯雪鹰的内心何其强大？在百年巫毒的折磨下他都能谈笑风生，这点儿虚弱感他还是能轻易挡住的。

迈步，一步步行走……

越走，越加虚弱、疲倦。不单单是身体，还有心灵的疲倦！无尽的疲倦感涌来，似乎随时都会失去意识倒下。东伯雪鹰从来没想过自己练就了万劫混元体，竟然也能疲劳成这样。

他却不知，这问心路乃是针对内心的，任你身体再强横，都无丝毫用处。

“走，继续，现在还早得很。”东伯雪鹰努力保持清醒，继续一步步行走。只是石级路上，东伯雪鹰每一步都开始摇摇晃晃，似乎很吃力，每一步都要蓄势努力保持清醒，才能竭力迈出。

“砰！”终于，无尽的疲倦感，将东伯雪鹰的意识完全淹没，他强大的内心也抵抗不住。

整个人当即一晃，倒了下来，直接从石级路上摔下，朝下方的半空中落了下去。摔落中的东伯雪鹰闭着眼睛呼呼大睡，显然疲倦让他陷入了深层次睡眠，“扑通”一声，他摔落近八百米，砸在地面上，压倒了一片花花草草。

“呜。”东伯雪鹰这一摔才醒过来，眨巴下眼睛看向上方，“我刚才竟然睡着了？”

第十五章

XUEYING LINGZHU

两位界神

睡着了？

自从进入红石山搏命冒险以来，四年多时间，自己就没睡过！其实到了东伯雪鹰如今这般境界，睡觉只是一种习惯、享受，并非是必需了。刚才从问心路上摔落时，那绝对是最深层次的睡眠，虽仅仅一会儿，可摔在地上醒来后都觉得很舒坦。

“问心路第一段，我才走了一半？再试试。”东伯雪鹰当即一迈步，留下一道幻影，便已经来到了问心路的起始处，再度踏上石级，一级级往上走。

虽然疲倦感席卷而来，且越来越强，东伯雪鹰却在寻求一种超然定性。

就像当初在巫毒的疼痛下，自己都能将疼痛的影响尽量削弱，以维持心境空灵。而问心路上的疲倦感是无止尽的，会随着行走越来越强，远超巫毒的影响。

“清醒，维持清醒，一切都是虚妄。”东伯雪鹰努力让自己的心灵愈加空灵，摒弃一切影响，任凭风沙漫天，我自屹立！

在远处半空中正有四道身影并肩而立，看着远处的东伯雪鹰一次次从问心路摔下来。四道身影分别是奚薇、红石，以及一名裹着厚袍的青年和一名裹着猩红披风的少年。

厚袍青年露出笑容：“这个小家伙挺厉害嘛，这是第六次了吧？比第一次竟然多走了二十级石级。他竟然在这么短时间内就进步了，说不定真的有希望成为内门弟子，成为我们的小师弟呢。老七，你说对吧？”

“嗯。”猩红披风少年点头，“他刚练成万劫混元体，身体会滋养心灵，要不了十年，他的心灵会比现在强上至少两倍！他的内心磨炼再提升些许，通过第一段没问题。”

“你说，他将来有没有可能带我们离开？”厚袍青年说道。

“要带我们离开何其难？”猩红披风少年摇头，“物质界规则强横无比，连神界大能者都无法强行降临，只有物质界的领主们能够自由进出。可物质界领主从神界回归物质界，也只能带一些死物或者凡俗超凡，神级强者等乃至更强的，是无法带进物质界的，除非是拥有洞天宝物。可要得到洞天宝物，太难了，师尊当初也只有红石山这一件洞天宝物。二师兄，我们想出去，不能急，得有耐心。”

“我明白。”厚袍青年轻轻点头，随即咧嘴一笑，看向旁边的红石：“红石前辈，你认主的条件，就不能低一点儿？”

“必须是亲传弟子，必须是界神。”红石道，“没有悟出一品真意的绝世天赋，根本不可能给主人报仇！如果成不了界神，也炼化不了红石山！”

厚袍青年摇头：“师尊活了那么久，符合条件的才收了两个。东伯雪鹰即便成了界神，如果不是亲传弟子，你让他一个界神去哪里找洞天宝物？我们当初一群师兄弟，也就只有慧明大师兄有洞天宝物而已。”

慧明师兄，在红石山的一众弟子中地位很特殊。他，是三大亲传弟子之首，是所有弟子崇拜的对象。慧明师兄在神界，绽放的光芒曾经比他师尊红尘圣主还耀眼！虽然不是大能者，却近似大能者！

“也不知道慧明师兄，如今有没有成为大能者。”猩红披风少年说道。

“听老祖说，还没有。”奚薇道。

“唉！我们红石山一脉……也只有慧明师兄有望成为大能者了，可惜。”猩红披风少年有些不甘。

旁边的厚袍青年也摇头：“慧明师兄当初肆意传播信仰，据说过亿凡人世界都是他的信仰源头。信仰让他实力强大，可也是重重束缚，让他挣脱不得，想要跨入大能者……太难！我们坠入物质界才过百万年，慧明大师兄要突破，哪有这么快。”

“别说了，看这东伯小家伙吧。”猩红披风少年遥看远处，“他今天走了十次问心路，似乎要放弃了。”

“不是放弃。你看，他是去登云塔！”厚袍青年道。

他们俩，也是红石山内除了奚薇之外仅有的两个界神了。

“这内心，需常常拂拭，否则一旦怠慢便会不进则退。”东伯雪鹰还是很喜欢问心路的，若无问心路，那么只有通过修炼枪法，心与枪合，来一次次磨砺意志，可效果终究不如问心路。问心路针对心灵意志，每天来走十次效果极佳。

东伯雪鹰很快来到了那座巍峨古朴的九层塔楼前。

登云塔的塔门大开着，东伯雪鹰步入其中。

塔内，一个圆形空旷空间，正有着一名白胡子老者盘膝坐着，他还背负着两柄剑。

当东伯雪鹰步入塔内时，白胡子老者睁开了眼，笑眯眯地看着东伯雪鹰，眼眸中有着兴奋：“总算来人了。好久没战斗过了，我都快憋死了。虽然第一层这具身体比较弱，使用的力量也比较弱，但是小子你想要赢，可没那么容易。”

“让我瞧瞧，你有多厉害。”东伯雪鹰右手一伸，一杆黑色长枪显现。

东伯雪鹰也是战意沸腾。

多少年了，第一次没有巫毒的纠缠，而且万劫混元体让他全身充满力量，这种澎湃感让他很渴望一战。并且一进来他就发现，这登云塔内的空间没有任何封禁，瞬移、空间穿透等都能施展出来，可以尽情施展一切规则奥妙。

“你先来，尽管出招。”白胡子老者站在那儿，大大咧咧地说。

“好。”东伯雪鹰也不推辞，瞬间前冲，穿透空间杀向白胡子老者。

“定！”白胡子老者却依旧大大咧咧，只是口吐一字，顿时周围空间完全定住，正在释放极点穿透的东伯雪鹰也被排挤了出来。

“空间神心？”东伯雪鹰面色微变，可手中动作却不变，直接一枪刺出。

“轰！”万劫混元体的强悍力量，让随意的极点穿透一枪，都拥有让人心颤的威能。

白胡子老者眉头一皱，“锵锵！”背后的两柄长剑瞬间出鞘。他双手分别持着一剑，快如闪电般，两道耀眼的剑光就迎头撞击在东伯雪鹰的长枪上。

东伯雪鹰只感觉虚不受力，那两柄利剑交错着，几乎一个照面，枪杆就被引导到一旁，长剑顺着枪杆就刺向自己。

太快了！连用瞬移、极点穿透来躲避都嫌慢。

东伯雪鹰立即虚影分身变幻，立即转移到百米外。

“刺啦——”白胡子老者两柄长剑剑光一闪，一时间一道道仿佛线一样的剑光交错着，纵横在东伯雪鹰周围百米，任凭东伯雪鹰如何变幻虚界分身，都难逃剑光交错。且他的剑光和空间结合，诡异莫测，时而出现在这儿，时而出现在那儿，难以预料。

东伯雪鹰唯一的秘技星辰陨灭击属于攻击性杀招，并没有什么厉害的防御招数，只能……硬扛！

“砰砰砰——”东伯雪鹰的身体瞬间遭受到一道道剑光袭击，甚至有些剑光穿透空间，无视自己身上的神器铠甲，刺入自己身体内部。

不过那锋利的剑光，即便刺入自己体内，自己的血液、筋骨、脏腑任何一处受到攻击都只是微微一震，每一个粒子都坚韧无比，轻易卸去冲击力。

这接近星辰陨灭击的恐怖剑光，就这么被东伯雪鹰的身体给轻易扛住了，东伯雪鹰自己都有些愣神。

“我这身体，也太强了吧！”东伯雪鹰总算明白，为什么说万劫混元体的力量、速度等方面都是附带，最厉害的是保命了。剑光刺不破自己的皮肤就罢了，连脏腑器官都没丝毫损伤。

“身体再强，赢不了我，你依旧通不过这第一层。”老者双手持剑站在不远处。

东伯雪鹰看着眼前的白胡子老者。

必须得承认，自己也只有秘技星辰陨灭击算厉害，其他招数都太简单，就算结合起来……也在战斗技巧上被白胡子老者完全压制。白胡子老者至少掌握了两门二品神心，且结合得非常好。

这才第一层啊，境界就比我高？东伯雪鹰暗道。

“不过，战斗从来不单单只看境界。前辈，小心了，别怪晚辈欺负你体弱。”东伯雪鹰说道，显然在初步交手后他就确定了新的战斗方向。

“尽管来。”白胡子老者双手持剑，嘴角翘起。

“轰！”东伯雪鹰瞬间冲来，速度爆发到了一秒两千里的速度，同时手中长枪也快如闪电般刺出。“噗噗噗——”无数枪影几乎笼罩了一大片区域。

白胡子老者刚刚双剑联合破解枪法欲要反击，就立即遭到了新的攻击。

“好快。”白胡子老者脸色一变。这枪法太快了，每一枪的威力都能贯穿天地，威力都达到媲美神级中期的地步。虽然就算威力达到神级中期，白胡子老者也还是能破解，可架不住……无数枪影一起笼罩过来啊！速度太快了，连绵不绝！

白胡子老者几乎一瞬间，就被逼迫得连连后退闪躲，周围空间扭曲变幻。

东伯雪鹰感觉眼前一幻，他和白胡子老者的距离就发生了变化。

“纯粹仗着力量和速度，就想赢我？”白胡子老者的身影诡异模糊，一会儿在左，一会儿在右，他的剑光更带着猛烈的破坏力。

东伯雪鹰惊慌地想要抵挡，却被一剑刺入体内。

“就这时候！”东伯雪鹰眼中寒芒一闪。

“轰！”手中黑色长枪猛然横扫，横扫的同时，长枪自身还在暴涨。

在白胡子老者近身攻击的时刻，长枪瞬间横扫周围一片区域，白胡子老者来不及逃跑，连忙用手中长剑抵挡。“砰！”黑色的枪杆抽打在长剑上，继而轰击在白胡子老者的身体上，抽得他身体猛然弓起，口吐鲜血，往后倒飞。

东伯雪鹰得势不饶人地继续近身搏杀，手中长枪足足过百米长，呼啸纵横，白胡子老者的攻击他根本不管，万劫混元体根本无视这些攻击，他反而可以尽情狂攻！时而是极点穿透，将速度发挥到极致；时而是星辰真意，将力量完全发挥出来，横扫碾压；时而是关键时很突兀地来一次星辰陨灭击……

“停停停！”白胡子老者连连喊道，“你赢了你赢了！”

“练成万劫混元体，我怎么打你都没用，你打我一下我就得受伤。”白胡子老者嘀咕，“算了，算了，算你通过第一层了，去第二层吧。”

“晚辈只是仗着身体，才勉强赢下。”东伯雪鹰说道。战斗，就是以己之长攻敌之短。

旁边出现了木质楼梯，东伯雪鹰沿着楼梯往上走，来到了第二层。

同样是圆形的空旷空间，同样有一名白胡子老者盘膝坐着，只是他的膝盖上放着一根深青色的长棍。

“小家伙，第一层那具身体太弱，第二层我能使用的力量可提升了不少。”白胡子老者咧嘴冷笑，“你尽管来，尽管出招。”

“晚辈就不推辞了。”东伯雪鹰也不犹豫，当即身影一闪就到了半空，手中的长枪猛然挥劈而下！长枪在挥劈时，一下子暴涨百米长，当头劈向白胡子老者。

“哼！”白胡子老者手中一根长棍，双手分别抓着长棍的两端，一个上挑。

“砰！”长枪怒劈而下，长棍上挑！二者撞击在一起，威能隆隆，余波冲击在这个空间内。

东伯雪鹰感觉到长枪反震传来的力道，在半空中都往后踉跄了下，不由得色变：“好强的力量，竟然不亚于我。不，我是蓄势怒劈，他是原地随意一击，却和我不相上下，他的力量应该还在我之上！”

“我这具身体。”白胡子老者说道，“媲美玄金天罗体入门。虽说保命上不如你，可力量上却占优势。我红石山护法弟子，一般都会练就界神级秘术！”

东伯雪鹰点头。他明白，自己的三门真意，都只是三重境，是靠着秘技才达到门槛。而能成为护法弟子，一般都是达到二品神心的，所以去练界神级秘术入门就相对容易多了。

“随便一个护法弟子修炼些岁月都有我这样的实力。”白胡子老者说完，瞬间出招。一根长棍，犹如水中蛟龙，呼啸着，带着旋涡之力笼罩过来。

东伯雪鹰连忙出枪抵挡。

“哗——”长棍带着旋涡之力和东伯雪鹰的枪杆碰撞了下，枪杆偏到一旁，长棍直接戳在东伯雪鹰的胸膛上。

“砰！”虽然万劫混元体轻易就抵挡住这冲击力，可东伯雪鹰还是不由自主地往后倒飞，踉跄着努力站稳。

“小子，你的境界还是太低了。”长棍横扫周围，任凭东伯雪鹰虚界分身变幻百米，也直接被扫飞。

“你的力量也不行。”长棍和长枪硬碰硬，长棍顺势又砸在东伯雪鹰的脑袋上。

“你的枪法，只有一招秘技，就只知道进攻，太容易破解了。”长棍仅仅一旋转就砸在东伯雪鹰的手腕上。幸好他万劫混元体厉害，依旧能紧紧握住手中的长枪。

“砰砰砰！”东伯雪鹰全方面被压制。

比力量、速度，不行！比战斗技巧也不行！靠虚界分身变幻，可百米范围，对方长棍一个横扫便可以尽数笼罩！

东伯雪鹰撞击在圆形空旷空间的边缘，从半空摔下，头甩了甩，才恢复清明。

“还打吗？”白胡子老者扛着长棍，看着东伯雪鹰。

“不打了不打了。”东伯雪鹰摇头，刚才最后一下子，他的脑袋被连砸数十棍，都有些犯晕了。不过打到现在，皮都没破一点儿，头发也没掉一根，只能感慨万劫混元体的防御力确实厉害。

“好好修行吧，你现在才到护法弟子门槛，只是多修了一门界神级秘术而已，否则连第一层都赢不了。”白胡子老者说道。

“嗯。”东伯雪鹰点头。

走出登云塔，东伯雪鹰反而颇为兴奋。

这红尘岛上可以时间加速，可以去观看开天辟地等诸多印记，可以走问心路，可以和登云塔高手交战……绝对是修行的圣地啊！

“我一定得抓紧时间，不能松懈，努力在战争爆发前，成为内门弟子！到时候我的实力也将比现在高得多，相信也有正面和巫神大魔神他们掰掰手腕的实力了。”东伯雪鹰期待着。

当东伯雪鹰在红尘岛上苦修时，在夏族世界，地下深处。

一株庞大的血蔓花正在这儿生长。它巨大的绿藤，以及无数的细藤，还有无数的花朵，渗透在周围大片土地。这些细藤花朵还包裹着一具具神体。

“轰！”无比强大的波动忽然以血蔓花为中心传递出去——血蔓花开始了蜕变。

而在这一处地底的上方，高空中也是无尽威能汹涌汇聚，甚至半空中隐隐有一片巨大的海洋显现，海洋汹涌。周围一些城池的凡人们抬头就能看到半空中巨大的海洋虚影，似乎都听到了海水的“哗哗”声。

开辟神海的波动，无法掩饰，整个夏族世界，每一个超凡都能清晰地感应到。

不管是夏族、魔兽一族，还是超凡土著们，个个都明白一位神灵诞生了！

“嗖嗖嗖——”夏族世界各地，一道道身影冲天而起，停在半空，遥遥看着远处高空中那散发无尽威能的庞大的海洋。

“开辟神海？”一位位超凡看着这一幕都惊呆了。

“神海？神之领域？怎么回事，难道有神灵诞生了？”

“谁成为了神灵？”

一位位超凡都有些惊慌了。

“嗯？”在一座普通山村内，穿着破烂伪装成普通凡人的晁青抬头看着，他的脸色也变了，“又有神灵诞生了，谁？”

他因为是夏族土著，受到夏族世界的钟爱呵护，所以他才敢在红石山内成神，而后悄悄回来。

历史上，只要有神灵诞生，夏族和魔兽一族就会立即查看，是不是己方出现神灵了。没出现？那一定是对方！虽然都不甘心，可仍会立即退守到超凡世界内。

连陈宫主的斗气分身也出了薪火世界，来到凡人世界，站在半空中遥遥看着。

“到底是谁？”陈宫主也焦急万分。

“陈宫主请放心。”一道信息传来。

陈宫主心中一喜，传来消息的正是余靖秋，他连忙传信问道：“你知道是谁？难道是雪鹰？不对，雪鹰之前还没到三重境呢。”

“不是雪鹰，是雪鹰送出来的一种植物生命。”余靖秋传信道，“这植物生命已经成神，且在继续生长，将来战争时会起很大作用。”

“好好好。”陈宫主大喜。

很快陈宫主就给众多夏族超凡传信——“大家放心，成神的乃是我夏族同伴，至于是谁，暂且保密！”

夏族超凡们顿时心中一松，跟着就无比狂喜。

成神？在这个时候，大家都知道情势危急，夏族都开始暗中大规模迁移了，有神灵诞生，是何等喜事？

夏族大喜，在超凡世界树海世界内的气氛则明显压抑了许多。

树海世界内有一座森严的堡垒，通体呈半球形，上面雕刻着无数符纹。这是一座无法移动的堡垒，论防御能力还在丁九战船之上，且这座堡垒也加持了法阵，内外世界完全隔绝。这也是东伯雪鹰当初中了巫毒的百年时间内，虽然查探过魔兽一族，却根本无法入内！

进不去，正面攻打？这堡垒太坚固，丁九战船过来轰都没有用。

“哗哗哗——”堡垒内部，流淌的红色液体湖泊中，正躺着一具巨大的人形身体。他皮肤表面满是暗红色鳞甲，隐隐有着悠长缓慢的呼吸。

在这红色湖泊旁，正有着一个巨大的头颅虚影和一个金袍男子身影。

“夏族有神灵诞生了。”大魔神头颅低声道。

“我知道。”金袍男子声音中却蕴含着愤怒，“都是你，当初太自大，被毁掉肉体，让我们的战争推迟了十五年。否则战争早就爆发了，说不定我们已经占领了整个夏族世界！现在夏族有神灵诞生，如果是其他人成神就罢了，就怕是东伯雪鹰！”

“这岂能怪我？”大魔神头颅不满道，“夏族诞生如此绝世超凡，是你我能预料的？当初东伯雪鹰如果不是出手毁掉我的魔神会总部，灭了我培育即将成功的那具肉身，你我哪里知道他的实力有如此厉害？你我又岂会布局围攻他？”

“正因为围攻他，才让他中了鬼六怨巫毒！有巫毒影响，他的实力还提升了这么多！如果没有巫毒影响，恐怕他早就二次太古血脉觉醒了！就算提前十五年，局势也不一定能更好。”大魔神头颅反驳道。

金袍男子没吭声。是啊，这个东伯雪鹰的确进步太快，在巫毒的影响下，竟然还能和尤兰领主拼个不相上下。

“你我誓约已定，现在没必要再埋怨谁。”大魔神头颅道，“现在需要决定，到底该怎么办？”

“必须得弄清楚，成神的，到底是不是东伯雪鹰！”金袍男子皱眉道，“他如果能回到夏族世界成神，在红石山内恐怕就已经成了护法弟子，能够得到大量宝物。我们发动战争……他将是最大阻碍。”金袍男子思虑道。

“嗯……”大魔神头颅沉默了下，才道，“东伯雪鹰如果成神，应该是在红石山内偷偷成神，这样不引起我们注意，反而有足够时间继续成长。而现在夏族世界出现了开辟神海的波动，我觉得，应该不是东伯雪鹰。”

“我也觉得，是东伯雪鹰的可能性较低！毕竟他太年轻，凝结二品神心可没那么容易。可是……可能性再低，我们也不能赌！毕竟从现在的情报来看，已知的夏族的一个个超凡，司空阳、贺山主他们都没有成神，除了东伯雪鹰，还有谁？”金袍男子有些烦恼，“我们不能赌，必须得弄清楚！”

“怎么查？”大魔神头颅问道，“之前都派遣手下的斗气分身去波动之地查探过了，根本没找到痕迹，显然成神的那位已经隐藏到其他地方了。”

“通过时空神殿！”金袍男子有些不甘道，“只有通过时空神殿来查了。必须得弄清楚，成神的是谁！”

“嗯，我先去问问吧，看时空神殿要价如何。”大魔神头颅道。

不一会儿——“询问成神者的身份，需要三万神晶，询问东伯雪鹰的实力，需要十万神晶。”大魔神头颅道，“巫神，怎么样，你觉得这两个情报要不要买？”

“东伯雪鹰的实力，才十万神晶？”金袍男子皱眉，如果是其他凡人世界的天才超凡实力要这个价，他肯定会觉得太离谱。因为这样的要价，已经让普通界神们感到心疼了。不过东伯雪鹰是夏族世界的，这里有红石山，在即将爆发的战争中，东伯雪鹰的实力是非常重要的，甚至堪称决定性因素，只要十万神晶……不太符合时空神殿的秉性啊。

时空神殿，那可不是一般的黑啊，这次竟然仁慈了些？

“难道成神的不是东伯雪鹰？”金袍男子皱眉。

“这情报？”大魔神头颅问道。

“买！都买！”金袍男子开口，“大魔神，这点儿支出你来出，没问题吧？”

“小事。”大魔神点头。

大魔神虽然也有些心疼，可如今乃是准备战争的关键时刻，岂能吝啬这点儿神晶？很快两个情报都买来了。

“我就知道，时空神殿要价低一定有原因。”大魔神头颅低声怒吼，“时空神殿给的情报，竟然是数年前，东伯雪鹰在黑白神山展露出的详细实力。至于之后……时空神殿说，东伯雪鹰进入红石山，一去便没再出来，实力无法预知。”

“那成神的是谁？”金袍男子连忙问道。

“一种植物生命，叫血蔓花！”大魔神头颅道。

“植物生命？进入夏族世界成神？”金袍男子微微点头，“这植物生命，恐怕是东伯雪鹰在红石山内得到送出来的。那东伯雪鹰却没有现身，也不知道，他现在是生还是死。”

“嗯。”大魔神也忧虑。

血蔓花？他们不在乎！毕竟血蔓花只是身体强横，对规则奥妙的理解高不到哪里去，一旦战争爆发，在他们的军队面前……一株血蔓花根本阻挡不住！

“东伯雪鹰在黑白神山时，准确实力如何？”金袍男子问道。

“根据时空神殿的情报，东伯雪鹰掌握着虚界真意、星辰真意、极点穿透真意三门二品真意，并且都达到了二重境巅峰。”大魔神头颅虚影开口道，“他还掌握了一门秘技，正是凭借秘技，才和尤兰领主不相上下。”

“哦。”金袍男子微微点头，也松了口气，“很好，能悟出秘技，这东伯雪鹰作为夏族有史以来天赋最为了得的超凡，是很厉害，可是他的境界才二重境巅峰。境界的提升，是必须得一步步踏踏实实提升的，不可能一蹴而就。他进红石山才四年多，说不定现在连三重境都还没到，离成神更是遥远！”

虽说在红石山内，也有时间加速区域，可是他们很清楚，感悟天地规则，时间加速区域反而有影响，只有正常时间流速的区域，感受到的天地规则才够自然清晰。

仅仅四年多，能进步到什么程度？

“虽说这次花费了些神晶，可弄清楚情况也是好事。”金袍男子露出了微笑。

“要不要询问时空神殿，查清楚夏族所有实力？”大魔神头颅问道。

“不！若购买这份情报，也得在战争爆发前的最后时刻再购买。”金袍男子摇头道，“我们完全可以一步步、井然有序地安排好，到时候以无可抵挡的实力，正面碾压他们。”

大魔神头颅虚影也赞同：“按照既定计划，一步步来。”

“快了，离战争没多久了。”金袍男子期待。

能够让他们忌惮的强者很少，大地神殿的那位是一个，东伯雪鹰是一个。至于其他？夏族就算诞生一位神灵，对他们而言也不过增加点儿小阻碍罢了。

时间流逝，夏族一直在大迁移，为即将到来的战争做准备，转眼便已经过去九年。

红石山。“呼——呼——”辰九和奚薇并肩一飞冲天，穿过了世界膜壁，进入更上一层空间世界，而后继续朝上飞。

穿过泥土土壤，穿过虚空，穿过一层层云雾，终于抵达红尘岛。

“辰九。”梅山主人面露喜色。

“梅山兄。”辰九也笑了。

“恭喜恭喜啊，你也成功来到这儿了。”梅山主人的感情发自内心，因为他们都不容易，原本他们这次五支队伍首领能有一个侥幸成功就算不错了，现在加上夏族的超凡东伯雪鹰，可是足足有三个了。

“我也是疯魔了才侥幸突破最后一步瓶颈，掌握唯我神心。”辰九说道。

“唯我？”梅山主人点头，“你在唯我真意上的运用，本就在我之上，毕竟能够研究出八臂来，你对唯我真意的理解已经极高了，能掌握唯我神心，不奇怪。”

辰九也笑笑。能成功，真的是一飞冲天了！

“对了，东伯呢？”辰九问道。

“哦，刚才我还看到他在问心路上。”梅山主人说道。

“我带你们过去。”旁边的奚薇也微笑道。

问心路上，一袭白衣的东伯雪鹰正一步步艰难地行走着，不过已经走得非常遥远，人影都变得很小，只是他一步步走得越来越艰难。

“东伯很厉害了，都已经走过第一段，走在第二段上了。”梅山主人赞叹，“东伯雪鹰祛除巫毒，又有红石山这样远超凡人世界的修行条件，又有万劫混元体滋养心灵，进步的确快得很。我这几年虽然实力也提升了许多，可和他交手多次，还是被他完全压制啊。”

话音刚落，“呼——”远处的石级路上，东伯雪鹰倒下，摔在下面的湖面上，“砰”的一声，砸得水花四溅，跌入湖水内，跟着才破水而出一飞冲天。飞出来时他一眼便看到了辰九、梅山主人、奚薇。

“哈哈哈。”东伯雪鹰大笑，在半空中留下一道幻影，便已经到了辰九他们面前。

“东伯。”辰九笑容灿烂。

“辰九兄，恭喜。”东伯雪鹰也为看到好友而高兴。他很清楚辰九背负着什么，能成为护法弟子，不管是辰九的飞剑山庄，还是辰九自身，都将苦尽甘来。

辰九成为护法弟子，却也没急着离开，毕竟他、梅山主人虽然都要为界神们带回一门所需的界神级秘术传承，可只要在战争爆发前回去就可以了，他们俩都计划在二十年期满前离开，在离开前，当然得在这红尘岛上好好修行！

辰九掌握了唯我神心，选择了一门身体类的界神级秘术《星河秘藏》，这是能够将身体开发到不可思议之境的秘术，修行到极致，整个身体都可以化作一条无边的星河！除了在保命方面比《万劫混元经》弱一些，其他方面都要略胜一筹。

不过这门界神级秘术入门极难，修行也极难，也只有辰九这样掌握了专门研究身体的唯我神心才勉强能入门。

当然，不管是辰九，还是梅山主人，虽然各自学了一门界神级秘术，可都不是东伯雪鹰的对手。因为他们在掌握神心和秘术后，实力想要再提升就很难了，甚至可能万年内都无法再提升一步。

掌握完整的神心，再提升……就需要参悟出其他真意的神心境，而后融入自己的神心。让神心继续蜕变提升，终极目标都是渴望成就一品神心。

而东伯雪鹰不同，他的实力在迅猛提升，三门真意都在不断提升，毕竟离达到神心境还有些距离。

“沙沙——”东伯雪鹰的修行洞天中，一片空旷的院落内，一株大树树叶已经黄了，风吹，树叶落。白衣东伯雪鹰的身影穿行在空间中，时而出现，时而消失，他手中一杆长枪，也都刺入虚无。

“刺啦——刺啦——”虚空中忽然出现了一道道黑色裂痕，延伸向远处。

“终于大成了。”东伯雪鹰从虚无中走出来，眼中有着喜色，“在红尘岛修行十一年，我这一套枪法的最后两招也完善了，总算完整了。”

“我的实力已经快提升到进无可进的地步了。”东伯雪鹰眼中有着一丝怅然，“十一年，进步比我预料的还大得多。”

十一年时间，没有巫毒干扰，东伯雪鹰一气呵成，三门真意都从初入三重境提升到了三重境巅峰，想要再进一步……就得达到神心境了。

“神心？”东伯雪鹰皱眉。

三门真意，都达到了三重境巅峰，可任何一门他都丝毫没有掌握神心的预感。

显然要跨出这一步，很难。

至于将来如果三门真意都能达到神心境，到底凝聚哪一种本尊神心，东伯雪鹰还没想好，现在也没必要多想，达到神心境才是最重要的。

“枪法秘技大成，真意也达到巅峰！”东伯雪鹰眼中有着光芒，“希望这次能通过第六层！”

登云塔第六层，已经困住他三年多了。

东伯雪鹰走出修行洞天，来到问心路。

他依旧踏上问心路的石级，一步步往上走。修心，需常常拂拭，不进则退。东伯雪鹰几乎每天都会来问心路上走十次。

“轰轰轰！”疲倦感弥漫整个心灵。

走过第一段，走上第二段，疲倦感愈加汹涌，随着一步步前进，东伯雪鹰终于从石级上摔下来，陷入深层次睡眠，摔入问心路下的湖泊中，溅起无数水花。躺在湖泊上，东伯雪鹰笑了笑，起身继续去走第二次。

一次又一次次，走完十次！

东伯雪鹰非常平静地朝登云塔走去，抬头看着这座九层塔楼。

九层塔楼的第六层。

东伯雪鹰沿着木质楼梯走了上来，塔楼第六层内是圆形空旷的空间，在这空间内盘膝坐着一名白胡子老者，白胡子老者的膝盖上有着一柄黑色细剑，细剑无鞘，气息内敛没有丝毫威势。

“两个月了，你可有进步？”白胡子老者咧嘴笑道，“小子，如果没有进步还是别浪费时间了。”

“前辈，晚辈想要再试试。”东伯雪鹰说道。

“好。”白胡子老者起身。

“嗡——”以白胡子老者为中心，一圈圈波纹朝四面八方弥漫开去。这波纹笼罩了每一处，不管是真实，还是阴影，抑或是虚界中，尽数被渗透，连粒子都被清晰查知。而且这无形的波纹还有着震荡之力，就算是尤兰领主这一级数，如果在白胡子老者周围，在这波纹的震荡下，身体都会分解崩溃。

这便是白胡子老者所使用的一门可怕的秘技，波及范围内，寻常新晋神灵都能被轻易灭杀。

东伯雪鹰站在那儿却完全不在意，他的万劫混元体能够轻易抵挡住。他咧嘴一笑：“前辈，小心了。”

“尽管出招。”白胡子老者傲气得很。

“哗——”东伯雪鹰忽然凭空消失。

“躲起来了？”白胡子老者咧嘴一笑，他周围无数波纹扫荡着四面八方，可渐渐地，他的脸色变了，“怎么可能？”

只见弥漫在圆形空旷空间每一处的波纹变得越来越细微，甚至肉眼都难以看清，白胡子老者极尽查探手段仔细查探着。

“消失了！”白胡子老者有些震惊，忍不住开口道，“小子，你掌握虚界神心了？你应该才达到三重境巅峰没多久吧？不需要任何积累，没有任何停滞就达到了神心境？”白胡子老者不敢相信。

“晚辈没那么厉害，晚辈的虚界真意刚达到三重境巅峰没多久，只是刚完善好这一门虚界真意的秘技，所以才能做到这一步。”东伯雪鹰的声音响彻在周围虚空，这一刻，东伯雪鹰信心也更足了，这老者发现不了自己，自己赢的希望至少大了三成。

“虚界真意的秘技？”白胡子老者嘴角翘起，目光扫视周围，“看来你这次是真的有所倚仗啊！尽管来吧，一直躲着，可赢不了我。”

“哗哗哗——”无数的波纹以白胡子老者为中心，波及每一处，强大的威能足以碾碎虚界分身幻境等手段。

白胡子老者持着黑色细剑，平静地等待着东伯雪鹰出手。

“来了！”白胡子老者眼睛陡然一亮，跟着就露出疑惑之色。

“轰！”“轰！”在白胡子老者的前后两处虚空中，分别刺出了一杆黑色长枪，都带着星辰膨胀塌陷陨灭的场景，威势让人心颤。

两杆长枪从两个方向同时刺出。

“怎么可能？这两杆长枪定有一个是假的，可为何在我的领域秘技下没有粉碎？”白胡子老者很震惊，这说明，虚假的那一杆长枪至少能够硬扛住他的领域秘技之威了。

再震惊，白胡子老者也立即出手了。

他手中的黑色细剑猛然一划拉，黑色细剑就凭空消失不见，这一柄黑色细剑化作一道很不起眼的波纹，瞬间扫荡过前后两个方向！

“当！”“噗！”一杆长枪被挡下，另外一杆长枪在黑色细剑波纹的碰触下，却开始粉碎。

周围安静下来。东伯雪鹰已经收枪继续隐藏在虚界中，再度消失无踪。

“竟然有三成威力？”白胡子老者环顾左右，惊叹道，“你如今的虚界真意才到三重境巅峰，没想到一个分身，竟然能有本尊三成实力。”

“这不算什么，一旦掌握虚界神心，虚界真身，可是拥有和本尊一样实力的。”东伯雪鹰的声音回荡在这片空旷空间内，“前辈的剑术秘技果真厉害，我的星辰陨灭击自问速度已经非常快，而且是一前一后突然袭击，真假难辨，前辈竟然能够一瞬间同时挡住两杆长枪。”

东伯雪鹰在红尘岛十一年，大多数时间需要练枪参悟真意，少部分时间去研究枪法秘技。在百倍时间的加速下，实际上他也是花费了超过两百年的时间在研究，才终于创出这套完整的枪法秘技。

其中一招便是辅助秘技——凝真！

真也是虚，虚也是真。

真也是虚，便是成就虚无之体，为虚界真意三重境。

虚也是真，便是能够让一尊虚界分身完全映照本尊，凝聚出一模一样的身体，拥有一样的实力，这具身体被称作虚界真身，这就是虚界神心境！

战斗的时候，本尊隐藏，敌人难寻踪迹，出手的则是虚界真身，极为厉害。

东伯雪鹰如今境界颇高，又观看了红尘岛上诸多前辈留下的印记，不断参悟琢磨，努力让虚界分身可凝聚成真身，到如今，这一招秘技凝真算是达到极致，自己的本尊可以凝真，和虚界内的景色化为一体，也能够将一尊分身发挥出本尊三成的实力。

“前辈再试试这一招。”东伯雪鹰的声音在空旷的空间内响起。

“呼——呼——”两杆黑色长枪从一个方向同时刺了出来，这一次两杆长枪的枪尖隐隐都显现出极点滚动穿透的场景，两杆长枪出招极快，且刚刺出，就刺入虚空，消失在视线范围内。

白胡子老者面带笑意再次挥动手中黑色细剑，黑色细剑也消失在虚无中。

两杆长枪、一柄细剑都穿梭在另一层面，在不断碰撞。其中一杆长枪时而消散，时而凝聚。等凝聚时，却会突然变成真实的长枪，另外一杆长枪则是虚假。

真真假假，难以勘透。

“噗噗噗——”两杆长枪快到极致，在更深层次的能量层面，疯狂出招，黑色细剑艰难抵挡。

“噗——”一杆长枪瞬间穿透防御，刺入了白胡子老者的胸膛，从他的背后冒出一截枪尖来，这时候整杆长枪才真正出现在真实世界内。

“好快。”白胡子老者吃惊地看着东伯雪鹰。

“你的剑更快，可惜你的剑只有一把，我的长枪有两杆。”白衣东伯雪鹰从虚界中走出来，也收起了自己的长枪，“这才侥幸获胜。”

“胜利没有侥幸。”白胡子老者胸口的伤势恢复，他摇头道，“第五层的时候，你能以拙破巧；第六层，你竟然以快对快，快、幻结合正面击败我……我输得心服口服。东伯雪鹰，你三门真意都还未达到神心境，却能够达到内门弟子门槛，真是佩服，佩服！我在超凡时，也远不如你。”

“前辈谬赞。”东伯雪鹰连忙道。

“好了，出去吧，你赢了。赢了第六层，你已经是内门弟子了。”白胡子老者说道。他真的很佩服东伯雪鹰。秘技不是那么好创的，东伯雪鹰却创出了整整一套枪法秘技，而且在创造时，显然更考虑配合，枪招彼此配合，使得威力暴增。

红尘岛上一座雅致的楼阁内。

红石走出楼阁，面带喜色：“竟然这么快，就成内门弟子了？”

高耸巍峨穿透了两层世界的连天藤的顶端，奚薇显现出来，她也看向远处的红尘岛，眼中有着难以置信之色：“东伯雪鹰成为内门弟子了？”

红石山的上层世界空间，这里无比辽阔，有十亿里之遥，无数生命在此繁衍。这里分成无数国度，还有宗门，等等。他们中几乎绝大多数都不知道，这只是洞天宝物红石山内部的一个世界，外界还有无数的神界和深渊。

在这世界内，地位最高的自然是那两位界神。

“嗯？”隐藏在一座普通庄园内的厚袍青年正在研究一枚复杂的神印，神印飘浮着，无数金色神纹在变化，厚袍青年陡然一伸手抓住了飘浮的神印，抬头看向高空红尘岛方向，“什么，那小家伙已经成为内门弟子了？这才过去几年？”

而在另一座剑道宗门内。

猩红披风少年担任这剑道宗门的长老，偶尔教导下几个弟子。这剑道宗门下至刚入门的超凡，上至宗主等神级高手，没有一个知道这位猩红披风少年，乃是一位无比强大的界神。

“师父，师父，我这么练，还要练到什么时候啊？”一个胖乎乎的少年大喊道。他拿着一柄剑攻击着眼前的一棵大树，大树的伤势却不断恢复。

“继续练，不练，就滚！”

猩红披风少年坐在远处，大吃大喝着，随意说道。

少年无奈，怎么就拜了这个师父呢？难怪在宗门内，师父的弟子最少。

“嗯？”猩红披风少年猛然抬头，眼中闪过一丝锋芒，“那小家伙竟然这么快就……”

“嗖——”瞬间他已经消失无踪。

“师父，师父，别走啊！”少年高喊道，随即无奈地只能不断练剑，师父不让他停，他不敢停啊！

“嗖嗖嗖嗖——”四道身影接连出现在了登云塔的塔楼下，看着塔楼的出口。

当一身白衣的东伯雪鹰从中走出来后，也不由得吓了一跳，塔楼门口怎么突然冒出来四个家伙？奚薇前辈、红石前辈自己认识，另外两个是谁？

那个厚袍青年气息内敛，却仿佛无底深潭，难以窥伺。另外一个猩红披风青年却有着让人心悸的锋芒，隐隐的一丝气息，便让东伯雪鹰心中发颤。

“小师弟。”厚袍青年咧嘴笑道。

“多了一个小师弟。”猩红披风少年也难得地露出笑容。

东伯雪鹰愣了愣。旁边的红石则是哈哈笑道：“东伯雪鹰，这两位也是我红石山的内门弟子！当初圣主身死之时，他们俩很倒霉地正在红石山内修行，因为他们俩都是界神，在物质界的规则下，他们根本出不了红石山，只能一直被困在这儿了。”

“我们反而得感谢师尊。”厚袍青年说道，“当年那一战，连师尊都身死，情况何其危急？师尊为了不让自己的宝物落在敌人手中，或者不想我们落在敌人手中，硬是将红石山扔进了物质界，我们才侥幸活下来。”

第十六章

XUEYING LINGZHU

战争渐近

“我叫戈白。”厚袍青年看向东伯雪鹰，“在师尊门下的内门弟子中，我排行第二。”

“我叫贺飞云，内门弟子中排行第七。”猩红披风少年道。

奚薇看向东伯雪鹰：“东伯小子，你排行第三十七。”

东伯雪鹰连忙道：“见过戈白师兄、飞云师兄。”

“小师弟。”戈白感叹道，“师尊虽然收了众多弟子，可神界终究危险得很，在漫长岁月中，不少弟子都已经死去。还有些则是因为活得太久，对自我产生怀疑，本尊神心最终溃散，身死识灭。现在还活着的内门弟子，算上你也不过十二位。”

“活得太久，对自我产生怀疑，本尊神心溃散？”东伯雪鹰惊讶，活得久，也会死？

“你活过一亿年吗？”戈白看着东伯雪鹰，“十亿年、百亿年呢？”

东伯雪鹰一愣。

“没有足够的内心境界，就算你有漫长的寿命，你也会受不了。随着活得越来越久，有人变得越来越沉默，有人则越来越癫狂，都守不住本心。产生自我怀疑导致本尊神心崩溃是常有的，觉得太疲倦自我毁灭都很正常。”戈白说道，“也有些界神，甚至暂时封印自己的记忆，放弃一切实力，去重新开始一段生活……这样就算将来觉醒了，新的人生也会让他原本苍老的心灵受到滋养，可能再活一段时间。不过封印记忆重新开始时，没有任何实力，是很可能在弱小的时候就死去的。”

“小师弟。”贺飞云则道，“你成了内门弟子，也有诸多好处。”

东伯雪鹰露出笑容。他努力成为内门弟子，就是为了好处，为了夏族在战争中更有把握啊！当然自身实力的大大提升，已经让己方的胜算提升了。

“有一点你可知道？”贺飞云露出一丝笑容，“内门弟子，是可以带一名家眷进入红石山的。”

“带一名家眷？”东伯雪鹰不由得惊喜，看向旁边的红石。

器灵红石前辈点头："对，护法弟子最是寻常，不得带人进来；内门弟子颇受圣主重视，允许带一名家眷，甚至可以在红尘岛上修行，不过像界神级秘术等却是得不到的，除非你自己做出牺牲，将选择的界神级秘术传承送给家眷；至于亲传弟子……哈哈，亲传弟子想要带多少人就可以带多少人进来，但在红尘岛修行的，最多同时有三个！这也是为了防止红尘岛上太过嘈杂，毕竟过去圣主也常居于此。"

"红石前辈，我想要让我妻子进来。"东伯雪鹰连忙道。

"小事。让她进入红石山外围的那片虚空区域，那就是我的力量波及范围。"器灵红石道，"我可以直接将她挪移进来。"

"好。"东伯雪鹰面露喜色。

"关于内门弟子的一些好处，我且告诉你……"器灵红石继续说道。

东伯雪鹰静静听着，可内心已经在沸腾，他真的好久好久没有见到妻子了。

虽说实际上似乎才过去十五年，可算上加速的时间，已经两百多年了，真的太久了！

薪火世界。

如今夏族的超凡们都居住在夏都城，夏都城也是前所未有的热闹。原本这里有大量的侍者、仆从，可如今侍者、仆从已经很少了，超凡们、称号骑士法师都住在这儿，以及他们的家族亲属，还有许多其他方面的人才等。超凡以下几乎没资格配侍者、仆从，即便有，也只有一两个。

夏都城人口更是达到了五千万，当然大多都是进入了赤云山世界等薪火宫内含的空间内。如今诸多空间也都完全开发来居住人了。

除了夏都城，薪火世界其他区域也住进了无数人。

"嗯？"在薪火宫内的一座庭院内，余靖秋穿着淡蓝色衣袍，正在研究法术，她身上散发的气息愈加超然，在得到东伯雪鹰送来的大量珍贵灵果、灵液后，加上她自身天赋也够高，竟然一举突破跨入了半神境！

"好，好啊，我知道。"余靖秋激动无比，"我这就来。"

"哗——"只见余靖秋体内有浩荡法力涌出，半神级法力在旁边迅速形成了又一个余靖秋。留下一尊法力分身，余靖秋本尊当即化作一道流光离去。

撕裂一条空间通道直接来到地底十万里深处，"嗡——"一股力量从红石山中发出，裹住了余靖秋，跟着，余靖秋就消失不见。

在红尘岛上，一棵低矮的大树旁，红色树叶飘落，东伯雪鹰正站在那儿看似平静地等待着，只是他的眼睛中隐隐有着一丝焦急。

"嗡——"前方空间微微扭曲，一道身影显现。

正是被称作夏族第一美女的余靖秋，成为半神后，她的气息也愈加空灵。

“雪鹰！”余靖秋眼中闪着一丝泪花，立即飞奔过来。

“靖秋！”东伯雪鹰也伸开手，和自己的妻子相拥在一起。

余靖秋能感觉到自己丈夫的变化。当初中了鬼六怨巫毒后，东伯雪鹰的身体一直不怎么好，偶尔还会淌虚汗，身体微微发颤；可此刻和丈夫拥抱在一起，她却感觉到一股雄浑强大的力量蕴藏在东伯雪鹰的体内，这股力量让她都有些震撼。

这就是万劫混元体！即便刻意收敛气息，但作为半神级法师，余靖秋依旧能够感觉到丈夫已经脱胎换骨了。

“雪鹰，你完全好了？”余靖秋难掩激动。

“好得不能再好了。”东伯雪鹰嘿嘿一笑，“好得都能生娃了！”

“一见面就嬉皮笑脸，你还真是……”余靖秋无奈，随即她看向周围，“这就是你在红石山的住处？”

“刚换的。”东伯雪鹰笑道，“之前我只是护法弟子，这十一年来，我可是接连达到了问心路、登云塔两大门槛，终于成了内门弟子，这就是内门弟子的修行洞天！你嘛，作为我的妻子，也可以和我居住在一起。来来来，我带你去静室瞧瞧。”

东伯雪鹰带着妻子，逛这属于自己的修行洞天。

余靖秋参观完整个修行洞天，知道一座静室造价就在五千万神晶，更感受过时间加速，也被震撼了。

“五千万神晶？就一静室？我们夏族一共才那么一点点。”余靖秋有些发蒙。

“这可是红尘圣主所建，圣主乃是神界大能者，这又算得了什么？”东伯雪鹰说道，“你和我同住在一起，这修行洞天静室你也能用。还有外面的登云塔、问心路、传承印记峡谷，等等，你都可以去看看。”

“真的？我、我又不是红石山弟子。”余靖秋不敢相信。

“只是看看，对红尘岛又没什么损失。”东伯雪鹰撇嘴，“像一些珍贵宝物、界神级秘术传承等你却是一个都得不到。那才叫罕见。”

“这已经很好了，比夏族的修行条件好太多了。”余靖秋很满意。

东伯雪鹰笑道：“走，带你逛逛整个红尘岛。”

当天，东伯雪鹰带着妻子好好逛了一遍红尘岛，余靖秋也开始了在红尘岛的修行。她的法力分身一直是在薪火世界的，只要每年法力分身来一次红石山找本尊补充点儿法力，便可一直维持了。如今东伯雪鹰没了巫毒困扰，夫妻二人也打算要一个孩子了。只是实力越高，想要孩子就越难，特别是练成万劫混元体后，想要留下血脉就更加难了。

毕竟这样的血脉遗传下来，就算不如父亲，实力也会极强的，将会远超夏族历史上任何一个太古生命、恶魔的子嗣！

在红尘岛上的一座小院内，戈白、贺飞云两位界神以及奚薇、红石都聚集在这儿，东伯雪鹰也在此。

“你是从护法弟子升为内门弟子，所以只能再选一门界神级秘术，这清单上你也可任选一宝物。”红石前辈说道，“当然还可以得到一套界神器。其中兵器，可以为你专门炼制成血炼神兵，这件血炼神兵，如果培育得好，可以一直培育到界神阶极品。东伯，单单这件血炼神兵，价值就达五百万神晶，这也是内门弟子得到的最珍贵的礼物。”

“但因为你还只是半神级超凡，刚炼制出来，应该是神阶极品的威力。”红石道，“它的威力，相当于你之前说过的巫神剑，还有你们夏族的雪前辈那件血炼神兵的层次。不过和它们不同的是，你这件兵器，可以修行到极高层次。”

“对这血炼神兵，你有什么要求？”红石问道。

“枪！”东伯雪鹰毫不犹豫，“正常的长枪！枪杆、枪头等尺寸和星石火云枪一样就好了。”

“好。”红石点头。

“那其他的界神器，我能换成神晶吗？”东伯雪鹰问道。

“可以。”红石点头，“可以算做五十万神晶。”

“戈白师兄、飞云师兄，”东伯雪鹰嬉笑着，“红石前辈、奚薇前辈，我可以任选一门界神级秘术，有五十万神晶，还可以在清单上任选一宝物！请大家帮帮忙……到底怎么选，才能让我击败巫神和大魔神？”

在场四位都思索起来。

“那巫神能够从神界源源不断地弄到各种兵器，不到战争爆发，根本无法预料他会弄出什么来。”戈白皱眉，“想要设计出完全获胜的策略，难。”

“二师兄！”旁边的贺飞云摇头，“这又不是研究法术，战争哪有绝对获胜的策略，只要获胜把握尽量大即可。”

“对。”东伯雪鹰在一旁点头。战争策略，就靠这四位前辈了，在这个关头，他可不会逞英雄自己胡乱决定。

“你的实力是根本。”贺飞云道，“在凡人世界，神灵进不来，你的自身力量会发挥出奇效。你即将有一杆神阶极品的血炼神兵长枪，攻击力是不错，不过呢，还不够强。”

“还不够强？”东伯雪鹰惊诧，“巫神和大魔神，他们的神之分身，最多不过半神极限而已。”

自己的万劫混元体、秘技，再加上一杆血炼神兵长枪，估计能和神级后期的高手单挑了！这样的实力，欺负半神极限，应该是横扫才对啊。

“你错了。”戈白看着东伯雪鹰，“你仔细想想，就像你自己躲在虚界中，别人的威力比你强十倍百倍，可打不到你，又有何用？”

“巫神、大魔神的境界，就比你高得多。巫神，能成为物质界领主，天赋一定极高，我估摸着他应该是一品神心，已成为界神。”戈白摇头，“东伯雪鹰，你就算三门真意都提升到神心境，和一品神心都有很大差距。你能够知道你和巫神的差距吧？大魔神，比巫神的境界还要高！”

“可以说，他们俩，虽然威能被压制在半神极限，可他们来去无踪，对付他们，你的许多招式很难奏效。”戈白说道。

东伯雪鹰若有所思。

“所以，将你的优势不断放大！”贺飞云说道，“你对他们而言，最大的优势是庞大的力量，你的力量是不受压制的，甚至会受整个凡人世界的眷顾钟爱！所以你还得继续提升你的力量，一力降十会，当力量强大到足够层次，一击之下，真实世界、虚界等一切世界都能粉碎，只要一丝余波……都不是他们这种半神极限威能的神之分身能抗衡的。”

东伯雪鹰微微点头。

“而且你的威能足够强，就可以正面击败那些战争兵器。”贺飞云道。

“可是……我该怎么提升力量？”东伯雪鹰问道。自己似乎各方面都达到极限了，除非境界再突破……可这不是想要就能达到的。

“界神级秘术。”贺飞云说道，“你已经练成万劫混元体，但因为是刚刚入门，这时候不适合兼修其他的身体类秘术，所以只能选斗气神力类的界神级秘术，威力越大越好。”

“嗯。”东伯雪鹰赞同。

“你的星辰真意，已达到三重境巅峰，或许有一门界神级秘术，你有希望入门。”戈白说道。

“什么秘术？”东伯雪鹰心生期待。

厚袍青年、贺飞云相视一眼，显然都想到一处了，贺飞云开口道：“《大混洞真力》！”

“你的三门真意都没有达到神心境，除了《万劫混元经》因为虚无之体能入门外，还有一门《玄罡星辰力》也是有希望入门的，但《玄罡星辰力》倾向于防御，而《大混洞真力》则是极端的超强力量。”戈白解释道，“而这次战争，你有万劫混元体，防御保命已经足够，你需要的就是更加强大的力量，所以我和老七都觉得这《大混洞真力》更适合你。”

东伯雪鹰点头，忍不住问道：“戈白师兄，你说《大混洞真力》对我有些难度，应该不会太难吧？”

“如果你达到星辰神心境，可轻易入门。可现在嘛，你能自创出星辰真意类秘技，多花费点儿心思，应该能成。”戈白说道，“但到底花费多久才能练成，这可难说。你参悟得够深，可能很快就能练成，但如果卡住，到战争爆发都练不成也很正常。”

“嗯。”东伯雪鹰感到了压力，但一定得练成！

“宝物该如何选？”东伯雪鹰又问道，“怎样才能获胜？”

贺飞云则道：“小师弟，别急，你还有足够的时间，我和你二师兄会好好想想，一定给你准备个最好的方案。”

“有你两位师兄帮你，放心吧！走走走，先去接受《大混洞真力》的传承！对了，你自己没打算修行其他界神级秘术吧？”红石前辈问道。

“就《大混洞真力》。”东伯雪鹰点头，他也觉得两位师兄说得有道理。敌人的力量威能受到压制，那么自己就尽一切办法提升威能！

在一座隐秘的洞窟内。

“唰！”东伯雪鹰凭空被挪移进来。这洞窟内别无他物，只有半空中悬浮着的一滴水滴，那一滴水滴幽幽暗暗，仿佛吞噬了一切光芒，若是仔细观看，便感觉那水滴内的幽暗中，有着毁天灭地的规则奥妙，让东伯雪鹰都不由屏息。

“东伯雪鹰，接受传承。”红石的声音回荡在洞窟内。

“咻——”那悬浮着的一滴水滴，立即射出一道黑光，射入东伯雪鹰的眉心，大量信息立即融入他的脑海。

“我，东伯雪鹰，在血刃神帝陛下的见证下起誓……”东伯雪鹰不由自主地说出了誓约，洞窟内也悬浮了半透明的誓约文字，这是传承的钥匙！如果不立下誓约，传承内部的更多信息是根本无法得到的。所以在神界、深渊，一些强大存在就算学到了界神级秘术，也没办法外泄。

一旦外泄，就违背了誓言，会遭到血刃神帝陛下斩杀！

立下誓约后，东伯雪鹰的识海中，无数信息立即汇聚成了一滴水滴虚影，这水滴虚影内也有无数的符纹在流动，高深且难以参悟。这信息太多，自己的意识力量相对而言太脆弱，根本无法接收所有的信息，只能凝聚成水滴，根据自己的承受范围逐渐传递信息。

“好厉害的《大混洞真力》！”东伯雪鹰惊叹。

《大混洞真力》共分为六层境界，是将斗气、神力这些最基本的力量经过复杂的转化，转化成更强大、更特殊的力量。就像将泥土烧成砖块，就像点石成金！在神界大能者创出的界神级秘术《大混洞真力》的引导下，会释放出更高的能量。

《大混洞真力》练出来，是一滴滴水滴，无数水滴构成了这雄浑的力量。而达到大成，这每一滴真力水滴，都内含一座混洞！

何为混洞？

混洞，乃世界塌陷毁灭的终极，论重量，不亚于一整座凡人世界，而这仅仅是一滴真力水滴的力量，无数的真力水滴构成雄浑的大混洞真力。尽数练成的存在，一举手一投足，威力匪夷所思，一丝余波，就能令一座星辰化为齑粉！

它，追求的就是极致的力量威能！

哦？真是了不起。东伯雪鹰识海中有无数符纹显现，亿万符纹却宛如一体，层层叠叠，符纹彼此之间都有精妙勾连，玄妙无极。

和它一比，我所创的秘技，的确简陋许多。东伯雪鹰心中却颇为激动。

观看着第一层无比复杂的符纹，其中几乎都是星辰神心内的奥妙，让东伯雪鹰对自己的秘技也有了许多想法。

时间一天天流逝，在自己的修行洞天静室内，东伯雪鹰和余靖秋二人都在钻研修行，静室内维持着时间百倍流速。

余靖秋是一直在琢磨雪前辈这件镇族神器。雪前辈，可是神阶极品的血炼神兵，余靖秋自然得细心钻研，好能够发挥雪前辈更强的威力。

东伯雪鹰则是将《大混洞真力》第一层和自己的秘技彼此映照。他发现，这样一来，琢磨起来效率更高，秘技威力也在提升。他甚至将原本的星辰真意秘技的名字，从星辰转改为混洞碾压，他就是想要靠这一招狠狠碾压巫神大魔神！不过现在还在完善过程中。

“东伯，东伯！”一道声音从外界传来。

东伯雪鹰睁开眼。

“怎么了？”余靖秋也停下修行。

“是红石前辈。”东伯雪鹰笑道，“他竟然专门来找我，这可是很难得的。如果我猜得不错，应该是我的那杆血炼神枪炼成了。”

余靖秋也大喜：“炼成了？走走走，我也去瞧瞧。”

“这也只是我的猜测，说不定不是血炼神枪的事。”东伯雪鹰带着妻子走出了静室，很快便走出自己的修行洞天。

洞天院落门口，站着穿着华美的红石前辈。

“东伯，血炼神兵已经炼成。”红石微笑着一挥手，“你来瞧瞧。”

只见一杆黑色长枪凭空出现，飘浮在半空，黑色长枪的枪杆上隐隐有无数黑色火焰，枪尖上隐隐有一层金光，无形威能释放开，就仿佛一颗浩瀚星辰停在半空，有着无尽的威压。而枪尖则带着让人心悸的锋芒。

在枪杆、枪尖内部，更有着无数的脉络，那些脉络正是东伯雪鹰的血液灌入炼成的神纹脉络。东伯雪鹰一看，就感觉到了共鸣。

“好！”东伯雪鹰情不自禁喊出个“好”字。越看他越是欢喜，不由得伸手抓过，整杆长枪隐隐发出一声呜呜。

“我现在还未开辟神海，还无法培育孕养，不过，以后我一定好好待你。”东伯雪鹰握着长枪，轻声低语，枪杆上的火焰、枪尖上的金光也立即收敛。

“东伯，这杆长枪将来会陪你漫长岁月，你给它起个名字吧。”红石在一旁笑道。

“枪名？”东伯雪鹰略一沉吟，眼中隐隐有着杀气，“就叫饮血吧，饮血枪！”

“饮血枪？”红石前辈以及余靖秋都瞬间明了。

“东伯，那就祝你战争之时，靠这饮血枪，饮尽敌人之血。”红石说道。

“一定！”东伯雪鹰点头。

红尘岛上的第十三年。

一株大树，树叶一片绿色，充满生机。

大树下，东伯雪鹰盘膝而坐，他也是刚刚练枪法时，心有所感当即就地坐下修行《大混洞真力》。

“嗡——”在丹田气海内，早就修炼得达到半神极限的火红色超凡斗气，仿佛无数火焰汹涌，弥漫处处。

忽然，在浩瀚气海的上方，无数符纹开始汇聚，仿佛形成了一座神奇的建筑！这无数符纹完美地构成了一滴水滴，这一滴水滴无比优美，有着自然的韵律，单单看着都觉得是一个艺术品。它刚一形成，周围的无数火红色斗气便不断涌入，大量斗气汇聚成一滴暗红色水滴，跟着又是第二滴、第三滴……

东伯雪鹰体内的超凡斗气，仅仅凝聚成十六滴，丹田气海内的斗气便已经干涸。

十六滴暗红色水滴，看似稀少，实则拥有让人心惊的力量。

这时候外界的天地力量疯狂涌入东伯雪鹰体内，在丹田气海内自然转化为斗气，斗气又被东伯雪鹰转化为最浅显的第一层的大混洞真力。红尘岛内的天地力量非常浓郁，在这里吸收外界力量，几乎和在夏族世界吸收源石相当。身体源源不断吸收力量，一滴滴暗红色水滴越来越多。

“哗哗哗——”水滴汇聚成水流，一道暗红色水流开始在体内流动。

“好舒服。”全身处处舒坦。

盘膝坐在树下的东伯雪鹰，周围都形成了旋涡，大量能量涌动，不断涌入他的体内。足足过了三个时辰，他的丹田气海也感到“撑”了，无法容纳更多的力量了。只见暗红色湖泊出现在了他的丹田气海内，无数水流在半空飞舞。

“试试这力量如何。”东伯雪鹰操纵大混洞真力，遍布全身，滚滚暗红色力量立即遍布全身每一处。随意挥掌前劈，“嗞——”一道压迫空气形成的掌刀，瞬间划过长空，留下一道黑色空间裂痕。

东伯雪鹰露出一丝喜色，当即时而手指一戳，时而一拳砸出，时而手掌拍出，练到高兴时，还拿出了饮血枪，开始施展起来！黑色的饮血枪让周围空间都在震颤，每一击威能都无比强悍。

“好强的力量，随意一击都有神级后期威力。若是催发饮血枪配合秘技，至少在威能上能够和神级巅峰一比了吧？”东伯雪鹰面露喜色。

大混洞真力配合饮血枪、秘技，能让他的力量威能达到更高层次。

“练成了？”两位师兄也颇为欢喜。

戈白笑道：“既然你已经练成，那么就可以用这一方案了。你在清单上可以任选一要求，这样，你将这一份图纸选中给我，我可以为你亲自炼制一座价值超过两百万神晶的战争堡垒，并且还给你百万神晶，给你换取其他宝物。”

“一座堡垒，加百万神晶？”东伯雪鹰不由得激动，“谢二师兄！”

“也不用谢，这图纸对你不算什么，对我却很珍贵，也算是对你我都有好处吧。”戈白说道，“那座战争堡垒，我会在三天后交给你，百万神晶，现在就可以给你！”

东伯雪鹰还是很感动。

“你看看吧，这就是我们定下的方案。”旁边的贺飞云一翻手，拿出了一个卷轴，上面记载着密密麻麻的文字，乃是一套详细的战争方案。

“厉害。”东伯雪鹰眼睛一亮。

两位师兄将攻、守、退路等多方面都准备得很充分很仔细了。

“这一场战争，彼此对攻，我不敢说你一定能获胜，只是说有获胜的可能。如果能摧毁空间通道，那是最好了。”戈白道，“如果失败，就立即退守薪火世界！以我们的安排，薪火世界一定会被建造得无比稳固，他们根本不可能攻破！你们夏族就在薪火世界繁衍吧，至于你，则是回到红石山内修行，努力在寿命万年内，境界达到神级巅峰且炼化世界之心。”

“寿命万年内炼化世界之心，很难。”贺飞云也道，“境界需要达到神级巅峰，甚至接近界神，才有望炼化世界之心，所以物质界领主也是非常罕见的。你天赋虽然不错，但要万年内炼化世界之心，这也很难。”

“我明白，所以这场战争最好能直接取胜，毁掉那空间通道。”东伯雪鹰微微一笑，随即忍不住道，“我已经是《大混洞真力》入门，就算再修行，也很难有多少提升，何必等巫神大魔神发动战争？我完全可以现在就主动进攻。”

“攻破树海世界，摧毁那座堡垒。”东伯雪鹰说道，“两位师兄，不知道我这样的想法，行不行？”

“别想了。”戈白摇头，“只要加固薪火世界，他们就攻不破。同样道理，你也攻不破那座树海世界。”

贺飞云解释道：“因为整个树海世界也一定被空间神器完全炼化，和那堡垒宛如一体。而树海世界又是依附夏族世界，你攻击树海世界，会被神器将威力分散削弱，甚至分散到整个夏族世界。除非你能正面轰破神器，或者摧毁一座凡人世界，否则你根本撼动不了那座堡垒。”

“唉！”东伯雪鹰摇头，就知道没这么简单。

“那我夏族能不能培育神之分身，请两位界神师兄降临，帮忙参战呢？”东伯雪鹰忍不住问道。

“如果能降临，我们还是很乐意的，毕竟憋在这儿太久了。”戈白摇头，“可是培育一尊适合我的神之分身，需要在你们夏族慢慢培育，且必须是你们夏族土著的肉身，才会受到世界之心钟爱眷顾，我才能降临，而培育再快，也得百年之久，估计来不及了。”

“听说有修行分身法？”东伯雪鹰问道，“可我在红尘岛这么久，甚至成了内门弟子，我也没发现这修行分身法……”

分身法，还是当初时空神殿告诉自己的。

“有。”戈白点头。

“我能不能修炼？那样我战斗起来就有本尊和分身两个，己方实力也能提升。”东伯雪鹰连忙问道。

“师父早就定下规矩，我红石山弟子，未成一品真意，或者未成界神，禁止修行分身法。”戈白道。

“啊！”东伯雪鹰一愣，“为什么？”

“因为分身法，是需要将你的心灵力量一分为二的。”旁边的贺飞云道，“心灵本源，无比重要，稍微损失一点儿本源都很难受，而分身法……是一下子损失一半的本源！这会让你的修行悟性和天资等方面全面下降，你会清晰地感觉到，修行起来明显不如过去快了。你现在天赋够高，万年内是有较大希望炼化出世界之心的，可一旦心灵一分为二，战斗力是提升了，修行速度却会大大减缓，炼化世界之心的可能性也会急剧降低。”

东伯雪鹰顿时无奈。自己所想的能再增加己方胜算的办法，竟然都不行，难怪两位师兄之前没有提过。

接下来的岁月，东伯雪鹰在红尘岛上继续修行，努力提升境界，希望能够达到神心境，同时也在琢磨着秘技。而妻子余靖秋，法力分身是每年都会来一次红石山补充法力的。她的法力分身回去时，也带去了大量宝物，开始巩固薪火世界！

一年又一年，东伯雪鹰在红尘岛上已经十五年了。

红尘岛上，东伯雪鹰、余靖秋夫妻二人正在给梅山主人、辰九送行。

“二十年即将期满，巫神和大魔神随时可能发动战争，我们也该走了。”辰九看着东伯雪鹰，“我已经没什么忧虑的，东伯，你们夏族的危机却即将到来，你自己也得小心！如果实在不行，也得保住自己的性命，甚至宁可成神去神界！等你成了神界大能者，就算死去的人，都能从时光长河中复活过来。所以不管到了什么时候，都不能自暴自弃，必须得活着。”

“我明白，谢了。”东伯雪鹰一笑，“放心吧，我们夏族最后一定能获胜。”

“我飞剑山庄，是在血刃神廷统治的疆域，在天星府治下，合水星域的赤神星，你以后有机会可以来找我。”辰九微笑道。

“一定！”东伯雪鹰点头。

“听说在神界，血刃神廷、万神殿、时空岛这三者中，血刃神廷最是强势，我估计有机会也会进入血刃神廷疆域。”梅山主人笑道，“东伯雪鹰，我们就此告别了，希望你们夏族能获胜。不过，不管何时，别轻易放弃，活着就有机会。”

“你们俩都不说点儿好听的。放心吧，我们夏族一定赢！”东伯雪鹰哈哈笑道。

“弟妹，好好照顾东伯，以后我们神界再见。”辰九也和余靖秋道别声。

“嗯，辰九大哥放心。”余靖秋说道。

“红石前辈，请送我们离开。”梅山主人、辰九相视一眼，齐声说道。

“嗡——”一股波动笼罩了他们俩，他们俩都笑看着东伯雪鹰夫妻二人。

“唰！”二人都消失不见。

东伯雪鹰看着他们离去。从辰九他们降临到现在已经接近二十年了，巫神和大魔神，离发动战争也快了，说不定三五个月内战争就会来临。

“雪鹰，放心吧，现在的薪火世界已经比之前稳固多了，不管怎样，固守薪火世界是肯定没问题的，你已经对夏族做了很大贡献。”余靖秋感觉到东伯雪鹰的心思，连忙劝慰道。

东伯雪鹰看了看妻子，笑了笑，心中则是默默期待：“希望再久一点儿，我或许能达到神心境，血蔓花的实力或许也能更强些，这样我夏族胜利把握就更大了。”拖得越久，对己方越有利，只是巫神和大魔神也会担心迟则生变，一旦准备好，恐怕会立即发动战争吧。

转眼已经是东伯雪鹰进入红石山二十三年后了，整个夏族世界暗流汹涌，夏族严阵以待，因为每一天都可能是战争爆发之日。

树海世界。半球形堡垒屹立在这儿，夏族也猜到巫神和大魔神的一些手段都藏在这儿，却奈何不了。

“怎么样？那个贪婪的窝海家族，签下誓约了吗？”大魔神头颅虚影开口道。

“签下誓约了。”金袍男子巫神咬牙道，“这窝海家族真是趁火打劫，你我将这一方凡人世界的信仰都送给他们还不够，竟然还敢开口要那么多好处。”

大魔神头颅虚影双眸中隐隐有火焰，低沉道：“窝海家族是波羽帝国的顶尖大家族，这夏族世界的大地神殿一直归属他们，信仰也是由他们家族所享用……当年我和他们窝海家族那个老家伙一战，当初我还以为那老家伙只是二重天界神，没想到神之分身厮杀，却发现他已经半只脚迈进了三重天界神，那一战，我败了，他赢了！而且没多久就听说他成了三重天界神！那老家伙狡猾得很，在这个关键时刻，怎么可能不狠狠开个高价？”

神界，除了最庞大的血刃神廷、时空岛、万神殿外，还有其他一些神界帝国，底蕴相对要弱些。大地神殿，背后就属于神界波羽帝国。

“哼，我们这次的准备很充分，大魔神你或许敌不过那老家伙，可短时间纠缠住他还是能做到的。只要空间通道建立成功，我在另外一个凡人世界的大军就可以杀进来。到时候别说他一个神之分身，就是三个五个，也没用。”巫神冷笑。

“就怕刚建立通道的最关键时刻，那老家伙的神之分身，就穿梭时空通道，瞬间抵达，说不定通道就会被他破坏啊。”大魔神说道。

虽说他有信心纠缠住一小会儿，可有信心，不代表绝对能！

毕竟他们一个在遥远的黑暗深渊，一个在神界，已经太久没交手了。

“算了，给他的好处，也算在我们的忍受范围内。”巫神道，“那窝海家族也怕我们撕破脸，他们的神之分身又无法成功破坏通道，最终什么都得不到，连夏族世界的信仰都没了。”

“给的诸多好处，都是战争之后的事了。”大魔神头颅继续道，“窝海家族搞定了大地神殿，不知道在夏族世界，会不会还有其他神之分身潜藏。”

“上次询问时空神殿，知晓的也只有大地神殿有神之分身，其他势力并无。”巫神道，“要培养一尊神之分身肉身，可没那么快。”

“希望别出意外。”大魔神头颅开口道，“只要其他界神不插手，那么这一场战争我们就很轻松了。至于夏族？哼，最多一个小小的东伯雪鹰可能有点儿麻烦，但是他境界终究比较低。等我们的通道一建立，他就算感应到，等他赶过来的时候，我们的大军也已经通过通道抵达了。”

“东伯雪鹰，除非成神，否则不足为虑。”巫神淡然道，“二十三年前，他才二重境巅峰。哪有这么快就成神的。”

“我的这具肉身，还需要两年时间就成功了。巫神，是不是先除掉夏族？”大魔神头颅说道，“毕竟等战争爆发时，要动手反而会麻烦些。他们现在正在夏都城内，我们安插在夏族内的一些超凡，也可以动手了。”

“我早就准备好了。”巫神淡然道，“我从时空神殿送下来诸多材料，辛苦配制成一份巫毒，早就在我魔兽一族超凡的携带下，进入了夏都城！只要我一声令下，巫毒释放开……哼哼，整个夏都城内，超凡们的斗气法力都会遭到渗透，无法再使用斗气法力，至于凡人，在这巫毒下更是会直接毙命。”

“没了斗气法力，虽说依旧能够调动天地威能，可是他们催发不了神器，薪火宫这件空间神器也无法催发，轻易就能攻破。”巫神自信无比。

“厉害，不愧是巫神。”大魔神微笑道，“不过夏族的先辈神灵会不会想到这点，早有防备？”

“放心吧，我可是物质界领主，论算计，我还算不过那些神灵？”巫神冷笑，“我从来都没将夏族当成对手，两三下就解决了，也就那个东伯雪鹰可能有点儿小麻烦，不过，也只是小麻烦罢了。你只管看着……看戏就成。”

“好，看戏。”大魔神头颅露出笑容。

薪火世界，夏都城。城内人口极多，连赤云山世界等空间都有很多夏族人，而超凡们，大多都是居住在薪火宫内，极少数分散在外面自己的府邸内。

在薪火宫的一座院落的静室内，一名普通的飞天级超凡法师正在进行实验。

“嗯？”这名超凡法师不断实验着，忽然很随意地从旁边的瓶瓶罐罐中拿出了一个似乎很普通的黑色瓶子，拔开瓶塞，开始朝面前的晶玉盘内倾倒。

“呼——”黑色瓶子内有些绿色液体倾倒下来，无色无味的气体散发开来。

这些气体进入超凡法师体内时，瞬间渗透进入体内的法力源泉海洋，顿时法力受到影响，无法再调动了。

不过这名超凡法师却依旧平静，丝毫不为所动。

他很清楚，这就是巫毒。

是伟大的巫神让他携带进来的，他一名超凡法师，原本是魔兽一族的魔兽，被奥兰大长老弄出人类肉身，而后潜伏进夏族。他甚至修行成为超凡，很自然地以一名普通飞天级超凡法师的身份生活着。这次大量超凡会聚在夏都城，他也自然听到命令，来到了夏都城，居住在薪火宫。

“呼——”无色无味的气体弥散开，很快出了屋子，朝外散发开去。

这超凡法师继续调配着，只是嘴角微微上翘。

他期待着，期待着人类灭绝，魔兽一族占领整个夏族世界！

潜入夏族世界的漫长岁月，他等的就是这一天。

第十七章

XUEYING LINGZHU

战争爆发

忽然，这座庭院所在的空间凝固了，原本刚出了静室要朝四周飘散的气体也被凝固，再也无法蔓延。

“嗯？”静室内的超凡法师脸色一变，他感觉到周围空间的变化，手中拿着黑色瓶子，同时猛然推开静室石门，朝外冲去。

“嗖嗖嗖——”远处半空中数道身影正破空飞来，为首的正是陈宫主的法力分身。

“住手！”陈宫主怒喝道。

刚冲出静室的超凡法师面色狰狞，猛地甩出手中的黑色瓶子，可刚一扔出，黑色瓶子就被定在了半空。

“砰！”巨大的手掌从天而降，拍击在那超凡法师身上，他被拍得跌倒在地。

“姜水法师，没想到你竟然是个叛徒！”陈宫主等五道身影停在半空，陈宫主更是冰冷地看着这超凡法师，“你以为这些巫毒就能伤到我夏族了？”

“叛徒？我可不是叛徒！”从地上爬起来的超凡法师面色狰狞，一抹嘴角鲜血，低吼道，“我本来就是魔兽一族，我和你们夏族生来就是死敌！杀你们，才是我应该做的！为你们做事……那才是背叛我的族群！只可惜没有成功。”

“带走！”陈宫主下令。

“哈哈哈，想要从我身上问到些秘密吗？你们做梦吧！”那超凡法师发出低吼，只见他的身体陡然扭曲膨胀，瞬间就化作一只巨大的深蓝色大鸟，鸟儿的爪子锐利，深蓝色毛发油亮，发出低鸣，“我是魔兽，多少年我不敢显现魔兽模样，现在却可以无所顾忌了，哈哈……”

话音刚落，“砰！”深蓝色大鸟陡然炸裂开来。

树海世界内。

“我说过，夏族先辈神灵肯定早就想到你的巫毒手段，一定会有所警惕。”大魔神头颅露出笑意，“只要一凝固空间，你的巫毒无法传递，你的招数就没用了。

不过也真够厉害的，巫毒刚一传递，他们就能够立即发现，真是早有防备啊。”

“防备？”巫神冷笑，“我说过，论算计，我岂会算计不过他们？除了巫毒，我还准备了一份大礼给他们。”

“大礼？”大魔神头颅惊诧。

“价值十万神晶的大礼。”巫神冷笑道，“明明我花费一千神晶购买的玩意，时空神殿光运输费用就和我要十万神晶，真够狠的。原本我也没打算用，可既然巫毒没用，那就只能来硬的了！我就不信，他的薪火宫能压制这件宝物！这可比他们整个薪火宫都昂贵多了。”

“什么宝物？”大魔神头颅问道。

“神火雷！灭魔级的神火雷。”巫神冷笑。

大魔神头颅露出吃惊之色。

神火雷，也是法师们研究出的战争玩意儿。

“灭魔级神火雷，足以媲美神级巅峰的全力一击了。”大魔神头颅惊叹，“一旦在夏都城内爆发，就算薪火宫神器能够感应，也无可奈何啊。在它的威能扫荡下，恐怕夏都城内的凡人以及大部分超凡，都会毙命吧。”

“巫毒是软的，这神火雷就是硬的了，我看他们怎么挡。”巫神冷笑，“用十万神晶送他们死，他们也该满足了。”

为了获胜，巫神是很舍得的。

夏都城内，在薪火宫外的半空中，正有一名女性超凡飞过。魔兽一族渗透在夏族内的屈指可数，她却是其中之一。

“要使用了吗？”这名女性超凡被选中携带神火雷，也是心甘情愿主动要求的，她丝毫不惧死亡。

“夏族人类，死吧！你们灭绝了，我们魔兽一族就能兴盛，再也不用东躲西藏，再也不用被你们猎杀。”这名女性超凡一挥手，半空中出现了一个银色球体，跟着，一股恐怖威能爆发，银色球体泛起了深红色。

“轰！”一股不可思议的恐怖威能陡然爆发！

无数红光以及雷光猛然朝四面八方放射开去，那名女性超凡瞬间就被扫过湮灭，周围空间都碎裂，薪火宫广场的地面都开始粉碎化作虚无。

“这……”远处一些飞行的超凡，以及夏都城的许多人都遥遥看着半空中巨大的光球，露出惊恐之色。

“嗡——”一股澎湃的力量凭空显现，从四面八方包裹住了那颗巨大的光球，光球虽然在爆炸，可威能竟然被压制在周围数十米的范围内！神级巅峰一击的威能，竟然都被这无形的力量给完全包裹住，并似乎在不断地转移削弱，仅仅一秒时间都不到，无形力量猛然一合拢，光球终于湮灭。

在薪火宫深处，一个隐秘的空间内，一袭黑袍的陈宫主正在这儿控制大局。

“发现神火雷！灭魔级神火雷！”

“控制成功！”

“力量转移引导向夏族世界，转移完毕！”

陈宫主听到器灵传来的声音，不由惊叹。如今的薪火宫表面上还是过去的薪火宫，可实际上早就鸟枪换炮了，这一切都是由东伯雪鹰通过余靖秋的手，将宝物送来的。从成为护法弟子开始，东伯雪鹰就送过宝物，加固过一次薪火世界。等他成了内门弟子后，和两位师兄商量过，又花费二十万神晶购买宝物，再次加固薪火世界。

两年时间转眼便过去了，东伯雪鹰进入红石山也足足二十五年了，在红尘岛上也超过了二十年。

“咕咕咕——”堡垒内的一座红色湖泊已经渐渐干涸，只剩下少量红色液体在泛着气泡。躺在湖泊中央的那一尊八米高的人形肉身气息雄浑，呼吸低沉而有力，胸膛也是微微起伏。在湖泊旁边出现的巨大的魔神头颅虚影则是发出了笑声：“哈哈哈，终于功成，这尊肉身已经培育好了。”

“一直在等你。”旁边的巫神虚影道，“大魔神，既然肉身已好，那计划可以开始了。”

“嗯，开始降临。”大魔神头颅虚影低沉道。

“轰！”在人形肉身的上方出现了一个旋涡，隐隐勾连着遥远而古老的黑暗深渊。

“哗——”一个红色的模糊虚影从旋涡中飞出，瞬间钻入了人形肉身内，这人形肉身缓缓睁开了眼，一双眸子中都是红色火焰。跟着，他悬浮站立了起来，身体也开始发生变化，他的头颅上生出两根很长的弯角，面部变得瘦削，身体的鳞甲线条都在发生变化。

当变化完全后，他这一尊魔体站在半空，自然散发着一种艺术的美感，或者是符合天地规则的一种战斗美感。

“轰！”他全身处处都腾绕起了红色的火焰，笼罩身体每一处，导致他整个身体都无法看清了。只看见一个人形的火焰身影站在半空，而后缓缓降落，落在地面上。

“呼……物质界的呼吸……真是怀念啊！”火焰身影开口道。他随意挥动了下手臂，感觉到了无尽庞大的规则在环绕束缚着他，甚至隐隐在排斥他，只要他愿意，恐怕一个念头，就能顺着这股排斥，离开这座凡人世界了。

“物质界，还真是不欢迎我，处处都是规则束缚啊。”火焰身影咬牙，“想要提升一下这身体，都遭到压制。”

降临神之分身，就是这么憋屈。

肉身被压制，力量被压制，速度被压制！完全被压制！

“不过够了，就算半神极限的这点儿力量，以我的境界，杀些新晋神灵简直轻松无比。”大魔神分身轻声低语。

“大魔神，你可比我强多了。”另外一道身影也走了进来，一名金袍男子，只是眼神中有着阴冷邪恶，正是巫神分身。

“这次应该会很轻松。”大魔神分身说道，“不过我唯一担心的就是东伯雪鹰。询问时空神殿时，时空神殿索要了足足五十万神晶，却只是给了一个答案——东伯雪鹰还活着，还活在红石山内！至于有关他的实力的信息，却是完全没有。”

“如果时空神殿有关于东伯雪鹰实力的详细情报，这份情报就不止五十万神晶了。”巫神分身说道。

他们也想知道夏族的实力情况，可这份情报更昂贵！

他们俩没有买。

在他们看来，除了东伯雪鹰，夏族不值得在乎！而东伯雪鹰很狡猾地一直居住在红石山，时空神殿也只知道他还活着，至于实力，却是个谜！

“放心吧，东伯雪鹰才修行多久？”巫神分身冷笑，“我们又不是靠神之分身和他搏杀，我们有的是大量的战争兵器。”

“嗯。”大魔神分身也很自信。

他们之前担心大地神殿的那位，也是担心在刚开始建立空间通道时遭到破坏。可只要建造成功，大量战争兵器进入夏族世界，在他们看来，就赢定了！

“出发！”巫神道。

“走！”大魔神也点头，“我来驾驭战船。”

他们俩甚至没带一个手下，因为建立空间通道必须保密，且越快越好。至于手下，只要空间通道建立好，会有源源不断的手下抵达的。

“呼——”很快，一艘仅仅百米长的深红色小型战船在大魔神分身的驾驭下，悄无声息地出了堡垒，出了树海世界，进入了空间夹层中，很快又穿透膜壁，来到夏族世界。

这是一片广袤的沙漠，正是大魔神和巫神选中的地方。这里荒无人烟，正好悄然建立通道。

飞船依旧在飞行，可肉眼却是根本无法发现。

“开始准备！激发！”

一切都在虚无中发生。大魔神和巫神一起行动，几乎数秒内，就将早就建好的临时设备给安置好，并激发了。

“轰！”一股强悍的威能猛然爆发，再也隐藏不住了。

耀眼的灰色光柱冲天而起，上空被撕裂出了狰狞丑陋的黑漆漆的空间通道。这条空间通道不但撕破了内层的膜壁，连整个夏族世界的外层膜壁也完全贯穿，一直连接向遥远的另外一座凡人世界。

这巨大的动静，瞬间就被夏族发现了！

在海边渔船上穿着脏兮兮的晁青猛然站起，他这时候才将传信手环从储物宝物内取出，自离开红石山后首次联系夏族：“陈宫主，我是晁青！”

薪火世界，夏都城。

“咚！咚！咚……”一声声低沉的鼓声传遍整个夏都城，朝更遥远的区域传播开去。整个夏都城内的人们都愣愣地仔细聆听，三声、四声、五声……足足九下沉重的鼓声，所有人都明白——浩劫降临！

“战争，开始了吗？”正在研究法术模型的东伯青石抬头，紧张不安，“可是我哥他怎么还没回来？”

东伯雪鹰进入红石山的事，是瞒着弟弟和父母的。

后来整个夏族大迁移，青石以及东伯烈夫妇他们自然问及东伯雪鹰的事，余靖秋只是说，雪鹰去了一个很重要的地方拼命，如果成功，就能解毒回来了。

府邸的另一处，原本正坐在一起聊天的东伯烈、墨阳瑜、宗凌三人猛然站起，脸上露出震惊之色。

“战争已经开始了，雪鹰呢？雪鹰还没回来？”

一艘丁九战船悬浮在薪火宫上方，陈宫主通过传信手环下令。

“所有夏族半神听我号令，半神们依次进入丁九战船内不同舱室。”

“走！”

贺山主一袭长袍，眼眸中依旧平静如海，一飞冲天，飞向那丁九战船。经过这些年的修行，特别是在东伯雪鹰从红尘岛中送来的诸多灵果珍宝的帮助下，贺山主的实力也再进一步，原本是四品神心，如今已经进化到三品神心，依旧保持在明面上的半神榜第一，只是还未能开辟出神海来。

“嗖——”池丘白也一飞冲天。他如今是三品真意三重境巅峰，实力仅次于贺山主。甚至在贺山主掌握三品神心前，池丘白曾短暂地名列过半神榜第一，如今则落在第二位。

“这一战，必须得胜。”司空阳穿着九龙火神甲，战意沸腾，也从薪火宫的一座庭院飞出，飞向丁九战船。

太叔宫主、步城主以及其他的众多半神，甚至新晋半神袁青也都飞向了丁九战船，反而同样成半神的余靖秋并未出现。

“呼——”丁九战船迅速破空而去。

在夏都城无数人的注视下，在超凡们的注视下，丁九战船迅速离开了薪火世界。

遥远而广阔的神界。

一颗星球上有着重重法阵封锁，星球上更生长着无数珍贵花草，还有些罕见的虫兽。这里正有一群神级巅峰强者长期驻扎在这儿，进行研究。

“这乌青花变种，和原种相比，越长区别越大，就是不知道药性如何。”一名有两撇胡子的和蔼老者，正观察一株巨大的有上百米直径的植物乌青花，这植物上只有一朵花骨朵，就是那泛着深青色的奇异花朵，且每一片花瓣上都有着丑陋的图案。

“紫雷兄，在时间加速下，再过三年，这乌青花就成熟了，到时候便可仔细研究研究。”旁边另外一名高瘦男子笑道，“若是能成功，我俩可就立下功劳，至少能升一阶位了。”

“想那么多又有何用，安心研究吧。”和蔼老者笑道。

他们俩只是血刃神廷庞大势力底层的两个药师，不过能够成为血刃神廷的一分子，就足以让无数神灵羡慕了。因为即便是神级巅峰强者，能够进入血刃神廷的也是极少数。

和蔼老者忽然表情微变，转头看向远处，那是物质界的方向：“战争开始了？我能做的都做了，我夏族的后辈们，就看你们了！”

紫雷帝君终究不是界神，即便加入血刃神廷，也只是底层，能帮助夏族的也有限。

同时，正在进行天剑宗弟子筛选的云海长老忽然面色微变，遥遥看向物质界的方向：“夏族……”

在很久以前，他也是从一个稚嫩的凡人一步步成长，乃至成神，离开了凡人世界进入神界，一直修行到如今这一般地步，但他心中一直牵挂着家乡。

“孩子们啊，我能做的都做了，夏族是生是灭，就靠你们了。”云海长老暗暗道。

“下面的筛选，老五，你来主持。”云海长老吩咐道。

“是，师父。”立即有一名神级初期的弟子站了出来。

一艘穿梭在茫茫星空中的战船内，一群神级强者会聚在这儿，个个都是神级巅峰，算得上是极为精英的冒险队伍，其中有一个抱着刀的颓废男子。

“战争开始了？”颓废男子赤火帝君遥遥看向物质界方向，那是他的家乡，“唉，还想冒险多弄点儿宝物，可惜，来不及了。”

……

一位位夏族先辈神灵也都知道了消息，有些实力或许更弱，他们都心怀家乡，可他们能做的很有限。

红石山，云层之上的红尘岛上。

“主人，有空间波动，很强大的空间波动，这凡人世界的外层膜壁都被贯穿了。”这是血蔓花传来的信息。

“东伯，巫神和大魔神开始建立通道，战争爆发了。”余靖秋仅仅几秒后就来找东伯雪鹰。

“终于来了。”东伯雪鹰牵着余靖秋的手，飞到了自己庭院的高空，同时高声道，“红石前辈，请送我们出去。”

“东伯，可得小心了。”红石、奚薇、戈白、贺飞云几乎都是瞬间出现在旁边。

“小心啊。”戈白说道。

“顶不住，就回红石山来！只要万年寿命内炼化世界之心，你一样能赢。”贺飞云说道。

“东伯赶时间呢，别废话。”红石前辈一挥手。

“哗——”东伯雪鹰和余靖秋二人同时消失，被挪移到夏族世界去了。

丁九战船高速穿梭空间，朝夏族世界的西部沙漠赶去。

晁青正驾驭着这艘丁九战船，浩浩荡荡的神力涌入战船，令这艘神界战船展露出强大的威能来。其实就算是晁青，也只能发挥出战船的部分威力，因为他的境界不够，战船的许多法阵也无法完全催发。幸亏这只是丁九序列的低等战船，他独自一个神级初期的高手还能勉强操纵。若是一些高等战船，都是需要上百位神级巅峰同时操纵，甚至一个神级军团去操纵。

“呼——”穿梭空间。沙漠的高空中荡起了涟漪，一艘黑漆漆的神界战船出现。

“那是……”陈宫主、贺山主、太叔宫主、步城主、池丘白、司空阳等一个个还没从晁青成神的惊喜中平静下来，就被眼前的场景震撼了。

只见远处，一座六芒星模样的庞大灰色堡垒屹立着，堡垒中央有一个锥形顶，锥形顶散发着强烈的空间波动，显然它内部就是稳定的空间通道。

“好大。”这座灰色堡垒占地足有万里，简直遮蔽了半边世界，足足千里高，早就穿破了云层，比夏族世界任何一座山都要巍峨！

仅仅千米长的丁九战船，和它一比，简直像条小蚯蚓。

“快看，堡垒外层。”

庞大堡垒的表层，出现了一个个孔洞，孔洞中飞出了一艘艘战船，每一艘战船通体深绿色，长度也有千米，船身上也有着复杂的特殊字符，正是神界的文字，翻译成夏族文字则是“丙九”。

“丙九？”陈宫主脸色一变，“这是丙九战船？”

丙九战船，也是神界制式战船，比丁九战船高一个级别，一艘能买丁九战船上百艘！

“轰隆隆——”上方出现了一座座浩荡的海洋虚影，彼此叠加混淆。

“开辟神海？”夏族半神们有些惊慌了，“这么多同时成神？”

这座庞大堡垒的内部，巫神分身和大魔神分身并肩而立，平静地看着一切。

“空间通道已经建立，堡垒已经稳固，”巫神分身露出笑容，“我们成功了！现在就算冒出个神之分身来，也威胁不到我们。别说是三重天界神，就是神界大能者亲自降临神之分身下来，不过半神极限威能，也休想攻破我们的堡垒。”

“巫神，可别太嚣张。若真是大能者要杀你，哪里需要降临神之分身？”大魔神打趣道。

“哈哈哈……”巫神一笑而过，“我哪里有资格能惹得大能者来对付我。刚才太高兴，随口一说，随口一说。”

大魔神也笑呵呵的，他全身沐浴在火焰之中，就算笑，也只能看到火焰面孔上的嘴角似乎在往上翘。

“通道一稳定，堡垒放下，保护住空间通道，我们就已经算成功了。”巫神道，“接下来就是将整个夏族世界，完全建造成一个超大型堡垒，这就需要些时间。”

“嗯。”大魔神点头，“之前你我准备了那么多手段，看来都没什么用了。”

他们带了一大批半神，甚至连达到成神门槛的半神都有一些，此刻都在接连成神！

“伟大的巫神，第一分堡已经固定。”

“伟大的巫神，第二分堡已经固定。”

这座庞大的堡垒乃是六芒星模样，除了中央主堡垒外，还有位于六个角的分堡垒。主堡垒主要是为了保护好稳定的空间通道，是最重要的，而六个角上的分堡垒则是辅助！巫神他们也是第一时间亲自出手，先弄好了主堡垒，分堡垒就不急了。

“有空间波动。”大魔神看向远处。

“夏族除了这艘丁九战船，还有什么？”巫神也疑惑地看向远处，“难道是东伯雪鹰？”

“应该是他！这东伯雪鹰一直藏着不现身，现在终于出现了。可是现在就算现身，又有何用？”大魔神冷笑。

他们对自己太有自信了。

夏族丁九战船悬停在半空。

看到半空中浩浩荡荡的一座座海洋虚影，初初一看，就足足有十八位。

同时有十八位强者成神？夏族什么时候有过这样的场景？

那遮蔽半边天地的巍峨堡垒、天空中一座座叠加混淆的海洋虚影、一艘艘气息更加不凡的丙九战船……显然随着稳定通道的建立，巫神和大魔神可以轻易携带大规模力量进入夏族世界，这随意带来的部分力量，就让夏族惊呆了。

太强大了！怎么挡？就算来几个神之分身都没用啊！

“轰！”空间中出现一条黑漆漆的裂缝。

丁九战船内的晁青、贺山主、陈宫主、池丘白等一众夏族超凡，包括远处堡垒内的巫神、大魔神以及他们的众多刚刚成神的手下，以及更多的半神手下，都看向那条黑漆漆的裂缝。

只见从黑漆漆的裂缝中飞出来两道身影——白衣青年、淡蓝衣袍女子，二人并肩飞出来。

“雪鹰！”陈宫主惊喜道。

“是雪鹰！”司空阳观主也激动了，“他没死，他回来了！”

“哈哈哈，是雪鹰！雪鹰从红石山回来了！我就知道他没死。”晁青畅快得很，“我这个老头子都能活下来，雪鹰他怎么可能死？”

其他一众半神也都激动无比。

“他竟然还真的出来了。”远处庞大堡垒内的巫神和大魔神却依旧平静，他们自认为胜券在握。

东伯雪鹰一眼看去，便看到了那座巍峨万里、遮挡半个世界的庞大堡垒，也看到高空中开始逐渐消散的一座座海洋虚影。

“还真是和预料的一样。物质界的领主，的确不好惹啊。”东伯雪鹰轻声念叨着，随即一挥手，“轰！”一座庞然大物从半空降临。

这是一座通体散发出耀眼金色的庞大金字塔，金字塔占地有万里范围，高同样足有万里，浩浩荡荡，论高度还远在对方的庞大堡垒之上！

东伯雪鹰和余靖秋也瞬间进入了这座庞大的金字塔内。

“嗡——”光芒从金字塔塔尖亮起，朝四面八方弥漫开去，形成了一个巨大的光罩。

周围十万里范围，全被这蒙蒙光罩给罩住，自然也罩住了远处的庞大堡垒。周围十万里范围内的一切天地力量都被强行调动，仿佛这十万里范围就成了一个小型世界，而这个小型世界的核心就是那座金字塔。

“星塔！”巫神和大魔神眼睛都瞪得浑圆，一副难以置信的模样。

“能够在凡人世界，强行控制部分区域自成世界？而且是传说中的十二阶星塔？”巫神难以置信，“怎么可能，这……这……”

星塔，在神界是非常常见的战争兵器，星塔光芒照耀的范围内，就是己方的领域！

而十二阶星塔，已经超越领域范畴，能够自成一个世界了。

大魔神和巫神彼此相视一眼，目光透过堡垒外壁，看着远处半空中那艘丁九战船也飞入那巍峨的星塔内。

“十二阶星塔，价格超过两百万神晶，怎么会出现在夏族世界？”巫神低语道，“根本不可能啊！”

寻常的一重天界神，能拿出百万神晶就算不错了。

他作为物质界领主，本尊留在物质界内，根本不怕得罪谁，也不怕冒险，虽然修行岁月不算太久，身家却颇为不凡，完全能拿得出千万神晶。可这也是他一次次冒险的积累了，要他一口气拿出两百多万神晶购买一座十二阶星塔，他也得掰掰手指头好好算一算。

在没有必要的情况下，不管是他，还是大魔神，都舍不得如此奢侈的。

大魔神拥有的神晶，比巫神也多不了多少。虽然他更强大，可毕竟生活在黑暗深渊，得小心翼翼，不敢像巫神那么不怕死！

“本以为，你是物质界领主，能够无须经过时空神殿，将宝物带到物质界。”大魔神开口道，“我们的准备已经够充分了，可谁想……”

如果经过时空神殿，运输一座星塔进来，运输费用至少多出百倍。

两亿多神晶？别说他们了，就是三重天界神都会脸色发黑的。

“怎么会这样？”巫神还有些难以接受，面色阴沉地低吼道，“据我所知，成为护法弟子也只能得到十万神晶，就算成为内门弟子……也最多得到百万神晶！他哪里来的这么一座十二阶星塔？难不成他已经成为了亲传弟子？”

“可据我所知，红石山的规矩，要成了亲传弟子，要么是一品真意超凡，要么是一万年内掌握一品神心的神灵。东伯雪鹰修行到如今才多久？难道他是一品真意的超凡？如果是一品真意超凡，这场战争根本没必要了，一定会有大能者来收他为徒。一旦大能者插手，我们也只能低头。”巫神说道。

“不可能是一品真意超凡。”大魔神也点头。

一品真意超凡？

在整个神界、深渊都是绝对的天之骄子，红石山虽然坠入夏族世界，可就像在神界的神灵都能和物质界的家乡进行联系一样，红石山内的奚薇、贺飞云、戈白等界神也是能够和神界有联系的，完全可以将消息暗中送给和红石山关系近的神界大能者！

“看来是红石山中的界神在帮东伯雪鹰。”巫神说道，“他们觉得东伯雪鹰值得帮。”

“可红石山的宝物，又能有多少？”大魔神全身火焰熊熊，低吼道，“它坠入物质界，内部的宝物用一分少一分！能弄出一座十二阶星塔，算很了不起了。”

他们猜得没错，红石山的宝物也并非无穷无尽，可是红石山内刚好有一位擅长炼制的界神戈白，这座十二阶星塔就是戈白炼制出来的，甚至为了这场战争，戈白还炼制了其他宝物来帮助东伯雪鹰。

有一个为这场战争专门设计炼制的界神，东伯雪鹰方有胜算！

“清醒点儿吧。”巫神冰冷的双眸透过外壁，遥遥看着远处散发无尽光芒的星塔，“虽然不太愿意承认，但是这场战争的确多了变数。”

在建立好稳定通道，堡垒落下后，他们俩就认为……胜了！

他们想不出其他界神如何跟他们斗！至于东伯雪鹰，他们之前也没放在眼里，就算东伯雪鹰成为护法弟子，又能如何？

可一座十二阶星塔，就让他们感到不妙了。

“那就战吧！”大魔神声音隆隆，“我们有稳定的空间通道，可以从神界选取各种宝物。我就不信，还赢不了一个东伯雪鹰。”

巫神点头：“赢不了一个小家伙，那才是笑话。”

星塔巍峨，一片广阔的殿厅内。

东伯雪鹰、余靖秋正在这儿，旁边一道道身影凝聚，分别是晁青、贺山主、陈宫主、池丘白、太叔宫主、步城主、司空阳等一众半神，他们的目光都落在东伯雪鹰身上，个个都无比惊喜。

“诸位，虽然我说话不好听，但是我们在场的恐怕依旧有魔神会或者魔兽一族的奸细。”东伯雪鹰说道，“所以大家仍暂且待在各自区域，如今只是一个投影在这儿。”

“哈哈……这是应该的，为了战争，再谨慎都不为过。”陈宫主看着东伯雪鹰，脸上满是喜色，“我早就估摸着你还活着，可怎么问靖秋，她都不肯告诉我。”

“陈宫主，对不住了。”余靖秋道。

“欸欸欸，你这么做是应该的。”陈宫主欢喜得很。

晁青笑眯眯地看着东伯雪鹰。

东伯雪鹰也看着晁青，笑道：“晁老，早知道你已经回来，不过一直没能见面。”

“欸，我也以为我借助丁九战船，能给他们狠狠一击，谁想这巫神和大魔神的实力还是超乎了我的想象！”晁青摇头，“这已经不是简单的神之分身的战斗了。”

“他们建立了稳定的空间通道，连接着另外的凡人世界。”东伯雪鹰道，“巫神可以将神界宝物源源不断地送下来，无须经过时空神殿。这场战争的确颇为艰难，不过，我先下手为强，放下这一座星塔，令周围自成一世界，已经占据了优势！”

“能赢吗？”陈宫主问道。

顿时，在场之人个个都看着东伯雪鹰。

“能搏一搏。”东伯雪鹰说道，“若是能正面摧毁那座堡垒，毁掉稳定的空间通道，我们就赢了，他们也再无希望进来。”

“若是输了，我们只能退守薪火世界，我也得回红石山修行，努力在寿命万年内炼化世界之心。如果不能炼化，我夏族就翻不了身了。”东伯雪鹰道，一旦战败，薪火世界会被重重包围，夏族世界以后的超凡，都无法再进入红石山！

“搏吧。”司空阳观主低吼道。

“雪鹰，毒解了吗？”池丘白问道。

东伯雪鹰笑道：“当然解了！”

“巫神和大魔神的动静，超乎我们的意料。这次，就看你了。”池丘白道。

“放心，我们还是有一搏的实力的。”东伯雪鹰话音刚落，“轰！”外面隐隐在震动。

殿厅殿内立即映照出了外界的场景——在苍茫的沙漠上，一株巨大的植物正摇曳着疯狂扩散，无数的藤蔓，还有妖艳的红色花朵肆意摇摆。这庞大的植物穿过了一层层云层，完全能和星塔媲美，无数的藤蔓覆盖了广袤的沙漠。

这株庞大植物的每一根藤蔓、每一朵花朵的表面都有一层黑色流体覆盖，黑色流体上还有着复杂的神纹。

东伯雪鹰露出笑容。

那黑色流体，乃是一件专门为植物生命配备的兵器，极为强大，花费了东伯雪鹰三十万神晶！和血蔓花结合，简直是如虎添翼。

“主人，要动手吗？”血蔓花发出了声音，声音响彻高空。

“血蔓，别急。”东伯雪鹰开口，声音也传出了星塔。

在另一边，堡垒内。

“伟大的巫神。”十八道身影站在那儿恭敬地喊道，个个散发着神的气息。

巫神和大魔神却平静地看着堡垒外，他们也看到了那庞大的血蔓花。

“血蔓花，看体型，应该是神级中期。在星塔范围内，它的实力能增加五成！”巫神道，“看它的表面，似乎是某种特殊的兵器，应该能让它的实力再度提升，或许能接近神级后期。”

“先出手试试看。”大魔神开口道。

第十八章

X U E Y I N G　L I N G Z H U

逃到神界

“你们十八个，分别驾驭一艘丙九战船，去试试这血蔓花。”巫神下令道。

“是。”十八位新晋神灵个个恭敬应命。

作为界神级存在，巫神在神界同样有着不小的权势，很轻易就在自己的势力范围内找到了这十八位随时能突破成神的半神超凡，这十八位也无比激动地表示愿意为伟大的巫神效劳。毕竟，就算成神，他们在神界也只是亿万神灵中平庸的一个，可若是能立下大功劳，他们的地位可就不一样了。

“嗖嗖嗖——”很快，黑色的庞大堡垒上，一艘艘丙九战船飞起，每一艘战船内都有一名神级初期的强者。

“丙九战船，寻常神级巅峰强者也买不起吧？”他们都有些激动，立即开始仔细研究丙九战船内的诸多法阵，努力想要发挥出更强的实力。

“走，去戏弄戏弄这血蔓花。”

“一株植物生命，也和我们斗？”

这十八位神灵自信得很。在神界他们是很普通的阶层，可在凡人世界，他们堪称巅峰力量了。

“贺山主。”东伯雪鹰虽然关注着外面发生的一切，却依旧来到贺山主处，和他并肩行走在星塔内，“有一件事得麻烦你。”

“雪鹰，尽管说。”贺山主连忙道，他这时候也急于想要为夏族奉献点儿力量。只是之前他们看到庞大的堡垒和一艘艘丙九战船……都感到了压力。

“这次战争，我们最大的倚仗就是这座星塔。”东伯雪鹰说道，“这是一座十二阶星塔，能够操纵周围空间自成一世界。在这世界内，我们的一举一动能够调动更多的威能。而巫神一方则会遭到压制，他们的实力会下降。我们的实力会提升。除此之外，星塔还形成了非常稳固的世界膜壁，这膜壁非常坚韧，巫神他们根本无法破开。”

贺山主连忙问道：“雪鹰，你的意思是，巫神他们根本无法冲出这星塔范围？”

“嗯。”东伯雪鹰点头，“他们被困在这儿，出不去了。”

“那我们不是赢定了？”贺山主大喜。

“任何一种战争兵器都很消耗能量。”东伯雪鹰摇头，“十二阶星塔，消耗的能量更为惊人。如果没有精通法阵的强者去操纵，要想维持星塔的运转，一年需要二十万神晶。”

“二……二十万神晶？”贺山主震惊了。

东伯雪鹰无奈：“要困住巫神他们，还占据绝对的地利，岂是这么容易的？我在星塔内存放了六十万神晶，如果靠神晶来运转，可以维持三年。”

“雪鹰你找我，”贺山主有些明白了，“是操纵星塔？”

“星塔内部有众多法阵，运转非常复杂。”东伯雪鹰说道，“比丁九战船复杂千倍万倍！可如果能够参悟部分法阵，能够更有效地引导神晶的力量，那么消耗就可以降低，一年可能只需要十五万神晶，甚至可能更少！”

“靖秋在红石山内就一直琢磨法阵。”东伯雪鹰说道，“她天赋本就极高，如今很适合操纵星塔。只是操纵星塔的法阵，对心灵负担太大，比催发神级巅峰的血炼神兵负担还大，靖秋无法一直操纵，所以我希望你和靖秋轮换着来。”

“好。”贺山主点头笑道，“你们这一代，长风、你，还有靖秋法师、袁青，都是天赋极高的。或许也是世界意志知道我夏族面临大浩劫，所以帮助我夏族，让我夏族接连诞生天才吧。”

东伯雪鹰一笑：“或许吧。贺山主，还请赶紧研究星塔法阵，这是你的屋子，你在这儿即可操纵。”

一个封闭厅内，贺山主进去后，便清晰地感应到整个星塔的运转，当即借助天地之力感应，很快发现了星塔内部无数运转的法阵。

太繁杂了。

雄浑的神力，在肆意奔腾。许多法阵，都是用神力强行催动，无数能量逸散浪费。可没办法，不管是余靖秋还是贺山主，他们的境界都太低，只能稍微减少一些神晶的消耗。就算神级巅峰强者，也只有极少数擅长法阵的才有可能完美地掌控这座星塔，可惜没有那样的存在。

“呼——”东伯雪鹰一迈步，就穿梭空间来到了妻子所在的厅内。

余靖秋盘膝而坐，操纵着星塔。在红尘岛，她就已经琢磨星塔超过五百年了！亲手炼制星塔的戈白师兄更指点过她多次，让她的操纵能力不断提升，在她全力以赴的操纵下，一年只需要十二万神晶。

东伯雪鹰对贺山主要求不高，先达到一年十五万神晶，而后更少……

星塔维持得越久，己方胜算越大。

"嗯？"东伯雪鹰的目光透过星塔，看着外界。

浩瀚广袤的沙漠上，摇曳着的黑色血蔓花已经和那十八艘丙九战船交手了。

"哗——"无数雨滴凭空凝聚，欲要侵蚀血蔓花；耀眼的虚影巨剑，怒斩血蔓花；无数的白色丝网，缠绕向血蔓花……

十八艘神界战船都在远处半空，远距离攻击着血蔓花。

血蔓花的藤蔓肆意挥动，一举一动都引起庞大的天地威能。有星塔辅助，它的实力也大大提升。特别是身上黑漆漆的特殊的战争兵器，更是让它痛快得很。明明实力仍在神级中期，但在二者的辅助下，硬是发挥出了神级后期的实力。

战船的威力，受到星塔的压制，甚至比血蔓花藤蔓的挥劈都还要弱一些。

"主人，它们速度太快，我抓不到它们。"血蔓花有些焦急地和东伯雪鹰心灵交流。

"血蔓，进攻堡垒。"东伯雪鹰下令。

"好，主人。"血蔓花立即有些兴奋。

要想毁掉稳定的空间通道，必须得摧毁那座堡垒！

"看看，这堡垒到底有多强吧。"东伯雪鹰暗暗想着。

"情况很糟糕。"看着远处发生的战斗，巫神道，"十八艘战船对血蔓花根本没用。"

"这点儿力量不够，再加点儿力量，将东伯雪鹰的杀招逼出来。"大魔神全身火焰熊熊，"能够拿出十二阶星塔，他肯定准备好了攻击我们堡垒的手段。这血蔓花，力量威能是不错，可境界太低，威胁不到我们。"

"好。"巫神点头。

东伯雪鹰和巫神、大魔神都谨慎地想要摸清对方的手段，这场战争，对他们两方都太重要了。

堡垒的深处，空间通道荡漾着涟漪。

"哗——"一道身影从空间通道中走出。这是一名戴着银色面具的男子，他隐隐散发出可怕的高温，让周围空间都有些塌陷。明知道这是巫神和大魔神的地盘，他却依旧丝毫没有收敛气息。

"尤平长老，巫神和大魔神就在前面等你，请随我来。"一名魁梧半神恭敬无比。

"嗯。"银色面具男子冷漠道。

他在那半神的带领下，很快来到了一座殿厅内。

"拜见巫神、大魔神。"银色面具男子微微行礼，随即便直起身子。

"尤平长老。"巫神微笑道。

"看来巫神遇到了麻烦，最终还是和我订下誓约。"银色面具男子冷漠道。

誓约，是刚刚才订下的。如果不是遇到麻烦，巫神也不会请他出手。

"是遇到了麻烦，你的对手就是那东伯雪鹰。"巫神介绍着一切情况。

尤平长老冷漠地看着外面，面具下的一双眼睛没有丝毫情绪起伏。他看着殿壁外苍茫的沙漠中，那高高耸立的十二阶星塔，心中也开始盘算起来。

"好，我知道了。这东伯雪鹰你就交给我，我来杀他。"尤平长老冷漠道，"给我点儿时间，我先开辟神海。"

"随时可以。"巫神微笑道。

尤平长老转身就走，巫神和大魔神默默地看着这一切。

"这小子够张狂的。"大魔神说道。

"掌握两种二品神心，又自创出一门秘技，已经被奇兰国主收为亲传弟子。如果不是我用足足一百五十万神晶和一艘乙九战船请他，他恐怕早就成神了。为了订下誓约，我可是拖了他近百年。"巫神微笑道，"听说他还学到了一门界神级秘术！如今正是他最风光的时候，能不张狂？"

"奇兰国主并不是大能者，竟能随意给弟子界神级秘术传承？"大魔神惊叹。

"能在神界占领大片疆域，拥有自己的帝国，岂是你我能比？"巫神摇头。

"不过你的消息也够灵通，竟然能找到这样的半神。"大魔神夸赞道，"能掌握两种二品神心的极少，而能自创秘技的……恐怕一个星域内也很难找到一个，更别说掌握两种二品神心，又没突破成神的，就更罕见了，恐怕找遍成百上千个星域都很难。"

"运气。"巫神一笑，要找的就是这样的绝世超凡。

"哗哗哗——"沙漠的上空，又出现了巨大的海洋虚影。这一次海洋虚影的规模格外庞大，几乎充斥了整个星塔世界膜壁范围。

"这是……"星塔内的东伯雪鹰瞳孔一缩，"开辟神海，而且，好大一座神海。"

"近十万里范围的神海？"陈宫主也惊呼道，"听说境界越高者，神海越是庞大，现在成神的那位，实力绝非寻常神灵。"

步城主剑眉皱起："巫神和大魔神，难道从神界请来了极为厉害的超凡，来这儿突破成神了？"

再厉害的外来者就算成神，世界意志都会抵触，是不可能炼化世界意志的。

可是，敌人实力太强大，应对起来就麻烦了。

"看看再说。"东伯雪鹰说道。

十八艘深绿色战船停止了和血蔓花的纠缠，回到了堡垒内，而这时，另外一艘战船飞出来了。

这是一艘耀眼的火红色战船，同样仅仅千米长，战船上也有着两个字符。它刚刚飞出，散发出的无尽炽热便让周围空间开始扭曲。它的表面甚至腾绕着火焰，火焰熊熊，这一刻它简直比天空中的太阳还要耀眼百倍千倍。

寻常超凡看去，只能看到一团炽热的火焰战船外形，都看不清战船上的字符。

东伯雪鹰乃万劫混元体，肉眼却能清晰看到这艘战船。

“乙九战船？”东伯雪鹰皱眉。

在神界，常规制式战船，分甲乙丙丁四个级别。

甲一、甲二、甲三……乃至甲九，这个排序代表的是战船的大小。甲一战船，是超大型战船，简直遮天蔽日，比寻常的星球还庞大。甲二、甲三……越往后越小，甲九是最小，仅仅千米长。不过体型小也有好处，一般一位强大的神灵就能操纵，而甲一，那是需要一个超大型军团去操纵的！

同样的，乙一排到乙九，丙一排到丙九，丁一排到丁九。

丁九战船算是级别最低、体型最小的神界战船了，在时空神殿的剥削下，夏族先辈神灵能送下来这么一艘已经很不容易了。

“乙九战船，威力极强，不知道是谁在驾驭……刚刚成神的那位？”东伯雪鹰一想到那光是神海虚影就有足足十万里范围就感到不妙，夏族历史上都没有这么厉害的神灵诞生过。

散发着灼灼火焰的乙九战船舱室内，戴着银色面具的男子冷漠地看着外面的一切。

“凡人世界？”他冰冷低语。

他乃是绝世超凡成神，更被奇兰国主收为亲传弟子，哪里将一个凡人世界放在眼里？

“一个丑陋的摇摆的植物生命，境界又低。”尤平长老冷漠地看着外面正在摇曳着的占地万里的庞大血蔓花的逼近，“不堪一击，死吧！”

这艘乙九战船高速飞行，“咻——”瞬间从血蔓花的视野范围内消失。

“嗯？在哪儿？在哪儿？”血蔓花大惊，找不到敌人了。

“血蔓，他已经逼近你。”东伯雪鹰当即心灵传音。

“蠢货，还没找到？”乙九战船突然出现，却已经到了血蔓花面前，一道冰冷的声音回荡在半空。

紧跟着，“轰！”乙九战船的船底有巨大的法阵图案显现，那法阵图案爆发出了无比耀眼的火焰，一时间都让眼睛无法直视。那上万里范围变成一片火海，整株血蔓花都被笼罩于火海内。火海耀眼无比，威能让周围的沙砾瞬间熔化为粒子流，紧跟着，粒子流都开始分解。

“主人，火焰温度太高，而且带着强烈的冲击波，我都被压制在地底了。”血蔓花无奈道。

星塔内的东伯雪鹰看着这一幕。

巫神和大魔神的底牌，的确比预料的还强大。能够通过乙九战船发挥出如此强的攻击，除了战船威力外，也需要操纵者对法阵极为了解。

幸亏血蔓有神兵护体，自保无虞。东伯雪鹰暗道，看来得我出手了。

“呼——”东伯雪鹰一迈步，便离开星塔，出现在了外界的沙漠上空。

“是雪鹰！”

“东伯他怎么就直接出去了？就这么赤手空拳？”

夏族超凡们担心了，敌人可还驾驭着战船呢！

“终于出来了。”巍峨堡垒内，大魔神和巫神都看着沙漠半空中突然出现的白衣青年的身影。只见他踏着虚空，白衣飘然，仿佛在散步。

“他没有成神。”巫神开口道，“没感觉到神的气息。”

“竟然没借助外物，就这么冲出来？”大魔神也惊讶，“难不成他想要凭一己之力和战船硬碰硬？”

“或许他还有什么宝物，未曾拿出来。”巫神也说道。

他们俩都仔细观看着，对他们而言，这场战争如今唯一的阻碍就是这东伯雪鹰。

东伯雪鹰踏着虚空，走向远处的那艘乙九战船，速度却快得很。当彼此只距离数十里后，东伯雪鹰停下。

“东伯雪鹰。”冰冷的声音在半空回荡，“怎么，你就这么和我交手？”

“巫神、大魔神的爪牙，就别废话了。”东伯雪鹰站在半空，喝道。

“我可不是他们的爪牙，我是他们辛苦请来的。只是没想到你这个超凡竟然这么嚣张，看来这次的神晶赚得太容易了。”乙九战船内的尤平长老看着这一切，银色面具下的一双眼眸中有着一丝不屑。敢如此嚣张，真是嫌死得慢啊，不过也好，这样也更轻松。

“请来的？”东伯雪鹰站在半空。难怪能将乙九战船的威力发挥到这种程度，果真是非同一般的神灵。

“轰！”那艘乙九战船陡然划过长空逼近东伯雪鹰。

东伯雪鹰眉毛一掀。这战船的速度之快，远超自己！这就是战争兵器的优势。

“哗——”东伯雪鹰右手出现了一杆黑色长枪，枪尖隐隐泛着金光，单手持枪面对一切。

“死吧！”战船内的尤平长老冷漠地轻声低语。

“轰！”乙九战船的船底再度出现了巨大的法阵图案，法阵图案也迸发出耀眼的火焰，汹涌的火焰带着毁灭气息横扫周围，瞬间席卷东伯雪鹰周围千里！刚才对付血蔓花是足足席卷万里，现在则是席卷千里，由此可见，乙九战船内的操纵者，对法阵的控制达到了极高程度。

带着毁灭气息的火焰袭击而来，东伯雪鹰身影瞬间虚幻，进入虚界。

“哧哧哧——”周围一切都被焚灭，炽热的温度带着冲击波，威力甚至渗透进虚界，让虚界都扭曲。

火焰消散，东伯雪鹰的身影又出现在真实世界，他身上的白衣依旧干净得很，不染一点儿尘埃。

“嗯？”乙九战船内的尤平长老略微色变，“听说他擅长极点穿透、虚界、星辰三大真意，就算躲在虚界内，单靠身体就能轻易抵抗住？”

神级巅峰的威力，就算百分之一，也不是超凡躯体能扛住的吧？

“那就换一个法阵。”尤平长老冷笑。

不同的规则奥妙，渗透虚界的效果是不一样的。

“嗡——”无形的波纹从乙九战船释放开去，这波纹所过之处，连空气中的灰尘都化作虚无。东伯雪鹰身影虚幻进入虚界，紧跟着又从虚界中出来，依旧毫发无伤。

“什么？”乙九战船内的尤平长老看到身影虚幻了又变得真实的东伯雪鹰，不由大惊，“依旧没用？”

就算他自身，也不敢说能硬扛这样的攻击，这无形波纹对身体的破坏太强了。他哪里知道，东伯雪鹰修行的乃是红石山保命第一的界神级秘术——《万劫混元经》。

毁灭一切的火焰、强悍的波纹扫荡、巨大的法阵图绞杀、上百条火龙的围攻，连续四重攻击，各有各的擅长。

可东伯雪鹰行走在半空中，身影时而虚幻，时而真实，这些攻击连他的一根头发都没伤到！

“这……这都扛住了？”尤平长老有些呆滞了。这艘乙九战船还是他自己选的，当年就是他自己要求这艘乙九战船作为定金，他才愿意不急着成神，多等了近百年时间。这艘战船内的法阵和他自己领悟的两种二品神心也是非常契合的，所以就算有星塔压制，这艘战船依旧能发挥出神级巅峰威能！

可是眼前这个超凡，竟然扛住了？

巫神和大魔神也惊呆了。

“一定是修行了界神级秘术，而且是保命的界神级秘术。”巫神连忙道。

修行了界神级秘术的超凡，不是神灵，却胜似神灵啊。

“哇！太厉害了！”

“雪鹰竟然这么强大？”

夏族超凡们之前还在担心，现在个个都激动无比。陈宫主他们甚至激动得满脸通红，看着东伯雪鹰闲庭信步一般，那一切攻击都仿佛是和风细雨，连他的一根毛发都伤不到。这种绝对的无视，让夏族超凡们无比激动。

东伯雪鹰的实力，比他们想象的要强太多了！显然这夏族历史上最强大的超凡，在红石山内得到真正的蜕变，开始展露他应有的光芒了。

“你如果就这点儿手段，那还是滚远点儿吧。”东伯雪鹰也不管那乙九战船，直接踏着虚空朝远处的堡垒走去。

乙九战船虽然伤不到他，可东伯雪鹰知道，自己也伤不了躲在战船内的对方。

“该死！”一声愤怒的低吼，从乙九战船中飞出来一道身影。戴着银色面具的男子一挥手，便收了旁边的战船。

“出来了？”东伯雪鹰转头看向他。

“战船的攻击，只有那几种法阵，”尤平长老冰冷道，“根本无法发挥我的实力。东伯雪鹰，你听好了，我叫尤平长老，神界奇兰帝国国主的亲传弟子！你别死了都不知道是死在谁的手里！”

“奇兰帝国国主的亲传弟子？”东伯雪鹰看着对方，“好大的名头！可惜，战斗还是得靠实力。”

“我的名头，就是靠实力获得。”尤平长老银色面具下的一双眼眸带着一丝癫狂，“我看得出来，你应该在红石山学到了某种保命的界神级秘术。可惜啊，保命厉害，不代表战斗厉害。我就让你这小小凡人世界的天才超凡明白，这世界是何等广阔，强者是何等的多！”

话音刚落，无形的力量降临，笼罩四面八方，也笼罩了东伯雪鹰。

这广阔的领域内尤平长老便是核心，他就是主宰。

“神之领域？”东伯雪鹰立即明白，“尤平，十二阶星塔光芒照耀自成世界，你的神之领域可没用。”

“是吗？”尤平长老冷笑。

“嗡嗡嗡——”无数波纹出现在了领域内，一圈圈波纹以尤平长老为中心，朝四面八方扩散开去。天地间几乎处处都是波纹，星塔世界笼罩的十万里范围，也处处都是波纹在荡漾。大量的波纹在东伯雪鹰身上汇聚，不断地纠缠束缚。

尤平长老身上释放出无数波纹，而东伯雪鹰这边却是无数波纹汇聚在他身上，他们俩，就是十万里范围内无数波纹的两个集中点。

“嗯？”东伯雪鹰眉头微皱，他现在完全可以躲进虚界，以他的虚界秘技凝真完全能够消失得无影无踪，让敌人无处可寻。

不过，这是自己在红尘岛修炼多年后遇到的第一个生死对手。对付了他，之后恐怕就是巫神和大魔神更疯狂的反扑。所以东伯雪鹰还是觉得，得利用这一战，真正磨炼一下自身的枪法境界。如果能借此突破，达到神心境，那就更美妙了。

“怎么样，是不是感觉到行动阻碍很大，速度大大减缓？”尤平长老左手一伸，手中凭空出现了一柄刀，刀鞘古朴，为黑色，刀柄则是深红色，“我还是超凡时，在神界碰到过许多对手。一次次战斗，甚至有些所谓的天才超凡，连我的一刀都接不下，不知道你能接我几刀？”

“你的对手有没有说过，你废话很多？”东伯雪鹰站在半空，手持饮血枪。

“话很多吗？”话音刚落，“哗——”尤平长老整个人顺着一道无形的波纹，一闪而逝，消失无踪。

“太快了。”东伯雪鹰咋舌，借助星塔才能确定他的行踪。

尤平长老瞬间出现在东伯雪鹰左侧百米外，同时左手持着刀鞘，右手瞬间一闪。

“唰！”仿佛太阳刚出地平线，迸发出的第一道光线。

“当——”东伯雪鹰几乎本能地就是一枪挥出格挡，施展的是他悟出的枪法秘技——大地！

秘技如其名，乃是防御枪法，追求的就是如同大地般浑然一体，让敌人无法攻破。

刀锋停下时正是斩击在东伯雪鹰的枪杆前端，两柄神器碰撞，溅起了无形波纹。

“唰！”刀立即收回。

远处的尤平长老却已经消失不见，半空中留下了清晰的刀光痕迹。

“太突然，太快。”东伯雪鹰终于郑重起来，乙九战船的攻击方式被法阵限定了，来来回回就那么几种，而真正的强者体悟天地规则，掌握诸多奥妙，施展出的攻击是多种多样的，所以实力真正强悍者，最后靠的还是自身。

“竟然挡住了，你的枪法够厉害的嘛，我看你能挡住几刀。”话音在波纹领域内回荡。

“唰唰唰！”尤平长老刚出现在右侧，一道光线一闪而逝；出现在后方，又是一道光线……身影一次次闪烁，一次次刀闪。极快！

幸亏东伯雪鹰掌握了一整套枪法秘技，用这防御枪法秘技大地防御得滴水不漏，倒也能够防住。不过这也是因为有星塔的辅助，他能够发现尤平长老的行踪。如果发现不了，等他突然出刀，防御难度会骤增。

除了身影无踪、刀法快之外，重要的是，波纹也束缚着东伯雪鹰。幸好东伯雪鹰体内流动着浩浩荡荡的大混洞真力，才使得这点儿束缚的影响变得很小。

“枪法防守真严密。”尤平长老身体顺着波纹，瞬间移动数十里，“那就直接狂攻吧！”

尤平长老眼中寒光一闪，“轰！”他的身影突然出现在半空，双手握着刀柄，深红色长刀高高举起！整把刀……在这一刻仿佛化作了一颗黑色的太阳！黑漆漆的太阳，却有无数火焰迸发四方，这一刀刚刚举起来，散发出的威势就让东伯雪鹰为之心惊。

“啊！”远处观战的夏族超凡们也总算看清了尤平长老的身影。

这是战斗到现在，尤平长老第一次双手握刀柄。

双手握刀，高高举起，仿佛握着一颗即将毁灭的太阳。

“这是要拼命了？”东伯雪鹰双手握着枪杆。这尤平长老之前都是瞬间出手，而这次战斗风格却截然相反，这让东伯雪鹰隐隐觉得不妙。

“死吧！”尤平长老怒吼道。

“轰！”长刀化作的那巨大的黑色太阳，瞬间爆炸了。

一瞬间，天地间一片白茫茫的，肉眼完全看不清任何物体，不过不管是引力领域、虚界领域、极点穿透感应的领域，又或者是星塔世界笼罩下，都让东伯雪鹰明白……在这一片白光下，有一柄刀，正以无比惊人的速度怒劈而来。

可是这速度太快！快得东伯雪鹰就算本能地要用长枪去抵挡，出枪速度都慢了。

毕竟本能反应也是要时间的。

“砰！”东伯雪鹰被劈得坠入沙漠大地深处。

天地间的白光渐渐消散，露出了凌空而立的尤平长老。

此刻观战的夏族超凡、巫神、大魔神都紧张屏息。

“咳咳咳。”一阵咳嗽声，东伯雪鹰从沙漠地底走了出来。他抹了抹嘴角，抬头看了看高空中的尤平长老，“这是什么招数？够厉害的，都让我吐血了。”

在星塔的压制下，尤平长老之前也仅能发挥出神级后期实力。可刚才那一刀的实力，却飙升到接近神级巅峰！东伯雪鹰也是确定这一刀的威力还在自己的承受范围内，才没暴露虚界秘技，而选择了硬扛，毕竟他的对手，可不只有眼前这一个。

只是吐血？尤平长老暗道，我施展出秘技，他才只是吐了点儿血？

“能受住我一刀，你有资格当我的对手。”尤平长老银色面具下的双眸满是癫狂，他已经将眼前的东伯雪鹰当成了真正的大敌，“接招吧。”

“唰！”尤平长老瞬间消失无踪，身影遁入波纹，几乎刹那间就杀到了东伯雪鹰面前，跟着天地间又是一片白茫茫！无比狂暴的力量迸发，刀光肆虐。

东伯雪鹰却根本不抵挡，长枪瞬间刺向对手，在一片白光中出现了星辰膨胀陨灭的场景。

东伯雪鹰敢用身体硬扛一刀，可尤平长老却不敢硬扛这一枪！毕竟东伯雪鹰的大混洞真力，使得他的一举一动都有神级后期的威能，加上星塔自成世界的辅助，以及秘技星辰陨灭击，这一枪的威力也达到了近乎神级巅峰的威能。

这样的一枪，如果用身体硬扛，尤平长老隐隐明白，自己必死无疑！

“当！”尤平长老的战刀瞬间变招，挡住了东伯雪鹰这一枪。

兵器碰撞下，冲击波动扫向四面八方，上千里范围内尽成死地，地面上一些泥土、岩石都粉碎成粒子流，而后归于虚无。

“当！”“当！”“当！”兵器不断碰撞，双方奋力搏杀。

尤平长老将自身的刀术尽情施展，他在其他方面和东伯雪鹰相比都没有优势，但是速度上占据着很大优势。一招招连绵不绝，东伯雪鹰的枪法虽然也算快，但明显被他压制住了。

只能一次次以攻对攻，甚至放弃防守，也要进攻，逼得对方防御。

即便如此，双方交手数十招，东伯雪鹰还是偶尔中刀。

“轰隆隆！”双方搏杀下，东伯雪鹰因为偶尔中刀，不断后退，跟着坠入地底，尤平长老却以他惊人的速度一直追着东伯雪鹰。东伯雪鹰从地底又被杀得出了地表。

只见一道爆炸波动划过长空，钻入地底，钻出地表，那波动内就是搏杀中的尤平长老和东伯雪鹰。

夏族超凡们个个紧张地看着，却根本看不清战斗情形。

而境界超高的巫神和大魔神遥遥看着，却能够查知一切战斗情况。就算是尤平长老那出神入化的遁形手段，在他们的眼中，也没什么秘密。

“怎么样？”巫神问道，“尤平长老能赢吗？”

“他占据上风，东伯雪鹰只能仗着身体，不顾防守，强行进攻。”大魔神道，“估计东伯雪鹰每次中刀都会受伤，受伤次数多了，小伤累积成大伤，甚至会要了他的命。要杀死东伯雪鹰，这场战斗说不定得持续一两天。”

巫神轻轻点头。

在神界，两个强大神灵之间搏杀，连续搏杀几天时间，一方才杀死另一方，也是常有的事。

转眼便过去了半个时辰。

速度快成这样，真是厉害啊。东伯雪鹰暗暗惊叹，这个尤平长老，秘技倾向于速度，界神级秘术应该也是倾向于速度……速度竟然能快到这个地步，完全是压着我进攻……唉，我得尽快使极点穿透达到神心境，否则速度差距太大了。”

不过，该结束了。东伯雪鹰鏖战这半个时辰，就是为了磨炼自己的枪法，毕竟生死搏杀的对手难寻，但现在对方来来去去就这些招式，东伯雪鹰已经习惯了，对自己磨炼枪法也没什么帮助了。

“结束吧！”东伯雪鹰的大混洞真力瞬间涌入手中的饮血枪内，开始催发这杆血炼神兵。

是的，从战斗到现在，东伯雪鹰都没有催发过饮血枪，仅仅将它当作普通的兵器在使用。如果催发饮血枪，那么一招一式的威力都会暴增，攻击和速度等全方位提升，就没有磨炼之效了。

“轰！”饮血枪陡然挥舞，斜着扫了过去，枪杆都弯曲了，一瞬间周围隐隐有一颗黑暗的星辰在缓缓旋转，这一枪的威势陡然暴涨。这突然近距离地一扫，让之前杀得痛快的尤平长老大惊，感受到了一种死亡的威胁感，连忙挥刀去格挡。

“砰！”秘技——混洞碾压！

这是东伯雪鹰第一次施展这门秘技。这是东伯雪鹰学会大混洞真力后，花费时间最多的一门秘技。这门秘技只有一个优势——完全倾向于力量！用力量碾压！

催发饮血枪立即让威势提升到神级巅峰，再施展混洞碾压……威势更是惊人。

“啊！”尤平长老的战刀瞬间被枪杆抽打得压在胸膛，一股浩浩荡荡的力量旋转着传递进他的体内，他的身体瞬间碎裂，狠狠撞击在下方的大地上。大地轰鸣，周围不断地粉碎化为无数粒子流归于虚无，那无数粒子流就仿佛沸腾的米粥一样。

“我……我差点儿……”尤平长老碎裂的身体瞬间愈合，他面露惊恐之色，看向远处的白衣青年，“我差点儿死了？”

刚刚那一击，他体内的生命力量就损耗了七成！

这还是因为他有神阶极品的铠甲护体，若东伯雪鹰那一招的威力再大点儿，甚至可能一招就杀了他！

“走走走！”尤平长老不敢再战了，他毫不犹豫地借助凡人世界对他的排斥，瞬间凭空消失，在夏族世界，甚至物质界消失不见。

“人呢？”半空中的东伯雪鹰有些发愣。看着远处巨大的坑，那个尤平长老怎么突然不见了，连星塔都无法找到他了？“难道还有什么厉害的潜行之术，连星塔都发现不了？不可能啊！”

“嗯？”巫神、大魔神也是微微一愣。

“该死！他逃了，逃到神界去了！”巫神立即反应过来，不由愤怒地低吼，“废物，废物！”

广袤浩瀚，无边无际，这就是神界。

广阔的星空，远处有一颗颗星球，在苍茫星空中凭空出现了一名戴着银色面具的男子，正是从物质界被排斥出来的尤平长老。

“我差点儿死在一个小小的凡人世界？”尤平长老一阵后怕，有些不敢相信，

“可是，就算有星塔压制我，星塔世界的力量辅助他，可那个东伯雪鹰明明没有成神！他应该还没掌握二品神心，境界上和我还差了一截，不应该一招就差点儿杀了我。”

“而且我感觉他的枪法似乎并不低于我的刀法。”尤平长老暗道。他有些不敢相信，因为他的秘技，是在二品神心境界的基础上所创的。而东伯雪鹰的枪法呢？只能在三重境巅峰的真意基础上创造，可秘技却相当。显然在秘技上，东伯雪鹰悟出的更厉害。

“茫茫神界、深渊、物质界，厉害的超凡当真多的是啊。”尤平长老暗暗感慨，“难怪我如此天赋，也没能吸引到大能者收我为弟子。”

实际上，除了当年的红尘圣主愿意收众多弟子之外，高高在上的大能者们，许多也只是收三五个亲传弟子，再收十个八个内门弟子就算很不错了。

大能者们收徒很挑剔，毕竟，寻常天赋不够高的，收来教导，最多培养成一重天界神或二重天界神，对大能者又有何用？

所以红尘圣主在底层中名声很好，可惜他死了。

“还得继续潜修。比我天赋高者，的确多的很。”尤平长老这次也是被狠狠打击了下，当即一挥手，旁边出现了一艘乙九战船，他进入战船内，“还好，虽然战败得不到一百五十万神晶，可至少弄到了一艘乙九战船，也不算太亏。”

“呼——”这艘战船瞬间悄然在广袤星空中撕裂出一道黑漆漆的裂缝，随即钻入裂缝中消失不见。

夏族世界，高耸的星塔的照耀下，沙漠大地上，东伯雪鹰站在半空仔细查看。

“不可能……星塔照耀下自成一个世界，那个尤平长老，不可能逃过星塔的探查。难道……”东伯雪鹰好一会儿才怀疑，“他逃到神界了？”

东伯雪鹰想不到其他可能。

在凡人世界成神后，就会感觉到整个凡人世界对自己的排斥，顺着排斥，即可离开进入神界！当然硬是要拖延，也可以拖延到一万年寿命，到时候不肯走，也会被凡人世界强行送走的。

我刚出绝招，他就逃了？东伯雪鹰暗忖，逃掉也罢，至少不会成为阻碍了。这个尤平长老，论实力实际上和我相差无几，不过有星塔的帮忙，我才能碾压他啊。

有星塔帮助，在整体实力上，东伯雪鹰增加了五成，而尤平长老削弱了五成，这一来一回，就是三倍了！

加上东伯雪鹰胜在力量，尤平长老是胜在速度，双方力量上的差距远不止三倍，这才造成几乎一招致命的结果！

“那个神灵刀客呢？怎么消失了？”

“雪鹰赢了？”

星塔内的夏族超凡们议论着，东伯雪鹰微微一笑，他炼化了星塔，自然知道星塔内的一切动静。

“这个神灵刀客，如果我所料不错，应该是逃到神界了。”东伯雪鹰的声音回荡在星塔的殿厅内。

“逃了？”

“逃到神界？”

陈宫主、司空阳、步城主、池丘白等人惊喜万分。

东伯雪鹰搜索了一会儿，当猜测尤平长老逃到神界后，便不再寻找，而是朝远处的黑暗堡垒冲去，眼中寒光闪现：“既然动手，就不必浪费时间，趁势一举摧毁这堡垒！我倒要看看，巫神和大魔神除了请出这么一位厉害的神灵外，还能有什么招数。”

“嗖——”东伯雪鹰高速飞行而去。

而在那黑色堡垒内，巫神和大魔神也都焦急万分。

“怎么办？怎么抵挡东伯雪鹰？”沐浴在火焰中的大魔神分身沉声道，“你我的境界虽然比他高很多，可受到物质界规则的压制，我们的力量威能都只能是半神极限，而东伯雪鹰的枪法威能却已经达到了神级巅峰！差距实在太大，我们的胜算非常小。”

他们被东伯雪鹰的枪稍微剐蹭到，就会灰飞烟灭，可他们对东伯雪鹰的攻击却不一定有用。

“能怎么办？东伯雪鹰的实力，比我们预料的要高得多。他一个超凡，竟然能发挥出神级巅峰的威能！”巫神摇头，“就算是在星塔的帮助下，这也太强了。”

他们却不知，大混洞真力、血炼神兵配合秘技混洞碾压，就算没有星塔，东伯雪鹰也达到了神级巅峰。有星塔，威力增加得更多。

“我只要能有神级中期的力量，就能轻易斩杀他。”大魔神分身沉声道。

“这是物质界，不是神界，也不是深渊！”巫神摇头。

“他来了。”大魔神分身忽然喝道。远处的东伯雪鹰化作流光正向这边杀来。

“你上，还是我上？”大魔神分身问道。

“我来对付他。”巫神开口，“我使用巫毒，或许能有奇效。大魔神，你也想想办法，怎么对付这东伯雪鹰，你活得比我久，黑暗深渊中各种稀奇古怪的战斗方法也多，我们现在如果失败，损失就太大了，必须得想办法赢。”

在凡人世界，碰到一个绝世超凡，能发挥出神级巅峰威能，枪法境界同样高超，还能拿出一尊十二阶星塔……遇到这样的对手，巫神和大魔神也很无奈。

“好，我去询问一些朋友。”大魔神点头，“你尽量拖延时间。”

“放心，这个超凡要击败我可没那么容易，说不定，我的巫毒就能杀了他。”巫神冷笑，转身迅速离开。

东伯雪鹰飞向远处的黑暗堡垒，转眼便飞过了五万余里，距离黑暗堡垒越来越近。忽然他眉头一皱，看向远处堡垒顶部一处开启的通道，通道内一道流光射出，迅速朝东伯雪鹰飞了过来。

那道流光，正是一艘奇特的神界战船，战船船首位置有足足九个蛇头，中央的蛇头最为庞大。

“九蛇？”东伯雪鹰遥遥看着，“难道巫神出来了？”

巫神本体乃是极为罕见的魔兽九头蛇，以毒出名。巫神当年很快成神，并且在巫毒上进步极快，万年内成功炼化世界之心，成为一座凡人世界的领主，自此在神界颇有威名，自号“巫神”。

不过身为领主，他所乘坐的战船自然不是那些制式战船，而是专门定制的，战船的船首一般都会有九个蛇首。

东伯雪鹰心中一紧，不敢有丝毫大意。

“可是巫神？”东伯雪鹰开口道。

“呼——”已经飞过两万里的九蛇战船这才停下，战船中传出声音：“你竟然能猜出是我？”

“早就听闻，巫神本体乃是魔兽九头蛇。”东伯雪鹰微笑道，“如此一艘战船飞过来，我当然猜得到是你。除了你，还有谁胆敢驾驶这样的战船？”

“知道我的本体，看来你们夏族搜集的情报还挺详细。”巫神微微皱眉，语气冰冷。

东伯雪鹰没解释，这情报其实是红石山内的两位师兄告知他的。

“你也算聪明，知道在物质界规则下，威能被压制，所以干脆驾驶战船。”东伯雪鹰单手抓着饮血枪，站在半空看着不远处的那艘九蛇战船，“可惜凭借这艘战船，恐怕没什么用吧。”

嘴上虽然这么说，东伯雪鹰心中却很谨慎。他透过领域仔细感应，也通过星塔世界仔细查探那艘战船的一切波动。毕竟驾驶者可是巫神分身，还掌握了一品神心啊！

第十九章

XUEYING LINGZHU

深渊君主

“小子，你很快就会知道，我这艘战船的厉害了。”

远处的九蛇战船比之前尤平长老驾驭的战船速度更快，几乎瞬间便到了东伯雪鹰面前，九蛇战船周围立即浮现出了巨大繁杂的法阵，跟着法阵就迸发出了毁灭性的力量。

“呼！”无数灰色利刃形成狂风朝四面八方袭去，转眼间就扫荡了上千里，而东伯雪鹰正是最先遭到攻击的。攻击范围之大、速度之快，东伯雪鹰根本无法逃离，只能身影一幻，隐藏在虚界中硬扛。

灰色利刃渗透进虚界，威力依旧有七八成，直接打在东伯雪鹰的身上。

东伯雪鹰虽有真意秘技护体，却也被袭来的利刃攻破，灰色利刃切打在了神器铠甲上。这宛如狂风般的疯狂攻击，虽然有铠甲抵挡，却也让东伯雪鹰的体内产生了不小的震动，无数微小的灰风在他体内肆虐，不过威力显然减弱了不少。

万劫混元体丝毫无损，轻易抵挡住了这波攻击，东伯雪鹰只感觉全身麻麻的，十分舒服。

周围肆虐的狂风逐渐消散，东伯雪鹰的身影凝实。这艘战船的攻击威力还在他的承受范围之内，伤都伤不到，还怕什么？

“这东伯雪鹰的身体实在是厉害，竟然扛住了？”九蛇战船内巫神的脸色微变。

这艘战船，乃是为这次战争专门定制的，为了防止发生意外，巫神还亲自驾驭进行战斗。不过这艘战船上的攻击法阵只有两种，一种是群体攻击，另一种是单体攻击。

“嗖嗖嗖”！停在半空的九蛇战船，一个个蛇头陡然射出，八个小蛇头仿佛流光一般，一射出就消失在虚无中。

东伯雪鹰原本还很冷静，可看到蛇头射出的刹那，便心中一紧，汗毛竖起。

危险！

自己的领域感应起来还很吃力，可星塔世界却将这八个射出的蛇头感应得清清楚楚。它们顺着空间波动前行，个个带着毁灭性的波动，直接杀了过来。从那一根根仿佛长矛般的蛇头感应到的威胁，东伯雪鹰明白自己一旦中招，后果不堪设想。

“给我破！”东伯雪鹰再也不敢保留实力，大混洞真力遍布全身，灌输入手中的饮血枪，当即施展枪法抵挡。

“砰！”黑色长枪扫在一根蛇头长矛上，二者交击下，长矛立即向后退去。

东伯雪鹰感觉到一股阴冷的力量在经过长枪的抵挡撞击后，依旧有少许力量往体内钻，虽然护体真意和铠甲没有挡住这些力量，但万劫混元体还是可以承受住这些力量的。

“砰砰砰！”东伯雪鹰一杆长枪翻飞，将一根根蛇头长矛击飞！

只见半空中八根蛇头长矛上下乱窜，随后朝远处的九蛇战船飞去。

“该死。”九蛇战船内的巫神咬牙切齿地说，“真是够谨慎。”

他故意大肆攻击，让东伯雪鹰放松警惕，随后再让蛇矛袭击！如果东伯雪鹰敢用身体硬扛，定然会吃大亏。

可惜的是，东伯雪鹰在红尘岛，在时间百倍加速下研究得最多的就是混洞碾压这门秘技。因为他觉得他要获胜的最大倚仗就是威能！现如今在东伯雪鹰的枪法秘技中，最厉害的攻击招数就是星辰陨灭击和混洞碾压。

星辰陨灭击，是融合两种真意的秘技；混洞碾压，则是东伯雪鹰参悟、汲取了混洞真力的部分奥妙，又耗费数百年时间苦苦钻研，所创出的完全倾向于力量的杀招。

因为在这方面研究得太多，东伯雪鹰一感应到蛇矛攻击，就隐隐感应到了类似混洞的力量。如果不是研究过混洞真力，或许就分不清这威胁的强弱，可一旦能够辨别清楚，就能轻易地知道这一招的威力！

幸好战船的攻击够直接，蛇矛飞来，也没有什么变化，这才能够挡下。东伯雪鹰暗松一口气。如果是近身搏杀，招式变幻无穷，要想抵挡就难了。

东伯雪鹰仔细看去，远处九蛇战船的舱门处飞出一名颇为霸气的金袍男子，眼眸中隐隐泛着煞气，只见他一挥手就收起了九蛇战船。

金袍男子看向东伯雪鹰：“就知道靠战船的固定法阵，很难击杀你，看来还是得我亲自动手。”

“巫神。”东伯雪鹰微微一笑，心中却是杀意翻腾。

正是这巫神！让自己承受百年巫毒折磨，如今更让整个夏族陷入灭族危机！

“能让我花费这么多力气杀你，你也该知足了。”巫神悠闲地“站”在半空，他的身影有些模糊，似乎存在于这方空间，又似乎不存在。

“就凭你？”东伯雪鹰冷笑道。

"对，就凭我。"巫神点了点头。

"口气还真大。"东伯雪鹰也不废话，当即身影一动，手中的饮血枪挥劈而出。

"轰！"枪杆周围巨大的黑暗星辰虚影在缓缓旋转，混洞碾压这一杀招再度施展，饮血枪枪杆都有些弯曲，周围的空间开始粉碎，所过之处一切都粉碎化作沸腾的粒子流，无数的粒子流仿佛沸腾的米粥，威力波及上万里，劈向前方的巫神。

"好强的威力。"巫神皱眉说道。他不怕东伯雪鹰和他比技巧、比境界，因为那些枪术对他而言就是过家家，可是靠威能，巫神就有些头痛了。

"哼。"巫神冷哼一声，迈步前行。

时间、空间、天地威能……不管是阴影还是虚界，都变得扭曲、模糊，唯有巫神是这天地间唯一清晰的。他迈步而来，东伯雪鹰那惊人的一枪碾压过来，却和他仿佛处在不同的空间。

长枪扫荡而过，威能依旧是模糊的，巫神却是真实清晰的。

"这……"东伯雪鹰很讨厌这种感觉，仿佛自己参悟的一切都是笑话。

时间、空间、虚界、引力、天地之力……自己寻常能够感知的，在巫神面前，似乎都变得模糊，攻击竟然都无效了。

"不对，这是错觉！他再厉害也是半神极限威能。只要被我的枪法碰到一分一毫，他就无法逃脱！"东伯雪鹰努力说服自己。

可是自己现在能感受的一切，包括自己的身体，似乎都变得模糊，自己的耳朵也听不到任何声音。

"呼！"天地万物间唯一清晰真实的巫神，已经到了自己的面前，一掌拍下。

他的手掌干瘦，无视神器铠甲的防御，直接穿过东伯雪鹰的身体。

"轰！"一股强悍的力量，在东伯雪鹰体内爆发。

随后，巫神利落收手，迅速向后退去。

东伯雪鹰能够感觉到一种奇异的旋涡在自己体内，似乎要粉碎一切。不过那旋涡也受到更为强大的规则压制，那是整个物质界的规则，连大能者们也无法违逆的规则。

万劫混元体仿佛巍峨高山般不可撼动，这灰色旋涡根本无法损坏东伯雪鹰身体的一丝一毫。

"嗯？"巫神退到远处，皱眉看向东伯雪鹰。

"这真是……"东伯雪鹰这才收回刚刚挥出的长枪，眼前的一切恢复正常，天地景色也变得真实。这让东伯雪鹰心中震惊无比，"这就是一品神心吗？"

境界上的差距也太大了。

自己的招数，自己的防御，明明在力量威能上高出那么多，可连碰都碰不到对方。

自己和二品神心的超凡交手，感觉相差无几，甚至还能获胜，可在一品神心面前，自己就仿佛是个笑话。

“再试试。”巫神有些不甘心地说道。

“轰！”天地间一切依旧真实无比，可巫神却变得模糊了，仿佛超然于这个世界之外。

“咻！”模糊的身影化作一道流光，东伯雪鹰的肉眼已经追踪不到巫神的身影了，他是通过星塔世界的探察，才发现巫神已经到了自己面前。东伯雪鹰再一次施展枪法，依旧是以力量著称的混洞碾压，一时间周围的事物尽数粉碎。

巫神的手掌依旧轻易地穿过东伯雪鹰的身体，在体内轻轻一点，紧接着，他模糊的身影已经撤到了万里外。

“嗯？”东伯雪鹰发现体内有一根无形的针尖刺在心脏上，欲要刺入，细小的针尖更是蕴含着无尽规则奥妙，代表着天地至理。

不过，没能刺动，随即针尖消散。

巫神愤怒地说道：“我修行漫长岁月参悟出一品神心，窥伺到天地规则的最本质核心！一个小小超凡，在我面前就是只蝼蚁！可该死的物质界规则，硬是将我的力量压制在半神极限，这东伯雪鹰的身体又强悍得离谱，根本就无法击杀！”

境界太低，空有力量威能，就像东伯雪鹰现在，根本碰不到敌人。

可如果没有力量威能，空有境界，就像巫神，也动不了东伯雪鹰分毫。

“我的境界还是太低。”东伯雪鹰经过短暂的交手，也受到了刺激，“幸好有物质界规则压制，如果没有压制，在巫神、大魔神面前，恐怕一招我就被击败了。”

“不行。”巫神也压下心中不甘，“威能还是太弱，看来还是得靠巫毒。东伯雪鹰每次都是肆意碾压，周围的空间虚界都会尽数粉碎，化作混沌穿梭而行也是危机四伏……我不能出手太多次，出手次数多了，中招的概率也会大大增加。”

“我成界神后，练就了两种厉害的巫毒，一种孕育在血炼神兵内，一种则必须靠界神力操纵。”巫神皱眉说道。

越是强大的巫毒，生存条件越苛刻。天地间自然有规则引导万物，越厉害的巫毒，就越难操纵。

“不管怎样，试试看吧。鬼六怨巫毒能解，不代表其他巫毒也能解。”巫神右手一伸，只见三根手指隐隐泛起了不同颜色，其中一根泛着绿光，一根泛着黑气，一根则是有紫色的纹路缠绕。巫神操纵巫毒显然已达出神入化之境。

“化作混沌穿梭而行，似乎更危险，万物归虚……效果似乎更好。”巫神又开始行动。

天地间万物再次变得模糊，一切规则也都开始模糊，唯有巫神是真实的。

巫神迈步而来。

东伯雪鹰咬了咬牙，不管周围一切模糊的感觉，肆意挥劈出饮血枪，依旧施展出混洞碾压，努力摧毁一切。只是他摧毁的一切似乎都变得模模糊糊。

巫神瞬间到了东伯雪鹰面前，他盯着东伯雪鹰的眼睛。

这一刹那，二人彼此盯着对方。

巫神的右手没入东伯雪鹰的胸膛，神器铠甲都是模糊虚无，完全没有阻碍之效。东伯雪鹰的护体真意秘技同样没有起到作用。

紧接着，巫神迅速向后退去，到了远处，他紧张地盯着东伯雪鹰。

天地间一切恢复真实，东伯雪鹰瞬间感受到了体内的巫毒！

"巫毒！竟是三种巫毒！"东伯雪鹰脸色微变。

"一定得成功，一定得成功！"巫神焦急期盼。经过这次交手，他认为就算是大魔神出手，也是胜算渺茫。半神极限威能对东伯雪鹰来说威胁太低了，如果连巫毒都失败，巫神也不知道该怎么办了。

过了数秒——

"呼！"东伯雪鹰张口一吐，黑色、绿色、紫色三道巫毒气息便被吐出。

"失败了？"巫神顾不得焦急，当即化作一道虚影朝远处的堡垒飞去。

"逃得还真快。"东伯雪鹰冷哼一声，心中却越加欢喜起来。

神界的绝世超凡成神后，被自己击败逃走；巫神神之分身又被自己击败。

"他们还能有什么手段？这场战争，我夏族或许能赢！"东伯雪鹰的信心也逐渐增加。

"嗖——"东伯雪鹰也不迟疑，当即化作流光朝那黑色堡垒杀了过去。

"巫神的神之分身，已经败逃。"东伯雪鹰的声音回荡在星塔的殿厅内，"大魔神分身应该也威胁不到我。只要摧毁那座堡垒，毁掉稳定的空间通道，巫神和大魔神就无法再搬救兵。他们两个神之分身，又逃不出星塔，多花点儿时间就能灭杀。"

"能赢？"

陈宫主他们一个个都热血沸腾，他们本以为夏族面临巫神、大魔神的战争兵器军团，根本无法抵抗，可事实是，东伯雪鹰一出手，竟然有赢的机会了！

"夏族。"晁青也露出笑容。他仿佛已经看到夏族将进入另一个时代，一个代代夏族超凡们都梦寐以求的时代！

堡垒殿厅内。

"该死！"巫神咬牙切齿地咆哮道。

全身笼罩在火焰中的大魔神没有吭声。这次战争，付出代价最大的就是巫神！所以按照双方约定，最后的好处，也是巫神拿得多。

要打通一条通道，占领另一个凡人世界，是非常艰难的。如果不是真的距离很近，一般物质界领主也不愿意这么做。因为付出和回报根本不成比例。

而为了红石山，巫神硬是找寻其他凡人世界为跳板，不惜代价，花费百万年的时间准备，才最终连接上夏族世界。

“巫神，我们还没输。”大魔神低沉道，“一个小小超凡，不算什么。”

“不算什么？那怎么赢？”巫神看向他。

“我正在拜访伟大的君主陛下。”大魔神说道。

“君主？”巫神吃惊道。

深渊，是由一层层世界构成，一个世界的最高首领，便是君主。

君主的地位很高，实力也很强，一般都是四重天界神，有些甚至是大能者！界神共分四重天，四重天界神已经达到匪夷所思的境界。他们数量极其稀少，早就各自盘踞一方。像大魔神，也只是一位深渊君主的麾下！

“我的本尊已经去拜访了，正在等候传唤。”大魔神说道，“这场战争，你我的付出都很多，如果输了，代价也太大了。我为君主征战四方，君主也很信任我，我只是请君主帮忙出个主意，应该没问题。”

“对，一定还有希望的！”巫神立即期待起来。听说大魔神达尔豪所效忠的君主，是一位古老的四重天界神！虽说不是大能者，却也只有极小的差距了。

“君主让我进去了。”大魔神也有些激动，“一定有办法的。”

“看你的了。”巫神这时候已经想不出其他有效的办法，他虽然是物质界领主，可终究只是一重天界神，且修行岁月相对较短，底蕴比大魔神浅得多。

巫神转头看向外面，只见城堡外，东伯雪鹰停在半空似乎思考了一会儿，终于悍然挥出了手中的长枪。

“轰！”长枪暴长千里长，枪杆划过长空，周围出现了巨大的黑色星辰缓缓旋转的虚影，带着毁天灭地的威势，愤怒地抽向了这座堡垒。

“砰！”低沉的声音，让整个堡垒都震颤了一下。

巫神的心都揪了起来。

“给我破！”东伯雪鹰肆意地施展枪法，每一招都是碾压般的攻击。

“砰砰砰！”一声声抽打在堡垒上的沉重的声响，仿佛抽打在巫神、大魔神的心上，让二人心中焦急万分。

“禀巫神，第一根空间柱法阵碎裂！”堡垒内立即有半神焦急地喊道。

“快……快修复！”巫神的声音传来，“不惜一切代价给我修复，都撑住！”

“是。”

“一旦所有空间柱的法阵都碎裂，无法固定在空间上，整个堡垒……会被东伯雪鹰的一杆长枪给抽飞！”巫神低语道。

“堡垒外的防护法阵都挡不住吗？”大魔神焦急地追问道，“这堡垒可是巫神你亲自建造的。”

“法阵都是靠神晶催发，你以为法阵能有多玄妙？”巫神摇头道，“太厉害的法阵，神晶根本催发不动。东伯雪鹰的枪法秘技已经有直指混洞的意味了，堡垒防御法阵也只能卸去三成力。”

“能撑多久？”大魔神追问道。

“我准备了足足三千根空间柱，就是为了以防万一。”巫神说道，“我的手下还可以通过空间通道将宝物接连送来，应该能撑上一两个月吧。”

大魔神听了气得全身火焰大涨。

“大魔神，现在就只能靠你了。希望伟大的深渊君主能够给我们指出一个方向。”巫神说道。

“嗯。”大魔神点头道。

“我都打了小半个时辰了，这堡垒一直震颤，怎么就破不开？”东伯雪鹰也感到手中饮血枪给自己心灵造成的负担了。

“先歇息歇息。”东伯雪鹰暂且停下攻击，“试试二师兄的破堡垒之法吧。”

“来吧。”东伯雪鹰看向远处己方的星塔。

“嗖嗖嗖”！只见一艘艘奇特的梭状神界战船飞出，足足十五艘，晁青、司空阳等十五位薪火宫的半神，各自驾驭着一艘神界战船飞出。

“神界战船？”巫神、大魔神都皱眉看着外面的情况。

“不是制式战船，应该是特别炼制出来的。”巫神皱眉说道。

“我隐藏在夏族内的手下告诉我，这是夏族攻破堡垒的方法。”大魔神说道。

“专门为了攻破堡垒而特殊炼制的战船？”巫神愈加焦急，现在的情况对他们真的很不利。

只见那十五艘梭状神界战船很快便飞到了堡垒前方半空中，随后分散开来。

“咻！”晁青驾驭的那一艘梭状战船率先出击。只见战船表面显现出了奇特的旋涡状立体法阵，紧接着，这立体法阵形成了一个奇特的黑色磨盘，黑色磨盘散发着无尽毁灭的气息，仿佛天地间万物都会被磨盘碾碎。它缓慢飞出，靠在堡垒的外壁上，极为缓慢地旋转着。一股强大的威能不断从中传递而出。

其他十四艘战船也用同样的手段尽数施展攻击。

东伯雪鹰远远地看着，露出了自信的笑容。

这一法阵，是二师兄戈白在二品神心境磨盘神心的基础上创制出来的，看似缓慢，实则威力无限，个个都有着神级巅峰威能。在冲击堡垒方面，比自己的秘技更加有效。

“砰砰砰！”一根根空间柱的法阵开始炸裂。

“三根，不，六根，不，九根……巫神，空间柱法阵在接连破碎。”巫神焦急无比。这样的速度，要不了一盏茶的时间，整个堡垒就扛不住了，一定会被轰飞的。

“你我皆有手下在夏族超凡中。”大魔神道，“夏族都很谨慎，让他们各自分开，想要动手破坏都没有机会。”

“嗯，我麾下的魔兽一族虽然潜入得较晚，不过有一个颇有天赋的，叫袁青的也成为半神了，本想将他潜藏到关键时刻再动用的，不过一直寻找不到机会。算了，此刻也顾不得了。”巫神说道。

“让他们动手。”大魔神点头。

大魔神分身虽然在下令，可在遥远的黑暗深渊，其中一层深渊内，那壮观美丽的通体金色的宫殿连绵起伏。无数的宫殿占地足足百万里，处处都是金色，散发出耀眼的光芒。

在整个宫殿群内部的一座山顶上，一名通体金色铠甲的身影正站在那儿，目光眺望着无尽天地，在他身后便是恭恭敬敬一身黑色铠甲的大魔神达尔豪。

“陛下。”达尔豪恭敬地说道，“情况就是如此，恳请陛下指点方向。”

“你们在凡人世界,能发挥出的威能太弱,威胁不到这个叫东伯雪鹰的小娃娃。”金色铠甲君主依旧眺望着远处，淡漠地说道，“除非能邀请到同样绝世的超凡，正面击败这东伯雪鹰。不过有星塔辅助，想要找到击败他的超凡很难。”

“除此以外，最好的办法就是……困住他！”金色铠甲君主的声音依旧平静。

“陛下，怎么困住他？”大魔神达尔豪连忙道，“在凡人世界就算用战船甚至空间神器暂时困住他，他在内部轰击，我们也无法稳住战船。有那血蔓花帮助，还可以将空间神器送进红石山，红石山内有界神，轻易就能帮他脱困。”

“当然有困住的方法，只是代价不小。”金色铠甲君主说道，对于他而言，这本就是一件小事，若非达尔豪是他忠诚的手下，他都懒得掺和。

苍茫的沙漠，十五艘梭状飞船给这座几乎遮蔽了半个世界的巍峨堡垒带来了很大威胁。

“动手！”

“动手！”

十五艘梭状飞船内，有两位半神的隐秘传信宝物都得到了消息。

“蛰伏这么久，终于让我动手了？”一名瘦削的老者面色狰狞。他不属于六大超凡组织，而是独自在海外建造了小型超凡组织的首领，名为裴山，平时低调得很。

“虽然要背叛整个夏族，可这也是没办法的事，伟大的大魔神将为我重塑肉身，继续活下去……为了我永恒的生命，夏族……灭了就灭了吧。”裴山眼眸中泛着冰冷。

而在另一艘梭状飞船内。

“夏族。”袁青青涩的面孔上有着一丝失落，“雪鹰师兄、靖秋师姐、长风大哥、濮阳师兄……”一个个熟悉的身影，两百年来的岁月，他从出生到如今的绝大多数岁月都是在人类当中度过，东伯雪鹰他们待他如同自己的兄弟一般。

“对不起！”袁青闭上眼睛。

年幼的那一幕幕场景他永远忘不了。

“母亲，母亲，你怎么不动了，你睡着了吗？”

“快走，她被人类杀了！”

一头雄狼叼着一只狼崽子迅速逃窜。

“父亲，父亲！”长得半大的小狼，看着一群夏族军人将雄狼宰杀，扛在肩头远去。

“吼！”袁青痛苦地低叫一声。

“轰！”梭状飞船陡然转向，再次激发出的一个黑色大磨盘，却是轰击在旁边不远处的另一艘梭状战船上。神级巅峰的威能，撞击得这艘梭状战船立即侧飞开去，还撞击到了不远处的另一艘梭状战船。

此时一共有两艘梭状飞船敌我不分，进攻自家的战船。

“裴山……袁青……”

其他十三艘战船内的夏族都惊呆了。而在远处持着饮血枪正在歇息的东伯雪鹰面色一变。他猜到会有叛徒，可没想到会是袁青！

“怎么会是他？”东伯雪鹰不敢相信地说道。

“裴山，你竟然背叛夏族！你怎么能……”半空中响起了晁青愤怒的吼声。

“晁青老哥，你运气好，你成神了，可是我呢？我离大限已不远了啊！哈哈，我若死了，夏族是生是灭还与我何干？”裴山毫不内疚，嚣张地喊道。

池丘白的声音也响彻在半空，带着悲愤：“你难道只是为了存在而活？你忘了从凡人一步步成长到如今的日子？若无夏族，岂会有你？难道转生去黑暗深渊苟活，为此搭上整个夏族你都无怨无悔？”

“池丘白，我可不是你，你是天才超凡，我又算什么？”裴山冰冷的声音响彻半空。

自始至终，袁青都没出声，他沉默着。

“嗯？怎么回事？”

袁青、裴山都一惊，他们发现忽然无法操纵战船了。

“你们俩别担心，战船定是有些机关的，背叛者是无法操纵战船的。”他们俩都收到传信，“不过没了驾驭者，这两艘战船无法使用神晶，根本没有威胁。”

只见周围空间一片模糊混沌。一个金袍身影从中走出，他双手一伸，仿佛出现了两个天幕，一把就抓住了那两艘战船。

“嗖！”巫神飞行而出，看似速度缓慢，可空间模糊、距离缩短，他直接朝其中一个分堡飞去。

两艘战船被放在地上。

“这战船内就算有些机关，我也能轻易破坏掉，你们俩别着急。”巫神身影一晃，已经进入了袁青所在的那艘战船内。

突然，两艘战船的舱门同时开启。

“什么？”巫神见状大惊。

现在袁青无法操纵，他也没开始炼化，舱门怎么就主动开启了？

“不好。”巫神顾不得其他，连忙一把抓住了袁青。

“轰！”一股强大的威能从战船内爆发，威力之大，远超正常神级巅峰。严格来说，应该算是神级极限层次了。

“该死。”巫神抓着袁青，周围都变得混沌模糊，虽然刚刚发生了一次恐怖的爆炸，却根本碰不到他们分毫。

“啊啊啊……”另一艘战船内的裴山发出绝望的吼声，瞬间便化为虚无。

“轰隆隆！”巫神境界虽高，可周围的建筑却是死的，在这股强大力量的攻击下，开始不断破碎、崩塌。

堡垒外半空中的东伯雪鹰冷眼看着这一切，他早就做好了有叛徒背叛的准备，于是顺势利用，好给对方一击。

六芒星模样的巨大堡垒，顿时有一个角碎裂了。

破碎的分堡尽头，主堡的外壁依旧完好，且有法阵流动。

“真是够狡猾的。”东伯雪鹰摇头，“不过毁掉了一个分堡，六个分堡无法构成完美防护，我要攻破就容易多了。”

“该死，该死！”巫神单手抓着袁青，愤怒地看着眼前这一幕。

“袁青。”远处半空中的东伯雪鹰，看向巫神抓着的袁青，“为什么背叛夏族？为什么？”

“背叛？”袁青看着东伯雪鹰，“这不是背叛！要怪，就怪我是魔兽，而你是人类！”

“魔兽？”东伯雪鹰一愣。

“我的父亲母亲，都死在你们人类手里。”袁青看向东伯雪鹰。

东伯雪鹰一时间沉默了。

袁青继续说道："我知道这么做对不起你，但是我从来没后悔、犹豫过。上次伟大的巫神布局围杀你，你最终只是中了巫毒侥幸活下来。那次围杀……就是我透露的消息。为了我魔兽一族，我一点儿都不后悔，只是觉得对不住你。"

东伯雪鹰沉默不语，之前的恨意已经消散大半。双方在各自的族群，说不上谁对谁错。

"哼，东伯雪鹰，我们走着瞧。"巫神咬牙说道，抓着袁青钻入了主堡垒外壁，消失不见。

进入主堡垒内，巫神随手扔下袁青，吩咐道："去我的世界，好好修行吧。"

对于袁青，巫神认为还是值得栽培的，毕竟魔兽一族和人类相比，悟性本来就比较弱，袁青在夏族中悟性都能排在顶尖，在魔兽中也是极为罕见的绝世天才。巫神还是比较爱惜人才的，毕竟以后都是他的手下。

"是，巫神。"袁青恭敬地说道，当即转头就走。这场战斗他已经无法再出手了，很快他就通过空间通道离开了夏族世界。

"哗——"巫神则是来到了主堡垒的一处厅殿内。

"怎么样？"巫神看向大魔神。

"有对付东伯雪鹰的办法了，只是要付出的代价很大。"大魔神说道。

巫神和大魔神很快就定下了各自的付出。这一场战争到如今这份儿上，他们俩都不愿退缩。只要能够获胜，占领夏族，到时候巫神可以肆意从神界寻找厉害的超凡送进红石山，送之前都立下誓约，到时候大堆宝物就会送到他们手中。

"东伯雪鹰就是最后的阻碍。"巫神的眼眸中泛着幽光，"还需要再等十几天。"

"再撑一段时间，宝物一到，就能困住东伯雪鹰，他便再也阻拦不了我们了。"大魔神激动地说道。

巫神透过外壁，看着半空中的白衣人类青年。

他从来没有这么想要杀死一个超凡！

夏族超凡与大魔神间的战争已然打响，危急时刻东伯雪鹰携余靖秋自红石山归来，为保卫夏族而战！一场场激战后，双方陷入拉锯战，都在等待最佳时机发动制胜一击！

更多精彩，尽在《雪鹰领主》第四册！

意林
幻青春
“意林幻青春”系列
禁域
JINYU
浮生 著
阿里文学大热作品
多家专业媒体倾情推荐
网络总点击超两亿次！
斗宗者门
一个皇者触底反击，
再创传奇的热血故事！

意林
幻青春
“意林幻青春”重磅打造
符神传说
FUSHEN CHUANSHUO
习风 著
勇探天符浩土
领略异闻传奇！
万界战神 “符”动乾坤
开启异度奇幻热血征程

意林精品图书推荐

意林幻青春·系列·

《我不成仙 一 断尘绝念》
简介：不想成仙却毅然修仙，她见愁只想有朝一日对那人说："纵你成仙，亦不可逃！"
定价：28.80元

《我不成仙 二 杀红小界》
简介：血衣作战袍，刻骨为利刃。她的通天坦途，便是他的穷途末路！
定价：28.80元

《我不成仙 三 流星赶月》
简介：敏锐与直觉，无一欠缺；缜密与果决，兼而有之。力敌群雄者，舍她其谁！
定价：28.80元

《我不成仙 四 鏖战空海》
简介：为成大道，葬痴情、斩尘缘者有之，可若寻仙问道是这般模样，她宁愿永不成仙！
定价：28.80元

意林幻青春·系列·

《我不成仙 五 舍我其谁》
简介：见愁者，无限潜力，无限战力！斩断过去，分割今昔。她的世界，只有未来！
定价：28.80元

《禁域①墓地神婴》
简介：皇者重现世间，只为触底反击，再创传奇！踏破乾坤纵横时空，禁域绝密即将揭晓！
定价：28.80元

《禁域②宗门斗者》
简介：扶桑谷内迷雾重重，时间长河、神秘女子……时空彼端，究竟有着怎样的秘密？
定价：28.80元

《禁域③王者遗风》
简介：阳魄界，一个神奇的虚拟世界，浮生为赤钻来到这里，却发现了更惊人的秘密！
定价：28.80元

意林幻青春·系列·

《符神传说①斩焰少年行》
简介：接通元灵符界，交易、对战、派单……现实与虚拟之间，体味什么叫酣畅淋漓！
定价：28.80元

《符神传说②东川起风云》
简介：逆转鬼煞岭、人蛮荒探迷城，跨越空间界限，开启奇幻热血征程！
定价：28.80元

《符神传说③刀芒惊天下》
简介：巧进黑狱筑识海，烈焱龙雀惊天下。勇探天符浩土，领略异闻传奇！
定价：28.80元

《符神传说④地下悬赏令》
简介：识妖族斗南洲，符驱四方见奇谋。游历异界空间，探索奥妙人生！
定价：28.80元

意林幻青春·系列·

《雪鹰领主1》
简介：我吃西红柿全新力作！少年骑士惊世崛起，铸就为人类荣誉而战的英雄传说！
定价：29.80元

《雪鹰领主2》
简介：圣级超凡，初露峥嵘，打造热血沸腾的传奇武侠世界！
定价：29.80元

《决战星座学院1》
简介：为00后读者量身定制的校园星座魔法书，超反转、超疯狂的校园大作战，开始！
定价：29.80元

《浮玉仙魔》（全一册）
简介：跨越六界的情仇离合，仙家养成，爆笑开演！看一代魔尊，如何搅翻浮玉仙山！
定价：29.80元

意林幻青春·系列·

《倾世萌狐》（全三册）
简介：任他天道严酷，你始终是我无法断的"情"，难以绝的"爱"。
定价：29.80元

《我的画风不太对》（全二册）
简介：一不小心成了外星玩家的目标对象！千回百转的拼图游戏，谁是最终赢家？
定价：29.80元

《灵犀》（全二册）
简介：取《山海经》之精髓，谱一曲荡气回肠、龙狐相随的深情恋歌！
定价：29.80元

《仙萌奇缘》（全二册）
简介：迷糊弟子"约架"冷傲少主，无厘头话本奇袭玄天剑宗，非正统仙侠大戏反转上演！
定价：29.80元

意林精品图书推荐

告白的书系列

《我不愿让你一个人走过青春的荒芜》
简介：95后模特级作者谢宁远写给你最深情的告白书。十五篇故事，是告白，亦是陪伴。
定价：29.80元

《对方正在输入中》
简介：那些爱与被爱的故事。年少时的懵懂酸涩，成熟后的感人至深；都是心头的一枚朱砂痣。
定价：29.80元

《你是年少的欢喜，喜欢的少年是你》
简介：古风天后吾玉，初涉现代爱情，打造都市轻风之作。
定价：29.80元

《从此晚安我自己》
简介：95后男神作者何家豪首部青春成人礼童话，将这16个故事，说给长成大人的你！
定价：29.80元

多味之恋系列

《别来无恙，我的小初恋》
简介：销量超百万作家沈嘉柯暖心力作，陪你一起挥别青春，再出发。
定价：29.80元

《喜欢你这句话，我憋住了整个青春》
简介：数十篇青春伤感故事，带你领略成长、青春、爱恋的阴晴圆缺。
定价：29.80元

《遇见你，就是最对的时候》
简介：青罗扇子、周德东等作家用文字演绎纸上电影。时光远去，我们永远青春。
定价：29.80元

《我记得你说过的每句美好》
简介：独木舟、夏七夕、七微等名家用真挚的笔触探究青春的色彩。
定价：29.80元

深夜暖心系列

《这世间所有的纸短情长》
简介：织梦人张芸欣在深夜为你点一炉青莲之香，寻找渐渐远去的青春与年少。
定价：29.80元

《世界那么大，命中注定遇见你》
简介：每个人都会接触形形色色的人，又会和一些人聚聚散散，马叛说，这些相遇都是命中注定。
定价：29.80元

《我不怀念你，我只怀念有你的往昔》
简介：继《左耳》之后深入骨髓的疼痛青春，每个人都可以在她的故事中找到最原始的自己。
定价：29.80元

《花与巡夜人》
简介：国内一本填色减压故事书，抚触你的心灵，治愈现代人的都市病症。
定价：36.90元

十八而志系列

《少年从不等风来》
简介：关于年轻人的追梦故事，他们用自己的特立独行，创造属于自己的天地。
定价：29.80元

《你的人生不需要别人点赞》
简介：大人物从这里起步，成就了丰盈的人生。数百篇故事告诉你成功者的秘密。
定价：29.80元

《逆光飞翔，微芒盛放》
简介：名人的磨难被晾晒成坚强，带给你十八而志的青春励志的正能量。
定价：29.80元

《像明星一样去战斗》
简介：数十位明星的奋斗史。逆袭背后，都是平凡生活中的伟大梦想。
定价：29.80元

初心讲义系列

《把你所有的不安都交给我来暖》
讲给你听，117个心灵抱抱的故事。
定价：29.80元

《所有人的坚强，都是柔软生的茧》
玻璃心的朋友们，看这里！讲给你听，125个含泪奔跑的人生故事。
定价：29.80元

《生命中除了爱，其他都是行李》
讲给你听，召唤小确幸的111个故事。
定价：29.80元

《都道初心不可负，而初心是何物》
133个初心故事，既有明星大家，又有平凡人物，从故事里闪耀初心的光芒。
定价：29.80元